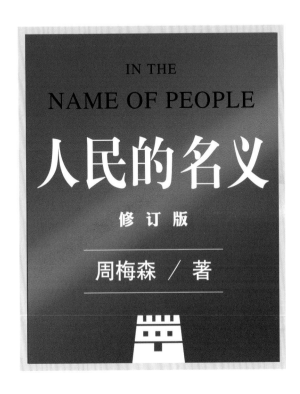

IN THE

NAME OF PEOPLE

人民的名义

修订版

周梅森 ／ 著

作家出版社

作者近照

周梅森 作家、编剧，中国作家协会第七、八、九、十届主席团委员，江苏省作协副主席。著有小说《人民的名义》《中国制造》《国家公诉》《绝对权力》等，出版有《周梅森文集》《周梅森政治小说读本》《周梅森反腐小说精品》等，改编制作电视连续剧《人民的名义》《人间正道》《忠诚》等。曾获全国优秀中篇小说奖、国家图书奖、全国"五个一工程"奖、飞天奖、金鹰奖、金鼎奖、澳门国际影视最佳编剧奖、互联网最具影响力影视作品奖、工匠中国影视最佳编剧奖、金数据影视大奖、华语原创小说最受欢迎作品大奖、中国数字阅读大奖等数十种。《人民的名义》《绝对权力》《中国制造》等被翻译成英、法、德、俄、日、韩、阿拉伯等多种语言在海外出版发行。

一

　　侯亮平得知航班无限期延误，急得差点跳起来。他本打算坐最后一班飞机赶往汉东省，指挥抓捕京州市副市长丁义珍的行动，这下子计划落空了。广播一遍遍传来女播音员中英文抱歉的通知——机场上空有雷暴区，为乘客安全，飞机暂时无法起飞。侯亮平额上沁出一层细细的汗珠，早就知道被困机场的痛苦，现在又得尝一次滋味了。

　　电视大荧屏正放映气象图，一团团浓厚的白云呈旋涡状翻卷，十分凶险的样子。字幕普及着航空知识——雷暴如何危及飞行安全，误入雷暴区曾如何导致空难。但这一切根本不能平息人们焦虑的心情，整个候机大厅这时似乎已经变作巨型蜂巢，嗡嗡嘤嘤，噪声四起。旅客们分堆围住各值机台的机场工作人员，吵吵嚷嚷，无非是打听各自航班可能的起飞时间，追问补偿方案，等等。侯亮平用不着往前凑，也明白了一个意思：那片雷暴只要在头顶罩着，哪个航班也甭想上天。

　　侯亮平快步走出候机大厅，寻僻静处一个接一个拨打手机号码。汉东省检察院检察长季昌明关机。反贪局局长陈海关机。当紧当忙全他妈失踪了。当然，侯亮平知道他们并没有失踪，而是在参加一个紧急会议，向该省分管政法的省委副书记高育良汇报丁义珍案件，通常与会者都是要关机的。但侯亮平宁愿相信他们是存心关机，跟他玩失踪。作为最高人民检察院反贪总局的侦查处处长，侯亮平反复向汉东省的同行们强调甚至请求——先抓人，后开会！这个姓丁的副市长太重要了，是刚侦破的赵德汉案的关键一环。如果走漏风声让他跑了，汉东省官场的许多秘密可能石沉海底。侯亮平对曾经的大学同学陈海尤其不满，他特地嘱咐陈海别汇报，先把丁义珍抓起来再说，陈海胆小，支吾几句到底还是汇报了。侯亮平正因为害怕夜长梦多，抓捕赵德汉之后才在第一时间赶夜间航班，飞赴汉东省，不料偏又困在了首都机场。

侯亮平忽然发现，外面无风无雨，太平寂静，连平日喧闹不已的汽车马达声也消失了。雷暴在哪里？哪来的啥雷暴区？他跑出候机大厅的门，仰望夜空。空中虽说阴云密布、月暗星晦，但既看不见闪电，更听不到雷声，飞机不能起飞似乎成了一个谬误！身边恰巧有机场工作人员走过，侯亮平拦住他，提出了心中疑问。这位上了把年纪的老同志意味深长地瞅他一眼，颇具哲理地说：看事物不能只看表面，云层上面的世界你能看见吗？平静后面往往就藏着雷暴。侯亮平望着老同志的背影发怔，仿佛听到某种隐喻，这一番话使他浮想联翩……

侯亮平毕业于汉东大学政法系，老师同学遍布汉东省官场，这让他对汉东省有一份格外的牵挂。各地反腐风暴愈演愈烈，汉东省平静异常。这些年来此起彼伏的传说大都止于传说，他当然明白这只是假象。肉眼看不见云层上面的世界，同样看不见阳光下隐藏的黑暗。丁义珍浮出水面似乎出于偶然，若不是赵德汉的惊天大案牵扯到他，一时半会儿还难以掌握过硬证据。侯亮平深知时机的重要，临门一脚往往是决定胜负的关键。心里急啊，可再急也没用，天上有雷暴挡着呢。

他重新经过安检，回到了候机大厅。大厅里仍是一片嘈杂。他强迫自己镇静，在饮水机前喝了几口水，找了一处空椅子坐下，闭目养神。已经落网的赵德汉的形象适时浮现在眼前，他禁不住又沉浸到了对赵德汉的回忆中。昨天晚上，当此人捧着大海碗吃炸酱面时，老旧的木门吱呀一声开了，他代表命运来敲这位贪官的家门了。

贪官先生一脸憨厚相，乍看上去，不怎么像机关干部，倒像个刚下田回家的老农民。然而，赵德汉毕竟不是农民，作为长期手握重权的京官，有一种处惊不变的功夫。此人沉着冷静，甚至有些幽默感。一个被人举报受贿几千万元的国家部委的项目处处长，竟住这鬼地方！

这是一套常见的机关房改房，七十平米左右，老旧不堪。家具像是赵德汉结婚时置办的，土得掉渣，沙发的边角都磨破了。门口丢着几双破拖鞋，扔到街上都没人拾。卫生间的马桶在漏水，隔上三两秒钟"滴答"一声。厨房里的水龙头也在滴水，但这似乎不是漏水，而是刻意偷水。证据很明显，水龙头下的脸盆里积了半盆不要钱的清水。

侯亮平四处看着，摇头苦笑，这位处长真连寻常百姓都不如。

像是为他的思路做注解，赵德汉咀嚼着自由时光里的最后一碗炸酱面，抱怨说：你反贪总局抓贪官怎么抓到我这儿来了？哎，有几个贪官住这鬼地方？七层老楼，连个电梯都没有，要是贪官都这样，咱老百姓得放鞭炮庆贺了！声音被面条堵在嗓子眼，有些呜呜噜噜的。

是，是，老赵，瞧你多简朴啊，一碗炸酱面就对付一顿晚饭。

赵德汉吃得有滋有味，农民的儿子嘛，本性难改，好这一口。

侯亮平直咂嘴，声音响亮夸张，哎哟，老赵，你可是处长啊！

赵德汉自嘲说：在咱北京，处长算啥？一块砖能砸倒一片处长！

侯亮平表示赞同，这倒也是！不过，那也得看是什么处。你老赵这个处的权力大呀！早就有人说了，给个部长都不换，是不是啊？

赵德汉很严肃，权力大小，还不都是为人民服务吗？哎，你们怀疑我啥呀？权力大就腐败吗？嫉妒这个位置的人很多，出我一些洋相很正常。我这儿的情况你们也看到了，我劝你们别瞎耽误工夫了！

搜查一无所获。事实证明，的确是耽误工夫。侯亮平冲着赵德汉抱歉一笑，这么说还真搞错了？搞到咱廉政模范家来了？赵德汉实在太幽默了，及时地伸出一只肉滚滚的手告别，侯处长，那就再见吧。

侯亮平也很幽默，一把抓住了赵德汉的手，哎，赵处长，我既来了还真舍不得和你马上就分手哩！这样，咱们去下一个点！说罢，从赵家桌上杂物筐里准确拿出一张白色门卡，插到赵德汉的上衣口袋里，请转场吧！现在你得进行下一场表演了——压轴戏，豪华场！

赵德汉慌了，忙把门卡往外掏，转啥场？这……这什么呀这是？

这是你帝京苑豪宅的门卡啊！请你继续配合我们执行公务吧！

赵德汉的幽默感完全消失，一下子垮了，软软瘫坐到地上……

侯亮平蓦地睁开眼睛。大厅突起一阵骚动，许多人拥向不同的

4

登机口，各值机台前都排起了长队。侯亮平以为飞机要起飞了，急忙挤到自己的登机口。结果发现是一场美丽的误会，机场服务员正给各误机航班旅客发餐盒，侯亮平没一点胃口，又悻悻地回到原来座位上。

手机响起音乐，侯亮平一看，眼登时亮起来，是陈海的电话！

完事了吧？该行动了吧？没有！说是会上领导有分歧，汇报到新来的省委书记沙瑞金那里去了……侯亮平几乎叫起来，陈海，陈大局长，我可告诉你，赵德汉喷了，把一百多名行贿人交代了！丁义珍仅介绍行贿即达一千多万元，可见丁义珍本身的受贿数额有多么巨大！

陈海那头说：我也没办法，我算哪根葱啊？再说了，你们反贪总局还没把抓捕丁义珍的手续传到我省检察院呢！侯亮平说：手续已经办好了，就在我包里！那你赶紧飞过来呀，不是早到机场了吗？侯亮平只觉得一阵头晕，知道雷暴吗？罩在你头顶上你却看不见，算了，不和你说了。哎，丁义珍现在人在哪里？在干啥？你们谁负责盯的啊？

陈海背书一般通报：丁义珍在京州国宾馆搞一个光明湖项目协调会，今晚举办宴会，丁义珍快喝醉了。他派出了最得力的女侦查处处长陆亦可上场，只要省委做出了决定，一个电话就能把丁义珍拿下……

——哦，对不起对不起，猴子，高书记已经请示完沙书记了，我们这边又要开会了！陈海压低嗓音最后说了一句，匆匆忙忙关了手机。

开会开会，开你个头呀……侯亮平骂骂咧咧，心却稍安。老同学陈海为人老实，办事踏实，而且干了几年反贪局局长，经验还算丰富。

坐在侯亮平身边的一位妇人叹息，唉，也不知啥时才能起飞……

侯亮平一肚子心思，不愿搭讪，头一仰，赶紧闭上了眼睛。

眼一闭，赵德汉又活生生地跳到了他眼前。

这位贪官堪称一绝，让侯亮平想忘也忘不了。到帝京苑搜查的那一幕实在太震撼了，超出了侯亮平既往的经验和想象……

赵德汉彻底崩溃，是被两个干警架进自己的帝京苑豪宅的。豪宅里空空荡荡，没有沙发桌椅，没有床柜厨具，厚厚的窗帘挡住外界光线，地下蒙着一层薄薄的尘埃。显然这里从未住过人。赵德汉宁愿蜗居在破旧的老房子里，也没来此享受过一天。那么这套豪宅是干啥用的？侯亮平把目光投向靠墙放着的一大排顶天立地的铁柜上，赵德汉交出一串钥匙，干警们依次打开柜门，高潮蓦然呈现在众人面前——

一捆捆钞票码放整齐，重重叠叠，塞满整排铁柜。铁柜直顶天花板，仿佛钱山要把天穹顶破！这情景也许只有在大银行的金库才能见到，或者根本就是影视剧里的梦幻镜头。如此多的现金集中起来，对人的视觉、对人的心灵，产生了强烈的震撼。仿佛一阵飓风袭来，让你根本无法抵御它的冲击力。所有的干警，包括侯亮平都惊呆了。

天啊，赵德汉，我想到了你贪，可想不到你这么能贪。我真服了你了，这么多钱，你一个小处长是怎么弄到手的啊？也太有手段了吧？侯亮平完全没有嘲讽的意思，蹲在赵德汉面前近乎诚恳地探问。

赵德汉这才哭了，不是因为害怕而是因为痛心，侯处长，我可一分钱都没花啊，舍不得花啊，也怕暴露了……现在完了，全完了！

侯亮平对罪犯的心理深感好奇，哎，贪了钱，又不花，你要那么多钱干吗？光瞪着眼睛，呆呆地看着这一面墙的钞票吗？好看吗这？

赵德汉把梦幻般的目光投向铁柜，好看，太好看了。他说，小时候在乡下，最喜欢看丰收的庄稼地，经常蹲着地头一看一晌午。他爱吃炸酱面，更爱看地里的小麦。麦出苗了，麦拔节了，金灿灿的麦穗成熟了……看着看着，肚子就饱了。赵德汉声称自己是农民的儿子，几辈子的农民啊，穷怕了！看钞票，就像看小麦一样，心里踏实，看着精神满足。看久了，钞票上会泛起一片金光灿烂的麦浪……

这人真他妈的奇葩一朵，竟然能把贪婪升华为田园诗意。

侯亮平转换话题，又问道：老赵，据我们掌握的情况，你好像有一位八十多岁的老母亲独居乡下吧？你给她寄钱吗？寄多少？

赵德汉诚恳告白，他是村里有名的孝子，寄钱给母亲从来都是第一要务——每月三百块，从不落下。当然，他也不敢寄太多，怕引起村里人的注意。其实麻烦真不少，从工资里扣这笔钱，老婆发现了经常跟他吵架，赵德汉发财的秘密连糟糠之妻也不予分享。他很想把老妈接到城里来住，但不敢暴露帝京苑豪宅，那是金库啊！自己住的房子太小太破，人多住不开。好在母亲不喜欢城市，来看看就走了。赵德汉自我安慰地说：乡下老人不花什么钱的，三百块也够了……

侯亮平终于愤怒了！你守着这么多钱，每月只给老妈寄三百块生活费！空关着这么大的豪宅，也不把你老妈接来住！你老妈辛辛苦苦拉扯你长大，就该得到这样的回报吗？还口口声声说是农民的儿子，我们农民怎么这么倒霉呢？尽养你们这种没心没肺的坏儿子！

赵德汉鼻涕眼泪下来了，满脸生动而深刻的惭愧，口口声声自己错了，错大发了，对不起党，对不起人民，辜负了组织的培养……

侯亮平进一步追查，赵德汉，我再问你，除了这大堆的钞票，你就没有收过艺术品、古董什么的吗？这可都是常见的贿赂手段啊！

赵德汉端正坐好，像个谨慎而又守规矩的中学生，老实地回答问题，侯处长，是这样，也有人给我送过艺术品，但都让我拒绝了！

侯亮平嘲讽，怎么，你也有拒贿行为吗？这可太让我吃惊了！

哦，不是，侯处长，主要是艺术品假的多，我那么忙，哪有时间鉴定啊？收一件假货，那得亏多少钱？中学生显得精明老练。

侯亮平哭笑不得，讥讽说：对，也对，那你还是收钱保险。

赵德汉抹着泪开始抱怨，人家都说张大千、毕加索的画好，我就看不出哪儿好！白玉翡翠、宝石钻石，说到底也都是石头嘛……

好了好了，别感慨了，说一说吧，你是怎样搞来这么多钱的？

赵德汉摇起了头，我记不清了，自打有了第一次，以后就再也收不住手了！我在这位置上坐了四年，有钱就收，就像捡麦穗一样，总觉得自己在梦中似的，恍恍惚惚，满眼尽是金灿灿的麦穗……哎呀，现在梦醒了，我实在后悔莫及！唉，你说我弄这么多钱有啥用啊？

侯亮平指着铁柜问：你有没有个大概数？这些钱是多少啊？

赵德汉脱口而出，一共二亿三千九百五十五万四千六百元！

侯亮平拍了拍赵德汉肩膀，能精确到百位数，你记忆力真好。

赵德汉道：好记性不如烂笔头嘛。侯处长，我给你说呀，我喜欢记账，谁给我多少钱，啥时候啥地方给的，每笔账都记得清清楚楚。

侯亮平眼睛一亮，马上紧紧追问：那账本呢？藏在啥地方了？

赵德汉迟疑一下，指了指天花板，主卧吊顶上边就是账本！

手下迅速离去，不一会儿取回一摞包着塑料袋的账本过来。

侯亮平翻看着账本，不由惊叹，我的天呢，你是学会计的吧？

赵德汉带着哭腔道：不……不是，我学采矿，会计是自学的！

太专业了，你自学成才啊，老赵！侯亮平高兴地说，你没去采矿，倒是给我们检察部门存下了一个富矿，真心话，我都想谢谢你了！

赵德汉可怜巴巴问：侯处长，那……那能算我坦白立功吧？

这得法院说。老赵，你是怎么走到这一步的？怎么这么贪呢？

赵德汉激动起来，我要举报！我举报京州市副市长丁义珍，他是个大贪官！这三年他六次带人过来给我行贿，行贿总数是一千五百三十二万六千元！他带来的人都是收了费才介绍给我的，我恨死他了！要不是他第一次送了我一张五十万元的银行卡，我也不会有今天！

侯亮平翻看账本，嗯，没错，第一笔还真是丁义珍送的呢！

我的前任贪了八千万刚判了无期，我不敢拿呀，丁义珍就请我喝酒，喝多了，他把卡装我口袋里了。我犹豫了半个月，才去取了钱……

侯亮平一声叹息，贪婪之门就此打开，后来一发不可收，你就只顾低头捡你的麦穗啦，是不是啊，老赵？！

是的，是的，侯处长！赵德汉满脸憨厚地说，侯处长，你……你给我找纸找笔，让我把这些沉痛教训都如实写下来！让警钟长鸣，让其他同志以后千万别再犯这种错误了，哦，不，不，是罪行……

这个，你进监狱后有的是时间写。侯亮平合上账本，进入下一步骤，拿出拘留证，对手下交代，行了，把这个拾麦穗的家伙拘了吧！

小韩和小刘上前拉起赵德汉，让赵德汉签字后，用手铐把赵德汉铐住。此后，赵德汉戴着手铐一直瘫坐在地上，脸色死人般苍白。

侯亮平指挥手下清理铁柜，瞬时间在客厅堆起了一座钱山。他绕着钱山转着圈，掏出手机通知检察干警来换班。考虑到钱多也是个大麻烦，侯亮平又补充交代，让他们联系银行，多带几台点钞机过来。这是要紧的安排，后来银行运来十二台点钞机，竟然烧坏了四台！

换班的干警很快来到了。侯亮平命令小韩等人把赵德汉押走。

赵德汉在小韩的拉扯下，从地上颤颤巍巍站起来，向门口走。忽然，赵德汉又转过身，可怜巴巴地对侯亮平说：侯……侯处长，我……我想在我这个家再转一圈行吗？我这一走，还不知能不能回来哩！

侯亮平一愣，摇头苦笑，好，看吧，那就最后看一眼吧！

赵德汉戴着手铐，在豪宅里转悠，一副恋恋不舍的样子，最后，赵德汉一头扑到客厅中央那座钱山——他臆想中的金色麦垛上，放声痛哭起来。他戴着手铐的手抚摸着面前的钱捆子，手指和身体都颤抖得厉害。失败的人生就在于失去到手的一切，而为这一切他付出了道德、良心、人格的代价，现在却是竹篮打水一场空，怎一个伤心了得！

赵德汉凄厉的哭声令人毛骨悚然，在客厅久久回荡……

凌晨四点，广播里终于传来了好消息，北京上空的雷暴区转移，飞机可以起飞了。侯亮平随着人群拥向登机口，终于松了一口气。

该过去的总要过去，该来的总归要来。北京的雷暴区转移了，只怕汉东省要雷鸣电闪了。他有一种预感，汉东省的反腐风暴就要来了，没准儿会把自己当年的老师同学裹卷几个进去。从丁义珍开始，汉东省那些此起彼伏的传说恐怕不会再是传说，也不会再止于传说了……

二

丁义珍是这桩大案的关键。对丁义珍的抓捕是关键中的关键。陈海明白这一点，可检察长季昌明似乎不明白。或者因为事关重大，他揣着明白装糊涂。陈海几乎是恳求这位顶头上司：侯亮平代表反贪总局发出的抓捕令不能忽视，万一出问题，责任在我们省反贪局啊！季昌明却坚持向省委副书记兼政法委书记高育良汇报。明说了，省检察院归省委管，不经请示抓一个厅局级干部不合适。况且最高检的抓捕手续一时也未传来，仅凭他猴子打打手机就行动，也太草率了吧？！

季昌明跟侯亮平烂熟，所以一口一个"猴子"，搞得陈海很无奈。陈海只得命令侦查一处处长陆亦可亲自带队，暗中紧紧地盯住丁义珍。

省委副书记兼政法委书记高育良高度重视检察院的汇报，通知相关干部连夜到自己的办公室开会。季昌明、陈海赶到省委大院二号楼时，只见楼内灯火通明，工作人员进进出出，如白天上班一样。二人进了办公室，除高育良外，还见到了两位重量级人物：省委常委、京州市委书记李达康，以及省公安厅厅长祁同伟。季昌明颇具意味地瞄了陈海一眼，似乎说，瞧这阵势，咱们汇报是多么重要，多么及时啊！

陈海上前与高育良握手，低声说：老师好！高育良年近六十，保养得法，满面红光，且笑口常开，看上去像一个擅长太极功夫的官场老手。其实呢，他是一位学者型干部，法学家，早年曾任汉东大学政法系主任。陈海是他教出来的，公安厅厅长祁同伟和远在北京的侦查处处长侯亮平，也都是他得意门生。高书记抑或是高老师的弟子遍天下。

季昌明扼要汇报情况，高育良和李达康神情严肃地听着。气氛沉重压抑。陈海很清楚，每位领导肚子里都有一本难念的经，但表面上千篇一律，永远都是没有表情的表情。陈海在政治上特别小心，这是因为他总结了父亲一生的教训——老革命的陈岩石，省人民检察院原常务副检察长，外号"老石头"，跟前任省委书记赵立春斗了大半辈子，结果离休时仍然是个厅级干部，硬是没能上副省。也正因为老爹常在家里纵论江山，才使陈海对汉东省的政治路线图烂熟于心。比如，眼前这位李达康，原是赵立春的大秘，传言他乃秘书帮帮主；高育良号称政法系领袖，出身于政法系统的官员，都跟他有千丝万缕的关系。陈海不愿重蹈父亲的覆辙，也不愿违心处事，因而和谁都保持一定距离，连对老师也敬而远之。但他这样做心里要有数，心如明镜才不会出大的差错。

看吧，省城京州的一位副市长要倒台了，会牵扯多少人？会给汉东省和京州的官场带来多大的震动？天知道！季昌明知道此事棘手，结束汇报时强调说：北京反贪总局那边已经有证据证明，丁义珍副市长涉嫌行贿受贿，而且数额巨大。我们具体如何处理，得请领导指示。

高育良皱着眉头，丁义珍的事我们不知道，北京怎么先知道了？

李达康脸色更是难看，就是啊，昌明同志，这都怎么回事啊？

季昌明便又补充汇报：福建一位投资商向国家部委一位赵处长行贿批矿，最终没批下来。赵处长没办成事还不肯退钱，人家就向最高检反贪总局举报了。赵处长一落网马上揭发，把丁副市长交代了！

高育良思索着，向李达康询问：你们这个丁义珍分管啥工作啊？

李达康苦着脸，都是重要的工作啊！城市建设，老城改造，煤矿资源整合……有些工作说起来是我挂帅，具体工作都是丁义珍抓！

形势明朗了，陈海知道李达康不会轻易把丁义珍交出去的。李达康是汉东省有名的改革闯将，胆子大，脾气硬，当年提出过一个响亮口号：法无禁止即自由！啥事都敢干，啥人都敢用。陈海想，丁义珍是李达康一手提拔重用的干部，现任光明湖改造项目总指挥，管着几百亿资产呢。他要是被反贪总局带走了，这位市委书记情何以堪？！

祁同伟小心地提出了建议：既然这样，高书记，李书记，你们考虑一下，是不是先让省纪委把丁义珍"规"起来呢？我派人协助执行！

这是一个折中的意见。由省纪委处理丁义珍，作为省委常委的李达康脸上好看些，以后也有回旋的余地。陈海明白祁同伟的心思，这位公安厅厅长要上台阶，眼睛瞄着副省长，恩师高育良已经向省委推荐了，常委李达康的一票很关键，他现在当然要顺着李达康的意思来。

果然，李达康立即表态，我同意祁厅长的意见，由我们"双规"吧！

高育良看看陈海，又看了看季昌明，季检察长，你们的意见呢？嗯？

老师的心思陈海也清楚，老师肯定不想为李达康做嫁衣裳。"双规"丁义诊，就违背了北京最高检的意见，谁拍板责任谁负。老师与李达康一向不和，这是汉东省官场几近公开的秘密，老师干吗为政治对手顶雷？但老师就是老师，绝不会直接表露自己的意思，便把球传到省检察院这边来了，不是主动汇报吗？好，你们的事你们先表态！

季昌明说：高书记，我尊重您和省委的意见！北京那边的立案手续马上过来，让我们拘。可先"规"起来也可以，只要把人控制住，下面怎么都好办！但从我们检察角度来看，还是拘起来走司法程序较妥。

这话把人说到云里雾里，季检察长算得上语言大师了。陈海这位顶头上司一向中规中矩，又即将退休，什么人也不想得罪。可叫你表态你总得有态度呀，这绕来绕去，还是把李达康得罪了。陈海内心好笑。

高育良点头，好，老季，我明白你的意思了，你是倾向于拘。说罢，指着陈海说：陈海啊，你是反贪局局长，说说你的意见吧！

陈海一怔，不由自主站了起来。老师一摆手，示意他坐下说。好嘛，光去研究别人了，自己啥也没准备，怎么表态？别看陈海小心谨慎，内心还是十分正直的，根子像自家老爹。在一圈领导逼视下，陈海脑门微微冒汗，一急，竟把话说得很干脆：高书记，我也倾向于拘。丁义珍的犯罪事实明明白白摆在那里，又是最高检那边让抓的……

李达康拦住陈海的话头，哎，陈局长，如果协助拘留，那丁义珍这案子的办案权是不是就转移到了北京最高检手上了？是不是啊？

陈海直接指出了李达康外行，李书记，你理解有误差，不存在办案权转移，这本来就不是我们汉东省的案子，是反贪总局直接侦查的！

李达康有些激动，近视镜后面双眼圆睁，我要说的正是这个！丁义珍的案子如果由我们省来查办，主动权就在我们手上，交由最高检反贪总局来侦办，将来是什么情况就很难预料了！哦，同志们，我这么说并不是要包庇谁啊，完全是从工作角度考虑……

会议渐渐显露出意见分歧，且针锋相对的意味越来越浓。

高育良并不责怪学生冲撞李书记，眼角还闪过一丝赞赏的余光。是嘛，两边有分歧，老师才能笑口常开，弥勒佛似的和稀泥。陈海心里有数，其实看到李达康受挫，高老师内心可能还是蛮享受的。当年两人在吕州市搭班子，身为书记的老师可没少受市长李达康的气。李达康太强势，当市长市长老大，当书记书记老大。他强了，别人就得弱，就不得不受委屈，谁心里不记恨？不单单是高育良，恨李达康的人多了去了！当然，作为政治上的竞争对手，磕磕绊绊寻常事，稍稍有点幸灾乐祸也是人之常情。高老师抑或高书记很老练，表面上绝对不露声色，相反，有时他还要偏袒保护李达康呢，以显示自己的政治姿态。

陈海侧面观察李达康，只见他眉头紧锁，双眉之间刻下一个深深的"川"字。其实陈海心里还是挺佩服李达康的，这人不仅能干，而且极有个性。就拿抽烟来说，随着社会文明进步，绝大多数干部都自觉戒烟限烟，李达康却我行我素，保持着当秘书时养成的烟枪习惯。当然，开会或和人谈话他不抽烟，无人时就钻到角落里吞云吐雾。现在丁义珍事件让李达康成了主角，事情出在他地盘上，丁义珍又是他的左臂右膀，他能摆脱干系吗？心里肯定不是滋味啊，李达康一次次摘下眼镜擦拭。人一摘去眼镜就露出了本相，满脸愁容和愤懑。

高育良书记清清嗓子说话了。所有人竖起耳朵，听这位在场的最高领导定夺。昌明、陈海同志，你们二位既要执行最高检的指示，也要考虑我们省的工作实际啊！让北京突然把丁义珍抓走，会不会造成我省投资商的大面积出逃啊？京州那个光明湖项目怎么办啊？

祁同伟谨慎地看看李达康，马上附和，是啊是啊，丁义珍可是京州光明湖项目的总指挥啊，手上掌握着一个二百八十多亿的大项目……

李达康再次强调，育良书记，这可不是小事，一定要慎重啊！

高育良点了点头，又说：省委书记沙瑞金同志刚刚到任，正在下面各市县考察调研呢，我们总不能冷不丁送上这么一份见面大礼吧？

　　陈海没想到这一次老师竟如此剑走偏锋，给李达康送偌大一份人情，至于吗？高育良不是不讲原则的人，他葫芦里究竟卖的什么药？

　　季昌明的性格外柔内刚，表面上谨慎，关键时刻还是敢于表达意见的。他看了看众人，语气坚定地说：高书记，李书记，现在是讨论问题，那我这检察长也实话实说，不论丁义珍一案会给我省造成多大的影响，我们都不宜和最高检争夺办案权啊，以免造成将来的被动！

　　陈海立即用行动支持自己的头儿，不时地看着手腕上的表。他看手表时的动作幅度非常大，似乎就是要让领导们知道他很着急。

　　李达康却一点不急，继续打如意算盘。他不同意季昌明的看法，坚持由省纪委先把丁义珍"规"起来。理由是，"双规"可以在查处节奏的掌握上主动一些！祁同伟随声附和，称赞李书记这个考虑比较周到……

　　陈海实在听不下去了，"呼"地站了起来，行，行，那就"规"起来吧，反正得先把人控制住……

　　不料，高育良瞪了他一眼，陈海！急啥？这么大的事，就是要充分讨论嘛。高书记不到火候不揭锅，批了学生几句，顺势拐弯，端出自己真正的想法——既然产生了意见分歧，就要慎重，就得请示省委书记沙瑞金同志了！说罢，高育良拿起办公桌上的红色保密电话。

　　原来是这样！老师这是要把矛盾上交啊！那么老师前边说的话也只是送了李达康一份空头人情，批他这学生也不过做做样子。陈海感叹，老师就是高明，要不怎么能成为汉东大学和汉东省官场的不倒翁呢?

　　与会者都是官场中人,见高书记拿起红色保密电话,马上知趣地自动避开。李达康是难以改造的老烟枪,心情又特别压抑,现在正好躲到楼梯口去过把瘾。祁同伟上卫生间。季昌明在办公室与卫生间之间的走廊溜达。陈海挂记着现场情况,趁机走出二号楼打电话……

　　转眼间,偌大的办公室里只剩下了高育良一个人。

　　高育良一边与沙瑞金书记通着电话,一边于不经意间把这些细节记在了脑海中。在以后的日子里,高育良会经常回忆咀嚼当时的情景和细节,琢磨谁是泄密者。的确,这一环节是后来事件演变的关键。

　　陈海来到二号楼院子里,深深吸一口气。他内心沮丧懊恼,对自己十分不满意。看看,修炼的火候差远去了,说着说着就发急,露出一口小狼牙。这么一个汇报会,顶撞了常委李书记,还挨了老师高书记的批,主要领导都对你有看法,还要不要进步了?陈海刻意训练自己,遇事不急于表态,努力避免得罪人,要成为与父亲不同的人。可江山易改,本性难移,父亲给予的一腔热血总会在关键时刻沸腾起来。

　　陈海实在忍受不了这无穷无尽的会议。他心急火燎,一晚上嘴角竟起了个燎泡。侯亮平一遍遍打电话,催他,骂他,见面甚至会揍他!这位猴同学性急,上来一阵不讲理,在汉东大学是出了名的。万一丢了丁义珍,该猴真能撕了他!何况该猴又身置花果山,总局的侦查处处长啊。作为省反贪局局长,陈海对总局多一分敬畏,也就对汉东省这些领导们的拖拉作风多了一分不满,可是他真是没办法，他算老几？

关键是一定要盯住丁义珍！陈海为防泄密，出了二号楼以后，才跟手下女将陆亦可通了个电话。情况怎么样？丁义珍有没有脱离视线？陆亦可汇报说，宴会进入了高潮，来宾轮番向丁义珍敬酒，要是能把他灌倒，今晚就万事大吉了。陈海千叮咛万嘱咐，要他们都瞪大眼睛。

开会时一直关机，现在有必要和猴子通气了。最新情况是，侯亮平机场被困。赵德汉交代了丁义珍介绍行贿一千多万元的犯罪事实。反贪总局已将抓捕丁义珍的手续交给侯亮平——这些情况给陈海以深深的触动！有手续了，可以先抓人再汇报，猴子的思路可以实施了。陈海不再迟疑，做出一个大胆决定：不等省委意见了，马上拘捕丁义珍！

用手机向陆亦可发出指令后，陈海站在大院里长长吐了一口气。省委大院草坪刚修剪过，空气中弥漫着浓郁的青草香气，这是陈海最喜欢的气息。甬道两旁的白杨树据说是上世纪五十年代种的，合抱粗，仰脸见不到树梢，树叶哗哗啦啦如小孩拍掌，是陈海最爱听的声音。他希望自己变得更完善，更成熟——或者说是更圆滑，但一味瞻前顾后他总是做不到。做人要有担当，哪怕付出些代价！这一点，陈海从内心佩服那位猴子同学，这家伙就是有股孙悟空天不怕地不怕的劲儿。

在院子里站一会儿，陈海的心情好多了。夜空中的云彩越来越浓厚，刚才还挂在天际的月亮，现在全不见踪影。要下雨了吧？夜空湿气重了，黑色如漆渐渐涂抹着苍穹。这样的时刻，来一场雨也好。

再次走进二号书记楼时，陈海从容淡定。让这些领导们慢慢研究去吧，早点来个先斩后奏就好了，省得遭罪。当然，刚才得知的好消息，使他腰杆子坚挺起来。陈海敢打赌，省委最终决定会与最高检一致的，李达康的面子算不了啥。陆亦可应该行动了！他掐着手指计算时间，脑子里想象着抓捕丁义珍的场面，情绪不由得有些激动……

高育良办公室里，人差不多到齐了。高书记干咳两声，开始传达沙瑞金书记的指示：当前的政治环境，反腐是头等大事，要积极配合最高检反贪总局的行动。具体实施，由育良同志代表省委做决定！

陈海、季昌明、祁同伟都盯着高育良看，现在他只需下达命令了。高育良却突然发现李达康不在，偏着脑袋问：哎，达康书记呢？

话刚落音，李达康握着手机匆匆走了进来，哦，来了，来了！育良书记，对不起，我多抽了几口烟……

高育良不满地皱起眉头，哦，达康书记回来了，那我接着说！同志们，我是这样考虑的，我们的立足点是绝不能放过一个坏人，在反腐问题上不能有任何犹豫不决，这个丁义珍非抓不可！最高检的手续传来了没有？陈海插话：侦查处处长侯亮平带着手续，正往京州赶！高育良一挥手，那条件就成熟了嘛。综合大家的意见，我认为丁义珍涉嫌犯罪的证据既然比较确凿，又是最高检反贪总局直接抓的案子，我看就不必"双规"了吧？啊？还是应该依法办事，直接走司法程序嘛！

李达康失望地看着高育良，这可不是一个丁义珍的事啊，搞不好又得稀里哗啦倒一大片了，京州光明湖二百八十多亿的投资怎么办啊！

高育良的眼神充满同情，达康同志，我理解你的心情，但是……

李达康摆了摆手，算了，算了，不说了，就按你的意见办吧！

高育良把脸转向陈海，陈海，我知道你早等不及了，行动吧！

陈海笑了，高书记，我已经让同志们行动了！现在就等好消息了。

然而，预期的好消息没来，坏消息却来了！陆亦可来电话向陈海和季昌明报告：抓捕行动失利，丁义珍竟然在他们眼皮底下溜掉了！

这突如其来的变故使在场的领导们陷入了极大的被动。如果不是这个冗长的汇报会，丁义珍是不是早该落网了？在场的每一个人对这一失利都负有责任，因此每一个人都难免尴尬。

高育良有大将风度，似乎没想这失利与责任，咳嗽一声说：检察院的事让检察院去办，陈海，老季，你们忙去吧，我们等消息。达康书记，同伟厅长，你们还有什么要说的？没有？好，那就散会吧！

在目标消失的情况下，会，就这样散了。事后回忆起来，高育良记住了几个细节情景：陈海散会冲出门时，差点把正进门的秘书撞倒，其焦虑和急切的心情可见一斑。季昌明不急不忙，似乎胸有成竹，一切尽在他的掌握之中。李达康情绪沮丧，满脸阴霾，眼镜直往鼻尖滑。而他的得意门生祁同伟则照例阳光灿烂，消瘦的脸庞更显英俊。

高育良叫住祁同伟，祁厅长你留一下，我还有事和你说。

祁同伟本来不应该参加这个汇报会。检察院向高育良、李达康两位省委领导汇报，不是向他汇报。他赶巧当晚正向高书记汇报有关治安方面的工作，公安厅厅长又与抓人有关，就留了下来。高书记是他老师，两人的关系较之陈海更密切一些，有些话就要关上房门谈了。

办公桌上只留一盏台灯，师生二人对面而坐，气氛就变得亲近而又暧昧起来。刚才一场汇报会，表面看都是公事公办，暗地里却有复杂的内容，意味深长且久远。官场总是这样，表面上是在谈论某一件事，在这件事背后却牵连着许多人和事。现在是梳理一下的时候了。

祁同伟看出了老师的心思，试探说：高老师，今天要不是你让我过来汇报治安综合整治工作，我也许就碰不上丁义珍这出好戏了。

高育良以感叹点题，好戏不好看啊，这里面的名堂估计不少！

祁同伟说：就是。而且这次又是最高检反贪总局直接抓的案子，影响太恶劣了！你看李达康书记今天的脸色，像是他犯了事似的！

高育良点了下头，丁义珍是达康同志用的，这总是个失误吧？！

祁同伟放开了，知道老师想跟他谈丁义珍事件，便直截了当地指出，李达康的责任不小！丁义珍就是一个马屁精，走哪里总号称是李达康的化身。现在化身出了事，真身能不着急吗？这两人的关系，还不知藏着多少猫腻呢！高育良斜了他一眼，绵里藏针地问了一句：既然你有这样的认识，那今天为什么还帮李达康争办案权呢？祁同伟一愣，觉察到老师的不满，正想找话搪塞，却被老师追着打脸，你是不是有私心啊？祁同伟的脸微微一红，承认了，是，被您看出来了？

知子莫如父。除了父亲，老师是最摸学生脾性的。特别是多年共事，高育良一路将祁同伟提拔起来，学生那点小心眼，为师的还能不知道？上位副省长，指望李达康在省委常委会上投一票，是不是啊？高育良缓缓摇着头，实话告诉自己学生，他对此不太乐观，也劝他别这么乐观。祁同伟有点紧张，以为李达康会反对他进这关键一步。高育良却扬起脸，说出了自己的判断：李达康未必能阻挡住你进步，倒是新来的沙瑞金书记——想一想吧，哪个一把手到任后会马上安排提拔干部啊？离任的省委书记怕事，留下一批人不去安排，新书记一到任就安排了？哪有这等好事啊？祁同伟苦起了脸，搓着手道：这倒也是啊！高育良又安慰弟子几句，当然，也不是绝对的，沙书记现在正在各市搞调研，也未必都不安排！要相信组织，你就别想这么多了！

祁同伟觉得老师敲打得有道理。但老师的主题应该不在这里，老师想谈的恐怕还是自己的老对头李达康。于是，又大胆地试探道：高老师，我有个怀疑，这李达康书记该不会也……也腐败掉了吧？

没想到高育良突然变了脸，立即正色喝止，胡说什么啊？不要总把自己同志往坏处想！我不认为他争取办案权就是想包庇丁义珍。

祁同伟不解，那李达康是为什么呢？当真是为工作吗？

高育良不紧不慢说起一桩往事。八年前，李达康任林城市委书记，林城副市长兼开发区主任受贿被抓，一夜之间，投资商逃走了几十个，许多投资项目就此搁浅。林城的 GDP 指标从全省第二，一下滑到了全省第五！高育良的话意味深长，如果稳住了 GDP，李达康当时就是省委常委了。祁同伟顿悟，他知道八年前的另一个结果是：高育良任书记的吕州市，GDP 上升到全省第二，老师就先一步进了省委常委班子。

高育良说：现在刘省长快到年龄了，李达康迫切需要政绩啊！

祁同伟附和说：可不是嘛，都传着沙李配呢！

两人沉默了一会儿，祁同伟给老师茶杯续上水。

高育良喝一口茶，脑筋转悠转悠，又杀了个回马枪——不过，同伟，今天的事，你不觉得蹊跷吗？我们开会，丁义珍有检察院的人盯着，哎，人怎么忽然就失踪了呢？当然了，我们这会也开得长了点。

祁同伟很熟悉老师声东击西的语言方式，这才是高书记要谈的核心问题！他也不怕挨批了，直截了当地说：作为公安厅厅长，我的职业反应就是——有人泄密了，在我们开会的时候向丁义珍通风报信了！

高育良转动着茶杯，仿佛自言自语，是谁呢？有这么大的胆子？

除非有共同利益。祁同伟学乖了，不去直接点李达康的名，只是把脑袋凑近高育良，低声说，高老师，你是省政法委书记，比我更明白当前腐败的重要特点，一抓一串，哪个案子不是窝案串案啊？！

哦，这样看来，抓捕丁义珍的意义就更重大了。高育良从沙发上挺直身子，声音一下子变得洪亮起来，你们公安厅要协助检察院，动用公安的力量密切配合，这个丁义珍跑到天涯海角也必须抓捕归案！

是，我今晚就到公安厅值班，落实您的这一重要指示。

祁同伟笔直一个立正，显示自己的英俊潇洒、虎虎生气。

高育良拍了拍沙发扶手，坐下坐下，别弄得像黄埔军校似的。同伟啊，我知道你和李达康有矛盾，但大原则还是要讲的。以后不要随便议论李达康。另外，我也提醒你一下，像今晚丁义珍这种事，你少出头，免得惹上嫌疑！这时候你过于活跃，别人就会怀疑你有私心……

祁同伟心悦诚服地低下了头，是，老师！

三

李达康的心境恶劣到极点。他像只受伤的老狼，一心要舔自己的伤口，甚至扬起脖子对着月亮大放悲声。散会后，李达康坐在一路急驰的轿车里，握着手机开始骂人。他骂纪委书记张树立，一天到晚吃干饭，连一点警惕性都没有，干部队伍烂完了只怕都不知道！他骂光明区区长孙连城，作为光明湖改造项目的副总指挥，难道从未觉察总指挥丁义珍的腐败吗？骂够了，李达康命令二人立即到办公室来！

收起手机，李达康看着车窗外不断后退的浓郁夜色，久久发怔。

今天是星期几？星期四吧？那就是黑色星期四了。现在他是跳进黄河也洗不清了。丁义珍出事对他可谓当头一棒，潜在的政治对手欢欣鼓舞。高育良心中窃喜。祁同伟怕要笑出声来了。汇报会开得无比窝囊。高育良、祁同伟看似支持他"双规"的意见，可转眼又把球踢给新来的省委书记沙瑞金，巧妙地把他否了。偏偏他又出去抽了半天烟，偏偏丁义珍又跑掉了，别人会怎么想啊？会不会怀疑他李达康给丁义珍通风报信了？如此一来，他的屁股干不干净都成问题了……

李达康身上文人气比较重，自尊，要强。不太注重穿着打扮，还抽烟，一副少有的落拓不羁的风格。当年他是省委大院一支笔，秘书们的天然领袖，给好几位大领导当过大秘。这批秘书起来后，形成汉东省政界的一支重要力量，被人称为"秘书帮"。而高育良手下弟子呢，大都在政法口工作，被视作"政法系"。当然，"秘书帮""政法系"都是私底下的戏称，但人脉关系自然形成，两股势力存在也就成了不争的事实。

　　作为秘书帮的头号人物，李达康对高育良不太服气。他从政的资历比高育良早，高是学院派，他是实干家。他担任过几个大市的一把手，政绩赫赫，是全省公认的改革闯将。高育良呢，虽说也在吕州做过市委书记，主要经历还是在条条上。可到头来高育良先一步进省委班子，成了省委副书记，这次如果不是沙瑞金空降过来，高育良甚至会成为省委书记。据说，现居党和国家领导人之列的前省委书记赵立春曾极力向中央推荐高育良。在这个传说中，他李达康的位置不是接任省长或者副书记，而是调离汉东省，放到外地任职。他和高育良当年在吕州搭班子闹出的矛盾，让人记忆犹新，受损的还是他李达康。

　　后来的发展却有些出乎意料。中央突然把沙瑞金派来了，高育良的省委书记谜一般地没戏了，谜底至今无解。反而他李达康倒有可能在即将到龄的刘省长退下来后继任省长。想想，这也合乎情理，他主政的省会城市京州，经他六年打造已成为逼近一线的经济强市，他又是省委常委，由此上位省长是顺理成章的事。却不料，在这微妙时刻，他手下主持光明湖项目的大将丁义珍落马。李达康怎能不痛心呢？

车进京州市委大院，漆黑的天空飘下了雨丝。李达康在自己办公室的小楼前下车，并没有急于进门。他在夜幕下扬起头颅，让空中的雨丝打湿了脸庞。丝丝凉意使他精神为之一振，这才快步走进办公室。

市纪委书记张树立、光明区区长孙连城已经等在那里，询问的目光一齐投过来。李达康阴沉着脸，一声长叹：山雨欲来风满楼啊！

张树立赔着小心讪讪感叹：真没想到丁义珍会突然出事呢。这个副市长看起来挺谦虚的，位置一直摆得也很正……可话锋一转，纪委书记上了发条似的开始猛烈批判丁义珍！可是他背后呢，干啥事都打着咱达康书记的旗号，明明他大权独揽，却四处说是咱李书记的化身。钱他去搂，好处他去捞，恶名却推到咱李书记身上，真不是东西！

李达康不领情，看了看张树立，又看了看孙连城，冷冰冰地说：丁义珍这个人用错了，责任在我！但你们有没有责任啊？啊？怎么都不提醒我呢？尤其是你张树立，你是纪委书记呀，是不是失职啊？

张树立很委屈，李书记，丁义珍的问题我反映过，去年他儿子结婚大肆收礼，还有，和一些投资商的不正常交往，我也提醒过……

李达康摆了摆手，好了好了，我叫你们来不是追究责任的，而是研究下一步怎么办！说罢，安排应急措施：让区长孙连城接手丁义珍的工作，光明湖项目不能因此耽误，该咋干咋干。指示张树立对光明湖项目搞一下纪检摸底，做到心里有数。他还特别提出，摸底要内紧外松，绝不能吓跑了投资商——八年前在林城抓了一个副市长，惊跑了一批投资商，让林城经济陷入了一个低谷期。李达康口气严厉地告诫二位部下：不能被同一道坎绊倒两次，当务之急是安抚好投资商，稳定人心，稳住投资局面……一直忙到半夜，三人各自回家。

该安排的都安排了。能想到的，而且可以做的，也就这些。应该没有什么大的疏漏了吧？然而，李达康心里却总是不安，仿佛扎了一根刺。直至回到家，看到老婆欧阳菁，李达康才蓦地醒悟：这根刺正是自己老婆！老婆是京州城市银行副行长，平时跟丁义珍有来往。李达康明白，自己的屁股干不干净，与这个名义上是他老婆的女人有关。

欧阳菁把水杯、药片放到名义丈夫面前，这才发现李达康神情很不对头——近视镜后面的那双眼睛不无怒意，一副要吃人的样子。

——欧阳，今天我必须给你打个招呼了：别把脑袋往光明湖项目上伸，小心挤扁了你的头！李达康阴沉沉地说。

欧阳菁马上火了，哎，李达康，你什么意思呀？回来就训我？

李达康敲着桌子吼：我不是训你，是提醒，少和丁义珍来往！

我和丁义珍来往关你啥事？你光明湖的项目用了我们京州城市银行六亿贷款，我不和丁市长来往，和你来往？这也不合适吧！

我说的不是信贷业务，是让你别插手工程！李达康进一步点明。

欧阳菁一怔，继续犟嘴，说是自己倒是想为朋友们介绍几个工程的，可李书记肯给吗？给过吗？你眼里又根本没有我这个老婆，连声招呼都不愿给丁市长打。

书记丈夫冷冷说了一句：丁义珍出事了！你想让我也卷进去啊？

欧阳菁"啊"了一声，惊得嘴巴半天没合拢。

夜深了，李达康和欧阳菁各自到自己的卧室睡觉。他们夫妻感情早已破裂，分居八年多了。躺在床上辗转反侧，无法入眠，李达康脑海里不停地转着一个念头：离婚吧，当断不断，反受其乱。老婆如果出了事可怎么办？他的政治生涯再也经不起一次核爆式的打击了。

李达康在黑暗中睁大眼睛，一个让他揪心的疑问浮现在眼前：究竟是谁向丁义珍通风报信了？他相信，这个问题折磨着所有参加汇报会的人。他感到一个巨大的阴谋正从后路包抄过来，如寻不出反击之道，必让他跌入无底深渊。丁义珍怎么会跑了呢？这一跑，他就成了头号嫌疑人，他的对手非常清楚这一点。往深处想，说不定人家故意挖了一口陷阱，等他往里跳呢！检察院还在行动中，只盼着丁义珍能尽早落网，李达康暗自祈求着。他翻了一个身，心又怦然急跳，这也不对呀，如果妻子欧阳菁真跟丁义珍有经济利益关系，丁义珍被捕把她咬出来，不就直接把他李达康装进去了吗？思来想去，无所适从。

李达康愈发觉得丁义珍的失踪诡异奇谲，也许是套中有套……

侦查一处处长陆亦可万万没想到，焖在锅里的鸭子还会飞走。

这个诡秘的抓捕之夜最初并无诡秘征兆。她亲自坐镇国宾馆大堂，让侦查员张华华在宴会厅门口监视丁义珍的一举一动。另一位侦查员周正被安排在依维柯警车里，守候着国宾馆大门。陆亦可是个细心的女人，办案经验丰富，从未出过大的差错。张华华通过耳麦，每隔几分钟向她汇报一次，简直是现场直播——丁义珍举着酒杯发表讲话，为市委书记李达康大唱赞歌；房地产老板们排着队向丁义珍敬酒，马屁拍得肉麻；丁义珍醉态百出，摇摇晃晃都快站不住了……

　　后来回想，也不是没有漏洞。张华华所站的位置，只能看见丁义珍的背影。丁义珍脸对着落地玻璃窗外的湖景，那是主人座位。张华华怎么也不明白，就一转眼的工夫，市政府办公室孙主任顶替了丁义珍的位置。孙主任体形与丁义珍相似，都是矮胖子，这天又都穿着银灰色西装，从背影看简直一模一样。她向陆亦可汇报一切正常时，大错已铸下了。

　　还是守候在车里的周正发现异样情况，向陆亦可报告：丁市长的奥迪轿车悄悄驶出大门，往解放大道开走了。陆亦可不由一惊：领导还在喝酒，司机怎么敢擅自离开呢？不对头！偏在这时，局长陈海的电话指令来了，让她拘捕丁义珍，不必再等省委指示。陆亦可和张华华冲进宴会厅，走到主桌时才发现，一模一样的背影竟是孙主任！

　　陆亦可把孙主任拉到一边，询问丁义珍去向。孙主任说：丁市长刚才接到某副省长的电话，明天要汇报工作，回房间准备汇报材料去了。陆亦可知道坏事了，向陈海报告后，马上带队上楼搜寻丁义珍。

　　丁义珍在国宾馆常年包一个套间，算是光明湖项目的临时办公室。陆亦可率人走进房间，发现电脑还开着，一些文件也在办公桌上摊着，好像丁义珍真的在那儿准备材料似的。还有一瓶喝了一半的人头马洋酒，也放在茶几上，种种迹象表明，丁义珍并未走远。陆亦可略一沉思，让服务员打开所有房间，一间一间地搜索，结果一无所获。

　　陆亦可冷汗湿透了内衣，她从未遇到这种情况。这太奇怪了，丁义珍会变戏法吗？会大变活人吗？这位三十多岁的成熟女人，孤傲，清高，处处洁身自好，以至于至今单身，几乎承受不了这个意外打击……

接到陆亦可的电话，陈海驱车赶往国宾馆。季昌明回检察院坐镇，同时调动二组、三组的人马出动，分头到丁义珍家中、市长办公室搜索。陈海很清楚，与会者中有内鬼！雨下大了，他打开雨刷。前方是模糊的黑暗，正如他目前的处境。事情已到难以挽回的地步，陈海胸中有一块铅，沉沉地往下坠。懊悔无法用语言描述，如果听了侯亮平的话，先拘捕丁义珍，这一切就不会发生！现在上哪去找丁义珍呢？

到了国宾馆，陆亦可汇报了最新进展：通过监控录像发现，丁义珍离开宴会厅，从厨房通道走了。厨师长认识丁副市长，证实了这个过程。陈海安慰女部下，别急，他能离开国宾馆，但走不出京州！

这时，全面出动的各路人马纷纷来电。一组说，丁义珍没回家，他妻子这两天根本没见他的人影。三组从市政府打来电话，说丁义珍的办公室已经搜查过了，没见任何有价值的线索，只搜到几块名表。

这下麻烦了。现在只有通过公安系统搜寻丁义珍了。不料，陈海正要给老师高育良打电话求援时，学长祁同伟的电话先打了进来，学长同志热情洋溢，邀请学弟到省公安指挥中心联合指挥一场深夜追捕。还背了几句诗：月黑雁飞高，单于夜遁逃。欲将轻骑逐，大雪满弓刀——你我联手追，老丁逃不了！好像已经找到丁义珍的线索。

陈海浑身细胞都兴奋起来，当即驱车驶向公安厅。一路上，许多往事在脑海里翻腾起来，当年在汉东大学，他和侯亮平、祁同伟被称为"政法系三杰"。虽然都是好朋友，陈海心底与侯亮平亲近，猴子尽管毛病不少，但心正，为人实在。祁同伟虚荣，衣着举止时常透出一点花花公子的浮华，其实祁同伟出身贫困农村。二人都争强好胜，陈海时常为他们调解矛盾。大三那年，为竞争政法系学生会主席，祁同伟和侯亮平斗得难分高下，最后双方妥协，共推老好人陈海当主席。他们三人都是高育良的得意门生，前进的道路上都受到老师的指点和栽培。如今一起为共同的事业奋斗，这段缘分格外值得珍惜。

转眼来到公安厅大楼。陈海泊好车，三步并作两步冲进指挥中心大厅。祁同伟迎上前，拉着他坐在指挥席上，捧上刚沏好的热茶。前方墙壁镶着大块电子屏幕，上面有一个亮点在渔网般的全省道路图上移动。祁同伟指着大屏幕的亮点对陈海说：海子，瞧，他在那里！

陈海这才从屏幕上发现，丁义珍早已离开了京州。轿车正在京州至岩台的高速公路上奔驰，丁义珍是岩台人，应该是开往岩台。陈海心中窃喜，他早已在岩台布控，只要丁义珍往那里逃就是自投罗网。祁同伟告诉他，丁义珍的手机已经被跟踪锁定，现在丁义珍就像一条挣不脱鱼钩的鱼。高科技手段就是厉害啊！学长得意地拍了拍学弟后背，还是我们公安系统力量大吧？陈海说：抓住丁义珍，头功算你的！

大屏幕上的亮点缓缓移动。祁同伟问属下，车快到双沟集了吧？一位干警看看屏幕，已经过双沟集了。祁同伟果断地说：那就在柴城出口堵！干警立即打电话联系：柴城县公安局吗？立即出警布控，在柴城高速公路出口处拦截一辆黑色奥迪，车牌号是：汉A20045……

警察们在柴城收费站截下了奥迪轿车。令人惊奇的是，车内没有丁义珍！问了司机才知道，丁义珍老娘突然犯了急病，让司机去岩台代为探望，还给了司机一千块钱给老娘买补品。司机说：丁市长是在解放大道下的车，去向不明。现场的警察搜查了奥迪车，在后排坐垫底下发现了丁义珍的手机，手机开着，调的静音。这狡猾的家伙，故意布下疑阵，用手机吸引了追踪者的注意力，自己金蝉脱壳逃走了！

祁同伟的脑门顿时沁出一层汗珠，对身边的工作人员发火，命令他们立即调出解放大道附近的监控视频，一个路口一个路口仔细查找！不久，大屏幕上出现了丁义珍的视频。但视频里只有丁义珍下车的画面，他一阵快步疾行，很快消失在阴暗的胡同里……

陈海嗓子发干，仿佛脖颈被一根绳索勒紧了！陈海想了想，又看了看地图，建议祁同伟把解放大道附近几条街同时段视频全调出来，彻底查一查。结果，在义府东路又看见了丁义珍，丁义珍拦了一辆出租车，直奔机场高速公路方向去了。

祁同伟一拍桌子，这个丁义珍，可真他妈够专业的啊，窜胡同走了两条街，才坐出租车去了机场！还扔下一部开着的手机骗我们上钩！

马上联系京州国际机场，这是最后一步棋了。陈海说。

机场方面回馈信息：今晚没有丁义珍的购票和登机记载。

陈海焦虑不安，建议再查周边机场。干警们又联系周边三个机场。墙上石英电子钟的秒针一格一格跳动，时间在与看不见的对手赛跑。

忙乱之中，六号办公桌前一位戴着耳机的干警突然叫了起来，祁厅长，陈局长，查到了，到底查到了！京州机场边检根据我们提供的丁义珍照片，把今日出境人员全查了一遍，发现丁义珍已经改名为汤姆·丁，于两小时前乘坐加航 23432 航班飞往加拿大的多伦多了！

陈海不无惊愕，什么什么？这家伙两小时之前就逃走了？陈海思索着，根据时间计算，现在 23432 航班的飞机应该还在我国领空。他立即要求祁同伟联系空管部门，让 23432 航班就近降落。

祁同伟苦笑不已，陈局长，你是不是气糊涂了？也不想想，就算空管部门听我们的，能发出这个指令，加航飞机会降落吗？符合国际航空法吗？！

陈海焦急地说：无论如何得试一试啊，赶快联系北京空中管制中心！

通信干警呼叫北京。指挥大厅的气氛凝结成冰块，每一个人压抑得难以呼吸。陈海和祁同伟紧张极了，谁都没心思看对方一眼。最后的希望如同一根蚕丝，悬挂在呼叫北京的干警身上。北京叫通了，回答令人沮丧，加航 23432 航班已经飞出我国领空，进入了国际空域，现在大约位于东经 99 度，北纬 47 度，俄罗斯西伯利亚上空……

天亮了，高育良书记来电话询问情况，陈海和祁同伟便一起去老师家汇报。高育良也是一夜无眠，眼睛发红，眼泡浮肿。两位学生到来时，老师正在吃早餐。老师让学生坐下一起吃，学生心中发虚，没敢坐下，更不敢乱吃，怕不好消化。听完了两个学生的汇报，老师也吃不下去了，绷着脸，把喝了一半的牛奶推到了旁边，昂然站起。

好嘛，公安检察，啊？两家政法单位追捕一个目标，最后还能让目标给逃脱了！祁同伟，你这个公安厅厅长当得好啊，越来越有能耐了！陈海，你这个反贪局局长也真有出息啊，一直盯着，还能把人盯丢了！

祁同伟赔笑说：谁想到能在阴沟里翻船呢？高老师，我检讨！

高育良敲了敲身边的桌子，什么高老师啊？工作时称职务！

陈海便称职务，高书记，是我们反贪局的责任，应该我检讨。

高育良神情缓和了一些，思忖道：昨晚情况比较复杂，汇报会开的时间长了些，可能有内鬼走漏风声，祁厅长，给我重点查这个！

祁同伟汇报说：高书记，这我想到了，我今天就安排查！

高育良点了点头，那就好！又说：你们两个都给我记住了，这个丁义珍抓不回来，我可饶不了你们！以后你们也少说是我的学生！

祁同伟和陈海站得笔直，几乎同时低下了脑袋，是，高老师。

离开老师高育良书记的家，雨已停歇，东方的天际霞光尽染。

陈海和祁同伟分手，一坐进驾驶室，又独自痛悔起来。这都怎么回事啊？他实在不敢相信，丁义珍竟在这么多人的监控中，在众目睽睽之下顺利逃脱，他这个反贪局局长真是窝囊废！行动前，季昌明非要汇报，高育良就通知了京州的李达康，还有公安厅厅长祁同伟，这事也就他们这几个人知道。其中，他和祁同伟还都是高书记的学生。也不像是反贪局内部出问题，这几天陆亦可他们一直监视着丁义珍，如果陆亦可他们走漏了风声，丁义珍早跑掉了，还用等到昨夜吗？

汉东省这潭水很深啊，太深了，丁义珍背后一定藏着大家伙！

这时，陈海蓦地想起，北京上空的雷暴区已消失，侯亮平凌晨登机前发了个信息给他，现在是早上七点多，侯亮平的飞机应该到了。

陈海一踩油门，直奔机场而去。

尽管已是秋季，江南雨后的田野上仍是一派绿色充盈。道路两旁绿化带修剪整齐的灌木，与高速公路两旁茂繁参天、长势疯野的乔木形成对比，相映成趣。陈海把车窗打开，让秋天的晨风鼓荡胸怀。速度催生激情，陈海暂时摆脱了心中的阴霾，感觉自己像要飞起来。

是的，这点挫折不算什么，真正的较量才刚开始。现在看来，北京上空的雷暴区转移到汉东省来了。丁义珍跑了，但放走他的人还在，那应该是一条大鱼！此鱼之大，也许会让他和侯亮平无法想象⋯⋯

四

侯亮平阴着脸，从公文包里取出丁义珍卷宗，啪的一声，拍放在陈海的办公桌上，自己气呼呼地往陈海的办公椅上一坐，马上大发脾气，俨然陈海的领导，好嘛，陈海陈大局长，我手续到了，你这边犯罪嫌疑人倒不见了！哎，这就是公事公办？这就是你的依法办事？

陈海接过卷宗，苦笑着道歉，对不起，猴子，实在对不起！

侯亮平敲着桌子，口气凄厉，陈海，你还能干点人事吗？啊！

因为犯了错误，好脾气的陈海脾气更好了，赔着笑脸不断地向侯亮平解释，从昨夜省委的汇报会，到会上的分歧，还有他们共同的老师高育良书记的最新指示。道是省反贪局正在做丁义珍的材料，国际刑警中国中心会尽快发出红色通缉令，公安厅已在准备海外追逃了。

工作谈罢，两人就没什么话说了，干巴巴地坐着。一场意外的失败破坏了多年的同学情谊。侯亮平知道，老实厚道的陈海这时候很希望自己能露出笑脸，眼睛里闪出点猴性，让他放下沉重的心理负担。

可他偏不。陈海这厮也太气人了，放跑了他一个到手的贪官。昨夜他在电话里一次次求他，让这厮抓人抓人，他就是不听！因此，从走出机场到此刻，侯亮平一直眉头紧锁，沉着张脸，仿佛和陈海之间不存在啥友情。这很折磨人，但陈海活该，他必须承受这种冷落。

陈海办公室养着一缸金鱼，各品种鱼儿色彩绚丽，悠然自得地漫游。侯亮平知道，陈海是遗传或者说是继承了父亲陈岩石的爱好——陈岩石对花鸟虫鱼有着特殊的情感。屋子的各角落都摆满绿植，凤尾竹、巴西木、龟背竹、绿萝……品种没啥讲究，却带来一屋子青翠。

侯亮平站在玻璃缸前观赏金鱼，心情渐渐松弛下来，心气也变得多少平和了些，陈海，丁义珍犯下如此大案，不会不留下痕迹。之前，你们反贪局，还有纪委方面，就没一点线索吗？难道没人举报过他？

陈海想了想说：对丁义珍的举报也有几起，不过，大都是匿名的，没有引起太大的注意。但是，有一份举报倒是实名的……

侯亮平注意地看着陈海，哦，实名举报者是谁？

我爹。陈海不自在地笑了笑，你熟悉的那位离休多年的老检察长陈岩石同志。不过真正的举报人也不是他，是下面群众，我爹就转了一下。举报内容呢，缺乏可靠的证据线索，所以我们也就忽略了……

侯亮平瞪起眼，忽略了？哎，哎，咱老检察长没打你屁股吧？

猴子，你要不解气，就替我爹揍我一顿？陈海试图用玩笑缓和气氛，但你可能不了解我爹的近况，他可不是你熟悉的陈叔叔了……

怎么不熟悉？我熟悉得很！说说吧，老头儿现在怎么样了？

老头儿最近做了一连串怪事。放着厅局级的房改房不住，卖了。拿钱买新房吧？不，三百万全捐了，和我老娘跑去住自费养老院，在社会上影响很大。有人说，这是老同志表达不满的方式，是对在位腐败干部的嘲讽。仅仅如此倒也罢了，老头儿还四处大骂他的老对头——前任省委书记赵立春，号称要为真理而斗争，我劝他他也不听。

侯亮平知道，陈岩石当年和赵立春曾在京州市一个班子里共过事，赵立春做市长时，陈岩石就是副市长了。可赵立春后来仕途一帆风顺，青云直上，官至党和国家领导人，陈岩石却连个本应该享受的副省级都没享受上。据陈海说，是赵立春打击报复，硬压着不让上。

陈海仍在说——老头儿为真理而斗争，四处帮人告状递状子。他住的那家养老院，都快成省第二人民检察院了。他资格老啊，啥状子都敢接。动不动就给我来个电话报案，经常搞得我哭笑不得……

陈海，别扯远了，说丁义珍！老头儿不是参加举报丁义珍了吗？

对，对。举报丁义珍的信，是京州的一家企业——大风服饰有限公司的工人写的，牵涉到光明湖项目的一块地。我爹当年在大风厂抓过几天股份制改革，就在举报信上签了自己的大名。由于老头儿的乖张行为，加上土地纠纷又非常复杂，这份举报信就被束之高阁了。

侯亮平一拍大腿，陈海，走，去看看老头儿，现在就去！

陈海笑道：猴鼻子就是灵！老头儿已经在养老院备好了饭菜，等你去蹭饭哩。走吧，我一人面对你也实在难受，你故意折磨我啊！

在汉东大学上学时，侯亮平饭量大，一口气能吃两三个大馒头。大学食堂那点儿定量饭菜，根本填不饱肚子，便隔三岔五跟陈海回家，蹭饭蹭到肚子滚圆。那时的陈岩石留着络腮胡子，侯亮平就称他"胡子大叔"，亲热得跟一家人似的。老前辈的人品、能力、工作作风最叫侯亮平佩服，跟他学到不少东西。毕业后侯亮平分配在北京工作，与胡子大叔来往少了，但心中一直充满对这位老人深切的思念。许多岁月悄然流逝，这回再见，老人的变化很明显，早先威风凛凛的络腮胡子不见了，人也仿佛缩了一大圈，瘦了，矮了，让侯亮平看着心疼。

陈岩石老两口住在三楼一间大开间，有阳台、卫生间，还有一间小厨房。平日在餐厅吃饭，也可以自己做。侯亮平进门就注意到，陈海手下的女处长陆亦可在厨房女主人似的忙碌着，锅铲响成一片。屋子中央放着一张圆桌，已摆满菜肴。陆亦可出来，陈海马上向侯亮平介绍说：这是我们一处处长陆亦可，为招待你，我特意请来帮厨的。

全家人围着圆桌吃饭。椅子不够，陈海和陆亦可只能并排坐在床沿上。侯亮平颇有意味地瞥了一眼，对陈海说：我们"政法系三杰"，只差祁同伟一位了。哎，我那老冤家为啥不来啊？你这家伙没叫他吗？

叫了，不能来。他去北京办国际通缉令，这会儿正在路上呢！陈海叹道，出了这档子事，我和同伟一宿没合眼，还转着圈挨训……

说点开心事吧。陆亦可一甩短发，站起来敬侯亮平的酒，听说你外号叫"猴子"，我们陈局人又特老实，作为同学，你没少欺负他吧？

侯亮平喝干酒，叫起屈来，谁欺负谁？是陈海欺负我呀！大学时代经常会出现这样的情况：我花钱请女生喝咖啡，你们陈局长去和人家谈恋爱……

陈海大喊胡扯，我就说一个事实：四年大学，猴子总睡下铺，难道是我孔融让梨吗？不是，我也想睡下铺，可睡不上啊！咱这位侯处长当年就是一只活猴子，他上床不是上，是蹦！我只要睡了下铺，他就猴性大发，经常把我从梦中蹦醒。这家伙晚上不回来我不敢睡，最后只得自愿让出下铺——猴子，求你别蹦啦，安静点在下铺躺着吧！

全体笑喷。陈岩石老两口笑出了眼泪。这哥俩真是一对活宝。

俩活宝老同学喝了大半瓶京州特曲，侯亮平毫无感觉，陈海却不胜酒力，加上昨夜一夜未睡，说是头晕，想眯一会儿。结果，他身体刚贴床铺，就打起了呼噜。陆亦可见无事可做了，告辞离去……

侯亮平这才对陈岩石说明真正的来意——他对大风服饰公司那封举报信感兴趣。陈岩石指着侯亮平额头笑，丁义珍的出逃使你浮想联翩了？侯亮平实话实说，道是大风厂的老板蔡成功是他发小，早前曾经给他打过电话，说是让人家坑了，把一笔股权弄丢了。他以为只是普通经济纠纷，没当回事。今天得知老人也在举报信上签了名，就不能不重视了。老人说：重视就对了，陈海就是不重视我的举报！

侯亮平让老人说说有关情况。

陈岩石眯起眼睛回忆，说来话长，当年，大风服装厂是一家国有企业，他在京州做副市长时，主持厂子搞股份制改革试点，让工人们集体持了股。后来，他离开京州，调到省检察院工作，工人有事还经常找他。去年发生了一桩经济纠纷——蔡成功以大风厂的股权质押借了山水集团五千万元，到期还不上款，股权被法院判给山水集团，大风厂就此易主。现在光明湖地价飞涨，据说光厂子的那块地就值十个亿！那些持股员工不干了，占领了工厂，拒绝山水集团接收入驻。大风厂原老板蔡成功也失踪了，说是跑北京上访去了。

侯亮平问：这个事与逃走的副市长丁义珍有啥关系呢？

陈岩石说：有关系啊，丁义珍是光明湖项目的主管领导，与山水集团的女老总高小琴勾肩搭背。工人们就怀疑股权质押中有鬼——丁义珍也许拿了高小琴的好处，就把丁义珍举报了。我也感觉此事有疑点，希望京州市领导依法保护工人的权益，便在举报信上写了个情况说明，签了名。但这也没用，市领导就是不重视。他指了指酣睡中的陈海，我家这位陈局长也不给我立案好好查，非说是经济纠纷。这一来让我惹了一身麻烦，有人还怀疑我为大风厂卖力吆喝，收了吆喝费！

侯亮平思索着，陈叔叔，你是不是掌握了什么具体线索呢？

陈岩石摇了摇头，亮平啊，这要你们下力气去查呀！现在的事实是，丁义珍逃掉了！没问题他逃啥？抓住丁义珍，线索不会少了！

侯亮平苦笑不已，丁义珍不是让你们家陈局长给搞丢了吗？！

陈岩石很愕然，什么？是陈海把丁义珍搞丢的？这浑小子……

傍晚一起去机场时，侯亮平和陈海说了一路的知心话。侯亮平和盘道出了盘桓脑际的疑虑——光明湖项目是目前汉东省最大的旧城改造项目，牵涉二百八十亿的巨额资金。丁义珍主持该项目，其贪腐肯定会从这里下手。现在的问题是，丁义珍背后有没有更大的势力在左右？丁义珍的出逃是不是什么人要有意斩断线索？丁义珍跑了，但跑得了和尚跑不了庙，这个二百八十亿的光明湖项目就是最大的一座庙。下一步的工作思路，就是要盯死这座庙，让利益相关者尽快浮出水面。

陈海频频点头，表示赞同，却又不多说话。侯亮平看得出来，这家伙与他的想法是一致的，也许早就在暗中观察这座庙了。

夕阳西下，大地洒下一片金色。透过挡风玻璃可以看见明净的天空，瓦蓝瓦蓝水洗过一般。几朵白云悠悠飘荡，如羊如棉如雪山。一架架飞机腾空而起，钢铁巨鸟打破宁静画面，气势磅礴地呼啸远去。

分手之际，侯亮平突然发难，陈海，你这家伙有啥事瞒着我吧？

陈海扬起娃娃脸，眼里满是无辜，猴子，又怎么了你？

侯亮平把脸逼近陈海，诈道：你肯定发现了一些蛛丝马迹，是不是？并且，你有了目标！告诉我吧，丁义珍背后的那个大家伙是谁？

陈海立马摇头，哎，哎，猴子，我可没有你这样神，你是神猴……

什么神猴？陈海，我知道你原则性强，没有确凿证据不肯乱说话。可是，就算哥求你了，给我八卦一下行不行？侯亮平央求道。

陈海坚决地摇头，侯处长，咱们的工作能八卦吗？不怕犯错误？

我知道你想学牛鼻子老道，整天修炼自己，装老练，装城府——你就装 × 去吧你！侯亮平瞪了陈海一眼，下车时砰地甩了车门。

老实的陈海过意不去，下车紧追了几步，拦到侯亮平前面，哎，哎，猴哥，你别诈我，案子一旦有了突破，我第一个给你打电话！

侯亮平这才笑了，行，这就对了嘛！哦，还有，对你老爹的第二人民检察院也多点尊重！说罢，挥挥手，疾步离去……

五

李达康是一个善处逆境的人，就像一只皮球，越是用力拍打，弹得就越高，身上一股拼命三郎的劲，在全省干部队伍中是出名的。李达康知道自从丁义珍离奇出逃，自己周围就笼罩着一层阴影。猜疑、诟病、嘲讽无处不在。要想摆脱阴影，必须找到突破口——光明湖改造工程就是他选定的突破口。丁义珍逃走次日，李达康就把新城规划沙盘搬到了自己的办公室，没事就盯着看，看得入神，连长长的烟灰掉到沙盘上都不知道。沿湖耸立的一排排写字楼、商务大厦、高档楼盘，是他的梦和希望，一旦沙盘转为现实，他就能把阴影变成光环。

这几天，李达康连续召开市委、市政府各级会议，强调光明湖项目的重要性，要求市级领导分兵把关，做好稳定投资商的工作。只要顶过这个关口，不出现大规模撤资潮，光明湖前景必定光明灿烂。届时，京州市的GDP和财政税收都会上一个新台阶，会让汉东省政界刮目相看，也能让新来的省委书记沙瑞金注意到他的强大政治存在。应该说，这些努力没白费，投资商情绪稳定，李达康吃下了一颗定心丸。

然而，细想想也有些奇怪，迄今为止，竟然就没有一个投资商承认向丁义珍行过贿。这让市纪委书记张树立十分困惑：难不成丁义珍成了廉洁模范？是北京最高检反贪总局搞错了？李达康听了汇报便说：扯淡，那是因为丁义珍逃跑了，谁都巴不得撇清关系，行了贿也不会说！张树立说：可是我们认真进行了摸底调查，确实没发现丁义珍在光明湖项目做过多少手脚，查出来都是些鸡毛蒜皮，真没啥大问题。李达康说：没大问题，小问题也不能放过。张树立这才犹犹豫豫地汇报，说是有人举报，大风厂的老板蔡成功给丁义珍行过贿。两人还在生意上有些不清不白的往来。不过目前还没掌握啥确凿证据……

李达康眼睛亮了，当即指示，查，好好调查这个蔡成功！

纪委书记张树立前脚走，光明区区长孙连城后脚又来汇报。

孙连城挂帅光明湖项目总指挥，有随时向李达康汇报情况的特权，进李达康的办公室显得熟门熟路。孙连城脸上愁云密布，见了领导就唉声叹气。他来汇报拆迁事宜。大风服装公司成了光明湖畔最硬的钉子户，无论想什么办法都难以将它拔掉。李达康火了，没有难拔的钉子，要你这个总指挥干吗？跑到我这儿来就是诉苦吗？孙连城不光来诉苦，还说了个情况：山水集团想向李书记做个汇报，不知能不能安排？李达康知道山水集团对于光明湖改造工程的重要性，却偏着脑袋问孙连城意见。孙连城说，如果能得到你的支持，大风厂就好拆了——具体办法让高小琴和山水集团去想。李达康沉吟片刻，同意了。

当晚，李达康带着孙连城以及几个相关局长，和山水集团老总高小琴一起来到光明湖畔。时间大约是九点钟，皓月当空，湖面上波光粼粼，仿佛洒下一片碎银子。正是初秋时节，微风轻拂，薄雾流荡，让人感觉说不出的惬意。光明湖是京州市的西湖，几任市委领导都想沿湖打造一座新城，但是由于资金等条件的限制，未能实现梦想。其实，说穿了还是缺少魄力与能力，缺少一位像李达康这样的强势书记。

站在湖边，点燃一支香烟，强势书记李达康脑海里出现幻觉，仿佛沙盘上那些高楼大厦，已经十分真切地在湖边矗立起来了……

这时，湖面上传来一阵雄壮的歌声：咱们工人有力量，每天每日工作忙……这是大风服装厂高音喇叭放出的歌，此情此景，听这样的歌实在有些煞风景。李达康皱起眉头，眼前的现实凸显出来：光明湖畔拆迁过程已经完成大半，大风服装厂成为最后的拦路虎。在大片大片拆迁后的废墟中，耸立着一排老厂房，灯光刺眼，像一座魔城。这是挑战，是示威，更是对市委书记李达康的嘲讽。这位城市最高领导者的心情一下子变坏了。李达康把半截香烟扔在地上，用脚碾碎。

高小琴的吴侬软语及时在耳边响起，她一身职业套装陪伴在李达康身旁。这是一位风姿绰约的女人，清雅秀丽，身材苗条，双眼顾盼生辉。书卷气与江湖气微妙地混合，使这位女人不同凡响。李达康暗暗决定帮助她，不是因为她的美貌，而是为了自己的这份宏图大业。

高小琴向李书记述说，丁义珍实在是害死人了！也不知道他收了蔡成功多少黑钱，竟然让大风厂工人非法占据我们山水集团的厂子生产到现在，简直匪夷所思！现在丁义珍逃了，蔡成功也逃了！我们找蔡成功协商拆迁，就是找不到他人。打电话他不接，发信息他也从来不回……其实，蔡成功的把戏谁都看得很清楚，他煽动工人长期非法占据我们厂子的目的，就是利用工人要挟政府！丁义珍呢，拿了蔡成功的好处，就逼着我们一让再让。我们的厂啊，我们却进不了门。

李达康的眼镜片泛出月光，高总，你们怎么一让再让了？

高小琴怨而不怒，娓娓道来：李书记，你应该知道的，蔡成功欠债不还，法院把大风厂判给我们。之后，根据市委、市政府的要求，我们第一时间就和区政府达成了拆迁协议，按说半年前就该把厂子拆掉了。可工人占着厂，丁义珍不让拆，说原厂有订单，得让他们干完。

这也没啥不对呀，拆迁尽量不要影响生产，这话我也说过的！

高小琴语气平和地向李达康申诉：问题是，这生产没完没了。蔡成功不断地接新订单，这不，都生产半年了，还没有一点交厂拆迁的样子！法律还作不作数？我们和政府签的合同还有没有效？京州的光明湖新城还要不要动工建设？再说，现在蔡成功和丁义珍又都找不到了！李书记，您说我们该怎么办啊？我真是……欲哭无泪啊！

孙连城等一帮干部不即不离地跟在李达康和高小琴身后。李达康脸色很难看，冲着身后的干部一声吼，你们都过来听听！干部们赶忙奔上前来。李达康居高临下，指着山脚下的厂区，厉声训斥：一个私营服装厂，而且产权早就转移了，竟然半年拆不掉，什么问题？丁义珍收没收蔡成功的黑钱？收了多少？重点查查这个问题，查实后依法处理！还有，蔡成功的背景也要查，谁在后面顶着？想干什么啊！

干部们面面相觑。孙连城嗫嚅道：李书记，你可能不知道，原省检察院的副检察长陈岩石曾经抓过这个点啊，当时他是副市长……

谁抓过的点都得依法办事！今天当着高总的面，我把个狠话撂在这里：一周内把大风厂拆了，拆不掉，我和市委就拆你们的乌纱帽！

官员们点头称是，一片应和之声。

谢谢，谢谢您，李书记！美女老总高小琴眼中汪上了泪……

几乎与此同时，工人诗人郑西坡也在光明湖边漫步。工人诗人不知道霸气的市委书记刚刚下达了泰山压顶式的命令，更不知道这道严厉命令对他、对大风厂即将产生怎样惊天动地的影响。作为自我感觉良好的浪漫诗人，此刻他正沉醉于不无诗意的梦幻般的月光水色中。

年轻时，郑西坡在北京上海的报纸上发表过七八首诗歌，后来又在地方报刊频频露脸。这为他赢得相当的声誉，让他当上了大风服装厂的工会主席。他本名叫郑春来，嫌土，参照宋朝诗人苏东坡先生的雅号，自命"郑西坡"。这都没什么，一切皆是过眼烟云，要紧的是他目前的身份——临时被推选出来的大风服饰集团负责人，换句话说，就是工人领袖！郑西坡在厂里威信很高，有文化没架子，同事都爱找他拿主意。他人也风趣，这些年诗歌发表不出来了，有人问他，郑主席，怎么不写诗了？他总会一本正经地回答：没听说过一句话吗？这是饿死诗人的时代，我可不想饿死！仿佛他真是什么了不起的大诗人。

郑西坡在陈岩石搞股份制改革时，是陈岩石的专职助手，和陈岩石日夜形影不离。职工获得百分之四十九股权后，成立了持股会，郑西坡被选为持股人代表。有了这重身份，他便处处为工人争权益，无意之中，和今晚在山上视察下达命令的那位大人物直接对立起来了。如果命运能让他们此刻相见，站在湖边抽一支烟，好好商谈未来，那么，后边震惊全国的大事件也许就不会发生了！可惜，他们一个站在山上，一个立在山下，眺望同样的湖景，观赏同样的月色，却让和解的机会擦肩而过。

看看吧，大风服装厂现在已成为一座弹药库——

郑西坡回到工厂，头戴安全帽、手持铁棍的工人打开侧门，把他放了进来。正面大铁门庄严地紧闭着，自从股权风波发生后再没开过。厂区内戒备森严，简直是座军事堡垒。草包垒起一个个掩体，掩体后面挖了一条深深的战壕。墙脚摆着一大排汽油桶，这是他们的秘密武器，也是后来的祸根。高音喇叭不断播放革命歌曲，通宵达旦。厂区制高点上，一面巨大的国旗高高飘扬。国旗旁设有瞭望楼，一名工人胸前挎着望远镜，站在楼顶向他敬礼。郑西坡穿过院子，巡逻队的工人也举起手中的土枪铁棍和他打招呼。他微微颔首，俨然军事首长。

然而，服装生产并没停歇，夜空下传来隆隆机器声。郑西坡漫步走进制衣车间，就看见夜班工人照常在流水线旁辛勤操作。一件件西装、夹克不断滑过流水线。郑西坡很满意，即便在这样的情况下，生产还在继续，占厂的工人们沉着冷静，仿佛什么事情也没有发生。

郑西坡明白自己肩上责任重大。他和他手下的员工不想和谁对抗，只想保卫自己的工厂。对于大风服装厂，员工都有特别亲切的感觉，这里是他们的家，他们是这里的主人！这种感觉源于一次制度性变革，变革让工人们成了股东，他们拥有了这家工厂百分之四十九的股权，主人翁不再是一句空话，郑西坡要领导主人们捍卫自己的合法权益！

大风厂持股员工都感谢陈岩石，是陈岩石主持的股改，为他们争取来了现在的股份。二十年前普遍强调效率，陈岩石特立独行，强调公平。现在公平不再，他们莫名其妙地丧失了股份，而且连下岗安置费都没拿到——山水集团说，股权转让时几千万的下岗安置费就付给蔡成功了，让蔡成功做煤炭生意赔光了。蔡成功却矢口否认。对于蔡成功和山水集团高小琴的幕后交易，郑西坡和工人们一概不承认，股权的任何变动，都须员工持股会同意，下岗安置费更不能少，这是国家政策规定的。这两条不解决，工厂就不能拆迁，拆迁了他们将一无所有。所以，他们只有以热血和生命保卫工厂，为自己赢得明天。

谁也无权夺走他们拥有的大风服装厂！

郑西坡走进董事长办公室。蔡成功跑了，现在他是主人。他在沙发上躺下，蒙上一床被单，熄灯睡觉。已记不清有多少日子了，他都是这样过夜的。蒙眬入睡之前，他心中常常孕育起诗歌的韵律。如果青春还在，他会跳起来挥笔疾书，现在他只能把诗带到梦境中去了。

六

仿佛有心灵感应，当侯亮平开始注意光明湖项目时，那个当事人发小蔡成功就主动找上门来了。回到北京第三天傍晚，天色已朦胧黑了，侯亮平下班走进小区大门，蔡成功就宠物狗一般扑上前来——

哎呀，老伙计，我可找到你了！这次来北京上访，我是牵着狗架着鹰到处找你呀！猴子，你别赶我，我要向你举报贪官了，真的！

说是举报贪官，这位发小却把侯亮平当贪官对付了。众目睽睽之下，蔡成功和司机一起，每人扛着一包礼品进了侯亮平住的那栋住宅楼。侯亮平很警惕，追问扛的是啥玩意？蔡成功说：一点土特产，咱老家的东西。在十七楼走下电梯时，正巧碰到反贪总局秦局长走进电梯。身边伴着两大包土特产，让侯亮平有些不自在。侯亮平和秦局长打了个招呼，想装作不认识蔡成功，可这混蛋奸商偏冷不丁叫了一声"猴子"，引起了秦局长的注意。秦局长扫了奸商一眼，随便问了句：小侯，来客人了？侯亮平只得扮着笑脸说：哦，老家的人，来北京办点事。

进了家门，礼品包一打开，竟是两箱茅台酒，一箱中华烟，和一套深色西装。侯亮平恼火透顶，当场发作，我说蔡包子，咱老家啥时候生产茅台酒和中华烟了？你他妈真有气魄呀，给我成箱地送！咋的？想把我送到监狱去是吧？大老远跑来害我？咱没啥大仇吧？

蔡成功直摇头，似乎也很无奈，没办法，这就是我们商人的生存常态啊！我们商人之间私下常说，婊子、票子、房子，我们总有一子能说服你！哦，猴子，不包括西装烟酒啊，这些小来兮没说服力！

那我也和你说吧，偷税、漏税加行贿，政府总有一个筐能把你装进去！政府的筐品种繁多，也比较有说服力！包子，你就造吧，好好造吧！哪天造进去了，别指望我捞你！说罢，侯亮平板起面孔，指着那些没有说服力的礼品，别啰唆了，快把东西都搬走，麻利的！

蔡成功只好让司机把烟酒扛出门，自己在侯亮平对面坐下了。

老友相见的兴奋烟消云散，蔡成功堆起一脸愁苦。他也是被逼得没办法，厂子没了，股权丢了，他连死的心都有。侯亮平故意说：不至于吧，不就是拆迁吗？你一个服装厂摆在光明湖边也不合适啊！蔡成功拍着大腿叫苦，哎呀，我的猴哥，你咋到现在还没弄明白啊？不是拆迁的事，是山水集团侵吞我们大风厂的资产，他们巧取豪夺啊！

蔡成功鼻子旁边长着一个瘊子，紧张时鼻翼翕动，那瘊子就一跳一跳的。侯亮平从小就熟悉这副尊容，一年级起两人就在一块儿厮混，他是优等生，蔡成功是劣等生，却奇怪地成为好朋友。主要是蔡成功像狗皮膏药老黏着他，抄他作业，沾他点威信好在同学们中间抬得起头来。小学期间顽劣无比的蔡成功只听侯亮平的话，这也使少年侯亮平的虚荣心得到很大满足。长大后蔡成功经商，侯亮平从政，两人虽没多少来往，发小的感情还是挺深的。侯亮平这才问：你挺精明的一个人，咋就弄丢了大风厂的股权呢？贪官，我被贪官害了！蔡成功斩钉截铁地说。据蔡成功叙述，他真冤，比窦娥女士还冤。他借了山水集团一笔钱不假，可他算得上老江湖了，怎么会为这笔钱就弄丢大风厂的股权呢？他是碰上了阴谋和暗算，被官商勾结夯了一闷棍……

侯亮平举起一只手，等等，包子，把这个过程说清楚一些！

蔡成功说：我借了山水集团五千万过桥资金——过桥懂吧？就是借钱还银行到期贷款，过几天银行批下新一期贷款，再把钱还给山水集团。这也算中国特色，商界普遍采用过桥方式解决新旧贷款的衔接问题。没想到银行突然断贷，新的贷款批不下来，山水集团的过桥钱就没法还了。因为借钱时用股权做了质押，法院走了个简单程序就做出了判决，我大风厂的股权就归了山水集团。从质押到断贷，人家早把套设好了，就等我往里钻呢！这里面肯定有贪官权势之手在操作，否则我这种老江湖怎么可能稀里糊涂输得那么惨呢？

侯亮平耐心听着，大风厂股权之争在他脑海里勾画出了一个大致轮廓：就是一场司空见惯的经济纠纷嘛，难怪陈岩石向反贪局局长儿子报案儿子不接呢！就当事人的这个叙述来看，哪来的啥贪官啊？发小又虚张声势了，以为他这个反贪总局的侦查处处长能乱来呢，真可笑！

蔡成功益发可笑，猴子，你不必出头说话，只需暗地里调查，把贪官揪出来，我大风厂的股权就保住了！又说，这块资产要是真搞没了，厂子一千三百多号工人就得闹事，大家会找高小琴拼命的！现在的局面很危险，可以预感一场大动乱即将爆发，导火索正在燃烧……

侯亮平听不下去了，行了，别耸人听闻了！说点别的吧！

蔡成功急了，眼瞪得老大，猴子，你咋这样呢？我说了我要举报贪官，你反贪局是不是抓贪官的？你不能这样对待举报群众啊！

侯亮平只得应付，好，好，举报群众，你说！要举报谁呢？

哦，我要举报一大串贪官！但你必须保密！发小一边说，一边四下里张望。侯亮平心里好笑，说，这是国家机关家属宿舍，没人来听壁脚。蔡成功点了点头，竖起一根食指——第一个，我举报丁义珍！

丁义珍？侯亮平心里一动，这倒有点意思了！便也认真了，定定地看着蔡成功，包子，你和丁义珍也熟悉吗？那好，说说吧！

蔡成功神神秘秘述说起来。道是丁义珍可不是两箱茅台一箱中华打发得了的，光明湖畔企业拆迁、项目招标，丁义珍从老板们那里不知拿了多少好处。比如高小琴，据说送钱一箱一箱送，全是现金。丁义珍整天泡在山水集团会所，包了两三个洋妞，都是高总开销。商人们都知道丁副市长胆大包天，只要没人看见，他能把市委大楼扛回家去。大风厂的股权落到高小琴手里，丁副市长起码得分一半——他应该是阴谋的策划者，只要把他抓起来，大风股权谜案就能真相大白。

证据呢？包子，说说你掌握的证据，丁义珍凭啥分一半股权？

蔡成功手一摆，猴子，证据得你侦查处处长去侦查呀！你不查哪来的证据？我过去在丁义珍面前提过你，还狠狠地强调了一下最高人民检察院反贪总局。你这样，现在就打个电话给丁市长，开始侦查！

侯亮平哭笑不得，好，好，丁市长的电话号码呢？给我吧！蔡成功乐了，掏出一个小本本，翻开，递上，喏，这是他的手机，这是他家的！侯亮平扔掉本本，这些电话没用了，你有他在加拿大的电话吗？

加拿大？哎，丁副市长怎么会在加拿大？他咋出国了？蔡成功一怔，突然明白过来，以掌击额道，哦，他跑了，是不是？早就传着他要出事，还真出事了！哎呀，猴子，你们怎么就让他跑掉了呢？！

侯亮平半真半假地说：因为你举报得太晚了嘛！说着，自己斟了一杯茶，也给蔡成功斟了一杯，不是有一串贪官吗？继续，下一个！

蔡成功喝了几口热茶，想了想，把大脑袋探到侯亮平胸前，没说下一个，却是哀求：猴哥，省委高育良书记是你大学老师，对吧？求求你了，给他打个招呼，让他老人家放我一马，给我留条活路吧！

啥乱七八糟的？你要举报高书记吗？侯亮平吃惊地睁大眼睛。

蔡成功苦起脸，高书记是省政法界最高领导，没他点头，法院怎么会把我们大风厂股权判给山水集团？这里面有个秘密，恐怕你不知道——高小琴是高书记的亲侄女！有一次，我到山水度假村，亲眼看见高书记与高小琴的合影挂在大堂中央，所以我才栽在高小琴的手里。

侯亮平觉得蔡成功的这番话已近乎天方夜谭。高育良是自己的老师，他太了解了。老师是独生子，哪来的侄女？！却也不露声色，更不反驳，只引着发小继续说，第三个是谁？你还有贪官要举报吗？

有，这可是个狠角儿！蔡成功说是想起此人就肝颤，现在这人正在找他麻烦，内线朋友传出消息，此人已下令严密监视他。哪天自己莫名其妙死在监狱里，一定是此人下的毒手！此人心狠手辣，老婆是城市银行副行长，关键时刻断贷就是他老婆干的。高小琴肯定要分一大块股份给他们夫妻，因为没有断贷的阴招，大风厂股权就不可能落入山水集团囊中。要问这人是谁？省委常委、京州市委书记李达康！

事情变得越来越离奇，看来发小蔡成功又犯满嘴跑火车的老毛病了。扯上他老师不算，又扯上了一位京州市委书记。硬把一桩普通的经济纠纷臆想成了扑朔迷离的福尔摩斯探案，让举报有了说书的味道。这位发小小时候迷过几天说书，为此还逃学挨过他老爸的吊打。

蔡成功继续说书时，侯亮平不经意间发现，那套西装还没拿走。

西装带着衣套挂在门口的衣帽架上。侯亮平便打断了发小，问道：包子，这套西装你怎么没让司机拿走？蔡成功中断说书，解释说：拿走也废了，猴子，我是按你身材定做的！侯亮平说：扯啥呀你！我啥时让你量过身材？蔡成功叫，哎呀，猴子，你去年春节回来，咱同学聚会时我量的。我趁你喝得迷迷糊糊，把厂里大师傅叫来了，量了你的身材，给你定做了一身！你试试吧，贴上牌，一套就是两万三！

侯亮平火了，就这么提防，不小心还是让奸商装进去了，这叫啥事？遂板起脸，伸手指着房门，赶快拿着你的西装开路！你反映的情况我知道了，我会和汉东省有关方面联系核实，实事求是处理。请吧！

蔡成功站起来，大瘩子抖动得厉害。他走到门前，突然拉住侯亮平的手，猴子，我知道你心里肯定骂我奸商，可奸商只要没犯法，也是善良老百姓啊！侯处长，求你救救小民百姓，我说的都是真话！表面看是高小琴夺走了股权，背后不晓得有啥黑手。我的奶酪丢了，却没搞清是谁偷走的！现在我向你举报了那么多贪官，他们肯定都想弄死我。我没有背景，就你这么个当官的发小，只有你能保护我了……

蔡成功走后，侯亮平吃过晚饭照例出门散步。他住的小区是北京常见的部委机关大院，五六层高的平顶楼房整齐排列，前后有一块不大不小的绿地；门前院后小街纵横，汽车排满，商贩练摊，大妈跳舞……侯亮平在街上走着晃着，不嫌嘈杂，反倒觉得亲切温馨，家嘛，就该这样。每天晚上只要有空，他都要转悠许久。人转，脑子也转。

汉东省案情复杂，经验告诉他，丁义珍出逃必定会牵出一系列窝案。蔡成功的举报虽然没啥证据，但有些推测似有道理，比如，高小琴夺走股权的背后可能真有黑手。散步回来，侯亮平打了个电话给陈海，通报了蔡成功的到访，以及蔡成功举报的一串"贪官"。侯亮平建议陈海抽时间主动找蔡成功聊聊，也许会发现丁义珍案的一些线索。

结束通话，侯亮平到卫生间放水洗澡时，老婆钟小艾提着那套西装过来了，问是怎么回事？侯亮平这才想起蔡成功出门前的那番哀求。当时注意力一转移，就忘记让他把衣服拿走了。侯亮平便说了发小拜访的经过和自己的疏忽。身为纪委干部的老婆立即开讲廉政课：哎，我说侯处长，你也算是反腐前沿的老战士了，这贪腐的口子不都是在发小同学老朋友名义下打开的吗？侯亮平解释说：人家是给我量身定做的，拿走也得扔。老婆说：就是扔你也不能留！侯亮平有些烦了，我本来也没想留！钟主任，麻烦你联系快递，给他寄回去……

七

天蒙蒙亮时，郑西坡被王文革推醒。王文革是护厂队队长，比一般人高半头，又黑又粗，像一座铁塔。郑西坡也是高个子，可身材瘦，与王文革站在一起，仿佛铁塔旁插了一根细竹竿。王文革很紧张地告诉郑西坡，常小虎的拆迁队要进攻了！郑西坡打着哈欠，从沙发站起来说：别神经兮兮的，这段日子风平浪静，拆迁队怎么会突然进攻呢？

王文革神秘地说：师傅，我在拆迁队有卧底。那位小兄弟天不亮就来了电话，说昨夜市委书记李达康下了死命令，常小虎连夜在山水集团开会落实，一早就集合拆迁队部署行动。咱可千万不能大意！

郑西坡心里不由一惊，当即趿拉着塑料鞋走到院子里，三脚两步登上瞭望楼。四周如湖面一般平静，他擎着望远镜反复搜索，没发现啥敌情。于是，郑西坡和王文革走进食堂，放心地吃起了早餐。

不料，八点刚过，一辆喷有"特警"字样的武装警车突然冲到大风厂大门口停下，十几名警察荷枪实弹冲下车。瞭望楼上的哨兵及时发现了，立即报警。高音喇叭里的革命歌曲突然中断，广播声响起：工友们，山水集团总攻开始了，各就各位准备战斗！随即，警报拉响，一阵比一阵强烈。男女工人们抓起鸟枪、铁棍等武器，冲出各车间。草包码起的掩体里，护厂队员们拿出一个一个汽油瓶，摆了一大排。

郑西坡指着汽油瓶，告诫王文革，这东西要小心，别乱来！

王文革说：师傅放心，不到万不得已，我们谁也不想玩命。

郑西坡仍不放心。汽油不能玩，太危险，这不能听蔡成功的！老板为保卫大风厂煞费苦心，战壕里的汽油是蔡成功逃跑前让摆的。说是拆迁队动用大型机械进攻，只有火海阵能抵挡！郑西坡怕出事，一直让撤，王文革不听，说大家伙都红了眼，关键时啥武器都得用。

离开王文革，郑西坡登上瞭望楼，只见警察们持枪持盾，组成人墙，严严实实堵住了厂门。警车上的喇叭在广播：大风集团的工人同志们，根据我市光明区人民政府二〇一四年九号令，你们厂区的土地已被光明区人民政府依法征收，请你们立即打开厂门，实施搬迁……

厂内大喇叭的革命歌曲这时又响了起来，渐渐压倒了门外广播声——咱们工人有力量，嘿，咱们工人有力量，每天每日工作忙……

郑西坡见势不妙，掏出手机搬救兵。他和陈岩石是忘年交，这些年大风厂与陈岩石的联系，都是通过他完成的。拨通电话，郑西坡急切求救说：陈老，坏了，山水集团来进攻了，还来了一车警察！陈老你不帮我们，就要出大事了，大风厂这里的情况你知道的！陈岩石连忙说：好，好，郑诗人，你等着，我马上找公安局……

一会儿工夫，陈岩石的电话打了回来，他找过市局了，市局根本没有出警！这伙人是冒充警察，赵东来局长已经派人来抓现行了！

郑西坡顾不得感谢陈岩石，扬起手机大喊大叫，大伙别害怕，门外那些警察是假的！陈老帮我们查清楚了，真警察很快就来了。

王文革一听，来劲了，振臂一呼，跟我冲出去，活捉假警察！

护厂队的工人们随即涌出大门。一个警官模样的人知道露出马脚坏了事，喊了声：收队！假警察们慌忙收起盾牌、警棍，鱼贯上车溜了。涌出厂门的工人便向警车扔石头，警车屁股冒着黑烟，狼狈逃窜。

一场虚惊过后，郑西坡走下瞭望塔，再给陈岩石打电话，千恩万谢——兔崽子跑啦！陈老，您真是我们的恩人救星啊。要不是您老人家一直帮我们顶着，我们大风厂早就灰飞烟灭了。陈岩石说：也不能这么讲，政府终究会解决你们的问题。郑诗人啊，你可答应我啊，千万别让工人冲出厂门，尽量避免发生冲突，更不能发生恶性事件！

郑西坡郑重地说：陈老，我保证，我保证……

这样，一个重要的日子逼近了——二〇一四年九月十六日。

二〇一四年九月十六日傍晚，郑西坡照例去光明湖边走走。他希望看到初秋之夜的那轮诗意盎然的月亮，但九月十六那日注定是个阴暗的日子，天气不好，厚厚的云层遮挡住所有的光线。就在郑西坡失望地转身回归时，老板蔡成功久违的奔驰轿车在厂门口停下了。

蔡成功借着夜幕，做贼似的从侧门溜进工厂。恰巧王文革到门口查岗，见了失踪许久的老板，产生了兴奋和冲动。王文革一把揪住老板的衣领，将蔡成功拎了起来。生产和护厂的工人得知老板回厂，纷纷赶来，围绕住蔡成功七嘴八舌吵：老板，你让我们找得好苦啊！你跑，能跑到天边去？蔡成功辩解：我没跑，是到北京上访去了。还夸张地说：我都把大风厂的御状告到了最高人民检察院，一个叫侯亮平的侦查处处长亲自审理了案件。众人怒道：见鬼去吧！你把我们的股权卖光了，钱呢？把钱分给我们万事皆休，敢独吞，就把你扔这壕沟里埋了！蔡成功说：股权不是卖，是质押。哎呀，说了你们也不懂。我被山水集团骗了，被高小琴耍了！我自己的股份也打了水漂啊……

没人相信尽说故事的蔡老板。性急的人开始推推搡搡，蔡成功脚下一绊，摔了个大马趴，额头磕在石台阶上，顿时流出许多鲜血。

正在此时，郑西坡遛弯回来，急忙阻止工人们。郑西坡说：我为蔡老板担保，他跟我们一样，也是受害者。郑西坡又责备蔡成功：这黑灯瞎火的，你突然回厂干吗？蔡成功一手用手帕捂着伤口，一手在上衣口袋里摸出一张支票，尤会计呢？我来给尤会计送支票，这不是又钻窟打洞弄了点钱吗？给大家发工资，我不能亏了护厂的弟兄啊！

工人们这才有些感动。王文革接过支票说：我去找尤会计，你就别用脏手帕捂伤口了，小心感染。郑西坡在路灯下看了看蔡成功头上的伤口，吓了一跳，伤口像一张小孩嘴，血淋淋张着。他忙扶住蔡成功道：哎呀，这伤得不轻啊，怕是得缝几针。走吧，我陪你上医院。

蔡成功临走时，双手抱拳，转着圈四处作揖，眼含热泪叮嘱大家：兄弟们，守好大风厂，这是咱们的厂啊，我蔡成功全拜托你们了！

应该说，蔡老板在厂里人缘还算不错，虽然自己在外边做各种投机生意，待工人却也挺厚道，工资奖金从不拖延。当初国有企业搞改革，抓大放小，像大风服装厂这类竞争领域企业，政府主动出让股权。蔡成功承包建筑工程，挖到第一桶金，买下百分之五十一的股权。今天，他当然希望工人们能守住工厂，这厂既是工人的，也是他的。郑西坡扶他上了停在厂门口的奔驰车，沿着废墟中的蜿蜒小道，渐渐驶远……

郑西坡如果知道后面的事情，肯定为自己送老板去医院后悔不已。拆迁队就在此时发动了总攻！拆迁大王常小虎在大风厂也有卧底，刚才工人们围攻蔡成功，以致他受伤的一幕，常小虎完全掌握。这可是天赐良机啊！常小虎靠拆迁起家，经验丰富，心狠手辣，是京州出了名的拆迁大王。这次拆大风厂，山水集团许下了难以想象的丰厚报酬，所以常小虎志在必得！他知道政府给高小琴撑腰，他的动作大一些，过分一些，都不是什么问题。但关键是期限，离高小琴规定的时间只剩三天了，今晚必须拿下大风厂！常小虎很有心机，白天只是试探性进攻，为摸清厂里防卫情况的虚实。然后养精蓄锐，精心准备。

常小虎把手下三个中队长叫来。一中队是身上刺龙画虎的流氓打手；二中队换上警服，出动警车，在夜色掩护下再次冒充警察；三中队是机械化部队，推土机、铲车等大型机械一应俱全。行动前，常小虎向队长们交代得很清楚：此役要尽量避免流血，如果迫不得已非流点血不可，那也不要怕。但有一个原则必须记住，不准死一个人！

在这风高月黑的夜晚，拆迁队出发了。他们像一股暗涌，悄悄逼近大风服装厂……

站在瞭望楼上的值班工人最先发现敌情，他招呼王文革上来。无需望远镜，王文革借着月色就能看见黑压压一片大机械，暗道：坏了，这真是拆迁总攻！便炸雷般地吼：紧急集合，准备战斗！警报尖利地响起，渲染出毛骨悚然的气氛。大喇叭一遍又一遍地广播动员令。探照灯照亮工人们惨白的脸庞，他们激动，紧张，仿佛一群疯子！

郑西坡不在现场，王文革只好与几个骨干仓促商量：看来这一次不动用最后的霹雳手段，是挡不住他们的进攻了，我们下决心吧……

所谓最后的霹雳手段，就是点燃汽油，使用汽油自卫。只有燃烧的火海，才能挡住大机械的进攻。在王文革指挥下，护厂队骨干们把排在墙边的汽油桶全滚了过来，一股脑将汽油注入战壕。顿时，大院里弥漫开一股刺鼻的汽油味，这怪异的味道更加剧了人们心中的恐惧。

老工人马师傅很担心，哎，文革，这么干会不会烧死人啊？

王文革说：烧死了活该！他们冲进来，我们肯定得自卫。他们要往火里冲，我们有啥办法？许多人跟着王文革应和：就是，就是！

马师傅建议：文革，快给郑西坡打个电话，听听他的意见吧！

然而，这种紧张时刻大风厂领导同志郑西坡的电话却打不通了。

在场工人看得清清楚楚，王文革掏出手机，刚刚拨通了郑西坡的电话，手机竟然断线了。王文革着急地对着断线的手机大喊：他们进攻了，我可要点火啦……师傅，你说话呀！可怎么喊都没有应答。

各种大机械轰轰然朝大风厂门前压过来。警车里的假警察纷纷跳下，打手们穿着一色黑衣黑裤，提着尺把长的西瓜刀往前冲。在重型推土机的轰鸣声中，工厂大门轰然倒塌了，墙体摇摇欲坠……

王文革擎着打火机的手在颤抖，巨大的精神压力使这条铁汉子额头滚下黄豆大的汗珠。他另一只手仍在一遍又一遍地按着手机，口中喃喃道：师傅，郑师傅，你倒是快接电话呀……

郑西坡没法接电话，他的手机被抢走了。送蔡成功到医院后，郑西坡急忙打的回来。经过废墟时出租车司机看到前方混乱不肯走了，他只得步行回厂。忽然，两个假警察从黑暗中突然跳出，扭住了他的胳膊，没收了他的手机。他被带到常小虎面前，常小虎与他握手，你就是大名鼎鼎的郑诗人吧？好，我们今天终于见面了！郑西坡神情严肃地说：常总，你们最好把手机还我，放我回厂去，否则接下来的局面会无法收拾！除了掩体战壕里的汽油，厂里还有个二十五吨的汽油库！

常小虎一怔，郑诗人，你别诈我呀！郑西坡急眼了，发誓自己讲的是真话。厂子有一个自备汽油库，专为运输车队加油的，工人占厂后，正是为了防备今天，才一直保持满库。常小虎愣住了，他是理智的人，不敢冒过大的风险。片刻，常小虎拿起手机下令：全给我停下！

郑西坡不知道厂内现场状况，急得脑袋轰轰响，就怕王文革沉不住气，真把汽油给点着了。王文革跟过他几年，算得上正经徒弟，人品不错，就是性子急。从名字就可看出，他出生在一个动乱年代，性格里打下了那个动乱时代的某种印记。家里穷，老婆经常闹离婚。大风厂的股权对他们这个家庭太重要了，孩子小，要上学；房子破，想搬新家；老婆也因股权这点希望，没有最后绝情离去……其他护厂工人的情况也差不多，穷人家家都有一本难念的经，都指望那点股权翻身呢！所以，谁要想拿走他们的奶酪，他们就会跟谁拼命。郑西坡祈求王文革冷静，心里一遍遍告诫徒弟，千万别去点火，千万千万！

王文革倒很理智。东西两面的围墙现在都倒塌了，铁门被推土机的履带轧扁了，他仍然没敢点火。打火机捏在手里，被汗水浸透，胳膊抖得不行，但他还是极力克制着自己。他耳边响着师傅郑西坡以往强调了不止一次的声音：没有我的命令，谁也不许点火，包括你！

忽然，推土机、铲车都停住了，双方在月色下近距离对峙。

尤会计喜欢玩手机摄影，发微信微博什么的，冲突发生后，他一直在忙碌。见大机械在面前停住，他产生了一个天大的错觉，以为这是自己的功劳。就对护厂队长王文革说：瞧，他们害怕了！我的手机相当于一家电视台，已经把他们的野蛮拆迁行径曝光到网上去了……

王文革虽说不信尤会计那一套，但眼前的危机确实缓解了，就把手上的打火机装回了衣袋，还甩了甩酸痛的手臂。师傅郑西坡说得没错，汽油燃烧的结果很可怕，现在他终于可以避免做出危险的抉择了。

然而，这时发生了意外。意外就是意外，谁能躲得了意外呢？

就在事情往好的方向发展时，优秀护厂队员刘三毛，因为过于紧张，偷偷抽了支烟。推土机停止进攻，他松了口气，下意识地把烟头弹了出去。这是致命的错误。汽油浸透了土地，三毛脚下大火骤然而起。他号叫着乱跑，跌入了壕沟。一些靠得较近的员工身上也着了火，推土机内的驾驶员纷纷弃车逃跑。王文革带领护厂队员扑火，用衣裳扑打着火的员工，命他们在地上打滚，水浇，沙埋，灭火器喷，能用的方法都用上了。厂区四处弥漫着焦煳味道，油烟刺鼻催人流泪。火舌舔着夜空，翻卷摇曳，炙热烤人，像一群冲出了囚笼的暴烈猛兽。

大风厂化为一片火海，火光照亮每一个角落，到处狼藉一片，呈现出地狱景象：有人哀哭，有人战栗，有人尖叫。受伤者躺在污迹斑斑的水泥地上，或号叫打滚或已陷入昏迷。王文革拼死从壕沟拉起青工刘三毛，自己身上也着了火。马师傅跪倒在地，双手举过头顶，呼吁救苦救难的观世音菩萨保佑。摄影爱好者尤会计很冷静，擎着智能手机寻找各种角度拍摄熊熊燃烧的大火。火焰千姿百态，妖娆多变，化为一幅幅尤会计创作的血泪交加的图片真相，及时传到互联网上。

于是，世上无数人在这颗星球的无数地方几乎同时看到了二〇一四年九月十六日夜间发生在京州光明湖拆迁现场的这场大火……

八

尤会计的话没错，在自媒体时代，一部智能手机就相当于一家电视台。大火图片、视频在网上疯传，很快遍布天下。侯亮平是在云南看到视频的，他带队在昆明调查赵德汉案的另一位行贿者，当晚在大排档吃宵夜，等着上过桥米线。一位年轻侦查员喜欢用手机上网，忽然叫起来，哎，侯处长，你们老家出事了！就把手机递给了侯亮平。

现场直播式的视频令侯亮平震惊。侯亮平无暇多看，立即挂电话向老师高育良报告。老师是政法委书记，像这种大事，就算老师已经知道了，他报个警也不算多事。电话把高育良从梦中惊醒。后来侯亮平听说，老师查实情况后，立即给公安厅厅长祁同伟发出指示，让祁同伟赶到大风厂处理这起突发性事件，还打了电话给李达康了解情况。李达康当时正驱车驶往火灾现场，掌握的情况并不比网络上和视频上更多，也说不出什么道道。向老师电话报警时，侯亮平并没想到，这场大火和他会有啥关系，更没想到这场大火后来会被称为"九一六事件"，政治余烬续燃不息，会吞噬汉东省官场那么多的大小官员……

二〇一四年九月十六日这夜，李达康登上前些天与高小琴会面的小山坡，看着山下光明湖畔大风厂区的冲天火光，觉得自己也陷身火海了。他的一颗心在经受着火焰的无情炙烤，身上一阵阵冷汗。

有关部门领导差不多都赶到了，公安局局长赵东来和区长孙连城也在现场。孙连城汇报说：情况很糟糕，这种拆迁废墟，四处瓦砾砖头断壁残垣，赶到现场的消防车开不进来。李达康吼：跟我说啥？马上组织人员清除障碍啊！孙连城要走，李达康又叫住他问：现在死伤多少人？孙连城答：没听说有烧死的人，有几名重伤的正在抢救，烧伤的有三十多人。这只是大概数，精确统计还没有。李达康转身指示卫生局局长，立即通知省市各大医院，开通绿色生命通道，全力抢救伤员！

市公安局局长赵东来的汇报更令人焦虑：大风服装厂前厂区有一座存量为二十五吨的汽油库，如果大火蔓延，汽油库爆炸，后果不堪设想！李达康指示，赶快疏散人群，绝不能再出现新的伤亡了！赵东来说了一个难解的复杂情况——拆迁队开来一部假警车，工人们把假警车和假警察团团围住了，双方很可能动武。现在，市局的真警察又包围了在场工人，劝工人们保持理智，依法维权。这样一来，包围圈套着包围圈，场面极其混乱。他们一直在做疏导工作，可工人不相信他们是要抓假警察，非说他们是来救假警察，认定他们是一伙的……

就在这时，公安厅厅长祁同伟赶到了，他大步走过来，大声地发布命令：赵局长，要果断处理，必要时鸣枪示警，动用警具，武力清场！

李达康一怔。祁同伟走到他面前，坚定地说：李书记，现在是非常时刻，汽油库爆炸，谁都负不起责任！必须清场，不能犹豫啊！

李达康想了想，当即下定了决心，赵局长，听祁厅长的！

赵东来稍有迟疑，但仍敬礼服从，是，李书记，祁厅长！

片刻，警方的广播声在夜空中响了起来——大风厂的员工同志们，厂区内的汽油库随时可能发生爆炸，为了你们的人身安全，警方即将执行清场任务，请听到广播后立即离开现场，立即离开现场……

广播声没起作用。厂门前的男女员工们手挽着手，组成一道道人墙，把十几个假警察包围在警车里，和警方对峙。火光映红了一张张严峻的面孔，许多手机不断闪光，在对着真假警察录像、拍照。这时天阴了下来，月黑星暗，乌云浓厚，仿佛一口黑锅倒扣苍穹。人们被广播声激怒了，益发不肯放过这场灾难的肇事者。工厂被毁，兄弟姐妹被烧伤，这笔账怎能不清算？一旦决心拼命，他们比汽油燃起的大火更可怕！假冒警察在颤抖，豆大的汗珠从他们的额头脸庞滚落……

这时，祁同伟再度发出指示：赵局长，鸣枪示警，武力清场！

谁也没想到，就在这万分紧急时刻，一位老人阻止了清场——

"九一六"这夜，陈岩石先是接到郑西坡的告急电话，后来又看到现场视频，得知大风厂出了事，不顾老伴劝阻，骑自行车赶了过来。

——李书记，千万不能开枪，我们面对的可是工人群众啊！

李达康很意外，陈老，您怎么来了？这不是您待的地儿，快回去!

陈岩石伸出手掌,李书记,给我一只喇叭,我过去劝劝他们。

祁同伟说:别劝了,现场太乱,很危险,我们马上要清场了……

陈岩石火了,清啥场?激化矛盾吗?现在已经不知烧伤多少人了,再造成新的伤亡吗?快去找个喇叭来,我把工人劝回厂……

这时,警方的广播声再次响了起来。

陈岩石急得跺脚,李达康、祁同伟,还有你,赵东来,快下令阻止他们,快!我告诉你们,大风厂的工人为股权而战,不会轻易退缩的。如果发生冲突,真弄出几条人命来,你们三个谁都脱不了干系!

这话很有分量,李达康明白自己的政治责任。他看了看祁同伟,祁同伟摇头,但他还是下了命令:赵局长,暂停清场,让陈老试试!

陈岩石在两个警察的搀扶下,走向火光冲天的大风厂。他手持电喇叭,把郑西坡、马师傅等熟悉的工友喊到面前,开始对工人讲话。

——工友们,同志们,今天面对你们,我的心情十分沉重,欲哭无泪啊!这个厂当年是在我手上改的制,现在你们的股权丢了,拆迁后还要失业丢饭碗,我怎么能无动于衷呢?但我还是要恳求大家,保持理智,保持克制,千万别激化矛盾!请大家先退回后厂区去……

火光映照下,工人们一动不动,一张张沉郁的脸上刻着怀疑。大家知道老人深夜跑来,是为他们好。但在这严峻时刻,在他们以命相搏的关头,又怎么肯为这位老人一番得不到任何保证的喊话让步呢？

陈岩石又举着喇叭喊：那先让消防车进去救火好不好？你们想要保住股权，但首先得保住自己的命啊！命都没了，要股权有何用？

回答陈岩石的，是一片无言的沉默。

陈岩石急了，要是厂内油库爆炸，大家一起完蛋，我陪着你们！

这话震动了工人们。郑西坡、马师傅、王文革等骨干，趁机连哄带劝，这才把黑压压的人群赶鸭子一般挤压回了后厂区。赵东来趁机将假警察铐起来押走。那辆警车也完好无损地开出废墟。

事情就此向好的方向转化。废墟路障清除，消防车进厂将火迅速扑灭。没多久，石油公司的抽油车也开来了，准备将汽油库存油全部抽走。现场危险因素一一消除，更大的灾难得以避免。不知何时，风吹散了云块，月亮在中天大放光彩，把大地照成了一个银色世界。

李达康长长松了一口气，悠然点燃一支烟。光明湖平静如镜，银盘似的圆月映在湖心，美得醉人。微风吹皱了湖面，一片碎银熠熠闪光。小山上散落着马尾松，松针颤动送来幽幽香气。一只夜鸟从树丛中飞起，发出梦呓般的啼鸣，奇妙动听。染红天际的大火熄灭了，光明湖畔仿佛没有发生任何事情，天地重归寂静。什么是美？太平世界最美。秘书出身、素有文人情结的李达康，在心里做出如是结论。

然而，偏在这时，祁同伟走到他身边，英俊的脸庞挂着微笑，李书记，我有个建议，不知当说不当说？

李达康抽着烟，注视着远方厂区，啥建议？祁厅长，你说！

事情既已如此，干脆趁热打铁，还是连夜把大风厂拆掉吧！

李达康怔了一下，扶了扶眼镜，看着面前的公安厅厅长思忖着。

公安厅厅长老谋深算，你今夜不拆，以后拆起来只怕就更难了！

李达康长长吐了口气，这才郁郁说：是啊，是啊！祁厅长，你这话说得没错！长痛不如短痛，我本来就让他们一周内拆掉的！

市委书记同志一颗本已平和下来的心在公安厅厅长同志的建议下又躁动起来，原就生灵活现的新城梦又及时从脑海里跳了出来。真是的，事已如此，为何不拆？以后蔡成功这奸商不知道还会做啥手脚。

当然，有个环节必须处理好，那就是老同志陈岩石。

李达康让赵东来把陈岩石请到面前，紧紧握住老人的手拼命地摇着，陈老，谢谢您！我代表市委、市政府感谢您啊！没有您老挺身而出，不知下一步会发生啥！不过，这个大风厂，是光明湖畔的一块疮疤，留着它终究是个隐患——书记同志把嘴巴贴近老人的耳朵，显得机密而亲切，陈老啊，和您商量一下，我们今夜还是要把厂子拆掉！

陈岩石很意外，也很吃惊，什么？！李达康，你……你敢！

李达康压住心底的暗火，努力微笑着，陈老啊，我知道您是为工人群众着想，可群众不是违法的挡箭牌啊！您老更不能做他们的靠山——没有您老的支持，他们大风厂也不至于和政府对抗到今天嘛！

陈岩石大怒，李达康同志，你知道他们为什么要对抗吗？他们被不法奸商欺诈了，我早就向你和市委汇报，给你写信打电话，你不理我！不客气地说，今夜的事，你李达康和京州市委责任不小！

李达康愣住了，片刻，近乎庄严地说：哎，陈岩石同志，我以党性和人格向您老保证，我既没收到您的信，也没接到过您的电话！

陈岩石手一挥，那你就是被架空了，脱离群众不接地气了！政府要言而有信。换个时间拆吧，我来做工作，今夜不能再激化矛盾了！

李达康向来说一不二，绷起脸道：区政府早就发过通知，我也代表市委下了死命令，今夜必须拆除大风服装厂——这事就这么定了！

秋天的深夜，已有了丝丝寒气，湖面吹来的风加剧了凉意。陈岩石打了一个寒噤，脸上浮现出深重的悲哀。老人似乎想说什么，嘴唇哆嗦着，却一句话也说不出来。这一瞬间，李达康心中又有些不忍，也想说些安慰老人的话，却因着强势惯了，一时竟难觅安抚的词句。

恰在此时，黑暗中响起来自厂区的高音喇叭的广播声：大风厂的兄弟姐妹们，政府欺骗了我们，常小虎的拆迁队又来进攻啦……

李达康和陈岩石一起转回头来。借着月色，可以看见大风厂的情景。推土机冒着黑烟开始移动，常小虎的人马跟随大机械再次逼近大风厂。工人们愤怒了，拿着武器冲出工厂，一场冲突眼看又要爆发！装满汽油的抽油车也被挡住去路，十几个女工在车头旁席地而坐。汽油留下来，又将成为工人们的致命武器。形势立刻变得紧张万分……

陈岩石又气又急，冲着李达康摇头叹气，瞧瞧你干了些啥？

今夜你们真要拆，就从我身上踏过去，让推土机把我这把老骨头碾碎了！

下面的故事就很戏剧性了。陈岩石手持喇叭，一心要走到工人中间去做工作，警察却挡住他的去路，就是不让他过去。但他们也不敢动硬的，个个笑脸相对，口口声声喊着，陈爷爷，您不能去，太危险；陈爷爷，我们领导也是为您好啊；陈爷爷，您就算可怜我们了，行不行？

陈岩石在警察的包围中左突右冲，寸步难行。老人无奈，被迫掏出手机打电话向当年的部下求援：高育良，我被捕了，快过来救我！

高育良注定此夜无眠。他吃了两片安眠药，刚迷迷糊糊入睡，手机就响了起来。听了陈岩石的诉说，高育良惊得翻身坐起。他的第一感觉是，这个李达康做得太过分了！但凭他的城府，又不能替陈岩石出头说话。汉东省官场很复杂，他与李达康又存在嫌隙，什么"政法系""秘书帮"的，为拆迁这种事，他实在不宜对一位省委常委指手画脚。于是高育良委婉地劝慰陈岩石，老领导，你别上火。这事我不好直接说达康同志，毕竟他也是省委常委嘛。我分管政法，管不了他。你还是……陈岩石打断了他，既然你管不了他，那就麻烦你替我找一下新来的沙瑞金书记吧。你就说，我，一个叫陈岩石的老家伙，有急事找他！

陈岩石说完挂断电话。高育良暗自诧异，听口气，这位老检察长与新来的沙瑞金书记关系非同一般啊？高育良不敢怠慢，当即给沙瑞金书记的秘书白处长打了个电话。白处长说：沙书记在岩台市调研了一天，晚上又和当地干部开座谈会，才睡着不久，不便打搅。高育良说：那就等明天吧，你告诉沙书记，我们老检察长陈岩石有急事找他。

高育良又来到书房。他想，倒是应该给达康书记送个顺水人情。于是，他拿起电话，把陈岩石的求援和对新省委书记的无限期待，及时告知李达康，且意味深长地提醒说：老兄啊，你看看沙书记的意思再拆大风厂也不迟嘛！李达康一迭声地道谢。高育良回到卧室重新躺下，身心格外舒坦。不善于处理这些关系，他高育良就不是高育良了。

李达康如果反应迟钝，那也不叫李达康了。李达康立即清醒过来：这个陈岩石看来还真不好惹啊！沙瑞金刚从中央空降过来，谁也摸不着底细。陈岩石年逾八旬，属于父辈领导，沙书记年轻，谁知道他们之间是什么关系？莽撞行事说不定真会踩上地雷。他希望新书记沙瑞金注意他的强大政治存在，就不能忽视新书记更加强大的政治存在。

接下来，李达康的动作令人眼花缭乱，而且毫无逻辑——先是命令孙连城停止拆迁。孙连城问为什么？李达康说：不要问为什么，立即执行！又指示公安局局长赵东来，保护好陈老，准备一辆救护车，万一老人身体不适，马上送医院！还脱下身上的夹克衫，送给陈岩石披上，以防老人着凉。天快亮时，行管处送来一车豆浆、盒饭，让领导们垫垫饥，李达康却指示先把这些送给厂门口的陈岩石和工人群众。

于是，这日清晨，在强拆现场，祁同伟看见这样一幅情景：面对一排推土机，陈岩石独自坐在一张破沙发上，他的身后，是黑压压的男女工人。晨风吹乱了老人的满头白发，脸上坚毅的线条使老人看上去像一尊雕塑。而市委书记同志的那件咖啡色夹克衫却披在老人身上。

祁同伟实在忍不住，奇怪地问道：李书记，怎么忽然就改变了决定啊？你这都是怎么想的？李达康笑着点上烟，慢悠悠地说：祁厅长啊，我呀，忽然想通了一个道理——陈岩石老人是代表我们与工人同志沟通的，他的形象属于党和政府。我们和他对立，岂不是笑话？

祁同伟无语，一脸迷惘。但仅仅几小时后，他就弄清其中门道了。

迎着东方亮起的第一缕晨曦，李达康来到大风厂门前。行管处处长正在给工人们分盒饭，李达康走上前，亲自把早餐送到工人手里。电视台的摄像镜头及时跟进，拍下这感人的一幕，把强拆变成了亲民秀。

朝霞鼓舞人心地飘荡起来。朵朵云彩无比绚烂，橘黄色、浅紫色、金红色、黛青色，像一群孩子蹦蹦跳跳跑出幼儿园。太阳亮相之前，天空如此热闹，这一切渲染烘托着每天的一个伟大瞬间——日出。

背负着又一个日出，沐浴着新一天的阳光，李达康不失威严地站在陈岩石身旁，拿着喇叭，慷慨激昂地对工人发表了阳光讲话——

……今天，陈岩石同志用行动践行了我们党从人民中来、到人民中去的光荣传统，为我们树立了一个很好的榜样！我要代表市委、市政府向陈岩石同志表示衷心的感谢！同时，我也向在场的父老兄弟郑重承诺：陈岩石同志当年对你们的承诺，就是我和市委的承诺，一定会得到履行。我们的改革说到底是为了实现全体人民的共同富裕……

回到市委办公室，李达康主动给省委书记沙瑞金打了个电话，扼要汇报了昨夜大风厂的突发事件，诚恳检讨，并为陈岩石大唱赞歌。

这时，沙瑞金和秘书白处长正在岩台宾馆吃早餐，餐厅大电视正播放着李达康政治正确的讲话。沙瑞金没多说啥，在电话里只轻描淡写道：我今天回京州，达康同志啊，你这些话就留到常委会上说吧。

九

新任省委书记沙瑞金戴着一副宽边眼镜，相貌儒雅慈善，嘴角常挂笑容，目光却深邃锐利，一看就是个外圆内方、刚柔并济的人。新书记调研回京州没几天，就主持召开了中共汉东省的省委常委会。包括高育良和李达康在内的十三名常委围着会议桌正襟危坐，气氛凝重。

沙瑞金微笑中的开场白貌似随意，却意味深长。说是为开好这个常委会，他做了一些准备，十六天跑了八个市，做了一些调研。调研结束当夜，又赶上了京州的"九一六事件"。一个经济大省有史以来第一次向全世界进行了一场群体事件的现场直播，让他深感不安。

新省委书记开宗明义就是"九一六事件"，李达康坐不住了，他举起手，要代表京州市委向省委做检讨。沙瑞金摆了摆手，要李书记别急于检讨，而是首先认清这起事件的性质。李达康的心沉了下来。

沙瑞金认为这个"九一六事件"不简单，并做出初步判断：它不是一般的拆迁矛盾，是腐败引发的恶性暴力事件。事件的根源在于腐败，是一些干部的腐败行为激发和激化了普遍存在的社会矛盾。

常委们纷纷点头，交头接耳。新书记的话很尖锐，一针见血。

沙瑞金声音洪亮，我这么说是有根据的。反贪总局从北京一位小处长家里搜出两亿多现金，我们这边逃掉的同案嫌疑人丁义珍贪了多少？还有那些和丁义珍沆瀣一气的家伙又贪了多少啊？没有贪赃，何来枉法？大风厂员工的股权搞到哪里去了？为了股权，一把火烧伤了三十八人，六名重伤员生死未卜！这些都要查清楚，要给大风厂的员工，也给我们的人民群众一个交代！不管涉及谁，涉及哪一级干部！

沙瑞金手上的红蓝铅笔不经意间"啪"的一声，拍放到桌上。这声音在某些与会者听来，不啻一声惊雷，表达了新书记的反腐决心。

李达康的心一下子凉了半截。新书记高屋建瓴，明言反腐，把光明湖畔的那场火和逃走的丁义珍联系上了。作为地方主官，李达康深知自己的责任加重了，不仅要负领导责任，经济问题恐怕也脱不了干系。沙书记说不管涉及谁，涉及哪级干部，是不是在暗指他？

沙瑞金语气放缓，谈起了改革成就，汉东省和全国一样，经济上连续上台阶，GDP连续二十八年高速增长，一座座新城拔地而起，城乡面貌日新月异。京州、吕州和林城经济增长的速度不比北京、上海那些大城市差多少，应该说，汉东省改革开放成就很大很大，这是主流。

这虽说是官话，却也是事实。这种话让人听着舒服，高育良、李达康和与会常委们频频点头，以示赞同。高育良点头之际就知道，新书记绝不会让他们这么舒服下去的。——果然，沙瑞金把这番必说的官话说完，扫视着众常委，话题一转，变得更加凌厉！他狠批干部作风问题，毫不客气地指出，某些地区某些部门的干部素质，已经远远低于一般国民素质了。众常委以吃惊的眼神看着沙瑞金，这种提法真是振聋发聩。高育良不吃惊也做吃惊状，他倒能预料新书记的思路。

沙瑞金目光如炬，同志们，你们不要这么吃惊地看着我，这是我在调研时发现的令人痛心的事实啊！下面我还要具体讲。我请问：靠一些素质低下、道德水准低劣的干部领导一个地区、一个部门，这个地区和部门还能搞好吗？人家不骂我们瞎了眼吗？！所以，现在严重的问题不是怎么教育我们的人民群众，而是怎么教育我们的干部！

这话太刺激人了！常委们埋头记笔记。其实他们也抬不起头来，作为本省最高领导层，下面出现这些状况，谁都有推卸不了的责任。

沙瑞金继续说，显得深思熟虑，同志们啊，这种时候，重温一下我们党的历史传统很有必要。今天我特意请了一个老同志来参加我们的常委会，来给我们讲讲历史，讲讲传统，讲讲精神，讲讲怎么做一个共产党人！这位老同志是谁呢？大名陈岩石，离休的前汉东省人民检察院副检察长。有人不喜欢他呀，称他是块老石头！可我要说，老石头好啊，我们这个人民共和国的基础就是这些老石头们打下的！

这时，省委秘书长引着陈岩石出现在会议室门口。

沙瑞金率先站起来，让我们以热烈的掌声欢迎陈岩石同志！

高育良、李达康和常委们也纷纷站起来，鼓掌欢迎陈岩石。

看着陈岩石熟悉的面孔，高育良心里不禁嘀咕起来，新书记这是唱的哪一出？从未见过这样的常委会，请一个老同志来讲传统！今天的议题可是研究干部人事啊！前任省委书记留下了个一百二十多人的大名单，本来以为新书记不会接招，新书记却接招了。接了招又不按牌理出牌，谈反腐，讲干部队伍问题，现在又来了传统教育，这架势是要整风啊！高育良教授出身，深知理论的厉害，隔山打牛，谁的脑袋都有危险，便打起十二分精神，准备应对各种可能出现的情况……

陈岩石话语很朴素，讲起自己当年入党的故事。这老人入党，是因为队伍打岩台，不是共产党员就没资格背炸药包参加尖刀班。背炸药包是共产党员才有的特权，老人为了抢到背炸药包的特权，就在队伍开到岩台郊外时火线入了党。那时老人还是少年，实际年龄只有十五岁，因为要入党，就虚报了两岁。入党介绍人叫沙振江……

一听到姓沙，李达康心里动了一下：看来陈岩石和沙书记真有一层亲昵关系哩！又揣度高育良知道这层关系，所以"九一六"之夜打了电话提醒他。细想想他又觉得不对，老高为什么要提这个醒呢？高育良丧失了晋升省委书记的机会，会希望他顺利接刘省长的班就位省长吗？

陈岩石讲得动容：……攻坚战打响了，班长沙振江带着我和二顺子等十六名尖刀班战士每人背负着四十斤重的炸药包，鱼贯跃出战壕。城墙上，暗堡里，日军机枪疯狂扫射。冲在最前面的是沙振江，小红旗在硝烟中时隐时现。沙振江身后是我，再往后是二顺子……

高育良只看到陈岩石在讲述，至于讲的是什么，一句也没往耳朵里去。他和李达康一样，也在想心事。事情好像不对头，沙瑞金怎敢断言"九一六事件"是腐败造成的？这样讲话不轻率吗？这位新书记又是从哪里了解到的情况呢？该不会是陈岩石吧？新书记开宗明义就开销李达康，这是不是说，汉东省未来所谓的沙李配并不存在？李达康的省长和他先前的省委书记一样，只是诸多政治传言中的一种？

陈岩石越说越激动：……在距南门六十米的一棵老槐树下，沙振江身中六弹，壮烈牺牲！我把沙振江的炸药包背上，继续前进。一排机枪子弹打过来，我中弹倒下了。就在我挣扎着向前爬时，二顺子站了起来，跌跌撞撞前进了几米，连人带炸药一起滚到南门城门洞，拉动了导火线，南城门被炸开了。总攻的冲锋号终于响了起来……

李达康看着陈岩石有了些激动。当年老人背炸药包，"九一六"之夜这位老人也是背炸药包啊！幸亏这个老人的挺身而出，他才有所顾忌，才没坚持强拆让事态进一步恶化。现在想想，倒是祁同伟有些可疑了，他一个公安厅厅长，怎么想起建议他继续强拆呢？拆掉大风厂，对这位厅长有啥好处？据说厅长和美女老总颇有瓜葛，也不知真假？

这时，陈岩石已是老泪纵横：……二顺子牺牲时十六岁，只有一天的党龄啊。在我党历史上还有没有这种一天党龄的党员？我不知道。不过我想，在战争年代，像二顺子这种情况绝不会只是一个。这些党员用他们的行动，以自己的流血牺牲，实践了入党誓言啊！

常委们此时情绪激动，无不动容，沙瑞金的眼睛都湿润了。

陈岩石最后说：……因为入党，我虚报了两岁，提前离休了。瑞金同志这次问我，你提前离休没能晋升上副部级，后悔不后悔？我说不后悔。当年我们尖刀班十六个同志，一场攻坚战牺牲了九个，和他们相比，我够幸福的了。所以当瑞金同志代表组织向我道歉时，我说，这有啥歉可道啊？背过炸药包就该伸手要官要待遇了？参加尖刀班背炸药包是党员的特权，当年虚报年龄抢这个特权时，我甚至都没想到能活到今天！同志们，我这一生都为抢到的这个特权而骄傲啊！

沙瑞金和众常委热泪盈眶，掌声经久不息。

陈岩石离去后，省委常委会继续进行。

沙瑞金感慨万端，不时地用指节击打着桌子，同志们，战争年代，我们党员争抢的是背炸药包，是前赴后继去牺牲，奋斗牺牲是我们共产党员的特权。如今呢？我们一些党员干部争的是什么？权与钱！是前腐后继！为了升官发财，把封建官场那一套全学来了，搞得一个地区一个部门乌烟瘴气！举一个例说吧，我来本省任职，陈岩石可沾大光了，知道他喜欢花鸟，不少人往他那儿送花鸟，光鸟就送了十几只！如果陈岩石喜欢养宠物，恐怕熊猫老虎都会送过来吧！什么风气啊！

常委们面面相觑，会议室里的气氛又明显紧张起来。

沙瑞金继续说：有的干部，级别不低，这次还想进一步。他是管科技干部的，做了六年科技局局长、五年市委组织部部长，可我们的农业科学家，科学院院士，他竟然不认识！人家和他握手，他还仰着脸问人家是哪个单位的？稍有姿色的女干部呢，他个个熟悉，连偏僻乡镇上的女干部，他都能叫出人家小名。哎，这像什么话呀，同志们！

高育良感觉时机到了，应该主动出击了。历史经验告诉他，整风也罢，运动也好，抢夺话语权最重要。只有积极批评别人，才能最好保护自己。而且领导需要拥护，天然地喜欢率先拥护他的积极分子。

——瑞金同志，你说的这个同志我也听说过，就是喜欢泡女干部嘛，晚上经常拉扯着一帮女干部四处喝酒。只要一喝，肯定要把一两个女干部喝倒，送去挂水，影响非常不好，背地里大家都称他"花帅"。

沙瑞金激愤地说：这样只会喝花酒不干正事的花帅，我们能向中央推荐，安排副部级职位吗？当真把我们的人民政协当作花瓶了？！

会议开到现在，还没有一位常委发言呢。高育良第一个开口，而且插了新书记的话，令人刮目相看。然而，他有这个资格，毕竟曾经是省委书记的热门人选嘛！高育良又风趣地插话说：瑞金同志，我看啊，可以考虑安排到省妇联看大门嘛，发挥这位花帅的特长和余热。

李达康不满地看了高育良一眼。作为资深政治家，李达康已看清形势了——新书记不是针对"九一六"来的，而要做一篇大文章。他当然知道发言表态的重要性，也懂得批评别人抢得先机的技巧，但大秘书出身的李达康不屑于像高育良那样，跟着领导踢死老虎的屁股。他要等待时机，出笔不凡，风头豹尾，帮新书记写好开篇文章……

沙瑞金继续讲话：还有一个同志，我省的公安厅厅长啊，肩负着社会治安和维稳的重大责任啊，他倒好，那么多的正事不干，突然跑到陈岩石所在养老院的小花园里挖地去了！累得一头大汗，几乎光膀子呢！

调研回到京州，沙瑞金第一件事就是去看望陈岩石。进了养老院的门，却见着公安厅厅长祁同伟和陈岩石在一起挖坑栽花。沙瑞金的心里马上"咯噔"了一下：昨夜光明湖畔发生突发性群体事件，几十人被烧伤，这个公安厅厅长怎么还有心思在这儿当花农？后来才知道，不光是一个公安厅厅长，自从二十多天前他空降汉东省，陈岩石所在的这个养老院就热闹起来了！敏感信息如风一般传播：沙瑞金的伯父是陈岩石的入党介绍人和班长。新中国成立后，陈岩石经常用自己的工资接济烈士家庭，沙瑞金就是陈岩石供到大学毕业的。祁同伟得知信息后，已无李达康那样的表演机会和表演舞台，只能紧赶慢赶上门当当花农了。

高育良脸上的笑容凝结了。他既没想到祁同伟会跑到养老院去挖地，也没想到新书记会把矛头直接指向祁同伟，一时间有点蒙。

沙瑞金举重若轻，谈笑风生，我建议今年农村基层评劳模，就评这位祁厅长，反正我投一票。好同志啊，干农活的一把好手啊！

这时，李达康不失时机地出手了。下笔要狠，要抓骨头，要直点命门死穴！他朗声插言道：好啊，瑞金书记，你这个意见我赞成，我也投一票！这位同志就是靠吹吹拍拍上来的嘛。当年我做市委书记赵立春的秘书，祁同伟在市公安局做政保科科长，赵立春回乡上坟，我和祁同伟陪同，祁同伟真做得出来啊，到了赵家坟头跪倒就哭，眼泪鼻涕全下来了……李达康表情生动，绘声绘色，引得常委们不由窃笑。

高育良到底老练，笑问李达康：哎，达康同志啊，你想借哭坟说明什么？说祁同伟不是好东西？应该拉出去枪毙？这也不至于吧？

沙瑞金风趣地发挥，不至于，不至于！列宁倒是说过，应该把那帮吹牛拍马的家伙通通拉出去枪毙，但这是一时气话。国际共运史上目前还没有枪毙马屁精的先例。所以，祁厅长并没有什么生命危险。

高育良揪住对手不放，达康同志，今天是常委会，讨论干部人事问题。你这样评价祁同伟，我觉得有失偏颇。你说你当年亲眼见到了哭坟，我不怀疑这是事实。但是达康同志啊，祁同伟是不是触景生情想起了自己的哪位亲人？或者在那段时间哪位亲人去世了？你了解过没有？

李达康说：我了解过，祁同伟父母至今健在，他家是长寿家族！

高育良却又说：即便如此，那又怎么样呢？达康同志，祁同伟违反了党章哪一条？国法哪一款？干部任用规定中的哪一项啊？啊？

沙瑞金不无夸张地鼓起了掌，问得好，很有黑色幽默味道嘛！

李达康说：不是黑色幽默吧？按育良同志的逻辑，既然祁同伟啥都没违反，我们是不是应该正常推荐安排祁同伟同志为副省长啊？

高育良笑容可掬，达康同志，你别急于责问，我话还没说完。

沙瑞金说：那就请育良同志说下去，今天这个会，我们一定要开个清楚明白，在原则问题上，再也不能糊里糊涂，不清不楚了……

高育良便说了起来。他放下祁同伟，转向宏观方面，瑞金同志谈到了我们汉东省干部队伍的很多问题，这些问题是不是存在？肯定存在，在我省有些地区有些部门甚至还比较严峻。京州市的组织部部长花幸福不过是和属下女干部喝喝酒，岩台市去年判刑的那位组织部部长呢？什么情况？都知道嘛，和一百多名女干部通奸，影响极其恶劣！

一位常委补充：有些女干部开好房间等着这位部长上床，还有的送上身子还送钱。更无耻的是，个别女干部丈夫亲自出马拉皮条！

沙瑞金十分吃惊，这些女干部后来处理了没有？处理了几个？

组织部部长苦笑，几乎没处理。怎么处理呀？涉及一百多个家庭，到时若是闹出一批离婚呀自杀呀这类事情，社会影响就更不好了！

高育良继续说：许多干部得知沙瑞金同志来我省工作以后，往陈岩石那里跑，挖地送鸟固然不好，可还是有底线，有顾忌的，毕竟没有直接去给他送钱嘛！前年林南市一位市长过生日可就不同了，下属三百六十八名干部就直接去送钱，送了多少呢？二百八十九万啊！

沙瑞金追问：这个收钱市长处理了没有？也没处理吗？

高育良说：处理了，市长判了十五年刑，这没啥可说的。可三百六十八名干部怎么办呢？怎么处理啊？陈岩石同志和我说，好处理，全撤。全撤职？整个林南的干部队伍那就垮了，工作就没人干了！

纪委书记说：沙书记，当时为这批干部的处理，常委会争议很大。

沙瑞金听明白了，育良同志和大家的发言，让我了解了不少新情况，也就更证实了我的判断，本省干部队伍问题的确不少，已经到了不解决不行的地步！怎么解决呀？很简单，按党纪国法办嘛！比如大家提到的那一百多名女干部，和组织部部长上个床，就从科长提处长了，那么我请问：这对那些兢兢业业干了十年二十年还原地不动的干部公平吗？不公平嘛，都不处理，大家跟着学样，党风政风社会风气就败坏掉了！我提议，暂时冻结干部的提拔任用，不管是拟向中央推荐的副部级，还是拟提拔使用的厅局级，一律重新深入考察后再议吧！

沙瑞金定了调子，常委们一致同意。李达康心如明镜，沙书记已经达到目的。反腐败，整顿吏治，抓干部队伍建设，这就是新上任的省委书记要做的开局文章。李达康由衷拥护，宏大目标吸引了沙瑞金的注意力，使他暂时逃过了眼前一劫。但是李达康心里有病，仍隐隐不安，丁义珍、"九一六"……他老婆屁股真的干净吗？这都是问题！

高育良这时也看明白了，新书记是下政治棋的高手啊，请来一位老同志讲了讲传统，就轻松按下了一批拟提拔的干部。原以为前任书记留下的大名单里能提上几个，包括祁同伟，不料竟全部冻结了。祁同伟更是没戏，让新书记抓了典型。却也活该，麻烦都是自找的！

沙瑞金最后做总结讲话：今天会开得很好，重温了党的历史和优良传统。尤其是陈岩石同志讲到的那位只有一天党龄的党员，我想同志们不会轻易忘记。我恳请同志们牢牢记住他们，记住我党鲜艳的党旗上有他们光荣的血，记住《国际歌》里的话，要为真理而斗争！

这个省委常委会开得常委们有点晕。但有一点很明确，新书记沙瑞金将在汉东省政坛刮起一股新风，日子不能再像过去那样过了……

十

侯亮平近来成了空中飞人，赵德汉账本上那些行贿线索需要一条条落实，不断扩大战果，他就不停地从一座城市飞往另一座城市。今天，侯亮平要飞呼和浩特取证，正排队登机呢，手机忽然响了起来。

竟是发小蔡成功打来电话，侯亮平第一感觉就是出了大事。接手机时，他真切听见了发小粗重紧张的喘息：猴子，侯处长，我……我紧急向你报告，我……我要举报，正式举报！这回有证据，真的！

侯亮平心中暗喜，又举报了？有证据？那就快说吧，我的飞机马上要起飞了，正要关机呢！发小的声音在颤抖，语调急促，似乎正奔走逃命，猴子，我本想去北京当面向你举报的，可是来不及了，我随时有可能被人家干掉啊！我这就告诉你吧：省委常委、京州市委书记李达康，他的老婆，就是京州银行副行长欧阳菁啊，受贿二百万啊！

侯亮平愕然一惊，拖着小行李箱，离开登机队伍，你给我再说一遍，蔡成功，你要举报谁的老婆？李达康？他老婆受贿二百万？

是，这二百万是我行的贿啊，这算证据吧？我这次不是讲故事！

侯亮平明白了，此事非同小可，有名有姓有金额，是行贿人本人的实名举报，可以立案调查了！蔡成功是关键证人，必须保护起来。

但是情形很急迫，蔡成功现在正处于危险之中。据蔡成功在电话里说，“九一六”大火那晚，他磕破头住进医院，听说厂子出事后立刻拔掉吊针逃走了。两天后，约郑西坡了解情况，却发现有警察跟踪，他没跟郑西坡接头就溜了。蔡成功在电话里焦虑不安地说：李达康动用了京州公安，随时可能把他抓进去。他决心拼个鱼死网破，才勇敢地举报了李达康的老婆，现在只能靠侯亮平保护了，否则肯定没命。

侯亮平有数了，好，包子，我问你，这件事你还对谁说过没有？

我只在电话里和陈海局长说过，没说太仔细，但提到了欧阳菁。

那你现在就去反贪局见陈海，他可能正找你呢！他会保护你的！

猴子，我不能去啊，现在京州的警察正四处抓我这个放火犯呢！

侯亮平心里“咯噔”一下，明白了事情的紧急和蔡成功身处的险境。便让蔡成功说出具体地址，让反贪局局长陈海亲自去找他。

蔡成功连自己发小也不敢全信，犹豫片刻，才告诉他，他正在京州的中山北路 125 号附近的一座电话亭。侯亮平让他原地等待，千万别乱走。

挂上手机，侯亮平额上冒出汗珠。广播催促旅客赶快登机。双方都在争分夺秒啊，必须保护这位特别重要的举报人，绝不能让人家抢在他头里把蔡成功搞死，这于公于私都说不过去！这么想着，侯亮平拨起了陈海的电话。还算万幸，陈海的电话顺利拨通了。侯亮平三言两语把蔡成功的举报内容说清了，其实就两个关键词：市委书记李达康的老婆，谨防杀人灭口。估计陈海手上另有线索，这厮竟然毫不吃惊，只道：明白明白，这个蔡成功交给我好了，继续飞你的吧！

侯亮平上了飞机。空姐叮嘱旅客们关闭电子用品，他心怀忐忑地关上了手机。飞机滑行，加速，起飞。侯亮平算计着陈海的行动和接下来的各种可能性。凭他的及时情报和陈海的机警，蔡成功应该迅速落入汉东省反贪局之手，得到保护应无问题吧？舷窗外，白云如棉山如琼玉，托着飞机漂浮。侯亮平闭上眼睛想心事，越想越多……

其实，侯亮平一直和陈海保持着联系。"九一六"大火那夜，他守在电脑前看现场视频，陈海也在线。他们一边看一边分析，说了不少心里话。嘴严的陈海向他透露：根据最新掌握的情况，估计有一批干部在光明湖畔腐败掉了，问题很严重，超出了最初的想象。侯亮平当时就问陈海：是不是找了那位要举报贪官的发小蔡成功？陈海说：找了，约好见面谈，但蔡成功一直没露面，也不知是什么原因。陈海分析，蔡成功的举报看起来荒唐，细想都有一定道理，比如欧阳菁断贷，的确存在问题。侯亮平提出疑问：难道李达康就是放走丁义珍的黑手？陈海不赞同这个推断，但含糊其词，不再深谈。侯亮平当时就有感觉，陈海掌握了不为人知的重要线索，只是还没到揭锅的时候。

空姐推来饮料车，微笑着问侯亮平要什么，他拿了一瓶矿泉水。蔡成功的举报把李达康一下子推到前台，这位大人物鼻子上的白油彩越抹越重了。可侯亮平也发现一处矛盾：既然欧阳菁受了蔡成功二百万贿赂，为什么还要在关键时刻断贷，致使大风的股权落入高小琴之手呢？搞不清楚，太复杂了，这其中的秘密只有见到蔡成功才能破解。侯亮平心头无端地一阵发慌，害怕从此再见不着这位发小了……

在呼和浩特下了飞机，侯亮平顶着北方的寒风，第一件事就是问情况。情况不妙，陈海那边说，他和陆亦可在中山北路 125 号附近并没有找到蔡成功，现在还在电话亭旁边的上岛咖啡厅等。侯亮平担心蔡成功被京州市局的警察抓走。陈海说：真被京州的警察抓走我也没办法，但应该不会，蔡成功既然已经知道有麻烦，肯定会加倍小心。

再接到陈海电话时，已经是第二天早上。陈海通报情况说：蔡成功没露面，应该是被捕了，但京州公安局矢口否认抓了蔡成功。侯亮平说：那你找一下咱学长祁同伟，他小子是公安厅厅长，让他查一查蔡成功是否被捕了！陈海说：这还要你说？我就是通过祁同伟查的，人家死活不承认抓了你这位发小。侯亮平想，这就奇怪了，蔡成功能跑到哪去？若不在警察手上，会不会已经被人家灭口了？心里不禁一沉。

然而，侯亮平没想到的是，蔡成功没被灭口，陈海被人灭口了！

　　三天后，侯亮平从内蒙古出差回来，正往秦局长办公室走，准备汇报呼和浩特的案子。陈海突然从京州来了个电话，亮平，我一点的飞机去北京。现在要去和一位举报人见面，我将会拿到重要证据，希望直接向总局领导做个汇报。侯亮平的兴奋、激动难以言表，他知道汉东省的反贪腐战斗肯定取得了突破性进展，持重的陈海同学没有十二分的把握是绝对不会说这种话的，便压抑着兴奋，对陈海说：放心吧兄弟，我这就和秦局见面，约他下午见你。晚上，我陪你喝上一杯庆功酒！陈海说：酒先留着吧，汇报完我得赶回去，免得打草惊蛇……

　　声音戛然而止。后来侯亮平再怎么拨打手机，对方都没有应答。

　　如果侯亮平能看见现场情景，心会碎成片——陈海和他通这个电话时，正沿着斑马线过马路，一辆卡车闯红灯直冲了过来！车头正撞中陈海，把陈海整个人都撞得飞了起来。陈海的电脑提包飞到了绿化带的草丛中，马路中央一摊鲜血，浸泡着一只轧变了形的手机……

　　后来京州方面通报的情况是，一个名叫阮成玉的酒驾司机，造成这桩交通事故。司机被拽下车时，还酒气冲天，站都站不稳。据说这是一个不可救药的酒鬼，曾因酒驾进去过一次了，判了两年。这次还不是早上喝的酒，是头一天晚上喝的，两人喝了三瓶二锅头，一直喝到夜里十二点，一早上出车，宿醉未醒，刚开过几条马路就出事了。

　　侯亮平不相信这是车祸。功败垂成啊，只有他明白，因为陈海离巨大的真相近在咫尺了，才会遭此杀身之祸！侯亮平的心在滴血，与陈海相处的桩桩往事在眼前不停闪现，悲痛哀伤阵阵袭来……

当天下午，侯亮平努力镇定着自己的情绪，郁郁寡欢来到秦局长办公室，关上房门，沉着脸说了一句话：秦局，陈海是被坏人暗算的！

秦局长给他倒了一杯茶，表示理解他此刻的心情。不过，他也平和地说明，季昌明检察长亲自出了面，找到了交管部门，调阅了事故原始材料，没发现什么疑点。侯亮平当即失态，脱口而出：现在，我连季昌明都怀疑！秦局长严肃提醒道：哎，亮平，说话要负责任啊！

侯亮平冷静下来，分析情况，这场离奇车祸发生时，他正和陈海通着电话。陈海还说呢，汇报完案子就要赶回京州，怕打草惊蛇。现在看来蛇已经惊了。秦局长思忖道：陈海的父亲陈岩石参与了季昌明的调查，也没发现啥呀。侯亮平很固执，不对！京州情况太复杂了，陈海可能已经逼近真相！在此之前，大风厂的老板蔡成功也向陈海举报过，现在蔡成功也失踪了！种种迹象说明，京州乃至汉东省问题很大！

秦局长陷入了思索，在屋内踱起步，你能认定陈海是遇害吗？

侯亮平口气坚定，是的，遇害，不是车祸！陈海告诉我，他马上要和一个举报人见面，将会拿到过硬的证据。正因为事关重大，他才想飞北京亲自向您汇报！赵德汉的案子差不多了，我想深入汉东省，彻查丁义珍出逃、"九一六"大火，以及陈海遇害这一系列案子！

秦局长坐在椅子上思索了好半天，突然抬起头，哎，亮平，如果组织上派你到汉东省检察院任职呢？接替陈海，任反贪局代局长?

侯亮平怔了一下,秦局,这……这我没想过!

秦局长说:那就想想吧! 单纯去查陈海被害很难,怎么查呀? 有什么理由查呀? 就算查了,能查出真相吗? 联想到京州市一个涉案副市长竟然能在我们眼皮底下顺利溜掉,我就更不相信能查清楚了!

侯亮平眼睛一亮,我明白了,悄悄地沉下去,来个顺藤摸瓜?

对! 现在陈海伤势很重,昏迷不醒。医生们会诊后说,陈海即使能活下来,十有八九也会变成植物人。丁义珍一案也要有熟悉情况的同志去抓,你去做代局长,正可以沉下心来和对手打上一场硬仗!

侯亮平说:秦局,那我听从组织安排,随时准备去汉东省报到!

当晚,侯亮平梦见陈海向自己走来,扬着那张娃娃脸,充满疑问的眼中有些哀伤,身上血迹斑斑,他摊开双手,仿佛在问:猴子,我怎么办? 侯亮平蓦地惊醒,本能地喊了声:海子别急,我来支援了。翻身坐起,窗外透入些许晨曦。他泪流满面,任由泪水湿了衣襟……

十一

高育良住在省委宿舍第三区,这是副省级以上领导住宅区。位于偌大的省委大院东北角,独立封闭,专有门岗,戒备森严。这里神秘优雅,绿荫掩映着一座座异国情调的小楼。高育良住的小楼是

93

一座英式建筑，两层高，带半沉式地下室，红瓦屋顶尖而陡峭，利于融雪。方阔的石烟囱直通客厅壁炉。窗户有长方形的，半椭圆形的，还有小半圆窗，花样多变。门口有一棵百年香樟树，树冠巨大，庇荫半条甬道。据说早年传教士修建此楼，也有说是犹太商人盖的，总之有历史有来头。几番改朝换代，这里都是头面人物的官邸。当然，高老师亲自打理的小花园最精彩，是哪个人物也无法比拟的。一亩左右的土地被打造成了一座小型百花园。这位教授出身的领导，有着不凡的爱好——园艺，业余时间老蹲在院子里摆弄花卉，还请些植物学家做客，现场指导。这最让他的弟子们佩服，又不理解，老师怎么热爱这营生呢？

今天，高育良在摆弄一盆景，把朋友送的黄山松栽到花盆里去。他穿着一身运动服，脚踏耐克球鞋，显得神采奕奕。黄山松已栽停妥，他歪着脑袋打量，右手持剪修剪多余枝节，鼻子里发出轻哼，以示满意。高育良心情很不错，作为省委副书记兼政法委书记，他是最早知道侯亮平调任反贪局局长的领导之一。省委常委会后没几天，沙瑞金就找到他通气说，最高检有位同志要调过来任职，这位同志负有特殊使命，是带着重大案件线索过来的。他一问才知道，竟是侯亮平。高育良当时就笑了，怎么又是我的学生，人家又要骂政法系了，瑞金同志，你可给我证明啊，侯亮平过来，与我和所谓"政法系"可没关系啊！沙瑞金也挺诧异，哟，育良同志，难怪人家说你桃李满天下呢……

高育良心里说不出的爽：侯亮平负有特殊使命，还带着重大案件线索。什么使命？反腐败嘛。啥线索？"九一六事件"？丁义珍逃跑？别管哪个，问题都不小。北京最高检那边如此重视，李达康这位强势书记恐怕在劫难逃了。你主政京州出了那么多事，脚跟还站得稳吗？起码省长的传闻只能是传闻了，这种传闻很磨人，他经历过，知道。

高育良在门厅一把藤椅坐下，眯缝着眼睛，擎起紫砂嘴壶喝茶。他正想着自己学生，学生来电话了，开口就说：老师，向你报到！

高育良很快乐，到底是自己学生啊，人还在北京呢，报到电话先打来了，好，好，亮平啊，快过来吧，你的事瑞金同志已和我说了。

侯亮平却道：高老师，明天最高检领导还要和我谈话，交代任务，我估计得明天晚上才能到。现在有个紧急情况要向老师汇报求援啊！

什么紧急情况啊？亮平，说！谈公事就别一口一个"老师"的了！

是，高书记！你是省委副书记，还是政法委书记，我请求你帮我保护一位重要的举报人，就是京州大风厂老板蔡成功。据说，市公安局的警察一直在抓他，他现在躲藏在京州城乡接合部的一家养鸡场。

高育良不禁一怔，市公安局为什么要抓蔡成功啊？什么情况？

侯亮平那边迟疑了一下，还是说了，蔡成功举报欧阳菁受贿。

高育良也犹豫了片刻，好吧，亮平，我安排公安厅办吧……

放下电话，高育良仰靠在椅背闭上了眼睛，脑子里浮想联翩。侯亮平盯上的竟是李达康的老婆欧阳菁！难不成这才是重大案件的线索？李达康和市公安局这么急着抓蔡成功，明里说是要查办"九一六"大火责任，骨子里怕是要堵蔡成功的嘴吧？侯亮平也实在厉害，人还没上任呢，就在北京遥控指挥，竟然知道蔡成功躲藏在京州城乡接合部的一家养鸡场。怎么回事？蔡成功和他一直保持着联系？还是……

祁同伟提着两瓶茅台酒来看望老师。他经常趁周末到老师家小聚，套套近乎，也探些口风消息。高育良指了指身旁的藤椅，示意祁同伟坐下，你来得正好，马上办个事！遂不露声色布置保护任务。

祁同伟听罢老师的指示很吃惊，什么？保护蔡成功？老师啊，你既然知道蔡成功举报李达康的老婆欧阳菁，我们还能保护吗？这不是自找麻烦吗？人家毕竟是省委常委，哎，高老师，你可想清楚了！

高育良脸一沉，教训学生：想什么呢？谁都没有超越法律的特权！你这个人总是患得患失，还惦记李达康那一票啊？为这一票，党性原则都不要了？沙书记冻结了干部提拔，副省级你暂时别想了！现在情况很复杂，也可以说很微妙，懂吗？你作为公安厅厅长必须保护好这位重要举报人，并在明天将此人交给省检察院新任反贪局局长侯亮平！

祁同伟有些意外，侯亮平调过来做反贪局局长了？老师你调来的？高育良摆摆手，我调？拉帮结派啊？当真搞政法系啊？这事你别多问了，有些情况你以后会知道的！交代你的工作就好好去做，我再强调一下啊，蔡成功这个人绝不能落到李达康和京州公安局手上！

命令就是命令，学生兼部下没再说什么，茅台酒也没心情没时间喝了，向老师兼领导一个立正敬礼，快步离去，布置保护蔡成功。

蔡成功蹲在养鸡场门口四处张望，一丛丛棉槐条子遮掩住他的身影。养鸡场老板是他表弟,万般无奈蔡成功才投奔过来。在中山路电话亭等待陈海那次,他差点被抓,电话可能被市公安局用技术手段锁定了。幸亏他经验丰富,趴在电话亭对面的上岛咖啡厅等候,见到警车他拔脚便溜,这就与陈海失之交臂了。现在他又一次遵循侯亮平的指示等待救援保护,心中仍然像上次一样紧张,甚至比上次还紧张。

做了亡命之徒的蔡成功瘦了一圈,胡子拉碴,满脸憔悴,鼻子旁边那颗大痦子神经质地不停跳动。这样的日子他实在撑不下去了,可撑不住也得撑啊。这一把他是赌上了,得罪大人物不是闹着玩的。如果落到李达康手里,他在拘留所很可能遭遇刷牙死、睡觉死、躲猫猫死之类的离奇死亡,这都是真实上演有前车之鉴的。秋风瑟瑟,蔡成功躲在棉槐丛里,想哭又哭不出,人生沦落到这地步实在可悲可叹。

远处传来警车的呼啸,蔡成功不愿暴露自己,又怕侯亮平派来的人找不着他,尽力把脑袋探出灌木丛。来了一辆面包警车,警车在养鸡场门前停下。几个便衣警察拿着他的照片下车,目光四下搜寻。蔡成功判断风险不大,钻了出来。便衣走到他面前,请问,你就是蔡成功先生吧?蔡成功迟疑地望着对方,先生您是?对方说:你北京的朋友打电话过来,让我们来保护你的,快跟我们走吧!蔡成功感觉得救了,没顾上和鸡老板表弟道别,就带着一身鸡屎味欣喜地上了车。

上车之后,他忽然又觉得哪里不对头,想往车下溜。一位大个子便衣一把扭住了他,漂亮的不锈钢手铐白光一闪,将他及时铐在了车杠上。车门随即关上,警车猛然启动,蔡成功心里不禁一阵绝望。

比蔡成功更绝望的是市局警察。他们晚了一步，眼见着省厅警车把蔡成功带走了。怎么回事？一家人啊，为啥要抢同一个嫌疑人呢？

市公安局局长赵东来向李达康汇报了这一情况。市委书记勃然大怒，指责市局警察都是吃干饭的，一个蔡成功好几天找不到！此人煽动工人占厂闹事，下令使用汽油护厂，涉嫌重大事故责任和以危险方法危害公共安全罪。赵东来不辩解，耐心听训，等李达康稍稍平静一些，才不慌不忙道出自己的想法：这事有些蹊跷，省厅为啥不和市局打招呼，抢在前面带走蔡成功呢？上次侦听到蔡成功的电话，赶到中山路公用电话亭也扑了空，却遇见了省反贪局局长陈海和陆亦可，他们从上岛咖啡厅出来，好像没事人一样。这难道仅仅是巧合？蔡成功不简单，好像很多方面的人都对他感兴趣，不知道是何原因？

李达康抽出一支香烟，默默点燃。赵东来是他一手提拔的公安局局长，在他面前可以放松，随意抽烟没关系。办公室里静悄悄，李书记沉着脸思索，眉间的川字纹又深深竖起来。青烟袅袅，在他头顶盘旋。窗外一道阳光正射在他面颊上，仿佛舞台的追光，塑造出人物特写。

东来，这个，你们的人有没有看清楚，蔡成功到底是被省厅接走的，还是被省里的便衣警察抓走的？李达康慢悠悠地问道。

这个，李书记，我也不是太清楚。不过他们都穿便衣，应该不是执行寻常任务，我判断是接走的。赵东来谨慎地说。

那就是说，祁同伟跟我们抢人喽？李达康把抽到半截的香烟撅到烟灰缸里，狠狠一拧，东来，你马上去找祁同伟，向他要人！"九一六"是发生在京州市的大案要案，蔡成功是主要犯罪嫌疑人，此案的管辖权在京州市公安局！就说我让你们找他的，谁都要按规矩办事！

市委书记的强硬令部下振奋，赵东来站起来敬礼，匆匆离去。

十二

侯亮平特意选乘高铁赴汉东省上任。他感觉空中飞人的日子可以告一段落了，今后的工作范围从全国缩小到一个省，交通工具也应该由飞机改为火车。这倒也好，再不用担心遭遇雷暴天气了。列车高速运行，平稳而安静，竟然不觉得它跑得有多快。唯有不断向后飞掠的田野丛林、河流村庄证明了速度的确凿存在。再就是，隔不久便出现一片高楼大厦，现在中国的城市密集度令人惊讶！无数砖石混凝土丛林，已将辽阔的原野切割成碎片，速度彰显出平常不为人注意的真实。

在宁静的外表下，侯亮平的心情像这飞驰的和谐号高铁动车，一刻也不平静。陈海遇害使他悲伤愤怒，他此去京州一定要将幕后的凶手抓住绳之以法。然而，职业的敏感警示他，从丁义珍脱逃，到"九一六"大火，汉东省贪腐形势不容乐观，他面临的也许将是一场硬仗。

现在有了一个好开端，重要举报人蔡成功终于落到祁同伟同学的手上，侯亮平松了口气。接到祁同伟电话后，侯亮平连声向祁同伟道谢，还要请祁同伟喝酒。祁同伟说：你别请我了，还是我给你这新任反贪局局长接个风吧！你明天一到就直奔酒场好了。侯亮平说：恐怕不行，我得去医院看陈海，改天吧。祁同伟知道他和陈海的交情，也没勉强，只道：那也好。侯亮平与他约定，明天上午把蔡成功移交到省检察院，他要亲自审讯这位发小。祁同伟信誓旦旦，保证没有问题。

出了车站，天色暗淡，路灯也亮起来。正值下班高峰时段，一路上净堵车，把侯亮平堵得火烧火燎。好在省检察院接车的那位司机挺机灵，见缝就插，七点左右把他送到了陈海所在的省人民医院。

陈海在重症监护室病床上躺着，头上缠着纱布，身体插满管子。他双眼紧闭，脸色白里透黄，似乎连呼吸都没有了。侯亮平看着难受极了，泪水禁不住滚落下来，心里默默念叨：兄弟，我过来了！你没办完的案子我会接着办，这些年你也太累了，那就先歇歇吧……

侯亮平身后站着陈岩石和陈海的母亲，还有陆亦可。侯亮平也不知该怎么安慰陈岩石老两口，便从电脑包里拿出特意带过来的一万元现金，递给陈海母亲，说是一点心意。陈海母亲坚辞不收。陈岩石也说：亮平，我们不缺钱，你能过来就是最大的心意了！你把陈海的一摊子事接过去，好好查，查出真凶，就是对我们最大的安慰了……

这时，检察长季昌明的车到了，要接他到省委去谈话，说是省委书记沙瑞金正在办公室等着他。这让侯亮平深感意外，还以为季昌明是开玩笑呢。季昌明严肃说：开啥玩笑？省管干部上任谈话很正常。侯亮平说：省委组织部有个副部长或者部委和我谈谈就行了，沙书记可是一把手啊，况且这么晚了。季昌明说：你明白就好，这的确非同寻常。常委会刚开过，沙书记对党风廉政建设和反腐败工作很重视！

轿车在五光十色的大街上一路行驶，开往省委大院。季昌明感叹不已，陈海倒下了，你过来顶上，政法系这铁三角还是铁三角啊！

侯亮平既意外又不解，季检察长，你这话是啥意思？啥"铁三角"？

季昌明却又不说了，两眼直视窗外。

侯亮平与季昌明虽然很熟，互相之间却并没有太深入了解。他以往出差到省院，主要找陈海，业务对口，又是同学。在侯亮平的印象中，省检察院的这位季检察长老练稳重，从不乱说话。想到将来要共事，觉得有些话还是说透了好，侯亮平便坚持要季昌明说说铁三角。

这似乎有些强人所难。但沉寂片刻，季昌明笑了笑，还是坦然相告了：本省干部队伍的历史和现实状况都比较复杂，你一团，我一伙的。这么多年来，汉东省政法系统重要部门的干部，基本上都来自汉东大学政法系。中国政法大学和国内其他政法大学的毕业生，没有哪家比汉东大学政法系毕业生吃得开的。所以有人就说了，蒋介石当年有个黄埔军校，造就了一个黄埔系，高育良有个政法系，弟子门生遍天下。侯亮平自嘲道：这么说，我还得赶快去拜我老师的码头喽？

停一会儿，侯亮平又半真半假地问季昌明：哎，你算哪一团哪一伙的？季昌明苦笑，说自己没团没伙，所以也没谁把他当回事。侯亮平笑道：那太好了，我过来也有个伴了。季昌明摇头，亮平，你不一样，你有派，你是政法系的！侯亮平严肃表态，季检察长，我既不是什么"铁三角"，也不属于啥"政法系"。请你相信我，我只对事，不对人！

　　季昌明注意地看了他一眼，突然伸出手，和他紧紧握了一下。

　　轿车在省委一号楼门前停住，侯亮平和季昌明下了车。白色路灯映照着几棵高大的玉兰树，院内宁静安谧，一对石狮子蹲在台阶旁。这是省委机关的中枢，沙瑞金书记在这里办公，常委会议室也在这座楼里。这座楼看似平常，暗红色的拉毛砖外墙，斜坡屋顶，像是五十年代的苏式建筑，但在汉东省干部眼里，却是一位握有权柄的王者，朴素中透出威严。这里的决策影响着汉东省六千万人民的工作与生活。

　　侯亮平和季昌明走上台阶，沙瑞金的大秘书白处长在门厅迎接了他们，把他们领入了宽敞的会客厅。白处长给二人各倒了一杯水，让他们稍等片刻，说是沙书记正和新调过来的省纪委田国富书记谈话。

　　这一等就是一个多小时。季检察长颇有感触，新来的省委书记，新来的纪委书记，加上你，新来的反贪局局长！看来，我省要变变样子了！

　　送走纪委那位新到任的纪委书记，沙书记乐呵呵地进来了，礼节性地和二人握手。季昌明介绍侯亮平，沙瑞金端详着他打趣，我知道，最高检反贪总局隆重推出的青年才俊嘛！侯亮平有些局促不安。沙瑞金做个手势，让季昌明和侯亮平在沙发上坐下，自己也在对面落座。

沙书记说话貌似随意，说他也刚到没多久，算上今天，到任才二十八天。这些日子他主要在下面各市县搞调研，熟悉情况。没有调查就没有发言权嘛。季昌明和侯亮平一边点头，一边掏出笔记本，准备记录。沙瑞金摆了摆手，今天的谈话不要记，记在脑子里就行了。书记坦承，调研的结果不是太乐观，干部队伍的状况令人忧心。群众不满意，群众不高兴，群众不答应啊！而且，就在这短短的二十八天里，京州光明湖畔烧起了一把奇怪的大火，发生了恶名远播的"九一六事件"。侯亮平插话说，那天夜里，他在昆明也看到了现场视频。沙瑞金拍拍沙发扶手，所以说恶名远播嘛！还跑掉了一个腐败副市长！

侯亮平分析，这个腐败副市长是被某位身居高位的人放走的。沙书记说：是啊，你们反贪总局的秦局长在电话里和我说了，京州这边有人通风报信嘛！车祸撞倒的原反贪局局长陈海同志，好像已经发现了某些坏人，陈海很有可能是被坏人暗算的，是不是啊，亮平同志？

侯亮平有了些激动，是的，沙书记，陈海同志被撞时正和我通着电话，他约见了一位重要举报人，准备拿到证据直接到总局汇报……

沙瑞金愤愤地道：看看，啊？这就是人家送给我们的见面礼啊！好啊，我们不客气，照单全收，不收没办法呀，人家塞过来了嘛！

侯亮平觉得这位省委领导很有性格，说话随意而不失原则，容易使人产生亲近感，信赖感。闲时侯亮平爱看武侠小说，沙书记就像出世高人，拿一根树枝便是无敌利器。更重要的是，领导的话语传达出一种信息，侯亮平心领神会：他们是一类人，有着同样的家国情怀。

季昌明明显受了冷落，似乎不存在一般。这让侯亮平隐隐不安。沙瑞金继续和侯亮平谈话，切入了正题，最高检领导和省委书记沙瑞金协商，要派一个反贪局副局长代局长过来。沙书记表示感谢，主动提出，别什么副局长代局长了，就局长吧！侯亮平这才知道，自己的局长竟是面前这位从未谋面，也从未有任何交集的省委领导拍板决定的，心中不禁一热。根据内部不成文的规定，中央部门干部下派任职一般不得高挂，他一个处长到省里做代局长已是破例，何况是局长！

沙瑞金庄重地说：亮平同志，我今天代表省委，对你到省检察院任职表示真诚的欢迎。侯亮平动容地站起来，沙书记，谢谢您和省委对我的信任。沙瑞金挥起手向下压了压，坐下，亮平同志，坐下！

直到这时，沙瑞金才注意到季昌明的存在，把季昌明也纳入了谈话范围。省委书记送给检察长和反贪局局长几句话，第一句话是，反贪工作从今儿起上不封顶。什么意思呢？就是贪腐问题不管涉及什么人，不管他是什么级别的干部，一查到底。超出权限怎么办？报告省委，请中央查处！季昌明、侯亮平拿着笔记本做起了记录，沙瑞金没再阻拦。第二句话叫下不保底。老虎要打，苍蝇也要拍。苍蝇虽小但恶心人啊，也传播病害，影响社会风气，所以这个底是没有的。第三句话是，加大力度抓现行贪腐犯罪，也不能放过历史问题和存量性腐败。只要他腐败掉了，就要一查到底。证据确凿，就要依法追究。没有安全着陆这回事了！我们不管他是哪个帮哪个派，什么山头上的人！

侯亮平心头不由一震，马上想到来的路上季昌明那番话。看来，沙瑞金这二十八天的调研不是白搞的，这位省委书记对汉东省官场的山头团伙状态已经心中有数了。自己要注意这个问题，得把对汉东大学政法系老师同学的感情和工作分开，绝不能犯这种政治上的错误。

谈话回来已是夜里十一点多了。侯亮平躺在省检察院招待所柔软的席梦思床上，久久难以入眠，眼前总是浮现着沙瑞金的形象。那张圆圆的微胖的脸庞和那双睿智而坚定的眼睛，给他一种安定感，使他感到有依靠。不过，谈话也透出了些许忧虑。很明显，沙瑞金对本省干部队伍的现状不满意。沙瑞金破例见他，代表省委和他谈话，不仅表明对他工作的支持与期望，也许还是一种强烈的政治信号，震慑贪腐干部的信号。省委书记沙瑞金同志或许就是想让大家知道，自己手里现在有了一把叫侯亮平的利剑！有一把手支持，他还怕什么呢？

蔡成功那张惊慌失措的脸庞在黑暗中及时显现出来。这个发小究竟掌握多少证据？说李达康老婆欧阳菁受贿二百万，靠不靠谱？李达康不是一般人物，不但是京州市委书记，还是省委常委，当真剑指李达康，那可就是投向本省政界的一枚重磅炸弹啊。陈海的车祸或许与此有关。蔡成功现在被保护在公安招待所，应该开市大吉吧？侯亮平希望抓住这个线头，把京州这团乱麻理理清楚，上手就打个漂亮仗。

十三

祁同伟有一个优良的生活习惯：每天早晨六点半，准时来到健身房，把各种器械练一遍。七点二十分结束锻炼，冲一个凉水澡，到隔壁粤式茶楼吃早餐，然后坐接他的奥迪专车去公安厅上班。这么早去健身房有些不可思议，但他只有如此才能保证锻炼时间。身为公安厅厅长，他白天忙得抽不出空，晚上又要接待应酬，还常常开会，加班处理突发案件，只有早晨锻炼。健身房老板是他朋友，为他特事特办，还专门指定一位美女健身教练早早开门迎接他，指导并陪伴他训练。

长期锻炼使得祁同伟的体格远超同龄人。六块腹肌标致完整，手臂、大腿、腰臀凹凸起伏，像健美运动员。美女教练在一旁赞美，增强他的自豪感，也很享受。这是一个成功中年男人的典范——健美的体格、强大的权力、崇高的地位结合在一起，使他感到人生如此完美。

今天，祁同伟仰举杠铃，觉得杠铃怎么轻飘飘的？毫不费力就举起来了。他仿佛看见李达康气急败坏的样子，不禁想笑。这位强势书记终于露出狐狸尾巴，难以脱身了：得力干将丁义珍跑了，老婆又收取蔡成功的贿赂，蔡成功现在就在他手里保护着。从专业角度看，这已经构成了比较完整的证据链，证据链证明京州发生了严重的贪腐窝案！窝主是谁？是你市委书记李达康同志吧？你能出淤泥而不染？鬼才相信。所以你把公安局局长赵东来派来了，变着法找我要蔡成功!

　　说起来,祁同伟对李达康的感情比较复杂。他既希望借这位省委常委的力上位副省长,又真心巴望李达康干脆垮台。事实证明,借力不一定借得上,在前阵子的常委会上,李达康竟然当着他老师兼领导高育良的面抛出哭坟旧事,给他上眼药,实在是可恨之极!好在老师替他做了解释,干部人事又冻结了,他的任用才没有被明确否决。

　　祁同伟从不否认自己有野心。野心就是进取心。拿破仑说过,不想当将军的士兵不是好士兵。有野心有能力的人属于社会稀缺资源。这么一想,祁同伟又笑不起来了,甚至有些后悔,不该听老师的话,帮猴子学弟保护蔡成功,这是要和李达康撕破脸的节奏啊!他现在能和省委常委李达康撕破脸吗?不能啊!厅长同志,先把这道算术题做好了:是李常委倒台来得快?还是下一次干部人事研究来得快?求最佳利益。这么一算,心胸豁然开朗,只有政治利益最重要,李常委哪怕先倒台,他为了最佳利益也没必要得罪李常委,大丈夫能伸能屈嘛。

　　于是,祁同伟决定向现在仍是中共汉东省委常委的李达康妥协。上班到办公室后,他马上给市公安局局长赵东来打了个电话,道是蔡成功藏在公安厅招待所,是省检察院安排的,他并不知情。接着又给李达康的秘书打了个电话,让秘书告诉李书记,省公安厅绝不会成为任何犯罪分子的保护伞,让李书记别产生误会。最后,他还把办公室主任叫过来,大致说明了一下情况,指示道:如果省检察院来提人,就让他们提;如果他们和市局赵东来的人两边发生了矛盾,省厅谁都不许往里搅!这事交给你掌控。说罢,关掉手机离开了办公室，躲了。

祁同伟这么妥协一躲，就给以后的事情造成了很大的麻烦……

公安厅招待所主楼门前，检察院提人的面包车刚停下，招待所后门，两辆市公安局的警车就到了。李达康很重视蔡成功这位"九一六"大火责任人，局长赵东来当然不敢马虎，亲自过来督战。检察院这边带队的是陆亦可，她虽然不知道背后有谁排兵布阵，挖了陷阱，但她清楚此次任务非同寻常，风云诡谲。行前侯亮平交代得很明白，蔡成功是举报人，还是重要证人，绝不能落到市公安局手上！现在情况非常不妙，市公安局的警车已经来了。陆亦可带人乘电梯到十二楼，快步走到蔡成功所住的房间门前，向守卫干警说明来意，出示证件。

蔡成功坐在床上，周身围着被子，只露一颗脑袋，像一只受惊的老鼠正东张西望。陆亦可一走进房间，蔡成功就指着窗外道：我一大早就趴在窗上看，等你们过来，门口一直有市里的警察守着，你们知道吗？陆亦可不跟他啰唆，板着脸催他快走。蔡成功掀掉被子，下床穿鞋，嘴里嘀咕：是侯亮平派你们来的吧？我现在全靠你们了……

天空响起阵阵雷声，一场雷阵雨不期而至。陆亦可一行人冒雨穿过院子，上了面包车。车刚开到大门口，就被两辆公安警车堵住了。

陆亦可走下检察警车，一警官拦在面前，陆亦可认识，是京州公安局的秦队长。她出示证件，让秦队长移步。秦队长也出示证件，口气强硬说他也在执行公务。陆亦可严肃地说：秦队长，蔡成功有重要举报！秦队长寸步不让，你们可以到看守所接受他的举报嘛！陆亦可冷笑，他万一在你们看守所一觉睡过去了，来个心脏病发作呢？秦队长说：如果他有病，我们会及时治疗的。陆亦可说：要是不及时，死掉了呢？谁负得了责任？秦队长，请给我们二十四小时。秦队长说：不行，蔡成功涉嫌重大安全责任事故罪、以危险方法危害公共安全罪、非法集资罪，是我们市局目前头号重点通缉对象。陆处长，"九一六事件"你不会不知道吧？烧伤那么多人，造成的社会影响极其恶劣……

乌云挤满天空，光线暗淡，白昼变黄昏。大雨骤急，水柱狂泻，仿佛苍穹捅开无数窟窿。街上不见行人，如此天气谁敢外出行走？路面处处水花迸溅，好似小精灵快乐舞蹈。人行道旁的柳树却是一副惨状，长发乱甩，枯枝败叶纷纷飘落，貌似痛不欲生的样子……

公安检察双方僵持不下，于暴雨中面对面挺立，形成一道奇观。雨水打湿了检察官陆亦可的头发，沿脸庞如溪水奔流。秦警官也浑身湿透，却坚如磐石地挡住检察警车的去路。他们双方都明白自己责任重大，谁也不肯退让一步，但又不能发生冲突，总不能大打出手抢一个嫌疑人。没办法，双方只能硬挺着，洗一场痛快的露天浴。

陆亦可心急如焚，让手下一次次给侯亮平打电话求援。

侯亮平在季检察长办公室谈话，他没想到事情会搞成这个样子！

接到陆亦可的求援电话，侯亮平连忙拨祁同伟手机，可祁同伟竟然找不到了。他的办公室主任说：祁厅长一大早去了北京，参加一个全国缉毒工作总结表彰会，不知何时才能回来。侯亮平撂下电话，大骂祁同伟：操蛋！我明明和这位厅长说好的，今天上午提人，他竟然给我来了这一出，这不是坑人吗？连老同学都坑，也太不是玩意了！

季昌明淡然说：省厅没出面拦你，怎么能说祁厅长坑你？人家只是躲了，把矛盾推出去了。人家还想再进一步，不敢和李达康翻脸啊！

侯亮平眉头紧锁，季检察长，这也太有意思了吧？他李达康怎么对蔡成功这么关心？这是不是和蔡成功举报的内容有关啊？季昌明这才问：亮平，蔡成功在电话里明确提到李达康老婆受贿了吗？侯亮平立即擎起手机，提了，我留下了电话录音作为证据，季检察长，你请听——

手机传出蔡成功清晰的声音：我想去北京，向你举报李达康的老婆，就是京州银行欧阳菁，她受贿二百万！李达康知道我举报了他老婆，就四处抓我！你可要保护我，落到他的手里，会杀我灭口的……

季昌明听罢，踱步走到窗前，沉思起来，片刻，他建议侯亮平换个思路想，如果李达康的老婆欧阳菁真有问题，而李达康因此想控制住蔡成功，进而堵住蔡成功的嘴，那岂不是也为下一步的侦查提供了机会吗？侯亮平承认，这个问题他也想过，但风险很大，万一蔡成功落到他们手上死掉了呢？再说，蔡成功是自己发小，就太对不起人了……

季昌明擎起一只手，哎，等等，你说什么？蔡成功是你发小？

是啊，我们是小学的同班同学……侯亮平突然意识到了什么，哦，季检察长，我和举报人是这么个关系，是不是要回避啊？

季昌明说：你当然要回避，不回避还得了啊？人家不做文章啊？

好，好，那我就按规定回避，就让一处陆亦可他们办到底吧！

正说到这里，桌上电话响了。季昌明拿起话筒一听，市局赵东来局长要见他，人竟然已经到检察院了。这还有啥好说的？季昌明只能让他到办公室来。侯亮平听了不由一惊，瞧瞧，人家这是步步紧逼啊！季昌明却提醒他，好好协商，别闹僵了，赵东来还是个正派同志。

没一会儿工夫，赵东来进来了，见了季昌明就是一个立正敬礼，还叫了声"老政委"。当年季昌明做过京州市公安局政委。老政委与现局长握了手。赵东来很客气，真不好意思，为了一桩具体案件打搅老政委，按说真是不应该。季昌明说：没关系，我其实早想和你见个面，交流一下情况了。说罢，转身把新任反贪局局长侯亮平介绍给他。

两人一对眼，互有提防。毕竟为争夺蔡成功他们走到一起的。赵东来表现出较高的热情，主动与侯亮平握手，说久仰大名，北京那个小官巨贪案子就是你一手经办的吧？还吓跑了我们一个副市长！侯亮平话里有话，丁义珍一跑，京州不少干部就能松口气了吧？赵东来坦然道：可能吧！不过该进去的总要进去，迟早的事，时候到，总要报。

季昌明检察长提议言归正传，让侯亮平先说检察方面的意见。事前，侯亮平和季昌明商量过一个妥协方案，便和盘托出：公检法一家人，就不要再争执了。蔡成功可以不带走，反贪局就在省公安厅招待所讯问，时间呢，二十四小时。二十四小时后讯问完毕，市公安局凭手续拘押。赵东来略一沉思，旋即表态同意。侯亮平故意问：赵局长你要不要向市委李书记请示一下？赵东来想都没想便说：不必了，这样僵持下去不是办法，你们的方案合情合理，李书记应该能理解！

矛盾就这么化解了，这比侯亮平预想的容易，也让他暗自松了一口气。分手时，侯亮平凝视着赵东来的眼睛，主动伸出手来，和赵东来握手道谢。这位年轻精干的公安局局长给侯亮平留下了良好的印象。

这一妥协对蔡成功来说不是好消息。蔡成功又被押回了招待所客房，人也变了样，战战兢兢，面色忧愤。屋里陈设简单，只有两张单人床，一张写字桌，床头柜上摆着暖壶、茶杯。蔡成功爬到床上坐着，也不管衣服潮湿，就扯过被子紧紧裹住身子，只露出一个脑袋。他眼珠滴溜溜转，警惕周围动静，鼻子旁边那颗大瘊子抖动着，表现出内心的惶恐。李达康手下的警察连这里的门都堵上了，这说明事态多么严重！如果侯亮平无法把自己救到检察院，恐怕只有死路一条了……

蔡成功一再要求见侯亮平。陆亦可便耐心向他解释，因为侯局长和他的同学关系，不能具体管这个案子，必须回避。蔡成功说：那你们把我带到省检察院去吧，我不想待在这里。陆亦可不耐烦地说：谁也不想待在这儿，可市公安局的警察不让我们走，我有啥办法呢？

省厅干警拿来几套干衣服，让他们换了。陆亦可嘱咐蔡成功抓紧时间，马上就要开始工作。她内心也很焦急，只有二十四个小时啊。

　　讯问是在招待所五楼小会议室进行的。录音视频设备临时从检察院拿来，紧急安装。正对镜头的一块电子屏幕显示着日期、时间、气温、湿度。蔡成功坐在屏幕前，朝着视频镜头讲述，进行正式举报。

　　一开始似乎很顺利，陆亦可让蔡成功讲，他就讲起来。但蔡成功目光游移，心事重重，魂好像飞走了，声音飘飘忽忽——这就是一场欺诈啊，从城市银行到山水集团，他们勾结在一起，硬是把我的大风服饰集团搞垮台了。高小琴欺诈，欧阳副行长帮她，都来欺诈我哩……

　　陆亦可口气温和，让蔡成功说具体一些，他们都有谁？到底采取了什么手段？怎么实施了欺诈？蔡成功却不说了，非要见侯亮平，声言只和发小兼局长说。陆亦可倒了杯水递给他，让他定定神。

　　蔡成功拿起纸杯喝水，手有些发抖。事情很清楚，只要把欧阳菁的事情说完，举报结束，检察院的人就会把自己交给市局。那就落入李达康的手掌之中了，市公安看守所还不等于他家开的？你蔡成功刚举报了人家老婆，人家使个眼色，看守所那帮人还不弄死你？因此只能拖着，检察院拿不到举报口供，就不会把他交出去。这样他就有机会见到发小侯亮平。蔡成功相信只要见到发小，事情就会有转机。

　　游走江湖多年，蔡成功练成了一个好演员。他开始浑身发抖，牙齿上下磕碰，咯咯作响，仿佛突然害了疟疾，我……我该说的，在电话里都和侯亮平局长说过了，你……你们问他去！我不行了……真不行了……陆亦可被他闹得不知所措，蔡成功，你怎么了？哪里不舒服？蔡成功擦了擦头上脸上的汗，汗水伴随着颤抖接连滚滚而下，我要睡觉……我晕……你们让我先睡会儿觉行不？头晕了，晕死了……

陆亦可实在没办法，只得让和她一起参加询问的侦查员周正陪蔡成功回房间休息。进了客房，和衣倒在床上，蔡成功不抖了，面对墙壁，大睁着眼睛想心事。倒是周正熬不住困乏，没一会儿就睡着了。

陆亦可和季昌明通了个电话，建议让侯亮平出马。季昌明怕授人以柄，断然拒绝，让他们克服困难继续攻。陆亦可急了，蔡成功赖在床上睡觉，怎么办？时间一点点消失，就这二十四小时，耗不起呀！

季昌明迟疑片刻，总算留下了话口，好，你让我再想想吧……

中午在食堂吃饭时，季昌明问侯亮平：蔡成功是怎么个人？侯亮平不在意地说：用句时髦话，他就是一个输在起跑线上的人。家庭贫困，早早死了娘，父亲是个大老粗，只知道用棍棒管教儿子。蔡成功一直抄我的作业，好不容易才混到小学毕业。季昌明很有兴趣，来点细节，细节决定成败嘛。侯亮平就讲起蔡成功的故事，这家伙从小就是个话痨，上课老爱讲话，老师罚他站，用橡皮膏贴住他的嘴。下课调皮闯了祸，放学时老师留他在办公室罚抄作业，结果同学们还没回家，他倒翻墙逃出学校，抢先一步在胡同里玩了起来。和高年级学生打架，他打不过人家，抹人家一身鼻涕，扭头就跑……

季昌明及时总结，蔡成功的性格特点是泼皮加赖皮，对吧？

侯亮平说：没错，就靠这二皮劲儿，他在经商道路上一步步混出了名堂。现在蔡成功要是拿二皮劲儿对付陆亦可，真够陆亦可受的！

季昌明放下碗筷，注意地看着侯亮平，说清楚，啥意思啊？

侯亮平笑了，这还不清楚吗？季检察长，我若回避不出面，别说二十四小时了，蔡成功能赖在床上二十四天！季昌明有点疑惑，你去就能治得了他？侯亮平自信满满，当然治得了他！从小到大都是猴子吃包子，对他我手拿把掐！季昌明把饭菜推到一旁，行，行，那走吧，甭管回避不回避了，就算冒天下之大不韪，也只能让你去询问蔡成功了。

来到省公安厅招待所，下了一上午的秋雨停了，一道彩虹横跨天际。这可是城市罕见的景象，秋雨后竟有彩虹！许多行人驻足观望，还有年轻人用手机拍照。彩虹有些模糊，辨不清七色，但红蓝黄紫还比较醒目，感觉上仍是一座五彩缤纷的天桥，令人赏心悦目，心旷神怡。

侯亮平抬头仰望天空，啧啧赞叹，多少年没见这东西了，只在童年还留下一点记忆，有一次我和包子去光明湖摸鱼……季昌平拽了他一把，行了，别小资了，我陪你来是为避嫌，待会儿还有一个重要会议呢！侯亮平恋恋不舍地告别天上彩虹，跟着季昌明走进招待所门厅。

蔡成功一见侯亮平，啥毛病也没有了，一骨碌从床上爬起来，高呼：哎呀猴子，你可来了！我就知道你得来，咱们谁跟谁？发小啊！

侯亮平绷着脸，别"猴子""包子"的，我们得公事公办，知道吗？

蔡成功马上收敛了，是，是，我知道，当然得公事公办！

侯亮平拿出一只塑料袋，里面装着在检察院食堂买的肉包子，放到蔡成功面前，还没吃饭吧？先吃饭，吃过饭咱们就正式开始！蔡成功伸手抓起包子就吃，好，猴子，我只想向你举报……侯亮平立即训斥，又"猴子"了！蔡成功，我可告诉你，这不是在我家你家。视频一直对着你，你只要来一句"猴子"，咱们这场问询就全完蛋，知道吗？

吃罢午饭，再次来到小会议室，蔡成功像是变了一个人，面对侯亮平和陆亦可，开始竹筒倒豆子，稀里哗啦，连顿也不打一个——

我们大风厂的垮台源于京州城市银行的一次断贷，这里面起决定作用的人是主管信贷的副行长欧阳菁。我只要贷款就按点给欧阳菁好处，每次给她一张银行卡，一次五十万元，一共行贿四次，四张卡正好就是二百万元。时间呢，都是每年的二月底或者三月初，再具体的时间就记不太清了。行贿地点前两次在她的办公室，后两次在她家。

侯亮平问：欧阳菁的家，是不是市委书记李达康同志的家？

蔡成功摇头，不是他们市委那个家，是别墅区的家，帝豪园。陆亦可当即不动声色地向侯亮平解释，蔡成功讲的帝豪园，是京州很有名的一座高档别墅区。侯亮平也没动声色，让蔡成功继续往下说。

银行卡用的是蔡成功老妈的名字，张桂兰，每次送卡他都把密码给欧阳菁。欧阳菁可以凭密码从取款机取款，也可以凭密码签张桂兰名在各大商场消费。蔡成功显然早已对此前的行贿细节烂熟于心。

蔡成功，既然你每年贷款都按点数行了贿，那为什么欧阳菁还会突然对你断贷啊？这不合情理啊！侯亮平一把抓住了问题的关键。

蔡成功正了正身子，声音陡然洪亮起来，这正是我要说的！侯局长，我推测有人开出了大价码，就是说，欧阳菁因为有了比五十万更大的利益，甚至惊人的大利益才会断我的贷！我这推测八九不离十！

这个结论令人震惊，但侯亮平仍不动声色，说事实，不要推测！

好，事实是，高小琴的山水集团以过桥的形式先借给了我们大风五千万元，说定使用六天，日息千分之四，大风呢，以公司股权做了质押。六天之后，只要城市银行的贷款发下来了，大风就可以按时归还山水集团的五千万过桥款，我们的股权也就安全了。但是，欧阳菁突然变卦，说好的八千万贷款不给我了！高小琴山水集团的这笔高利贷，从五千万就变成了六千万，七千万，八千万。三个月后，法院根据质押协议，把我们质押的股权判给了高小琴的山水集团。让我们大风集团走上了绝路……蔡成功越说越激动，坐不住了，试图站起来。

侯亮平及时制止，蔡成功，别激动，坐，坐下说！欧阳菁副行长不批准城市银行给你们放贷，你们还可以找其他银行嘛！比如，工商银行，中国银行？还有那些股份制银行，能找的银行多的是嘛！蔡成功也冷静下来，侯局长，京州银行界的情况你可能不是太清楚，国有大行和股份银行从来不给我们这种民营企业贷款。这么多年来，能给我们贷款的银行只有京州城市银行和省农村信用社。陆亦可及时插进来，那你怎么不找农村信用社贷款呢？蔡成功颓丧道：找了，我向省信用社申请了六千万贷款，都上过会了，欧阳菁突然打了个电话，人家就不贷了，说是风险控制部门没通过！侯亮平紧盯蔡成功，你确定欧阳菁打过这个电话吗？蔡成功说：我确定！她这个电话是打给省农村信用社一把手——理事长兼书记刘天河的，不信可以找刘理事长调查……

蔡成功又回到了自己刚才的推测，强调说：欧阳菁和山水集团是故意做局，谋取大风厂的股权！后来的事实证明，高小琴就是冲着厂区土地来的。她拿走了股权，就拿走了土地，她早就知道城市规划，因为光明湖改造，大风厂的土地规划已变更为高档房地产用地了！

侯亮平表面平静，内心却很兴奋。他同意蔡成功的分析，如果欧阳菁和高小琴做局，大风的股权之谜也就解开了。这是重大突破！"九一六"大火案的起因，背后的利益链，山水集团的操作手法，逐渐浮出水面。侯亮平为蔡成功倒了一杯水，蔡成功，喝口水，继续说！

蔡成功喝了水，放下纸杯。侯亮平又询问员工持股的情况和员工部分股权的质押。蔡成功解释说，股权没法分开，贷款又是用于企业生产，是流动资金贷款，当时就全质押了。也正是因为这样，"九一六"那天夜里，他去厂里给尤会计送支票，才被不明真相的员工们给打了。有人怀疑他和山水集团勾结，故意输送利益，真冤死人了。

最后，蔡成功说：侯局长、陆处长，现在我有个请求——我向京州市委书记李达康的老婆行贿二百万元，这是犯了严重的行贿罪啊！我请求你们反贪局能留下我，逮捕也行，让我随时配合你们办案。

侯亮平知道，发小这是在寻求庇护，只有检察院以涉嫌行贿的名义拘捕他，才能让他躲开市公安局也就是李达康手下的追捕。蔡成功希望他帮忙，在关键时刻拉一把，这或许是他举报欧阳菁的真正目的。

侯亮平与陆亦可对视一眼。陆亦可摇了摇头，率先表明态度，这恐怕不行，蔡成功，你还涉嫌其他刑事案件。京州市公安局一直在找你，"九一六"大火后果很严重，作为主要当事人，你必须把事情说清楚。侯亮平自知陆亦可说得不错，也安慰说：省检察院既然接受了举报，就会对你的一切，包括人身安全负责到底！并告诉蔡成功，京州看守所有驻所检察官，检察官会密切关注举报人的一切情况……

蔡成功听着，突然一声大叫：猴子，我这条小命就交给你了！

依照事先约定，询问结束，检察院应该把蔡成功移交京州公安局了。侯亮平、陆亦可带蔡成功走出小会议室，一起向电梯口走。

这时，侯亮平心里不禁一阵酸楚。从小一起厮混，知根知底，蔡成功眼睛发出的求救信号，他岂能不知？但职责所在，他不能徇私枉法。眼见发小要被送走，去一个有危险性的地方，侯亮平岂能无动于衷？

电梯口快到了，侯亮平驻足，突然叫了一声：包子！

蔡成功怔了一下，也站下了，泪水瞬即涌出，猴子……猴哥！

侯亮平责备说：包子，在北京我家那天，你咋不跟我说实话呀？举报这个，举报那个，什么细节也不透露，我还以为你胡说八道给我说书呢！你要是早说了，像今天这样拿出证据，也许就没有后来这么多事了，也许陈海就不会出事被人暗算！你浑不浑呀你？！

蔡成功也很后悔，猴子，我也不想真得罪人，哪知道会这样啊？李达康就是不放过我呀！这……这是官逼民反，逼得我去拼命啊……

电梯门口，几个市局警察已经站在那里等着。陆亦可很机敏，及时扯了扯侯亮平的衣襟。侯亮平马上明白了，没再和蔡成功说下去。

到了楼下大堂，见了赵东来，侯亮平想了想，还是把该说的话说了，赵局长，我说话算数，蔡成功现在交给你们。蔡成功"九一六"之夜头部受过伤，我建议，先送他到医院检查身体后再实施拘留。

赵东来很爽快，可以，今夜我们先就近把他安置在光明区分局置留室，明天请你们检察院派人，一起陪同蔡成功到公安医院检查吧。

侯亮平仍不放心，又挑明说：赵局长，蔡成功可是重大职务犯罪案件的举报人啊，请你们一定要绝对保证他的人身安全，不能让任何危险人物接近他，以免发生意外。我们的驻所检察官也会不定时抽查蔡成功的在押情况和健康情况，我不希望发生任何不愉快的事情！

赵东来会意一笑，放心吧，侯局长，这也是我和市局的希望。

终于把"九一六"大火责任人蔡成功捉拿归案，赵东来可以交差了。他来到市委书记办公室，向李达康简明扼要汇报了事情经过。讲到与省检察院的妥协，赵东来注意地看了书记同志一眼，书记同志面无表情，只是默默点燃了一支烟。汇报结束后，李达康并没有让他马上走的意思，幽幽地问一句：怎么？你见那位侯亮平局长了？

赵东来说：见到了，妥协建议就是侯亮平提出来的。

李达康站在落地窗前思索着，玻璃上映出他忧心忡忡的面孔。

书记同志缓缓回转身，又问了句：你对这个人印象如何？

是个厉害角色，不过，还是挺讲道理的。赵东来谨慎地回答。

十四

侯亮平很兴奋，蔡成功的举报使整个事件的轮廓清晰起来——

以事查人，大风服饰公司价值近十个亿的一块风水宝地，被另外一家公司山水集团以股权质押的形式拿走了，转眼间，大风破产，山水集团赚了五六个亿。这正常吗？显然不正常！谁获益？高小琴的山水集团获益。山水集团到底有什么背景，高小琴是什么来头，没人能说得清。但关于美女老总的传说却铺天盖地，比如，说高小琴是高育良的侄女，虽纯属扯淡，但网上坚持这么说，就有些耐人寻味了。

接下来几天，侯亮平仔细研究了高小琴和山水集团的发家史，差不多都是空手套白狼。攻城略地，高小琴总有超人的眼光，与鲸吞大风厂如出一辙。这让侯亮平非常好奇了，她难道是经商天才？更有意思的是，欧阳菁京州城市银行的及时断贷，才导致了大风厂的股权落入高小琴手中。欧阳菁可是一位重量级领导的夫人啊，这里面有没有利益输送关系呢？山水集团的经济链有没有套住那位重量级领导？

侯亮平指示陆亦可带领一处干警，从蔡成功举报的受贿事实查起——欧阳菁收受的四张银行卡与二百万元贿款。这当然有困难，四张卡跨度四年，取证难度不小。但只要查实其中一张卡，就算赢了。为了防止打草惊蛇，目前不能考虑和欧阳菁直接接触，只能暗中调查。

至于那位美女老总高小琴，现在还没有直接证据指向她，从商业角度看，她的行为都是合法的。分析的疑点再多也只是疑点，检察院反贪局目前还没有理由调查她。当然，以朋友的身份接触是可以的。

接触的机会由祁同伟送到面前。这位滑头学长在蔡成功难题解决后露面了，说要给他接风，侯亮平心里不悦，只是推托。直到祁同伟说到要在高小琴的山水度假村接风，侯亮平才不动声色地答应了。这真是想睡觉来了枕头，接近神秘的山水集团，他求之不得。

也不知祁同伟和高小琴是啥关系，竟派高小琴来接。这样，侯亮平便在检察院大门口第一次见到了高小琴。美女老总艳而不俗，媚而有骨，腰肢袅娜却暗藏刚劲，柳眉凤眼流露巾帼之气，果然不同凡响！

侯亮平在车上和她谈笑风生，称高小琴是京州的一个神话传说。高小琴明眸婉转，于不经意间瞟了侯亮平一眼，侯局长，当传说变成现实的时候，你是不是有些失望？哟，原来就是这么个半老徐娘啊！侯亮平说得诚恳，哪里，是意外啊！你给我的感觉，既像一个风度翩翩的女学者，又像一个叱咤风云的女企业家。高小琴声音甜甜的，在我的神话传说里也有些不友好的，甚至别有用心的故事吧？侯亮平微笑点头，是啊，众说纷纭啊！不过高总，我是一个检察官，我的职业不允许我相信任何神话传说，我只相信自己的眼睛和证据。高小琴含蓄指出，检察官的眼睛有时也会看错，证据也会有假。侯亮平注意到她的话里有话，追问啥意思。高小琴又是嫣然一笑，主动提到他的发小蔡成功，人最不了解的，往往就是自以为很了解的朋友，比如蔡成功。

嗣后的话题集中在蔡成功身上。高小琴明知蔡成功是他发小，却仍予以悲情控诉。在高小琴的控诉中，蔡成功毫无诚信，谎话连篇，简直不是东西。侯亮平听着，除简短插话，调节气氛，并不争辩。现在他需要倾听，在倾听中发现疑点，找寻线索。他不怕这位美女老总说话，就怕她不说话。经验证明，最难对付的就是沉默的侦查对象。

轿车很快出了城。车窗外，银水河伴路并行，河水清明透彻，不时翻起一些小浪花。虽是初秋季节，岸边芦苇丛仍一片翠绿。苇叶在微风中颤动，泛出叶背的灰白。偶有三两不知名的水鸟掠过苇丛、河面，消失在远处的柳树林里。马石山逶迤横亘在天际，宛如一匹骏马。

山水度假村坐落在马石山下，依山傍河，委实是块风水宝地。沿着小山坡建有十几栋别墅，风格有英式、法式、俄式，漂亮优雅，像童话中的小屋。这些别墅是客房，两三层高，路牌标有楼号。山下是一幢高层现代建筑，玻璃幕墙在阳光下闪闪发光，那是度假村综合楼，娱乐、餐饮、洗浴都在这座楼里。在京州，上层人士经常出入于此。但普通百姓却不怎么知道它，它低调，偏远，对外号称"农家乐"。

东道主祁同伟在综合楼迎接。老同学相见，分外热情，一个亲密的熊抱过后，祁同伟满面笑容，握着侯亮平的手直摇，老弟呀，你终于从天宫下凡，来到了我们民间，欢迎欢迎，欢迎你与民同乐啊！

侯亮平故作委屈，还说呢，要不是你们弄丢了丁义珍，我也不会被贬嘛！祁同伟嘿嘿笑着，谦虚了吧，亮平，谁不知道你是带着尚方宝剑来的？侯亮平眼皮一翻，你给我的尚方宝剑啊？又埋怨学长不够意思，说好把蔡成功交给反贪局，却让赵东来带走了。祁同伟摇摇食指，蔡成功丢了也好，留在你手上是个祸害，高总路上没给你说吗？高小琴接话道：我和侯局长说了，谁知他信不信，让他走着瞧吧！祁同伟认真起来，哪能走着瞧？亮平，这个蔡成功你真要小心呢！侯亮平笑问：学长，你是不是也掌握蔡成功一些情报啊？祁同伟拍了拍侯亮平肩膀，没啥情报，这人就是个奸商！你实心对他，准会吃亏！

这个话题就算过去了，可侯亮平总觉得祁同伟的话里有东西。

说说笑笑，三人走进了一个大套间。套间外面一间是会客厅，里面一间是餐厅，装修很豪华，一色老红木摆设。更奇的是，会客室顶天立地立着一排老式书柜，书柜里摆着不少经典书、流行书和线装书，竟然还有一套马恩全集。侯亮平随手抽出一本书翻着，语带讥讽地夸赞说：不错，不错，高总，你这是两个文明一起抓呀，吃饭不忘学习！祁同伟笑了，高总为了接待咱老师高书记，特别作出书房式布置。咱老师嘛，喜欢书卷气呀！侯亮平益发惊讶，怎么，咱老师也常来这里做客呀？高小琴忙道：过去偶然来坐坐，中央八项规定后就不来了。

祁同伟递了支烟给侯亮平，侯亮平推辞，说自己早戒了。就此话题，两个老同学又斗起嘴来。高小琴为他们斟茶，笑盈盈地听着。

祁同伟独自抽着雪茄，提出一套歪理：一个能戒掉烟瘾的人，那是能杀人的！侯亮平你真行，还真把烟戒了。我戒了一百次，一百零一次又抽上了，只怪我心太软，心太软……侯亮平反唇相讥，得了吧你，哪有这么玄乎的事？戒烟也就是控制一下自己的欲望而已！祁同伟大摇其头，人的欲望当真这么好控制吗？你还"而已"！若是好控制的话，也就没这么多的犯罪现象和犯罪分子了，你我兄弟就都该下岗了……

侯亮平和祁同伟针尖对麦芒，在大学里就争强好胜，同学们说他俩是一对斗鸡。可斗归斗，互相在心里都存有一份敬佩，敬重对方的优秀。他们学习成绩不相上下，也都爱好军体运动，越野长跑，擒拿格斗，二人样样出色。都说惺惺惜惺惺，他俩就是极好的例子。侯亮平和祁同伟斗着嘴，心中温馨快乐，仿佛又回到了大学时代。

高小琴很会说话，微笑着插入两人中间，你们说得都有道理。不过呢，侯局长，信不信由你，相对他们警官和你们检察官，我更敬重检察官。祁厅长，你可别生气啊！祁同伟假装嫉妒，我不生气，我是老面孔了，侯局长是新面孔嘛！侯亮平打趣，所以总归新人替旧人嘛，老同学，你就吃醋去吧！高小琴却说得认真，不是新人替旧人，是职业使然。警察的职业决定了他们必须和各种刑事犯罪分子和各色流氓打交道，搞不好就会流氓化，全世界的警察都一样。检察官呢，面对的是高智商犯罪，经济犯罪或者职务犯罪，所以身上大都有一种比较谦和的绅士风范。侯亮平指指自己鼻子，侯检察官就很绅士。高小琴笑笑，话锋却转了，本世纪初，当美国总统克林顿被独立检察官斯塔尔搞哭的时候，我正上中学，看到在电视上抹眼泪的总统，我挺恨那位检察官的！侯亮平道：不对啊，难道斯塔尔检察官不够绅士吗？高小琴板着脸说：可他不应该搞哭一位总统，人家克林顿是总统啊！侯亮平也认真了，但是，高总，克林顿总统不应该对人民撒谎，这是检察官斯塔尔坚持的原则……高小琴承认了，是的，当我明白检察官斯塔尔的原则时，已经长大成人了。哦，说到这里，顺便问一句，侯检察官，你这次来京州是想搞哭谁啊？准备让哪一位先哭起来呢？

祁同伟马上接话：反正不会让你美女老总先哭起来，是不是啊，亮平？侯亮平笑道：我谁也不想搞哭，想让大家都开心地笑！当然了，就算我搞到了高总头上，高总也不会哭的，对吧？高小琴话里有话，谁说我不会哭？我肯定号啕大哭，而且让你们二位陪我哭！侯亮平没再接茬，转而指向餐桌上的酒瓶，哎，怎么喝二锅头啊？廉政了？

祁同伟说起了老师高育良。高老师为避嫌不能来，但很重视今天的接风。亲自规定了几条，一不准用公款，二不准吃老板，三不准喝名酒，还不准用公车……所以你侯亮平才因祸得福，享受了美女老总的专车待遇。高小琴微笑着插话：高书记是明白人，知道请的是检察官嘛！祁厅长倒是想上几瓶高档酒的，但是怕惹事啊！听说，新来的沙瑞金书记对干部作风抓得很紧，在省委常委会上说了一句重话——我们某些地区某些部门的干部素质都不如一般老百姓了。侯亮平益发惊奇，一个商人，还这么关心政治啊？连省委常委会上省委书记具体讲了啥都知道？便笑问：高总，这话是祁厅长和你说的吧？祁同伟摇头，人家高总消息比我灵通！继而又发泄对新书记的不满，沙瑞金书记尽哗众取宠！当真我们干部的素质不如一般群众啊？我还就不信了。

高小琴风趣地逗起了祁同伟，哎，祁厅长，你别不信啊！我只听说有伟大的中国人民，从来没听说过有伟大的中国干部，或者伟大的中国官员！侯局长，你说是不是？侯亮平笑道：哎呀，高总，你太有才了！我都快成你粉丝了。祁同伟"哼"了一声，什么伟大的中国人民？哎，哎，咱们都别虚伪，历史从来就是英雄创造的！几千年的中国历史我们记住了谁？秦皇、汉武、唐宗、宋祖，再加上一个成吉思汗，是吧！人民？请问，人民是谁？他在哪里？侯亮平立即举手，报告厅长，是我，在这里呢！高小琴也跟着举手，还有我！厅长，也包括你，你当你是秦皇、汉武啊？不是我说你，咋老摆不正位置呢？！

这时，天色渐暗，陆续来了一些人，大都是政法系统的干部。有省市法院院长，有省公安厅和市公安局高级警官，还有省市政法委的同志。祁同伟显然是这些人的头儿，引着侯亮平和大家一一握手。侯亮平当即生出一种怪怪的感觉：这帮政法干部难道就是人们传说中的政法系吗？自己今天参加了这个接风宴会，是不是就算入伙了？又想，怪不得高育良老师要回避呢，不回避还得了？！陈海是高育良的学生，应该算是政法系的，不知道过去是不是也常参加这种聚会？

客人到齐，高小琴让服务员上菜。菜肴以河鲜为主，看似平常，食材却是精心挑选的。白灼河虾的河虾是刚从银水河里捞上来的，红烧野兔的野兔是马石山猎人送来的，原汁原味，鲜美无比。最妙的是一道霸王别姬，用银水河的野生老鳖，炖马石山的松林野鸡，配以滋补药材，一锅香浓绝伦的好汤，喝晕了满桌客人。

高小琴显然和大家都熟，招呼了这个招呼那个，乐呵呵地四处说：农家乐，农家菜，就是要保持农家特色。各位吃好喝好，多提宝贵意见。虽然酒不太好，是二锅头，祁同伟和一干人等也没少喝。政法干部自有一种豪情豪气，是其他系统没法比的，侯亮平说是不喝也喝多了。晕晕乎乎之际，餐厅经理引着一位拿着二胡的琴师走了进来。

祁同伟拍了拍手，哎，哎，同志们，好戏开场了——《智斗》！

高小琴嗔怪道：斗啥呀？高书记今天没来，缺个参谋长！

祁同伟手向侯亮平一指，不有侯局长嘛，就侯局长的刁德一了！

侯亮平来不及推辞，高小琴便鼓起掌来，那好那好，来自中央的侯局长与民同乐。祁厅长，还是你的胡传魁，我的阿庆嫂。开始！

琴师拉起二胡，一场好戏开场。应该说，三个人唱得都不错，尤其是高小琴，音质优美，字正腔圆，身段姿态楚楚动人，表情更好，那聪明伶俐，那柔中带刚，那不卑不亢，简直与阿庆嫂惟妙惟肖了。

一场《智斗》唱得风生水起，连琴师也放下二胡鼓起掌来。侯亮平对高小琴印象益发深刻了。回去的路上，他心中不禁暗自感叹，这是怎样一个女人啊，和祁同伟以及这么多政法口高官纠缠在一起，甚至他高老师也是她的座上客，和她智斗恐怕真要下足一番戏外功夫呢！

十五

"九一六事件"的初步调查结果出来了。大火烧起来纯属偶然，是护厂员工刘三毛乱扔烟头引发的。当夜大风厂员工和拆迁队甚至没发生过肢体接触，冲突双方本意都还是理性克制的。罪魁祸首是大风厂老板蔡成功。几百号员工占厂护厂是蔡成功煽动的，使用汽油、组织火墙是蔡成功策划的。另外，蔡成功还是大风公司的法人代表。

李达康看了报告，指示赵东来，对蔡成功尽快批捕。赵东来却说要看省检察院的态度。李达康觉得有些怪，省检察院反贪局为啥老盯着蔡成功呢？赵东来吞吞吐吐说：这涉及蔡成功的一个重要举报。是什么举报，赵东来没说，只提醒他：李书记，你可要当断则断啊！

李达康心里一沉，已有预感，却仍问：断？怎么断？和谁断？

赵东来迟疑了一下，还是直言不讳说了：当然是和欧阳菁啊，李书记，你们夫妻的事早不是啥秘密了，再拖下去会对你很不利……

赵东来走了。李达康抬起头，目光散漫地浏览着书橱，书橱是他命人特制的，高抵天花板，一面墙全是砖头厚的大书。他喜欢坐拥书城的感觉。烦恼时李达康就望着书脊发呆，仿佛书里藏着解决问题的妙方。是啊，再拖下去对他很不利！蔡成功已经举报了，赵东来的暗示再明白不过，蔡成功举报的不是别人，正是你李达康的老婆欧阳菁！省检察院没把你放在眼里，已经盯上了，欧阳菁只怕是在劫难逃……

李达康站在巨大的落地窗前，一支接一支地抽烟。天已黄昏，落霞染红了办公室里几株茂盛的绿植。站在窗前放眼眺望，可以看见西南方向光明湖的一角，如一块被切割过的镜子；东南面则是逶迤的群山轮廓，泛出幽蓝的微光；近处，繁华大街车水马龙好不热闹……

李达康无心欣赏窗外风景，只想自己的心事——

无论欧阳菁出了什么问题，他这个做丈夫的都脱不了干系。说实话，他对妻子本来就不放心，金融领域是贪腐案多发之地，欧阳菁也不是平凡老实之人，何况又分管信贷。丁义珍出逃之夜，他就训斥过她，隐隐约约能感觉到她的手脚不太干净，是身边的炸弹。现在只有一条路摆在面前，在欧阳菁事发之前，迅速离婚，扔掉炸弹！

离婚的话题他们夫妻之间多次提到，李达康也不止一次在心里做出决定，但终究下不了决心。现在到了最后关口，应该结束这段并不美好的婚姻了。李达康非常珍惜自己的政治羽毛，绝不允许它受到半点玷污。连赵东来都看出来了，再不做离婚决断，定受其乱！李达康把最后一支烟放进烟灰缸，用力撳灭，拿起电话通知保姆，今天他要回家吃晚饭，并让保姆打电话把欧阳菁叫回来。他要和她摊牌了。

夹着公文包离开办公室时，李达康心头不禁涌起一阵惆怅。今后他可能要以办公室为家了。毕竟是二十多年的夫妻，虽然谈不上多少恩爱，但已浑然一体，彼此之间难以区分。现在右手要拿刀砍断左手，实在疼痛难忍。他承认自己是个工作狂，一生没花多少时间在女人身上，甚至连女儿都没有抱过几回。但他并非没有感情，对于这个家他还做不到弃之如敝屣。女儿在美国留学，欧阳菁早有出国的打算，倘若这次离婚成功，便意味着他同时失去了妻子和女儿。这样想着，李达康深深叹一口气，惆怅如乌云，把他一颗心笼罩得严严实实。

回到家，保姆田杏枝已经做好饭菜，问要不要端上桌？李达康眼睛搜寻房间，保姆明白他心思，忙说欧阳菁不回来吃饭，银行业有个高层聚会。李达康点了点头，说吃吧。田杏枝把简单的饭菜摆上桌。

李达康拿起筷子，边吃边与保姆闲聊。保姆原是一家国企幼儿园的老师，改制后提前退休了。老师属于事业编制，退休工资待遇一直没落实，她就跟其他教师到区政府上访。田杏枝保持着幼儿教师的性格特点，开朗活泼，语言生动，述说中有件事引起了李达康的注意——光明区信访办的窗口很低，上访者只能半蹲半站，佝着身体，半偏着头脸和窗口内的接待员说话。田杏枝表演给李达康看。李达康看明白了，问杏枝：你是说光明区信访办的窗口有些低？田杏枝说：不是有些低，他们这是故意整人！李达康心情本来就不好，又听到这种刁难群众的事，马上板起脸说：那我抽空去看看。他们要是真敢故意整人，我就来整整他们！他是个认真的人，拿出记事本，把这事记下了。

这时，墙上挂钟的时针已指向十点。李达康看了看挂钟，对田杏枝说：再给欧阳打个电话催催！田杏枝拨电话，电话通了。欧阳菁说，她晚上肯定回去。不过可能要晚一些，这儿有个月光晚会……李达康一把夺过话筒，当即发火，欧阳，你是不是又跑到帝豪园去了？电话里，欧阳菁也很不耐烦，怎么？不能吗？我这是公务活动！我不管你公务还是私务，请你立即回来！我们的事必须有个了断了……

将近十一点，欧阳菁终于走进门来。老婆画了淡妆，身上一股香气。李达康把头扭向一边，先前那点歉疚心情烟消云散。欧阳菁把坤包往沙发上一扔，在丈夫对面坐下，目光里也含有些许厌恶的意味。

欧阳菁知道他要谈什么，开口先说了，李达康，你不找我，我也得找你！我们是该有个了断了，实话告诉你，我准备内退去洛杉矶！李达康并不意外，我听说了，所以我才希望你办完离婚手续再走。欧阳菁挑衅地问：这个手续对你很重要吗？李达康坦率承认，当然很重要，我不能做一个妻女都在国外的裸官，就只好做出这种选择了。欧阳菁讥讽一笑，我知道，成了裸官你就要下台，起码不能再做省委常委、市委书记了！你呀，太爱惜乌纱帽了！李达康板起脸，错了，欧阳，我爱惜的是党和人民的事业！欧阳菁一脸轻蔑，唱啥高调？没你李达康，地球照转，事业照搞！李达康逼视着欧阳菁，你是不是最想看到我下台？欧阳菁身子往沙发背上一倒，是，我早等着这一天了！

李达康气得额上青筋直暴，瞪眼看着老婆，欧阳菁却流下了眼泪。李达康犹豫一会儿，抽了两张面巾纸递给老婆。气氛多少缓和了一些。

欧阳菁擦着眼泪，照例开始了控诉。她埋怨这么多年来，丈夫对自己和女儿，对这个家，几乎没负过责任！二十六年前，李达康还只是西部山区的一个副县长，欧阳菁和他结了婚，在那里生下女儿佳佳。后来，他在山区调来调去，母女两个陪着他东跑西颠，遭了许多罪……

李达康照例开始应对，语调也温和起来。他赞美欧阳菁，那时的妻子可不是今天这个样子，全力支持他的工作，也没这么多牢骚。记得佳佳一个小学是在三个县上完的，妻子六年中也换了三四个单位。这二十六年，李达康几乎干遍了汉东省各个地市，从县长、县委书记，干到市长、市委书记，直至进入省委领导班子。正是因为他的工作经常调动，所以，欧阳菁早年要送女儿佳佳到国外读书，他才没反对……

做妻子的泪水又潸然流下，李达康，亏你还记得这些！

做丈夫的也动了情，怎么会不记得呢？欧阳，这些事情我永远都不能忘记……

不过，忆苦思甜只能短暂缓和矛盾，再往下谈，冲突照例会再次爆发，这已经成了规律。欧阳菁接着又抱怨，佳佳这些年在国外的学费、生活费，他这当爹的没出过一分钱，都是她独自想方设法，东腾西挪解决的。李达康争辩：结婚以后我的工资奖金全都交给了你，一切开销从来由你安排。欧阳菁冷笑，你也太没数了吧？！共产党又没高薪养廉，就你那点工资，能养活一个在境外上学的女儿吗？李达康还想讨好老婆，不是还有你吗？你本事大，在银行系统工作，年薪不少嘛！欧阳菁却冷着脸，那是我的年薪，与你无关！你是男人，还好意思惦记老婆的钱！李达康烦躁起来，那你让我怎么办？用人民赋予我的权力去谋私吗？你也是共产党员，也曾面对党旗宣过誓……

欧阳菁气呼呼地站了起来，她最烦老公来这一套！把卧室当主席台，大小报告做惯了，官话讲顺嘴了，夫妻吵架也戴着假面具，什么人受得了？她拿起手袋往楼上走，走到楼梯口扭回头，冷冰冰丢下一句话——李达康，要离婚可以，我只有一个条件，你把山水集团霸占大风厂的那块土地拿出来招标，想法让王大路的大路集团中标去干！

李达康勃然大怒，我这么警告，你竟然还敢把手往光明湖伸！

你为什么替王大路说话,有啥不可告人的秘密吗?欧阳菁一点不怕,直视丈夫的眼睛,你别想歪了,大路集团有恩于我们家,我要回报王大路!你可以不讲良心,我要讲!李达康问:如果我就是不答应呢?

妻子态度强硬,那就简单了,我就不办离婚手续,就让你做裸官去!李达康气得浑身直抖。欧阳菁转回身来,一步一步走到丈夫面前,说出了更狠毒的话——李达康,我知道,丁义珍出事后,你害怕了。可我不明白你怕什么?我要的项目你并没给丁义珍打过招呼,那么,你会为什么人打招呼呢?是不是外面还有人?别忘记那句老话,要想人不知,除非己莫为!李达康疑惑地凝视着妻子,你啥意思?你是让人跟踪调查过我吗?欧阳菁意味深长地说:是的,调查过,所以我觉得你不太正常!那个山水集团得了那么多好处也不正常……

妻子似乎拿着一根针,专往丈夫的痛处戳。

李达康心烦意乱,不想再论战下去了,他看看挂钟,无奈地道:行了行了,时候不早了,我不和你吵了,等你冷静下来再谈吧!

十六

蔡成功有预感,总觉得一场灾难将在自己身上发生。他是老江湖了,当然懂得公安检察这两种机构的不同。在检察院他是举报人,说不上功臣吧,总像国外大片里受保护的证人。落到公安手里就不同了,公安会把他视作重大刑事犯罪的犯罪嫌疑人,处处找碴整他。

更何况京州又是李达康的势力范围，赵东来一伙警察还能不听李达康的指挥？他举报了李达康的老婆，能有啥好果子吃？没准儿会有生命危险。

幸好，发小侯亮平在保护他，放着北京的官不当，调回老家做了反贪局局长——蔡成功就是这样理解的。当然，这也不只是为了他，发小自己也要往上爬，在北京是处长，到省里就局长了，官大了一圈。发小了解他的二皮劲儿，让公安给他检查身体，这是不是暗示他装病呢？应该是吧？于是他就装病，头晕，脑袋痛，还恶心，脑震荡的征兆啊。这把戏过去玩过，轻车熟路。再说，头上的伤也确凿存在，曾经小孩嘴似的，缝了八针，因为东躲西藏，至今连线都还没拆。医生被蒙住了，不敢断言没有脑震荡的问题，让他留在公安医院里观察。

在病房躺着却不得消停。只观察了三天，那个长脸局长赵东来就领着两名警察到病房找他谈话了。他们让他做的一件事情，更使他疑窦丛生，百思不得其解——警察将一只录音手机和一支录音笔放到他面前。局长赵东来拿出了一张纸条递给他，命令他把纸上的话好好看几遍，看熟了，像平时说话一样，照着念一下。蔡成功坐在床上摇晃着，不想接纸条。赵局长非让他接，蔡成功知道扛不过去，只得接了。

他把纸条擎在眼前，一字一顿念：陈局长吗？我举报！我要举报一帮贪官！他们不让我好好活，那我也让他们不得好报！我有个账本要当面交给你……赵局长像个导演，在旁边指挥着他，哎，不对，要像平时说话一样，别这么拿捏！好，蔡成功，按我说的，再来一遍！蔡成功又将纸条上的话念了一遍，心想，搞什么鬼？栽赃？诬陷？于是更不肯配合，故意弄出一些怪声调，甚至有些不属于人类。赵局长被搞火了，还是不对，蔡成功，别和我们斗心眼啊！蔡成功急了，把纸条一扔道：我……我斗啥心眼了？这纸条上的话都不是我说的！

是不是你说的，我们会去鉴别！蔡成功，再来一遍，开始！

蔡成功的二皮劲儿上来了，抻长了脖子喊：我不来了！我向陈海局长举报时没说过这些话，也没说啥账本！你们别赖我。一位胖警察威胁道：蔡成功，找不自在是吧？蔡成功一头倒到床上，你们枪毙我吧！我脑震荡，头又晕了……胖警察一把把他拎起来，晕什么？医生说了，你好着呢，脑子没震荡！蔡成功大喊：我要见反贪局侯亮平！赵局长火透了，瞪起眼下令，把他送到看守所去，连夜突击审讯！

两个警察上前扭住他，将他押出病房，送进了市公安局看守所。

进了看守所审讯室，换上一件发污的黄马甲，蔡成功知道麻烦大了，但他打定主意，绝不配合。事已如此，只能当一团滚刀肉了。

蔡成功无精打采地呆坐在审讯桌前抠指甲。胖警官叫他不要心存侥幸，作为"九一六事件"的主要责任人，煽动和组织大风厂工人占厂肇事，制造火灾的罪责怎么说也逃不掉。蔡成功争辩说：工人才不要我来煽动呢，他们占厂是为了讨回股权！火灾也不是我制造的！

胖警官换了个话题，你能说说丁义珍吗？蔡成功故作吃惊，丁义珍不是逃跑了吗？还说他干啥？胖警官道：哎，跑了也得说呀，说说你和他是啥关系？蔡成功摇头，我和他没啥关系，就是正常的工作关系！那丁义珍怎么能允许你占着人家山水集团的厂，生产到现在？

哎，谁说这是山水集团的厂子？那是我和大风员工的厂子！高小琴做局套我，这里面有腐败！我已经向省检察院反贪局举报了……

另一位瘦警官马上接着这话头问：那么你和山水集团又是怎么勾结的呢？你们之间有什么见不得阳光的交易啊？蔡成功慷慨激昂，谁勾结了？高小琴这么坑我讹我，我还会勾结她啊？简直岂有此理！

胖警官把话题拉回，既然你啥都不承认，那我们还是回到"九一六"！蔡成功跷起了二郎腿，"九一六"有啥好说的？我不在场。我被工人打伤了。瘦警官指出，但护厂行动是你组织的，护厂队的鸟枪是你买来的，还有使用汽油阻止推土机，都是你的主意吧？这你能赖掉吗？蔡成功只好承认，这我不赖，但我是自卫。我们厂的员工又没走出厂门！瘦警官紧紧相逼，你组织自卫的结果是，烧伤三十八人！造成的影响极其恶劣，就凭这个事实，判你十年八年就不冤！瘦警察点准了穴位，他的态度有了变化，这个后果我没想到，我不是故意的。

蔡成功哈欠连天，两位警官却毫无倦意。胖警察又插了上来，哎，蔡成功，你和侯亮平是啥关系啊？蔡成功立刻警觉，我们就是一般朋友。胖警官话里有话，好像不太一般吧？这位侯局长对你很照顾啊，非要让我们给你检查身体，他是不是暗示你装病啊？蔡成功说：装啥病？我本来就有病，头晕，都脑震荡了我……瘦警官突然发问：你有没有和侯亮平一起做过生意啊？蔡成功怔了一下，这啥意思？想害我发小啊？连忙摆手，没有，绝对没有！瘦警官笑了，看看，让我们抓住了要害，蔡老板就来精神了！蔡成功急眼了，什么要害？你们别想陷害侯亮平！我和侯亮平就是小时候的朋友，长大了各奔东西，根本不可能在一起做生意！胖瘦俩警官耍猴一样瞅着他，有些小得意。

审讯结束，瘦警官拿过审讯记录，让蔡成功签字。蔡成功翻弄着记录，不放心地说：我得先看看，你们这一大本子都记了些啥！胖警官不耐烦了，看啥看？你说了啥，我们就记了啥！快签字吧！蔡成功道：你要这么说，我就不签字了！胖警官无奈，只得妥协，好，蔡成功，你看，你认真看！蔡成功也不真看，随便翻了翻说：得注明一条，你们疲劳审讯，审了我一夜！胖警官说：这叫突击审讯，要说疲劳，我们也很疲劳……

黎明，蔡成功被押回房间，意外抑或是暗算却在这时发生了。

蔡成功怎么也没想到，他会在公安看守所走廊巧遇冤家对头常小虎。他要对"九一六"大火负法律责任，拆迁大王常小虎要对假冒警察负法律责任，狱中相会虽在意料之外，也在情理之中。当时，二人都被警察押着，他是提审回来，常小虎是前去提审。两人一照面，常小虎眼里便射出仇恨的凶光。他本能地躲开常小虎的目光，想溜过去。不料，擦肩而过之际，常小虎趁看押警察不备，突然挥拳，狠狠砸到了他脸上。他惨叫一声，软软倒在地上。常小虎跟上去，又狠狠踹了他一脚。常小虎练过武功，这一脚竟生生踹断了他三根肋骨。

两名警察迅速扭住常小虎。他满脸是血，捂着胸口痛苦地在地上打滚。常小虎不依不饶，仍大喊大叫：姓蔡的，老子他妈饶不了你，见你一次揍你一次！不是你，老子不会到这鬼地方来喝汤……

接到驻所检察室打来的报警电话，侯亮平恼火透顶，蔡成功在市公安局看守所被打成这样，赵东来是干什么吃的？接下来蔡成功会不会在看守所碰上睡觉死、刷牙死、躲猫猫死啊？怪不得发小死活不愿跟市公安局的人走，看来这里面名堂真不少呢！侯亮平不便出面找赵东来兴师问罪，就让陆亦可带着张华华找赵东来交涉——你们问问他，蔡成功被打是怎么回事？是意外还是暗算？他还能不能保证蔡成功生命安全了？如果保证不了，就让他们把蔡成功送到省检察院来！

在公安医会议室，二位女将见到了赵东来。赵东来见面就说对不起，道是没想到会出这种意外。陆亦可说：意外？是暗算吧！张华华也说：就是，从目前情况看，完全是精准的定点打击啊。正要唇枪舌剑开谈，主治医生救治结束进来了，通报情况：凶手常小虎这一拳打得很猛，蔡成功鼻梁骨断了，原头部的伤口再次局部开裂，可能会造成一定程度的脑震荡。肋骨也被踢断了三根，但没有生命危险……

主治医生退出后，赵东来和陆亦可、张华华隔桌坐着。陆亦可向张华华做了个手势，张华华从公文包里拿出夹着移交记录的文件夹。陆亦可把文件夹推到赵东来面前说：墨迹未干啊，赵局长！赵东来赔着笑脸，是，陆处长，我和市局负完全责任！陆亦可冷若冰霜，请问蔡成功怎么一进去就被打了？打人的怎么偏偏是那个拆迁队长？这是巧合呢，还是有人威胁蔡成功啊？赵东来说：我看应该是巧合。亦可同志，你想啊，蔡成功和常小虎因为大风厂的拆迁长期对立，矛盾形成也不是一天了，是吧？陆亦可道：不是，我看也许有人故意利用常小虎搞暗算。赵东来说：不能这么武断吧？陆亦可道：不是武断，是警醒，我们反贪局有过血的教训，我们前任局长陈海现在还躺在医院里呢！你说，我还会轻信意外吗？赵东来摸摸后脑勺，这倒也是……

就在这时，陆亦可的手机响了。

陆亦可看看电话号码，是侯亮平的，便到门外接。侯亮平问：你们还在公安医院吧？陆亦可说：是。侯亮平吩咐，想法单独见见蔡成功，看他有啥话要说？这件事很奇怪，可能是冲着蔡成功的举报来的！记住，一定要避开赵东来。陆亦可心有灵犀，明白，我这就过去！

挂上手机，陆亦可没进会议室，大步走向走廊尽头的观察室。观察室门口站着两个警察，陆亦可向警察出示了证件。其中一位警察认识陆亦可，说这是检察院的陆处长。另一名警察板着脸道：赵局长说了，不让蔡成功见任何人！陆亦可说：那不包括我，我要察看一下蔡成功的伤情。说罢，笑一笑，指指会议室，我们正在那里开会呢！

警察闪到一边，陆亦可推门进去。躺在床上的蔡成功看陆亦可进来，努力坐起身。陆亦可上前扶住蔡成功，实在对不起，出了这种事故。蔡成功心如明镜，急切地问：陆处长，是侯亮平让你来的吧？陆亦可打开手机录音，你有啥话要说吗？蔡成功把嘴巴凑近手机，猴子，哦不，侯局长，市公安局赵东来局长逼我反复念一张纸条，还给我录了音，他们可能是想给我栽赃！陆亦可举着手机问：纸条上是什么内容？蔡成功说：是举报电话。我打电话找陈海局长举报过欧阳菁，可赵东来他们纸条上的话，我从没说过，更没说过要带啥账本……

陆亦可录了音，从观察室出来，迎面撞上赵东来和张华华。赵东来一脸严肃，不满地说：陆处长，你也太不够意思了吧？开着会怎么跑了呢？陆亦可引用一句台词作答，那点意思早让你们弄成不好意思了！赵东来懂，扬起了眉毛，哟，你还看过老舍的《茶馆》，文艺青年？陆亦可道：少扯淡。赵局长，蔡成功伤情不轻啊！华华，你留在这儿值班，对蔡成功的情况如实记录，我回去向侯局长做个汇报！

陆亦可在赵东来疑惑的目光下匆匆走了。进了检察院大楼，她直奔侯亮平办公室。侯亮平以询问的目光迎接了她。陆亦可也不多话，拿出手机放在办公桌上。侯亮平知道，精明干练的部下赢了这一局。

反复听过录音，侯亮平被一个关键词迷住了。他站在金鱼缸前，摸着下巴沉思——账本？哪来的账本？谁的账本？是高小琴山水集团的账本？还是蔡成功大风厂的账本？这倒是条新线索呢……

十七

蔡成功进去了，大风厂破产了，"九一六"一把火烧出了一个事件，逼着政府先替山水集团垫付了四千多万元，一千三百多名员工总算拿到了三五万不等的下岗安置费。多数人拿到钱就撤了，少数人拿了钱却忐忑起来，不知以后的日子该怎么过。像被烧伤在医院住着的王文革，两口子都在大风厂工作，儿子还小，王文革的老婆领了两人六万多的下岗费就跑到工会抹起了眼泪，问郑西坡，以后可怎么办？

诗人嘛，与普通工人有那么点不同，富于想象，充满激情。怎么办？重打锣鼓另开张嘛！郑西坡对王文革的老婆说，我们可以把各家的安置费集中起来，成立一个新大风！当然，新大风尽是这种只会哭天喊地的老娘们可不行，得有能人。比如副厂长老马，有技术，有威信，也有组织生产的能力。厂里一帮中青年工人都唯他马首是瞻。而且，这伙人经济条件比较好，在各方面都有点实力，得让他们入伙。

生活并不是诗，新大风起步艰难。郑西坡筹集股份比较失败，只有二十一个人愿意跟他走，而且都是一些老弱病残、中国大妈。忙活了几天，只筹集到六十三万元资金，还不如自己儿子的皮包公司。于是，这日郑西坡看见老马到光明湖钓鱼，便也扛着鱼竿跟了过去。

在一片芦苇丛旁边，郑西坡看见一个身影。老马擎着鱼竿，聚精会神地盯着水面上的浮漂。尤会计也跟来了，手拿鱼竿装模作样地垂钓。郑西坡清楚，尤会计并不真心钓鱼，也是来套老马的话。老尤是骑墙派、墙头草，哪边风大往哪边倒。他答应郑西坡入股新大风，却迟迟不肯掏钱。如果老马能出头，尤会计就不会再摇摆犹豫。郑西坡暗想：未来新大风的核心人物都在这里碰头了，如果能达成共识，事情就成了一半。他向二人打了招呼，也不摆弄钓钩，就扛着钓鱼竿站在老马身旁。鱼竿比他那竹竿似的身体更长出一截，相映成趣。

老马瞟他一眼道：要说啥你就说，装模作样扛一根鱼竿干吗，不嫌麻烦？郑西坡笑笑，我钓鱼不用鱼钩，也不用鱼竿，比姜太公还厉害。老马说：西坡，咱们是老哥们儿了，别绕弯子，你不开言，那我就先说。我对你的新大风不感兴趣，我只想讨回老大风的股权。你身边那帮人我也都知道，不是残联妇联的，就是老年协会的，指望他们根本成不了啥事！所以你也别劝我入伙，我不愿再失败一次了。尤会计一听这话，紧紧跟上，对嘛，蔡老板那么有本事，都把大风厂干败了。老郑，你写诗行，做生意怎么能和蔡老板比呢？你就拉倒吧！

郑西坡不睬尤会计，只和老马说：残联妇联老年协会，还不都是我们的兄弟姐妹？老马啊，你好歹也是个副厂长，这时候得出头帮帮他啊！咱俩带头创办一个新企业，搞一个经济实体，让大家有个指靠。是，我办厂是不行，可这不是有你嘛！又拉拢了一下尤会计，还有你老尤，又是个内行的老财务，咱三个臭皮匠还不顶一个诸葛亮了？其实，过去蔡老板老在外面跑，大风厂一直是咱们顶着的，咱们怎么就干不好？李达康书记那天到厂里明确表态了，扶持再就业，给咱优惠政策，找政府批地建新厂，应该不是难事。大风厂机器设备都现成，员工队伍也齐全，比从头建新厂条件好得多。你们说是不是？

尤会计有点动心，不时地看着老马，试探说：也是啊，老郑，照你说的，这还是摆在眼前的一个好机会哩。马厂长，你看？老马还是摇头。郑西坡还想再说下去，老马鱼竿的浮漂动了。老马大喝一声"来了"，把一条斤把重的鲤鱼提出水面，乐呵呵地回家做糖醋鲤鱼去了。

这让郑西坡很沮丧。诗人就骑着自行车去养老院，找陈岩石拿主意。陈岩石见了郑西坡，要去食堂小灶订几个菜，请他喝酒。郑西坡忙阻止，说明来意，请陈老帮忙出谋划策。陈岩石也不勉强，皱着眉头替他想辙。阳台上，一只鹦鹉开嗓捣乱：老愤青，老愤青……逗得郑西坡大笑不已。他知道陈老喜欢花鸟，经常带点稀罕玩意儿来看老人家。这只鹦鹉就是他送给老人家的。因为老人家平时在家老愤世嫉俗，老伴就笑他像一个老愤青。那鸟儿也学会了，整天挂在嘴上。

陈岩石称赞说：西坡，你不错，热心肠，有责任感，这个时候能想到弱势群体！不过，你也别怪老马，他没义务一定要出头。你看这样好不好，先成立新公司，扯起大旗再说，到时候我去给你助阵！郑西坡乐了，好啊，陈老，你要是能象征性入点股就更好了！陈岩石很爽快，成，我就入个十万八万的吧！现在我带你去抓一张大鬼，走！

陈岩石说的"大鬼"就是光明区区长孙连城。敲开孙连城家大门，区长同志正在摆弄一架新买来的高倍望远镜，说是晚上用它来仰望星空。区长对他们到访很热情，让座倒茶。陈岩石介绍郑西坡，他正在筹备新大风服装公司，不仅会写诗，也是老板了。孙连城竖起大拇指，好，好，大风厂工人有志气，就业不能靠政府，就是要自谋出路嘛。

陈岩石趁势说出登门拜访的目的：自谋出路不错，还得靠孙区长和区政府的支持啊！新大风服装厂得找一块土地建厂房，还想买下一些厂里的机器设备……孙连城大气地挥挥手，哎呀，区区小事，还劳您陈老大驾呀，让郑师傅上班找我好了！我随时恭候，特事特办。这真让郑西坡喜出望外，孙区长，那我星期一就去办公室找你了？孙连城应承说：来吧，我等你！又和气地责备说：以后有事直接找我，别再拉着陈老到处跑了！陈老多大岁数了？郑师傅，你就忍心？郑西坡惭愧了。陈岩石却道：大风厂工人现在有困难，我不能不管啊！

孙连城又问郑西坡：安置费政府垫付解决了，你们创业也开始了，不能再占着厂子了吧？郑西坡赶紧汇报，现在没谁再说占厂的事了。占厂本来就是蔡成功组织的，他给护厂队发补助费。蔡成功一被抓，也没几个人掺和了。大风厂的员工分两种：没股权的工人领了安置费就离厂了，有股权的陆续准备加入新服装公司。这部分员工最关心自己的股权，官司马上开打，诉状已经送上去了。现在政府赶快批一块地，让新大风顺利开了张，就没啥大麻烦事了！孙连城对陈岩石感慨道：陈老，这还得谢谢您啊，没有您，哪有今天这个好局面……

出了孙连城家门，郑西坡与陈岩石分手告别，心情十分愉快。新大风有建厂地皮了，这会给入股员工以信心，证明政府扶持不是一句空话，现在当务之急是解决注册资金不足的问题。家里有一笔二十万元的存款，把它拿出来入股吧！只是有点儿顾虑，存款是他许诺给儿子结婚用的，挪用这笔钱得和儿子商量。老婆去世早，儿子是他一手拉扯大的。他和儿子关系处得像兄弟，完全没有父道尊严。父子俩经常开玩笑，有时候玩笑开得比较过分。虽然没规没矩，父子俩关系处得很不错，双方都喜欢这种随意开心的日子。正因如此，那二十万要拿出来就不容易，民主这玩意闹过分了，他这个老子就不太好当。

儿子是个快乐的小伙子，自己在网上开了一家淘宝小店。女朋友三天两头地换，却从未有结婚的打算。说是有结婚恐惧症。最新换的女朋友叫宝宝，也不知她尊姓大名。儿子与她玩得来，宝宝长、宝宝短地叫着，也有一段日子了。郑西坡私下里问：是不是结婚的主儿？儿子还是那番话：青春苦短，着急结婚干吗？再生出我这么样一个宝贝儿子，我还不得像您老一样受累？郑西坡拿二十万元存款作诱饵，说是只要你领结婚证，这笔钱就归你。若不成家，一分钱也别想！儿子很不屑，说这钱还太少了点！郑西坡说：我这是给你治病，治你的结婚恐惧症。儿子说：你省点事吧，这病不好治，属于时代流行病。

当晚吃饭，郑西坡直奔主题：新大风成立，要一百万注册资金，家里那二十万，得先拿来用一用。儿子郑胜利嘴里一口馍差点儿喷出来，什么？哎，宝宝，你说咱爸是不是疯了？就这破厂，他老板蔡成功都搞不好，搞到牢里去了，他还来搞，他以为他是谁？上帝他老人家？哎，我说西坡同志，你不是款爷，只不过老屌丝一枚！

郑西坡筷子一拍，什么老屌丝？啊？郑胜利，小心我扁你！郑胜利忙说：哦，口误！我的老爸呀，你切不可糊涂啊……郑西坡道：糊涂啥？钱是我挣的，我临时借用一下不行吗？郑胜利说：只怕借出去容易收回来难！爸，你说过多少回了，这笔钱是给我结婚用的。我啥时结婚，这二十万就啥时给我，对不对？郑西坡讥讽地看着儿子，慢悠悠地喝起了酒，哟，郑胜利，你的结婚恐惧症治好了？没错，老子说话肯定算数，等你把结婚证放在我面前，我就把银行卡交给你！

那好！郑胜利愣都不打，马上和女朋友碰了一杯，宝宝，那我们去领结婚证！宝宝既意外又激动，哟，盼望已久的幸福生活终于来临了？郑胜利使了个眼色，来临了，幸福生活总是来得突然而又意外！

郑西坡没把儿子的话当回事，二两小酒一喝，回房睡觉去了。

三天以后，新大风服饰公司在老大风会议室成立了。来的人不少，除了二十一位入股员工，还有不少闲人。有的来看热闹，有的来捧场，还有的来观测风向。区政府给地、给政策扶持是个好消息，这消息有点含金量。也有人是冲着陈岩石来的。郑西坡四处放风，说陈老对他们二次创业非常支持，不但做了新公司的顾问，要带领大家共同富裕，知道公司缺少注册资金，还从自己的退休金里拿了十万元入了股……

陈岩石在成立会上做了说明，他不算入股，是道义支持。亏了就算了，以后公司赢了，赚钱了，把本金还他就行。郑西坡申明，儿子结婚的钱，他先拿来用了，但现在还差八万才够一百万，希望大家再凑凑。没想到，这时老马和尤会计一伙人来了，都是来入股的。老马入了十五万，尤会计入了十二万。实力精英人士一带头，掀起了一个老股东入股小高潮，这就不是一百万的事了。当天入股资金超过了三百万。其后又有许多员工相继入股，最终实收股金竟达到了将近九百万。这出乎了郑西坡和陈岩石的意料。这么一来，前工会主席诗人郑西坡做了新公司董事长，老马成了总经理，尤会计出任财务总监。

这真是难忘的一天。兴奋、激动、亢奋，意义深远！然而却也出了点意外。夜晚回家，郑西坡忽然发现门上贴着一张大红的双喜。他揉揉眼睛，怎么回事？走错门了？门却从里边打开了，儿子胜利和宝宝皆是新郎新娘打扮，桌上还摆满喜宴级别的菜肴。

儿子满脸喜气，扯着父亲的手，高声宣布：爸，我们结婚啦！郑西坡不敢相信这个事实，真的？胜利，你们不是开玩笑吧？儿子扬了扬结婚证，爸，您老请看！政府能颁发这种玩笑吗？郑西坡拿过结婚证瞅了一眼，只好承认不是玩笑，好，双喜临门，同庆同庆！儿子奇怪了，我们结婚，你同庆啥？郑西坡笑道：你们也得庆贺我荣任新大风的董事长啊！儿子正喝水，一口水喷薄而出，靠，你也董事长了？

郑西坡眼一瞪，怎么说话的啊？我就不能做董事长了？说着在桌前坐下，自斟自饮，小酒喝得滋润无比，小子，我还告诉你，我们可不是你那种皮包公司，我这是正经股份公司，股本金将近一千万元……

儿子打断了他的话头，行，行，咱不说这个。爸，古话说亲兄弟明算账，是吧？亲爷俩也一样！二十万的银行卡你给我，结婚证我给你，我可是凭证领钱！郑西坡哪还有钱？呷着酒，看着儿子眨眼，哎呀，我真没想到你们闪婚啊，就把二十万投资了。当然这事我前几天也和你们商量过的……儿子马上大叫：爸，我再也没有想到你会是个大骗子！媳妇宝宝也不乐意了，就是，说得好好的，凭证领钱……

郑西坡只得瞎编，是你妈跑到梦里来搅和，非要我投嘛！儿子一副哭笑不得的样子，宝宝，你看这老同志，绝不绝？哄三岁小孩子呀他？！西坡同志，我告诉你，你就是做骗子，骗术也不高明。新任骗子郑西坡一本正经继续说：你妈信佛，不能看着工友们犯难嘛！就说你陈姨，拿了两万八千块安置费就到我跟前哭，她老公去世了，一个儿子上小学，一个女儿上中学，如果没有新公司，她就再也没有生活来源了，两个上学的小孩子可怎么办啊？！还有你王叔，你林伯伯……

郑西坡不再细讲了，喝干了杯中酒，一抹嘴巴，拿出新大风的股金证郑重其事地放到桌上，看着，这是新大风公司的股金证，一共二十五万，其中五万是我的安置费。胜利，宝宝，这证你们收着，股权都算你们的，赚了钱也算你们的！这总可以了吧？

宝宝乐了，禁不住咧嘴笑，看了看郑胜利，感叹说：郑总，你瞧咱爸多实诚啊，我看可以了！郑胜利拿起股金证研究，可以啥？谁知他这证真的假的？宝宝故意出郑胜利的洋相，咱爸还能像咱似的办假证啊？郑西坡这才警觉了，哎，宝宝，你们的结婚证难道是假的？一心要真结婚的宝宝立即把他这个患有结婚恐惧症的儿子出卖了，爸，你真厉害，咋一眼就看破了呢？我们的结婚证就是假的！花两百块钱办的！

郑西坡一把夺过股金证，我这证也是假的，你们还我吧……

十八

沙瑞金给汉东政坛带来了一阵清风，也给一些官员带来了惊恐与不安。尤其是在沙瑞金之后，又从北京空降了一个叫田国富的省纪委书记，更让某些官员觉得意味深长，沙氏清风大有转变为寒流的趋向。

李达康最早感到了寒流的凉意。"九一六事件"发生后，沙瑞金虽然没有让他在常委会上做检讨，也没有直接点名批评他，但对事件的定性异乎寻常的严厉——严重腐败引发的恶性暴力事件，是一些干部的腐败行为激发和激化了普遍存在的社会矛盾——这样的判断真让李达康承受不了，想想都要冒冷汗。更要命的是，现在老婆欧阳菁也有腐败嫌疑，还不肯离婚，怎么办？拖下去？拖到炸弹爆炸？赌上自己的政治前途？不，事已如此，他得争取主动，得让沙瑞金了解他真实的婚姻状况。这也许是摆脱困境的最佳途径。当然，这也可能被高育良们视为欲盖弥彰。但无论如何，他必须采取行动，不能再拖了。

早晨一上班，李达康就打通了沙瑞金的电话，说是想尽快做个汇报。也是巧了，当时沙瑞金正在赶往林城经济开发区的路上，而曾经出任林城市委书记，主持林城经济开发区的开发，是李达康从政经历中的一大亮点。二人就在电话里挺开心地聊起了林城经济开发区。

沙瑞金说，林城的开发区搞得不错，既是高科技开发区，又是有名的工业风景园区，是林城市甚至是汉东省的一张名片，所以他特意去看看。沙书记貌似随意，达康同志，你思维超前啊，十年前就考虑到了环保和环境，不简单啊……李达康被这意外的赞扬搞愣了，情绪一下子好了许多，双手握着话筒，努力镇定着说：瑞金书记，正因为超前了，所以当时不被人理解呀！沙瑞金情绪也很好，是吗？哎，达康同志，你不是要汇报吗？那就过来吧，咱们好好聊聊！明天一早我在林城开发区等你，你就在老地盘给我当一回向导吧，不见不散！

放下电话，李达康不无兴奋地吩咐秘书，赶快把林城开发区的材料找出来，他要再看看。秘书有点疑惑，来自林城的李书记比任何人都熟悉林城开发区的材料，怎么还要再看？李达康擦拭着眼镜片解释，毕竟许多年过去了，有些数据记不清了，他可不能给沙瑞金留下一个马大哈的印象。秘书连声应着去准备材料，走到门口又想起一件事，说是有位客人一早就到了，正在外面等着呢。此人叫王大路。

李达康这才想起，是他约王大路来的，心情又变坏了。他戴好眼镜，挥挥手让王大路进来。王大路惶惑不安地进了门。李达康让王大路在沙发上坐下，不冷不热地说：大路，你叫王大路，不叫王小路，是吧？所以我劝你，要多走大路，少找小路！王大路莫名其妙地看着李达康，李书记，你的话我不是太明白！李达康笑了笑，小路不好走，有荆棘，有陷阱，陷进去有可能给你带来灭顶之灾！王大路试探着问：李书记，你是不是说光明湖工程啊？李达康道：我啥都没说，因为是老朋友了，过去又在一个班子共过事，所以把你叫来提醒你一下。

王大路极力解释，他们大路集团确实想参与光明湖新城建设项目，但是前总指挥丁义珍太黑，项目招投标全是假的。他在欧阳菁行长面前叹了几句苦经，并没有其他意思。王大路还强调，他和欧阳是大学同学，一向谈得来，没有任何男女私情……

李达康站了起来，极不耐烦地打断王大路的话，什么男女私情？别扯远了！丁义珍这一页掀过去了，现在的总指挥是孙连城，连城会按规矩办事的！王大路坦率说出自己的看法，孙连城守规矩不假，可不干事呀！李达康板起脸，谁说他不干事？在其位才谋其政嘛，他刚刚当上总指挥！李达康觉得这么说还是扯得太远，一摆手，大路，我还是希望你别走小路！起码我老婆这条小路你走不通！好了，就说这么多吧！王大路抹汗苦笑，我知道了。我可从来也没想走小路啊……

　　次日一早，李达康如约赶赴林城，六点半出发，八点就到了。进了林城市界，二〇一四年金秋环湖自行车大赛的标语横幅不断出现在眼前。越接近经济开发区，跨越路面的横幅越多。路上到处都有自行车大赛的赛手在热身，一些路段已经被警察封锁。这个环湖自行车大赛还是当年他倡导搞起来的呢，开始只是林城老百姓的自娱自乐，现在成了一个热闹的民间赛事，来自全国乃至世界各地的选手蜂拥而来。

　　到了开发区广场一下车，林城市委田书记迎了上来，告诉李达康一个出乎意料的消息：沙瑞金书记要和他比赛骑自行车！果然，和沙瑞金一照面，沙瑞金就说：来得早不如来得巧，既然赶上自行车大赛了，咱俩也比试比试吧！李达康说：这环湖一圈四十七公里，您吃得消吗？省委书记拍了拍胸脯，哎，达康同志，你觉得我的身板比你差吗？李达康没再说啥，沙瑞金身体的确不错，就算身体不好，他也不能说。

　　沙瑞金让李达康去给自行车大赛发令。李达康推辞道：您省委书记既来了，这令就得省委书记发，您有权威性！沙瑞金不同意，达康同志，就你发，这里不需要权威，这是你的杰作啊，你最有资格！李达康心里舒服，便也没再推辞，当仁不让走上发令台上举枪发令。微风拂面，艳阳高照，李达康容光焕发，许久没有这种扬眉吐气的感觉了！枪响之后，起点线上的自行车赛手们竞相冲出，车流滚滚。

自行车赛手们的车流过后，沙瑞金和李达康各骑一辆自行车上了路。李达康很高兴，沙书记与他比赛，含有做朋友的意思哩。既是朋友又是领导，李达康真该好好地卖一番力气了！于是便打起十二分的精神，紧随着汉东省最高党政领导，热情洋溢地介绍林城的改革历史。

开发区里的这片湖叫潘安湖，原来不是湖，是采煤造成的塌陷区。林城是重要煤炭基地，开采历史有三百多年了，最大的塌陷区就在这里。当年塌陷区一片荒凉，他考虑到大量圈占良田搞开发区，代价太大，而综合利用废弃塌陷土地，既可为后人留一片青山绿水，还能获得国家财政补贴。可他把开发区定在这里，遇到很大阻力。当时的市长、副市长都反对，背地里骂他是疯子。他向时任省委书记的赵立春做了一个汇报，说塌陷区的劣势完全有可能变成优势。采煤塌陷区不是化工区，没有真正的污染，一个个污水坑沟通起来就是连片的湖，湖边种上树木花草就是风景……赵立春听罢汇报，强有力地支持了他。

沙瑞金一只手离开车把，跷起大拇指，达康同志，你有气魄啊，是我也会支持你！我看到过几幅老照片，整治前的塌陷区荒无人烟，不堪入目啊！李达康挥臂横扫湖面，省委支持了我，就有了现在这片潘安湖，环湖四十七公里的湖滨路，也就有了这八十平方公里的开发区……

开发区有十大景观。千亩玫瑰园是十年前一位台湾老板投资开发的，如今已经扩展成了一个台湾现代生态农业园。生物科技园、软件工业园都是花园式厂区，不少企业水准一流，在海内外挂牌上市……

李达康也没隐讳，前进过程中也有挫折，当时的副市长兼开发区主任李为民，也像丁义珍一样腐败掉了。李为民被捕引发了投资商的大规模撤资。事后他才得知，几十家企业都给李为民行过贿，多则数百万，少则几十万、十几万。一夜之间，林城形势大变，许多工程烂尾，经济开发区变得冷冷清清。他在湖边走着看着，真的落泪了。有道是男儿有泪不轻弹，只因没到伤心处啊！这个时候，有些制造污染的企业和低端制造业企业想进园区，但还是被他坚决阻挡住了。李达康恳切地对沙瑞金说：沙书记，我和林城市委一心一意谋发展，需要一定的速度，需要GDP，但绝不要落后的GDP，污染的GDP，血泪的GDP！

沙瑞金显然知道一些情况，赞道：达康同志，说得好！所以，你宁愿失去一次进步的机会，也没有丧失一个决策者的历史底线！

李达康语调沉重起来，眼中闪动着泪光。他从小生长在农村，上大学前没吃过几顿饱饭，深深知道污染对农村和农民意味着什么。土地是爹娘乡亲的命根啊，他岂敢丧失底线呢？！然而，守住底线，就要牺牲自己，他由此丧失了一个上台阶的机会。那是个以GDP论英雄的年代，GDP意味着政绩，GDP下来了，你就别想上去了。于是，时任吕州市委书记的高育良进入了省委常委班子，他却在原地踏步。

沙瑞金饶有兴趣地问：达康同志，你和育良同志在工作上好像有过一段交集吧？李达康老实回答说，有过一段短暂的交集。一起在吕州搭过班子，相处了一年零三个月。高育良是市委书记，他是市长。谈到对高育良的评价，他十分坦诚：老高作风稳健，思路清晰，理论水平远高于一般干部。但有些明哲保身，开拓性差了些，尤其是城建规划方面……沙瑞金听到这里笑了，你们为城建规划发生过矛盾吧？老书记赵立春同志在北京时和我说起过。李达康也不否认，是，赵立春支持了老高，把我调离了。说罢又感慨：立春老书记比较公道，我尽管做过他的秘书，出现矛盾他也没偏着我。老书记亲自送我到林城来上任，一路上做我的工作说，达康，你和育良不同，你是一员开疆拓土的大将啊，去给我把林城的落后局面尽快打开！吕州基础好，就让育良他们按部就班来吧。沙瑞金点了点头，称赞老书记赵立春知人善任。

李达康上任后抓了这个科技经济开发区，他深知林城没有吕州那样的基础，自己不能像高育良那样按部就班。当时林城GDP全省倒数第四，人均收入倒数第三，财政收入倒数第二。严峻的形势逼着他不得不大刀阔斧搞改革。所以，他提出了个口号：法无禁止即自由，大胆试，大胆闯！从那以后他成了新闻人物，他这个口号也备受争议。

骑行了一阵，两人头上都冒了汗，李达康和沙瑞金下了车，立在湖滨举目远眺。此地也是一景，名为"万亩香荷湖"。辽阔的湖面上，生长着大片大片的荷花，虽然花季已过，却有梗茎挑起荷叶，肥绿喜人，如伞如盖。风吹荷动，清香扑鼻，令人心旷神怡。晶亮的露珠在荷叶上滚动，像一群活泼可爱的小娃娃。林城潘安湖的莲藕因此而闻名。

沙书记这才想起问：对了，达康同志，你不说汇报吗？想说啥啊？

李达康怔了一下，哦，是件私事，但我觉得应该让您和组织知道。

沙瑞金看着李达康，笑了笑，是不是和你妻子欧阳菁离婚的事啊？李达康感到意外，沙书记，您初来乍到，怎么会知道我们夫妻的事？沙瑞金说：一个班子的同志就是要知己知彼，互相关心嘛！李达康说：我们分居已经八年了，简直像一场噩梦！沙瑞金摇头叹息，看看，一个八年抗战了！既然没了感情，你早就该离了嘛！李达康满脸愁云，问题是欧阳菁一直不愿离，我呢，出于面子考虑，也就没勉强，一凑合就是这么多年。现在欧阳菁不听我的劝阻，一定要到美国去陪女儿，就把我逼上梁山了。根据中央规定，如果不和欧阳离婚，我就得离职啊！沙瑞金拍了拍他肩膀，达康同志，你怎么能离职呢？我还指望你再打几次冲锋呢！好，这事我知道了，我建议你起诉离婚！

李达康深受感动，呆立了一会儿，伸出双手紧紧握住沙瑞金的手，声音竟有些颤抖，谢谢，瑞金同志，谢谢您对我的理解和支持……

十九

侯亮平对高育良的官邸很熟悉，多年后又手持鲜花，按响了门铃。

黑漆大门上的一扇小偏门开了。高育良的夫人吴慧芬老师一见是他就乐了，打趣说这才登门看老师啊，恐怕是日子过好了，不想吃师母做的红烧肉了。侯亮平一边笑，一边把鲜花以夸张的动作献给吴慧芬，讨好说：师母咋还跟二十年前一模一样呢？是永不凋谢的玫瑰啊！

正和师母说笑着，高育良戴着老花镜从二楼的书房窗口伸出了花白的脑袋，哦，是猴崽子到了吧？进来，快进来，我正等着你呢!

进门来到客厅,老师也从二楼下来了。看着吴慧芬手上的花,亲昵地和侯亮平打趣,你这小子呀,就知道讨你师娘欢心!哦,这不是林城玫瑰吗?侯亮平说:没错,花贩就说是林城玫瑰!老师挺懂行的嘛。高育良道:李达康当年在林城搞了个千亩玫瑰园,现在京州卖的玫瑰基本上都是林城的。侯亮平说:老师也常给师娘买花吧?吴慧芬把花插到花瓶里,他才不买呢!亮平,这么多年了,也就是你在学校时给我送过花,哦,对了,同伟也送过两次。高育良马上自嘲:所以亮平,你和同伟来,吴老师愿意放下教授架子,下厨给你们弄好吃的,我让她露两手,她就不理不睬!侯亮平乐了,那是!不送花还想吃好的?吴老师,我支持你!吴慧芬便笑,亮平,你媳妇钟小艾是不是整天让你哄得团团转?侯亮平笑道:才不是呢!她这人太实际,我倒是给她买过一次花,她不表扬我,还怪我,非让我去换成烤鸭。教训我说,都一起过日子了,还买啥花,能吃还是能喝?老师和师娘都笑。

高育良的客厅很有特色。这位老师兼领导喜欢园艺盆景,且颇有造诣,客厅的空间搞得有声有色。迎门一棵迎宾松,枝干蜷曲,针叶苍劲,是一位朋友从黄山带来送给他的。窗台上摆着几盆小景,奇石异草精致美妙。侯亮平走过去欣赏老师的作品,啧啧称绝。高育良也起身,面带微笑指点一二。而后,师生二人就很随意地谈起了工作。

高育良提起陈海遭遇车祸,很是痛心。都是他教过的学生啊,就像自己孩子一样。他问侯亮平:祁同伟说你是冲着陈海回京州的,有这个因素吧?侯亮平也不隐瞒,承认说:有这因素。这次探访老师，他是带着疑问来的，见时机成熟，便端出了久盘于心的问题——抓丁义珍那夜，是老师主持的汇报会，怎么会让丁义珍逃掉了呢？是谁向丁义珍通风报信了？老师就没怀疑过什么人吗？高育良叹了口气，怀疑归怀疑，没根据就不能乱说。侯亮平探询：那夜有没有发生啥特殊情况？有没有人出去打过电话？高育良瞅了一眼来自北京的学生，目光有些玄奥，到会的几个同志都出去打过电话，还不止一次。后来回忆了一下，李达康前前后后出去了三次，祁同伟出去了两三次，陈海出去过四五次。我也打了电话，让秘书打的，向沙瑞金汇报情况……

高育良站起来，背着手在客厅踱步，有些事，过后想想也真是奇怪！就说你们老季，北京最高检反贪总局交下来的案子啊，他根本用不着找我汇报嘛！侯亮平注意地看着昔日的老师今日的领导，意会说：可是，我们这位季检察长非要汇报不可？高育良摊开双手，是啊，你们老季要汇报，我就不能不听；涉及京州的一位副市长，我又不能不通知李达康，李达康是省委常委嘛！祁同伟呢，算是例外，他来汇报工作正巧赶上的。全省治安消防综合整顿有个领导小组，我兼组长，祁同伟必须向我汇报。老季来时，祁同伟还没谈完，自然就不能走，加上又要抓人，我就留下了他。侯亮平大着胆子，进一步探询：可据我们季检察长说，那晚您可真够拖拉的，又是请示，又是汇报……

高育良不高兴了，本来手里摆弄着一把日本折扇，这会儿把折扇往茶几上一摞，"啪"的发出一声脆响，这叫啥话？啊？老季啥意思啊？本来不需要汇报的事，非要汇报！你汇报了，我当然要请示，怎么又变成拖拉了呢？侯亮平忙说：哎，老师别生气，老季的意思是说你有些书生气了……高育良益发恼火，哪来的书生气？我从汉东大学调出来十八年了，早没这股书生气了！倒是你们老季，谨小慎微，不负责任，看人挑担不吃力！亮平，我是省政法部门的主要领导啊，出了这种事，最丢脸的是我！侯亮平给老师茶杯加水，是的，是的，高老师，这我能理解！哎，听说你一直在追查？高育良品着茶，脸色渐渐缓和下来，当然要查，现在还在查呢，我就不信抓不到这个坏人！

吴慧芬搬来楠木棋盘，建议师徒两个下一盘棋。侯亮平读书期间经常来高老师家下围棋，顺便蹭一顿饭吃。他与老师棋逢对手，论思维敏捷、招数新奇侯亮平强，可要论功力深厚、火候老到高老师更胜一筹。师徒俩输急眼了都爱悔棋，占上风的一方则从不相让，于是就没大没小地斗鸡似的争得面红耳赤。师母就在旁边微笑着劝架，哄孩子一般。吴老师希望重温昔日这一幕，可高育良与侯亮平却都没心思下棋，随便摆着棋子，话题又回到案情分析上。

高育良凝视着侯亮平，你们反贪局也在查汇报会，是吧？侯亮平坐直身子，放下一枚棋子，我到任当天就安排人查了。高老师，你们开会那个时段，打给丁义珍的可疑电话一共有四个，其中三个是从相距不远的电信基站打出去的。高育良顺手吃了对方两颗棋子，亮平，这都不是你的新发现，祁同伟早就掌握了。祁同伟说，基本可以排除内部人员泄密的可能性。我不同意这个说法！这么轻易地就排除了？啊？侯亮平反提老师三颗棋子，赞同道：就是！如果是我们某一个内部人泄露了消息，再由其他人指挥丁义珍逃跑呢？这应该是一条很严密的组织链。因为心不在棋，信手摆子不在意，师徒俩都不悔棋，棋局进展很快，判断不出谁占优势。高育良说：亮平，你和我想到一起去了！所以，我让祁同伟把那个时间段从省委基站打出的电话都查了一遍！侯亮平期待地望着老师，查出什么了吗？高育良失望地摇头，一千多个电话，这么多人，能查出啥？目前还没线索！

侯亮平不舍不弃，高老师，你就没想过重点查吗？比如，李达康的三个电话是怎么回事？还有我学长祁同伟的电话。高育良吃掉学生一个角，不慌不忙提着棋子，老谋深算地说：你以为我没查呀？查过了，有疑点，但不敢确定。侯亮平追根问底：那谁最可疑？高育良城府深，说话谨慎，这个不能乱讲，得进一步深入调查。侯亮平把老师中腹的一条龙吃掉了，同时亮出自己的底牌：我倒查到山水集团的高小琴，同时段接到过一个省委基站打出来的电话，这个电话号码很奇怪，只用过一次再没用过！高育良很关注，哦，就是说，这个电话不是当时开会的人的手机号？侯亮平点头，是的，很专业啊！所以，高老师，我认为这个电话最可疑！我们还可以反过来查，谁和高小琴关系最密切？高育良想了一会儿，谨慎地摇摇头，这不能乱说。高小琴的山水度假村，基本上可以说是京州各级官员的食堂，八项规定出来之前，我也去过几次嘛！侯亮平笑了，可不是嘛，高老师，前天祁同伟接风，我还顶替你唱了刁德一呢！他又吃了老师一块棋，手脚麻利地拾掇棋子。高育良思索着道：高小琴虽说交游广泛，但你认为她有能力在短时间内这么有效地把丁义珍安排出境吗？还有动机呢？要知道，丁义珍护着的可是那个蔡成功啊！老师忽然发现自己已经大败，失声喊道：咦，这怎么回事啊？猴崽子你搞偷袭！不算不算……

这时，吴慧芬系着围裙从厨房出来，喊侯亮平去尝菜的口味。

侯亮平快乐地应着，随着吴慧芬钻进厨房。锅里冒着香气，侯亮平贪婪地把鼻子凑过去，好香啊。师娘一向喜欢他，曾起念要把女儿许配给他。吴慧芬打开锅盖夹了一块肉，放在侯亮平嘴里，亲昵地骂声：馋猴！馋猴吃着肉，品味着说：不错不错，再加点糖就更好了……

从厨房出来，侯亮平见老师陷在沙发里沉思。他知道高育良心里有怀疑对象，只是不肯说，这不免让侯亮平有些失望。对高老师，他一直怀着敬重之心，在法学方面高育良是他的启蒙老师。课堂上老师雄辩的论证，双手有力的挥动，给侯亮平留下一生难忘的印象。今天他来，是期望老师像过去一样为他答疑解惑，把京州谜团给他破解清楚，他相信老师完全有此能力。但是，高老师现在是高书记了，再也不会像教书时那样把答案放在学生面前。老师更成熟，更有城府，因而也更圆滑了。侯亮平从侧面看着老师红润的面颊，暗自感慨不已。

倒是老师想了一会儿，主动说出心里话。他拍拍长沙发，让学生坐到自己身旁，给你拓宽一下思路，丁义珍逃出去，谁获利最大？

侯亮平知道老师已经考虑成熟，反问道：老师，你说呢？

高育良迟疑了一下，把话说明了。他认为是李达康走漏了风声，起码他有这个动机！高育良带着深沉的思索，说起了在吕州和李达康的工作交集，道是在一个班子里共事，最能看出一个人品行，尤其是一二把手之间。今天是分析案情，不妨把话说说透，这位李书记为了政绩啥都敢干，不论是在吕州，还是在林城。因为他一直有后台，或者叫有政治资源。在吕州闹矛盾，老书记赵立春知道理在他这边，却把李达康调到林城做了市委书记升任了一方大员！为了林城经济开发区，李达康不顾一切，啥事都敢干，啥人都敢用。用了一个副市长腐败被抓，吓跑了一大批开发商。高育良停顿一会儿，意味深长地笑了笑，这次也有意思啊，啊？又一个副市长溜了，开发商却一个没跑！

侯亮平听明白了，高老师，你是说李达康暗中放走了丁义珍？

高育良却又否认，莫测高深地看着学生，我这么说了吗？我只和你谈历史，你自己分析吧！前面我说过，这人有时乱来，不顾一切！

学生便也往后缩了缩，高老师，李达康毕竟是省委常委啊，当真会不顾党纪国法，从事这种犯罪活动吗？代价是不是也太大了一些？

这个代价也不算太大，现在李达康的利益天平又多了一块砝码——欧阳菁！为了老婆，他不会铤而走险吗？欧阳菁的问题难道不会牵连到他李达康吗？对了，你上次说的那个举报人——就是大风厂的老板蔡成功，抖出多少猛料啊？

侯亮平含糊其词说：刚做了询问，相关证据都还没有落实。

那就尽快落实！高育良深思熟虑说，亮平，话既说到这份上，我也不瞒你，适当的时候我会向沙瑞金做个汇报！作为省委副书记，我有责任在重大原则问题上给一把手提个醒。李达康这同志不简单，政治老油条嘛，我估计他会玩金蝉脱壳，会在近期主动提出离婚！

侯亮平迟疑道：高老师，你是不是再看看，别那么急啊？

高育良说：我会掌握分寸的。今天说的话，就到你我为止，在调查没有结果前，不要和任何人说，包括你们老季！李达康没有问题最好，就算真有问题，也得由瑞金同志报告中央，由中央调查处理!

侯亮平点头应道：老师，我明白！

高育良再次提醒，还有，注意陈海的安全，不要再出意外！

侯亮平汇报说：高老师，我已经在人民医院做了周密部署，秘密安排了三个精干法警便装持械，化装成医院流动工务人员，守候在观察室门外监护，监控室也二十四小时无死角监控着陈海的病房。

这时，吴慧芬大功告成，端出酒菜，师生才停止了讨论……

二十

侯亮平经常到医院看望陈海，每次来面对昏迷不醒的陈海，他都会感到锥心的疼痛。感情是心灵中永不褪色的油彩，会在整个人生留下深深的印记。现在他唯有期盼医学奇迹的出现，可奇迹一直没出现。

在监控室，陆亦可谈起一个情况：市公安局提请批捕蔡成功了。侯亮平心中突然出现莫名的不安：他们批捕蔡成功，恐怕是争夺办案权。应该让季检察长先压一压，暂时别批。陆亦可心知肚明，蔡成功是职务犯罪案重要举报人，也是"九一六事件"主要当事人，办案权必须掌握在检察院这边。但她迟疑一下说：可是侯局长，咱们让季检察长压着，他会干吗？他这人……除非对欧阳菁的调查尽快突破，否则很被动。

侯亮平眼瞅着监视器荧屏上的陈海病房，陆处长，要不这样，你和张华华加加班，突击搞一下蔡成功的材料，尽快立案，由咱们反贪局报捕！失去了办案权，我们就得被赵东来牵着鼻子走了。赵东来想搞啥名堂我们还不知道呢！陆亦可说：这倒是，他们神神秘秘的，总有点不对头。不过，我们报捕理由不充分啊，蔡成功也就是个涉嫌行贿，而且是自首，又有举报他人的立功表现，按说可以不捕的……

侯亮平指点部下，在正常情况下是这样，但现在情况特殊。为了举报人的安全，也为了顺利侦办欧阳菁、丁义珍职务犯罪案，不但要报捕，还得把材料做扎实了，报捕的涉嫌罪名要超过市局所报罪名，这样蔡成功就可以由检察院来并案处理了。另外，还要考虑一个特殊情况：蔡成功现在还在公安医院治伤，在这方面也可以动动脑子。

这时，侦查员周到来接班，侯亮平和陆亦可离开了医院。

工作还没谈完，侯亮平请客喝咖啡。二人来到街口拐角处，推门进入一家咖啡厅。灯光幽暗，音乐袅袅，咖啡香气四下弥漫。侯亮平拣靠窗的位子坐下，为陆亦可点了饮品西点，自己要了一杯拿铁。街灯照着陆亦可的侧影，她低头搅拌饮品，神情忧郁。侯亮平视线与她接触，她微微叹息说：那天晚上，我和陈海也在这里喝过一次咖啡……

侯亮平想安慰陆亦可几句，陆亦可却果断地一甩短发，语速极快地向他汇报起了欧阳菁案情：蔡成功行贿送给欧阳菁的四张银行卡都查清楚了，其中三张卡是死卡，只有一张卡还在使用。这张卡是二〇一三年三月十四日开的户，开户当日存入人民币五十万元整，户名张桂兰。开户以后三个月，即二〇一三年三月至六月，有人陆续取出二十二万五千元……有人？侯亮平关注地问。对，只能这么说，现在还没有确凿证据证明取款人是欧阳菁。陆亦可继续说，二〇一三年八月至九月，又有人分批取走了二十七万元，这就是四十九万五千元了，这些钱全是在自动柜台机操作取走的。侯亮平思忖，那应该有取款视频啊。陆亦可说：柜员机取款视频只保存三个月，现在都没有了。这张卡没有用于消费，就是提现。取款人没留下影像资料，也没留签名字迹。

侯亮平认为凭这样的证据，欧阳菁不会认账。不过，陆亦可提出一个新思路：利用卡里还剩下五千元钱，可以考虑一下打草惊蛇，让蛇动起来！她不是有因私护照吗？不是随时可以走吗？让她受点惊，赶快走。她已经提出辞职了，一走估计不会轻易回来了！她就会抓紧时间把金银细软收拾一下，打个包带走。收拾细软时，她没准会发现这张卡里还有五千元，就会把钱取出来。只要卡一动，证据就来了。

侯亮平不以为然，手一摆说：幼稚！这种时候你还指望她把卡上剩余的五千元取走？别忘了，欧阳菁是什么人？她是京州城市银行副行长，是达官显贵李达康的老婆，我们不能把她当底层民众看待。五千元对底层民众可能是个大数目，对欧阳菁几乎可以忽略不计！

陆亦可自嘲：也是，我还以为欧阳菁是我呢！然而，话锋一转，女处长又倔强地说：不过，我还是要赌一把，我就赌欧阳菁是个小女人，赌欧阳菁爱财如命！如果她真不像我这样小家子气，我认输。

侯亮平讯问：我的处长同志，请问我们输得起吗？啊？

陆亦可一声叹息，当然输不起，老季会把咱们骂得狗血喷头！省委常委、市委书记的夫人是我们随便传的吗？要不，咱让老季定？

别，别，这不是难为领导嘛，季检察长谨慎，肯定让我们打住！侯亮平眼珠一转，又有了主意，哎，要不这样，你我别出面，让张华华上门服务吧，向欧阳菁询问一下部分企业的贷款情况，轻轻拨一下草。

陆亦可眼睛亮了，一拍巴掌，哎，这主意行，欧阳菁心虚，肯定会采取行动。这样既达到了目的，我们又不至于被动……

第二天，女检察院官张华华到城市银行上门服务时，欧阳菁正在开会。办公室李副主任把她叫出会议室，告诉她，省检察院反贪局来了一位女的，要向她了解部分民营企业贷款情况。欧阳菁当即警觉地问：她为什么找我，不找其他同志？李副主任说他也不知道。欧阳菁又谨慎地询问：这检察院女同志想了解哪些企业的情况？有没有大风公司？李副主任摇头，说是人家没提具体企业，只想和你谈一谈。欧阳菁沉下脸，谈什么谈？我不见她，这么多事呢，没空！她要了解什么情况，你们去应付吧。但是要注意啊，客户的贷款资料属于商业机密，她想了解任何一家企业的贷款情况，都必须出示检察院的手续！

回到会议室，欧阳菁再也没有心思听王行长的长篇报告了。她低着头，假装在本本上记录，心里却一团乱麻。检察院反贪局的人为啥这时候上门找她呢？自己有啥把柄被抓住了吗？王大路的企业会不会出了问题？甚至李达康被谁盯上了，人家要从她身上打开缺口？

无论如何，都不能再在这块土地上久留了，得赶快动身去美国！可李达康又逼她在离境前办妥离婚手续，如果不答应他，万一他从中作梗，她又怎能对抗得了位高权重的丈夫呢？这时，王行长让她谈一个技术性问题，叫了几声她竟没听见。在众目睽睽之下，欧阳菁站了起来，一脸病容说：实在对不起，王行长，我的头疼病犯了，脑袋疼得要炸开一样……王行长让她回家休息，她便拿起包离开了会议室。

王大路送的帝豪园别墅，是欧阳菁的栖身之地。她经常站在的花园里发呆，或抬头仰望玉兰树上皎洁的花朵，或低头凝视篱笆下盛开的玫瑰，一站就是半天。美丽的花儿使她暂时忘却尘世烦恼，灵魂幽幽出窍，融入花丛之中。偶尔传来喧闹噪音，她会浑身打一机灵，仿佛从梦中惊醒，然后拖着慵懒的脚步，神情落寞地回到大别墅里。

她有着与生理年龄极不相符的心理状态，对于爱情仍像年轻时那般执着，耽于白日梦中不肯醒来。她虽说保养得很好，五十出头的女人了，皮肤还那样白皙，身材还那么苗条，但额上终究爬满了又细又深的皱纹。她深爱韩剧《来自星星的你》，病态地一遍一遍看，浪漫的爱情故事与她的白日梦化为一体。她喜欢端一杯红酒，蜷缩在别墅二楼的真皮长沙发上，孤独地度过漫长时光。但她不觉孤独，她跟着偶像都教授笑，伴着都教授流泪，完全把自己变成了剧中的女主角。

王大路说，这些无聊虚假的电视剧是精神鸦片，欧阳菁同意，但她需要的恰是这种精神鸦片。王大路劝她去看心理医生，她说：把我治得像李达康一样清醒吗？那我宁愿去死。作为一个女人，欧阳菁在丈夫身上始终得不到梦想中的爱情，这使她陷入深深的痛苦之中。

回家的路上，欧阳菁一直在想自己的处境——一切都无可留恋了。本来，她对大学同学王大路还寄托着一份情感，但王大路虽然关心她，却始终和她保持一段距离。并暗示她，自己不是都教授，这很让欧阳菁伤心。可出了事还得找王大路，等王大路时，天已黄昏，欧阳菁站在花园里久久发怔，心里一阵酸楚，眼泪润湿了她的眼眶。

王大路过来时，天已黑透了，半个月亮从东边天际升起。欧阳菁在月色下，郁郁对王大路说：今天省检察院的一个小姑娘突然跑到我们行里来了，要找我了解部分企业的贷款情况，也不知是什么意思？

王大路认定这是危险逼近的信号！他告诉欧阳菁，李达康已经向他发出了警告。现在必须办妥两件事：第一，和李达康协议离婚，越快越好。第二，离婚手续办完，立即飞美国，以免夜长梦多。欧阳菁不甘心就这样放过丈夫。王大路劝解说：别犟了！检察院上门，怎么也不是好兆头！事不宜迟，我建议你今晚就去找李达康谈，主动谈！

欧阳菁眼中的泪水流了下来，过了好半天，才叹息说：好吧，大路，我听你的，离婚我认了！可有些事情，我还要和他讲明白……

妻子欧阳菁的电话让李达康很意外。当时他正突查国际会展中心。他这位书记就这样，神出鬼没，经常在想不到的时间、想不到的地点出现，弄得手下干部很紧张。李达康建议妻子回家谈。妻子知道丈夫怕什么，便说：你放心，我不会再和你吵了，好聚好散，今天咱们就协议离婚！一听协议离婚，李达康喜出望外，这对他而言不啻福音啊！当下在电话里约定，在会展中心东湖湖滨的二号楼水榭见面。

当晚天气很好，月光如水，湖面上波光粼粼。李达康坐在水榭灯下的凉椅上喝茶，目光投向无垠的夜空。夜空清朗，星星放射出令人惊讶的光芒。月是新月，一弯银镰悬挂苍穹，因能见度高而光线很强，照得四周如同白昼。妻子如期而至，二人的心终于宁静下来。星月之光犹如泉水，洗去浮躁，洗去焦虑，也洗去了人世间一切得与失。

李达康让座倒茶，欧阳，你好久没到这地方来了吧？欧阳菁脱去风衣，是啊，上次来时，这里还是一片荒地呢！李达康强调说：是一块污染严重的荒地！欧阳菁附和道：京州没人不知道，这里原是多年的老化工区嘛！欧阳菁坐下喝茶。这对即将离婚的夫妻，这回还算自然，没有剑拔弩张的紧张。不过李达康是工作狂，收不住嘴，又滔滔不绝说了起来，所以，我才拍板把会展中心建在这里，政府的重点工程不来，谁敢来呀？现在政府过来了，开发商也就过来了，开发带动了污染治理，后人就得到了这一片城市绿肺，瞧，好大一片啊……

欧阳菁打断他，不让他谈工作，工作你说起来就没完！李达康赶紧转弯，那说咱们的事！欧阳菁品着茶，直视对方，说咱们的事之前，我还是想说说王大路！李达康有些不自在，看着湖面问：我们离婚与王大路有关吗？欧阳菁眼睛又迸出火花，如果不是王大路劝我，李达康，我不会这么轻易和你离婚的！李达康冷静下来，要妻子尽管说。

欧阳菁沉浸于往事的回忆之中，说起了一段往事——

二十一年前在金山县，王大路任副县长，是李达康县长最得力的助手和朋友。李达康为了修路，好心办坏事，大搞行政命令。他让王大路给金山县东片三个乡的村干部日夜开会，进行所谓的总动员，让村村掏钱，人人捐款，硬是把一个老村主任活活搞死在会场上。老村主任的几百口子族人，披麻戴孝跪在县政府门口，跪了一天一夜！王大路站了出来，替李达康和县政府承担责任，引咎辞职了。王大路辞职后，李达康和当时的县委书记易学习各拿出了五万元，支持资助王大路创业。经过王大路多年的奋斗，才有了今天这个大路食品集团。

李达康也忆起了往事，是啊，大路是好人啊！倒是你，欧阳，当时说啥也不愿掏这五万元啊！和我吵啊闹啊，还是易学习做了你的工作，由他担保这五万元以后一定还你，你才把存折掏了出来……

是，我承认我小心眼，我是女人嘛。达康，这事让我后悔到今天，惭愧到今天！不料，妻子话锋一转，但是今天你呢？你就不惭愧吗？你忘记王大路怎么替你顶的雷！如果不是王大路，你当年很可能就倒在金山县了，哪有今天这个省委常委、市委书记呢？人不能忘本啊，我这么求你把大风厂那块地批给大路集团，你为什么死活不答应呢？

李达康苦笑说：欧阳，你又错了！当年资助王大路那五万，是咱家的积蓄，我可以全给他。今天任何一个项目都不是咱家的，我李达康都无权批给他！我违反原则批给他，既是害我，也是害他。这话我也和王大路说过，你大路集团是酒业食品集团，不要凑热闹搞房地产，真要搞，按程序去投标！我找他谈了一次话，让他别走小路!

欧阳菁火了，我知道，王大路和我说了！这是冲我来的吧？所以李达康，我今天也要把话和你说清楚，王大路从来就没有让我找你要过项目，是我出于当年的愧疚，想帮帮他和大路集团的忙！今天，我们就要协议分手了，李达康，你能不能给我一次报答王大路的机会？

李达康缓缓摇头，欧阳啊，这个话题不要再说了，好不好？

欧阳菁抹了把泪，好，那就不说了！你就多保重吧！

说罢，欧阳菁提起包，起身离去，高跟鞋踩得花岗岩咄咄响。

李达康的心情很复杂。欧阳菁忽然同意协议离婚，既使他如释重负，又让他若有所失，歉疚之情如一团浓墨渐渐化开，充满胸臆。欧阳菁走后，他站起来，独自在湖边徘徊。微风吹过，湖面的新月倒影被揉成银色碎片，一波一波飘向岸边。他想起欧阳菁说，是王大路做工作她才同意离婚的，就更觉得对不起老同事老朋友了。是自己多心了，这么多年没有好好与王大路沟通，冷落人家，实在不应该啊！

李达康凝思片刻，看着湖面，默默打开手机，大路吗？我谢谢你了！作为当年一个班子的战友和同事，希望你对我多一些理解……但对方一句话没说，就挂断了电话。李达康明白王大路的倔强，耐着性子再一次拨他的手机号码，终于，王大路接听电话了——

怎么，大路，连我的电话都不愿接了？

王大路语带嘲讽，你让我不要走小路嘛，我把小路切断了！

李达康诚恳地说：大路，这里可能有些误会，我也许无意中伤害了你的感情。大路，我回忆了一下，自从你在金山辞职，二十一年来，你还真没找我办过啥事呢。不论是你早期代理京州酒业的销售，还是后来搞健康食品开发，只是这次光明湖开发……

王大路很不客气地打断他的话，李书记，这次光明湖开发太不公平！我在欧阳面前发牢骚，不过是希望得到一个公平待遇，希望丁义珍不要做得太过分！李书记，你知道丁义珍背着你都干了些啥吗？现在事实证明，你用错了人！你主持的光明湖改造项目，不光明啊，黑得很，暗箱操作太多，没给我们大家一个公平的市场竞争环境。

是的，大路，这个错误我已经认识到了……

王大路情绪激动地说：你像防贼一样防着我，真伤了我的心。达康，你现在开始回忆了，也知道我下海这二十一年来从没找过你。你知道我为啥不找你吗？你怕我这个商人把你这高官拉下水，我还怕你这高官连累了我呢！一位高官倒台，多少商人陪绑，我可见得多了！

李达康握着手机叹息，是的，是的，是我错怪你了，改日请酒赔罪！哦，对了，再把易学习从吕州喊来，咱们仨来个一醉方休！

好的，达康，那我就等着了……手机那边终于传来了友好的应承。

二十一

陆亦可非常愤怒：欧阳菁以官太太的傲慢姿态，把张华华丢在城市银行会客室一下午，连个面都不见，太目中无人了。细思之下她益发生气——她要打草惊蛇，蛇居然不惊，没准还在窃笑，可恶至极！

早晨，侯亮平在检察院操场游双杠，穿着一件白背心，胸脯胳膊肌肉鼓暴。加了一夜班的陆亦可找到操场双杠前，建议直接传唤欧阳菁，就蔡成功的举报进行讯问。尤其关键的是，要她交出因私护照。

侯亮平想了想，觉得在这种情况下，是要采取行动了。欧阳菁手上有签过证的护照，再不采取行动，万一让她也像丁义珍一样逃之夭夭，就是他的责任了。于是，他果断命令陆亦可，阻止欧阳菁出境。

陆亦可再次确认，侯局长，那我们今天就和欧阳菁接触了？

侯亮平从双杠上跳下来，拔腿就走，对，让张华华组行动吧！

……

和欧阳菁的正面交锋就这样开始了。然而，让侯亮平和陆亦可都没想到的是，接触伊始就遭遇了李达康，一场意外大戏跳出原有剧情激情上演。这场大戏震惊了汉东省政坛，强行撕开了重重黑幕的一角。

欧阳菁一案的经办人是张华华。那日上午，张华华带着两个女同志刚到京州城市银行门口，陆亦可就把最新情况传过去了——那张沉寂的银行卡居然奇迹般动了：监视人员收到消费信息，几分钟前此卡在名品商场刷走了五千零三十元。陆亦可让张华华立即赶往名品商场，在第一时间提取这个证据。如果发现目标欧阳菁，立即控制。

张华华接到指示，奔向名品商场。名品商场人流熙熙，摩肩接踵，想寻个人很不容易。张华华让两名干警在一楼分头搜寻，自己直奔二楼。也是巧了，在手扶电梯上，张华华蓦地发现欧阳菁提着大包小包，正从对面电梯下来，两人还打了个照面。欧阳菁显然认出了她，立即加快步伐，匆匆地下了下行电梯，急急离去。张华华一看不好，在上行电梯玩命逆行，推开行人追出大门。然而，还是晚了一步，欧阳菁在停车场上了自己的宝马，开着车近乎横冲直撞，驶往大街……

张华华也上了检察警车，急速冲出停车场，同时对着袖珍话筒向陆亦可报告：陆处长，欧阳菁认出了我，一路狂奔要逃跑，我现在已经咬住了她，可我只有一个人啊，我手下那两个主儿还在商场呢！

陆亦可这时在走廊上快步走着，正要到侯亮平办公室汇报，便对着袖珍话筒说：好，华华，能死死咬住就好，我这就给你派增援！

这时，季昌明迎面走了过来，随口问了句：亦可，增援谁呀？

陆亦可不由一惊，和这位高官太太的直接交锋，侯亮平还没向检察长同志请示呢！于是，便轻描淡写地说：哦，抓一个小萝卜头！

季昌明狐疑地看了陆亦可一眼，擦身而过。

走进办公室，陆亦可向侯亮平报告了最新情况。这时，张华华又来电话说：目标可能要回家。陆亦可又指示：跟进去，继续盯着！

盯住以后怎么办？陆亦可看着侯亮平，她回了市委的家，总不好跑进省委常委、市委书记家里去抓人吧？刚才碰到季检察长，他还问我呢！

侯亮平注意地看着陆亦可，哦？你怎么和老季说的？

陆亦可瞟了侯亮平一眼，我敢说呀，不怕吓着人家领导？

侯亮平点了点头，聪明！说罢，在屋里来回踱起了步，几次在金鱼缸前站住，歪头看鱼。他接了陈海的班，陈海办公室里的一切也全接受下来了。比起陈海细心照料这些金鱼、花卉，侯亮平很不称职，鱼缸里的水早已变得浑浊起来，像锅酱汤。屋里的一些绿色植物也出现一片片黄叶。侯亮平捏起一撮鱼食喂鱼，然后又看着鱼儿们追逐抢食。

陆亦可等不及了，哎，哎，说话呀，头儿，华华还等着增援呢！

侯亮平这才说：你确认一下，蔡成功送她的那张卡真动了吗？

确实是动了！张华华那组有两个人正在商场里固定证据呢。

侯亮平终于下定了决心，把最后一撮鱼食往玻璃缸里一撒，拍了拍手掌，动作麻利地穿上制服，好，那我们走，增援张华华去！

这让陆亦可有点意外，她睁大眼睛问：侯局，你亲自去啊？

侯亮平匆匆向门外走，对，亲自了！她后面有大人物嘛！

他们坐上检察警车，一路赶往市委宿舍。时近中午，街上车辆虽不及上下班高峰那样拥堵，却也前呼后拥，川流不息。这年头车辆越来越多了，仿佛雨后森林中的蘑菇，一夜之间就能冒出来一大片。

陆亦可还是有点担心，这事当真不向老季汇报啊？侯亮平说：汇报啥？再搞凉一盘黄花菜吗？做实了再说吧。陆亦可苦笑，当真冲到领导同志家去抓人？侯亮平挺直上身，如果有证据，为啥不？我们穿上这身制服时宣过誓的，忠于国家、忠于人民、忠于宪法和法律！

现在关键是固定证据，侯亮平催促陆亦可再问问情况。陆亦可一问，结果不太美妙——欧阳菁刷卡时并无监控视频，证据仍然没有落实。现场两位同志还在努力。陆亦可脸拉长了，嘀咕了一句：糟糕！

欧阳菁此刻的心情比陆亦可糟糕一万倍。如果世上有后悔药，她愿意花任何代价买回来。本来与李达康约好，下午办离婚手续，晚上一起吃一顿散伙饭，她就乘飞机离开中国。上午有空闲时间，女人毛病又犯了，想买几件好衣服带走。在国外不敢出手阔绰，买件漂亮时装要贵好多。女人就是女人！鬼使神差，她又来到熟悉的名品商场。

有件标价两万多元的秋季时装她早就看上了。她将蔡成功送的那张卡里连本带利五千零三十元刷完之后，剩下的一万六千元用了自己的卡。收银员递过机打收据，欧阳菁签了字：张桂兰。致命的错误就这样犯下了，而她却浑然不知！直到在电梯上遇见昨天在银行等她的检察院的小姑娘，欧阳菁才猛地醒悟：坏了，自己被跟踪了！当时脑子里只有一个字：逃，逃过眼前一劫，今晚她就可以远走高飞！

欧阳菁不顾一切地驾车飞奔，同时联系李达康，你马上回趟家好吗？我把离婚协议带来了，办完手续后，我就去机场。李达康说：你不说下午签，再一起吃个饭吗？欧阳菁心情坏透了，谁和你吃饭？你来不来？不来就算了！李达康怕了，忙说：好，我马上回家，马上！

欧阳菁回到家，紧张地收拾行李，田杏枝在一旁帮忙。保姆依依不舍说：欧阳姐，这回真要走了？欧阳菁说：真走了！哎，杏枝，这几件衣服都给你吧！保姆说：你上回给我的衣服还没来得及穿呢……

收拾停当，李达康也到了家门口。领导做事就是细致，提前和民政局局长联系好了，带了两个民政局的干部回家，上门给他们办离婚手续。欧阳菁手持离婚协议，摇头叹息，李达康啊，也只有这份离婚协议才能让你放下手头的公事，立即回来！给你，我已经签过字了。李达康接过离婚协议草草看了看，掏出笔签了字，递给民政局干部。其中一位民政局干部说：李书记，欧阳行长，还有你们的照片呢？欧阳菁就将准备好的照片递给了他。于是，两位民政局干部当场给他们办下了离婚证。

民政局干部填写证件，给证件打钢印时，李达康问：欧阳，怎么突然要走了？欧阳菁应付道：抢到了一张便宜机票，就是今天的。李达康也没怀疑，怪不得呢。那中午一起吃个饭吧。欧阳菁灵机一动，也好，达康，那就送我去机场吧，咱们一起在机场吃个中饭。李达康不屑地说：机场有啥好吃的？质次价高，再说，环境也不好！欧阳菁忙说：那就别吃了，达康，你只要送我到机场就行。李达康这时似乎有所警觉，瞅了她一眼，哎，欧阳，你今天是怎么了？没啥事吧？欧阳菁掩饰着自己内心的紧张，哦，没什么没什么，就是想女儿了……

嗣后，中共汉东省委常委、京州市委书记李达康的专车便载着他离婚的妻子公然向京州国际机场驶去。车窗外，绿化带往后方飞掠，树叶化为一片模糊的绿色。李达康其时并不知道一辆检察院的警车正不近不远地盯着他的专车。但前妻的表现让他略感不安。一路上，欧阳菁的眼睛不时地盯着后视镜，脸上现出明显的焦虑。李达康注意地看着欧阳菁，总觉得哪里不太对劲。尤其是欧阳菁最新的要求，让他觉得有些过分：达康，我们夫妻一场，你能送我上了飞机再走吗？

李达康疑惑地问：欧阳，你莫不是有什么事瞒着我吧？

欧阳菁故作轻松，达康，你想哪去了？能有啥事？再说，就算我有什么事，也与你无关！我们现在已经离婚了……

接到张华华的监视报告，侯亮平临时决定在机场收费站拦截。当时，侯亮平的警车正在中山路上，马上改变了方向，驶向机场高速公路。在城乡接合部，不知发生了什么状况，大车小车堵了一长溜，侯亮平急得直搓手。幸亏司机熟悉路况，在小胡同里七拐八弯，绕了不少路，但总算及时上了高速公路。侯亮平和陆亦可都松了一口气。

陆亦可说：欧阳菁够厉害的，能想到调李达康的车护驾，亲自送她去机场。上回丁义珍逃走是暗度陈仓，她这回可算明火执仗了。侯亮平说：听你这意思，上回放走丁义珍的就是李达康了？陆亦可十分肯定，除了李达康，还能有谁呢？侯亮平摇了摇头，亦可，我不这样认为，今天的情况和那夜好像不是一回事。陆亦可建议说：现在可以向季检察长汇报了，让季检察长报告省委。侯亮平立即否决，现在更不能汇报了！李达康是省委常委，动李达康是要中央批准的，超出了我们的权限，也超出了我们的控制范围。我们现在为了办案，必须先假定李达康和欧阳菁的涉嫌犯罪没啥关系，我们只抓犯罪嫌疑人欧阳菁！

这时，名品商场的同志来了电话，报告了个好消息，说证据已固定了。收银员看了欧阳菁照片，确认是她刷的卡。她签了两个不同的名，一张是蔡成功的母亲张桂兰，一张是欧阳菁。欧阳菁买了一件价值两万多元的高级时装，贿卡里的钱不够用了，才拿自己的卡补上的。

侯亮平兴奋得一拍大腿，好，太好了，现在证据确凿了！

陆亦可问：那就硬干了？从李达康的专车上抓走欧阳菁？

侯亮平冷峻地说：是的，所以本局长才亲自出马嘛……

警车到了机场收费站停下了。陆亦可再次提醒：侯局，你再考虑一下，这么做合适吗？侯亮平说：没什么不合适，我们就是依法传唤欧阳菁嘛！陆亦可问：如果李达康书记不让我们传，在这里形成僵持呢？侯亮平胸有成竹地说：你认为这可能吗？李达康是政治家，要顾及自己的政治影响！我不相信他这个省委常委、京州市委书记乐意在这种场合和我们僵持。退一步说，就算他想捞他老婆，也会在幕后做工作，而不是和我们对抗硬来。我想，他连车都不会下。陆亦可仍担心，如果，我是说如果，李达康也和你一样邪乎呢？侯亮平道：那也好办，我直接打电话向省委书记沙瑞金汇报。陆亦可还想说什么，侯亮平竖起手指止住了她，陆处长，不要再说了，出了问题我负责！

这时，李达康的专车也驶临了收费站。侯亮平下车，当道一站，举起手掌做出停车的手势。李达康的轿车缓缓停了下来。后面跟踪而来的张华华的警车也在李达康专车的左侧停了下来。李达康的司机下了车，走到侯亮平和陆亦可面前，你们想干啥？知道这是谁的车吗？侯亮平说：我只知道被传唤人欧阳菁在这台车上。司机满脸的不屑，我说同志，欧阳菁是谁的夫人，你不会不知道吧？侯亮平说：欧阳菁是谁的夫人与我们办案没有关系！陆亦可解释道：有人举报了欧阳菁副行长，我们要请她去谈一谈！司机不无傲慢地说：知道吗？欧阳副行长是市委李达康书记的夫人，这台车也是李达康书记的专车！

侯亮平看了看近在咫尺的专车，不动声色道：是吗？我不知道李书记现在是否就在这台车上，如果李书记在车上的话，麻烦你向李书记汇报一下，我们这是例行公事，请他理解支持！说罢，主动向司机出示工作证和传唤证，这是我的工作证，我叫侯亮平，省检察院反贪局局长！这是传唤证，请你让李达康书记和欧阳菁女士过目吧……

双方交涉时，李达康专车的车窗紧闭着。隔着深色窗玻璃，侯亮平似乎能看到车内李达康和欧阳菁忧郁的面孔。事后陆亦可说：那天身穿检察官制服、手持证件的侯局长英气逼人，似一尊法律之神的化身。这一光辉形象必会深深印刻在李达康的脑海里，让其终生难忘。

然而，另一个事实也不能忽略：那一刻李达康也让侯亮平终生难忘。侯亮平怎么也没想到，这时专车的车窗竟缓缓打开了。李达康坐在专车后座上，冷冷地凝视着他，一言不发。这是一位久居高位、成熟干练的高级官员，有一种不怒自威的气势。他脸上毫无表情，但眼镜架后面竖起的川字纹，表明高级官员此刻正强压着怒气。官员审视着他，目光森森，充满了压力。权威，总会根据不同的场合和对象以最恰当的方式表达出来，此时此刻，严峻的沉默就是一种好方式。

侯亮平也冷冷看着李达康，直面对视，毫不避让。他知道自己绝不能避让，这是法律和权力在较量。他眼光中稍有怯懦，权力就会像野兽一样扑过来，法律将一溃千里。一秒，两秒，三秒，四秒……

终于，欧阳菁主动打破僵局，打开另一侧车门，缓缓下车。检察警车前的两个女干警迎了过去。张华华神色严峻地说：欧阳副行长，请吧！

欧阳菁回转身，木然地对着专车里的前夫最后招了招手，上了检察警车。张华华和一名女警立即将她夹在后座中间，带离了收费站。

回去的路上，陆亦可松了口气，侯局，你判断得没错，李达康果然没下车。侯亮平却说：但我没想到他会摇下车窗，给我一个明确警告。沉默了一下，又说：只怕不仅是警告，估计他还会去找老季！亦可，你打电话给老季，现在该汇报了。陆亦可应着，用手机打季昌明办公室电话，电话是忙音。侯亮平推测，那应该是在和李达康通话。

事实正是如此。李达康恼怒地打电话责问季昌明，季昌明摸不着头脑，问是怎么回事？李达康说：你们的人当着我的面，把欧阳菁从我的车里抓走了！两辆警车一路追到机场路，很像美国大片！季昌明既意外又吃惊，申明自己对反贪局今天的行动毫不知情。欧阳菁一案他迄今没得到反贪局的汇报，因此无法判断这起突发事件的性质。

嗣后，侯亮平和陆亦可分析，季昌明这么说，并不是要在李达康面前洗清自己。事后得知，老季那日还是够意思的，他话锋一转，态度强硬起来，但是李书记，你说侯亮平追到了机场路上，那就带来一个问题：欧阳菁是不是要出境啊？如果是这样，我也会下令阻拦的！毕竟有举报就要调查嘛！李达康说：即使欧阳菁有问题，也要顾忌政治影响吧？我和欧阳菁的关系，你可能也听说过，今天我要和你说明的是，我和欧阳菁已经离婚了，办完离婚手续后，她让我送送她，我能回绝吗？季昌明道：李书记，欧阳菁这就利用了你和你的车啊！李达康说：这么说影响还是我造成的了？那就不说了！请依法办事，不要受政法系或者什么小圈子的影响，给我前妻欧阳菁一个公道吧！季昌明干脆挑明了说：你是不是担心侯亮平啊？这我要向你解释一下，侯亮平虽然是高育良书记的学生，但并不是高书记调到检察院来的，他对欧阳菁不会有成见。李达康说那就好，起码你不是政法系，我相信你！季昌明郑重说：李书记，也请你相信侯亮平和反贪局，他们谁也不敢徇情枉法！对今天发生的事，我会让侯亮平和反贪局向你做出交代！李达康偃旗息鼓，不必了，昌明同志，该说的我都和你说了！

这个电话结束后，陆亦可的电话才打了进去，说要汇报。季昌明当即责问：现在才想到汇报啊？早干吗去了？陆亦可解释说：欧阳菁事发突然，当时太紧张了，大家都忙昏头了！又说：要不，让侯局长亲自汇报。季昌明严厉地道：还汇报啥，你们都到我办公室来吧！

不久，两人出现在检察长办公室。侯亮平内心忐忑，这样大的事件在主要领导不知情的状态下发生，实在说不过去。其实，经过这一段时间的工作磨合，侯亮平从心里敬重季昌明。这位老检察长稳重厚道，像一位兄长。虽然以侯亮平的标准看，兄长有点保守，甚至有点迂腐，但像他这样的孙悟空性格，也得有个唐僧镇着，所以，侯亮平打定主意，领导即便是暴跳如雷骂，他也得赔着笑脸，诚恳检讨。

季昌明没骂，只是讽刺挖苦，说他们是美国好莱坞大片的大腕演员。陆亦可轻描淡写，传唤个欧阳菁还美国好莱坞大片呢，季检察长，你也太夸张了吧？侯亮平一本正经点头，就是，咱们只不过是依法办事嘛！季昌明继续挖苦，太谦虚了吧？不是美国大片是什么？两辆警车一路追李达康书记的专车，追到了机场路出口！他又讥问陆亦可：这就是你说的抓个小萝卜头？侯亮平主动检讨，这怪不得陆亦可，怪我自作主张。季昌明怒道：侯亮平，我就是用脚掌心都能想到，你又耍起猴山那一套了，是吧？李达康毕竟是在职的省委常委啊，又是京州市委书记，你们两辆警车这么追，考虑政治影响没有？啊？侯亮平辩解：正因为考虑到影响，才没有在市委宿舍他家门口动手。季昌明让侯亮平细说情况，道是他马上要向省委和沙瑞金书记做个汇报。

侯亮平这才把欧阳菁准备出走和他们今儿上午的行动过程，细说了一遍。欧阳菁受贿证据确凿，蔡成功举报欧阳菁受贿二百万，已落实了五十万。正因为欧阳菁身份特殊，对欧阳菁一案，反贪局是极其慎重的，坚持零口供办案。季昌明听后脸色渐渐开朗起来，好！干得还不错，有了这么确凿的证据，我们就能把欧阳菁案办成铁案了。

陆亦可乘机说：季检察长，这样一来，你也就好对李达康书记交代了！季昌明仰起头，敲着桌子，依法办案，我有啥要交代的？该说的，我在电话里都和李达康说过了！侯亮平乐了，实话说，我们是怕你为难，才先斩后奏的，早知道你是这态度，该请你一起出演

183

美国大片哩！

离开季检察长办公室，侯亮平和陆亦可回到反贪局，继续说案情。

陆亦可不太相信李达康对自己老婆的问题会毫无察觉，如果不是嗅到了什么味道，李达康为啥要在这时候离婚呢？侯亮平说：现在还没法解释，但基于我的侦查经验和感觉，李达康应该是不知情的。如果知情，他不会送离了婚的老婆去机场。李达康是理智的政治家，不是个没政治头脑的情圣。陆亦可还是疑惑，可李达康不但送了，还摇下车窗向你示威。侯亮平笑道：这更说明李达康不知情，我感觉他是有些底气的，所以才没有像老鼠似的一下子钻到地洞里去。李达康此举既是向我示威，也是在显示他的自尊嘛。陆亦可提醒说：侯局，那你得小心了，他从此会恨死了你。侯亮平想了想道：那不一定，也许恰恰相反，李达康会感谢我，在心里深深感谢我，哪怕他不说！

陆亦可不解，哎，为什么？侯亮平微微一笑，自己悟去……

二十二

几乎在李达康专车被截的同时，高育良向省委书记沙瑞金做了一个关于这位同僚的汇报。他虽不知道同僚已遭自己学生致命一击，客观上却抓住时机扔出了一块石头，坦诚直接地亮明了自己的态度。

在沙瑞金办公室，二人分别在沙发上坐下。开头总是客套话，高育良笑呵呵提起，瑞金书记上星期到林城去了一趟，听说收获颇丰？沙瑞金并不掩饰对林城开发区的欣赏态度，为李达康点赞，说达康同志综合利用采煤塌陷地搞开发，思维超前。高育良只得应和：搞林城开发区，李达康功不可没啊！沙瑞金赞扬前任省委书记赵立春知人善任，当年要是不把李达康及早从吕州调走，让他们俩在吕州各唱各的调，继续闹摩擦，就贻误战机了。沙瑞金感慨道：育良同志啊，要我说，有时候一加一并不等于二啊！高育良表示认可，没错没错，有时候甚至会等于负数哩！沙瑞金笑了，所以呀，用干部是一门艺术！话锋一转，出其不意地问：哎，我说育良同志，你该不是又要向我推荐你那位得意门生祁同伟了吧？高育良仿佛背上扎了一根刺，又痒又疼，却又抓挠不得，哦，不，不，我想反映点达康同志的情况。沙瑞金显然感到意外，略微一怔，反映达康同志？好，你说，你说……

高育良并没有立即说话，恰好白处长送来一杯茶水，便掀开茶杯盖，慢慢吹着气，显出慎重思考的样子。其实，他是有备而来的，一上班就把自己关在办公室里，把李达康几个方面的问题都反复想透了。向一把手汇报嘛，一定要做到有理有据有节。但沙书记一张口就为李达康点赞，使他感到意外，也产生了一些心理压力。看来，这位新书记对李达康的印象不错嘛，这次汇报的难度将比预想中大许多。

然而，省委书记对省委副书记的反映情况还是很重视的，况且反映对象又是一位省委常委，汉东省有名的改革大将，秘书帮头儿。沙瑞金凝视着高育良，有些不耐，哎，育良同志，说话呀，有啥说啥！

高育良放下茶杯，斟词酌句说起了丁义珍出逃的那个夜晚。在他主持的汇报会上出现了怎样奇怪的走风漏气，并逐一分析了每个参加会议的同志，结论是：李达康的疑点最大，他有可能向丁义珍报警。

沙瑞金听罢，若有所思地看着高育良，丁义珍逃跑的那天夜里发生的情况，我已经听说了一些，现在确定有人泄密了？是不是？高育良面色严峻，是的，公安厅和检察院两边都是这个结论！沙瑞金拍了拍沙发扶手，既然两边都是这个结论，那就要查，要查个水落石出。

高育良进一步说明，达康同志的夫人欧阳菁可能涉嫌腐败啊！侯亮平还没上任就在北京给我打电话，要我帮忙保护举报人。侯亮平当时担心什么？是担心京州方面有人做手脚。看来里面名堂很多啊！

沙瑞金没有马上表态，也开始品茶，瓷盖碰着杯口发出轻盈的叮当声，这些情况省纪委也有反映。我呢，在林城当面问过他，达康同志拍着胸脯向我保证，他老婆欧阳菁的事和他无关。高育良看着沙瑞金，摇头苦笑，瑞金同志，这种保证有多大的可信度啊？沙瑞金反问：哎，育良同志，李达康和他老婆长期分居你不知道吗？高育良说：这我知道，很多人都知道，他们有些年头了。沙瑞金合上杯盖，将茶杯搁到茶几上，含蓄地笑问：那你觉得，这么一位想做事又能做事的省委常委、市委书记，会为了早已丧失了感情基础的老婆胡来违法乱纪吗？

高育良沉默了。新书记明显护着李达康，出乎了他的意料。现在他有两个选择：要么顺着一把手的意思转弯，使这次汇报流产；要么坚持下去，不惜给一把手留下不良印象。高育良呷了口茶，瞬间做出决定：坚持！做官要打太极拳，但不能总打太极拳，共产党人嘛，在原则问题上必须立场坚定，同时也显示个性——这是他多年守持的政治信条，效果不错。这位教授出身的副书记，在官场上从来不是软蛋。

于是，高育良又开口了：瑞金同志，今天是向你和省委汇报，我必须襟怀坦白，有一说一。从一般常理推测，李达康权衡利弊，应该不会和老婆的烂事搅和在一起。但也难说，李达康毕竟是李达康，思路不一般，经常不按常理出牌啊！沙瑞金仿佛没明白他的意思，岔到另一条思路上去了，是啊，你看他到了林城，就打出了一张怪牌，能想到综合利用采煤塌陷地搞开发区，奇招一枚嘛！你说是不是啊？

高育良摇头叹息着，说起了当年林城开发区的那桩丑闻——一个主管副市长被"双规"，几十个商人一夜之间消失得无影无踪。这次丁义珍奇怪地逃走了，光明湖畔开发商却也一个没跑！瑞金同志啊，这算不算奇招呢？他的锋芒显露出来了，话里有话，让一把手无法回避。

沙瑞金回避不了，只得面对，注意地看着高育良，哦？当真一个都没跑吗？高育良说：是的！瑞金同志，还有一个细节也意味深长，"九一六"那夜，在大火已经烧起来的情况下，李达康还试图拆掉大风厂……高育良呷了口水，放下茶杯，似乎很随意地点题：刘省长年龄到了，谁都知道他马上要下了。达康同志太渴望政绩了，就难免出格啊！

书记同志不禁陷入了深思。片刻，书记下达了指示：这起泄密事件要一查到底，不管涉及什么人。如有事实证明是李达康泄密，导致了丁义珍的出逃，他立即赴京，亲自向中央汇报。但在没有证据之前，先不要乱猜测，这不好，既会伤害同志，也会引起混乱……

汇报产生了效果，高育良及时收起锋芒，摆正位置，我知道，瑞金同志，我现在只向你一个人汇报！沙瑞金道：那就到我为止吧。育良同志，你是主管政法的书记，发现问题向我汇报没错，请你不要误会，我没有责怪你的意思！高育良连连点头。沙瑞金话锋一转，又半开玩笑半认真地说：哎，你怎么没怀疑你的门生高徒祁同伟啊？据我了解的情况，他这个公安厅厅长当晚也在场，他就不会泄密吗？嗯？

高育良背上的芒刺又隐隐作怪，耸了耸肩道：谁说我没怀疑？祁同伟也在我脑子里过了几遍哩，可他与丁义珍没有直接关系，也没有动机！这位同志满门心思都是上位副省长，怎么会冒这种风险呢？

沙瑞金若有所思，副省长？在现行宝塔台阶上，这是很关键的一步啊！育良同志，你带个话给祁同伟，副省长不是他考虑的事，是组织上考虑的，是中央考虑的，他要考虑的是把本职工作做好。起码把丁义珍先给我们抓回来嘛！高育良忙说，这正是他下面要汇报的，对丁义珍的追捕其实一直在进行，祁同伟尽职尽责，还是取得了一些进展的。昨天多伦多总领馆来电，已经查到了丁义珍的下落。省公安厅的追逃小组正式成立了，祁厅长具体负责此事！沙瑞金频频点头。

这时，高育良环视省委书记办公室，一幅新挂出的颜体书法无意间映入了他的眼帘：无欲则刚。这似乎揭示了新书记的个性，也给了他某种启示。既然沙瑞金先点出了祁同伟的问题，那么他出于公心，完全可以就干部的任用安排问题，谈一谈自己的看法，无欲则刚嘛！作为新来的省委书记的副手，他要坦诚坦率，和一把手交底交心。

高育良貌似谨慎地说，自己还有一个建议，不知当不当说？沙瑞金很坦荡，一个班子的同志，有啥当说不当说的，直言不讳嘛。高育良上身倾向沙书记，对冻结的一百二十五名干部的深入考察，最好能快点进行，不能久拖不决。这些干部里，不少人的年龄差半年几个月就不能上了，耽误不起啊！沙瑞金说：这个情况我注意到了，已经做了一个批示给组织部门和纪检部门，要求他们先考察这批年龄抵线的同志。高育良欣慰道：那就好，像陈岩石那种悲剧不能重演了！

然而，话题一转，沙瑞金马上给他上起了党课，省委要考虑同志们的政治前途，但也得严把用人关。道是他有过一段纪检工作经历，发现干部违纪违法，大都发生在担任县市一把手期间。被查处的干部相当比例属于带病提拔。有的干部甚至带病在岗十年二十年，却屡屡被提拔重用。育良同志，这是很严重的问题，我们可不能掉以轻心啊！

高育良频频点头，是的，是的，过去的教训很深刻哩……

高育良告辞后，沙瑞金站在落地窗前，看着窗外沉思起来。

这番谈话在他心中留下了沉甸甸的分量。高副书记老辣啊，明知他保护李达康的倾向性态度，却绵里藏针坚持汇报，实则是在宣示一种不可忽视的政治存在。其实丁义珍出逃的情况，他已听了公安厅和检察院的汇报，两边虽都认定有人泄密，但谁也没点出李达康。高育良今天偏点出来了。而在沙瑞金看来，这是不可能的。撇开动机和利害关系不说，李达康也没有政法任职经历，连边检也掌控不了。京州机场边检归省公安厅管，并不归京州公安局管。高育良今天抛出李达康想干啥？是出于公心，还是趁机内斗？高育良还提出了干部人事的话题，往好处想，是提醒他，往坏处想，是手伸得太长。一把手管干部，高育良难道不懂吗？估计高育良还是为了那个挖地能手祁同伟。

啊。人家不把自己的得意门生扶上去，怕是不会善罢甘休的……

正这么想着，组织部部长吴春林和纪委书记田国富进来了。

这是事先约定的一次重要碰头，要研究的正是干部人事问题。

吴部长汇报说，按照他的要求，组织部门和纪委密切配合，对这批拟安排干部进行了深入考察，发现了不少问题，有些干部属于带病提拔，幸亏这回警惕了。田国富接过话头说：重新考察期间，省纪委接到不少举报，现在看来，有些干部不是要不要提拔的问题，而是要不要尽快采取组织措施，进行"双规"的问题。他还感慨说：也不知这个名单是怎么搞出来的，太没责任心了！沙瑞金有些激动，所以我们要有责任心，不要怕得罪人。带病干部一个不提，该采取组织措施的就采取组织措施！你不愿得罪这个山头，那个圈圈，就得罪了党，得罪了人民，说重些就是党的罪人！他用指关节敲着桌子强调：我们的党组织不是梁山忠义堂，可有些人就把它变成了忠义堂！非我族类，一概不用，宁把位子空在那里等着自己人上位，也不许其他同志上！

田国富汇报说：在这个问题上，被"双规"的吕州市委书记刘开河表现突出。沙瑞金当即指示：那你们纪委就好好查，除了经济问题，政治纪律和政治规矩方面的问题也要查清楚。说罢，又对组织部部长慎重交代：春林同志啊，我再强调一下，经这次考察不合格的，要坚决拿下来，谁要是说情，你请他来找我！不在原名单上的，又确实应该提拔安排的同志，要及时报上来。吴春林立即汇报：沙书记，有个干部呼声比较高。是吕州市的，吕州高新开发区管委会主任易学习……

沙瑞金就是要打破本省旧有的政治格局，逐步建立一支廉洁勤政的队伍。他一听到发现好干部，眼睛亮了起来，让组织部部长说情况。吴春林看着笔记本，向沙瑞金介绍起来，道是易学习二十五年前就是县委书记了，曾在金山县和李达康一起搭过班子，还是一把手呢。这个干部老实能干，但因为没有所谓政治资源，二十五年来一直在正处的岗位上打转转。现在做了副市级的吕州市高新区管委会主任，可贪腐的市委书记刘开河却没按惯例提他为副市长。刘开河交代问题时坦白说了，副市长位子他是想留给一位给他送过钱的区委书记的。只是那位区委书记现在任职年限不够，还得等上一年零三个月……

沙瑞金打断吴春林的话头问：李达康为易学习打过招呼吗？吴春林摇头，没有，除了当年一起搭班子，后来他们再没有交集。沙瑞金有些好奇，那么，李达康和易学习当年搭班子时，是不是发生过什么重大矛盾呢？李达康在吕州就和高育良闹过矛盾嘛！吴春林道：这倒没有，易学习不是个争权的人。哦，对了，易学习和李达康搭班子时出过一件事，因为集资修路，李达康和县政府搞强迫命令，造成一位村干部意外死亡，县委书记易学习主动承担责任，保护了县长李达康。

沙瑞金心中一动，还有这种事啊？我建议把这位易学习同志列入考察名单！你们看呢？吴春林和田国富相互看看，一起笑了。吴春林说：沙书记，这也是我们组织部和纪委的意见，易学习是个好同志！田国富提议：瑞金同志，你看是不是见见易学习，让他当面向你做个汇报？沙瑞金有些冲动，不，国富同志，你安排一下，我们下去看他吧！

祁同伟是回避不了的，这是组织部和纪委重点考察的焦点人物之一。对于祁同伟，考察中有两种意见，一种意见说是这位同志在京州检察院做过副检察长，在林城中级人民法院做过院长，又做了八年省公安厅副厅长、厅长，政法系统的工作经历较全面，经验丰富，是未来政法委书记的合适人选。沙瑞金心里有数，这其实是高育良的意见。

另一种意见也很强烈，反映祁同伟人品有问题，对组织不忠诚，耍两面派，和一些商人老板勾肩搭背。沙瑞金皱起眉头，不能这么虚，说具体事例！比如？田国富不时地看一下笔记本，比如，祁同伟和山水集团的美女老总高小琴，据反映，他们的关系不一般。祁同伟常带人到山水集团会所吃吃喝喝，有时还有高育良副书记参加。丁义珍和京州的一些干部也常往那里跑，那个地方几乎成了一些干部的专用休闲场所！中央八项规定下来后有所收敛，明里没人敢去了，暗里不好说。吴春林补充说：因为祁同伟是政法口的干部，我们再次认真听取了主管政法工作的高育良副书记的意见。高副书记仍然坚持原推荐意见不变。育良同志说，他是把祁同伟当接班人培养的！这次推荐安排主管政法的副省长，下一步可以接他的班，顺序出任省政法委书记。

沙瑞金嘴角浮起一丝讥讽的笑意，是啊，安排政法委书记，再把高育良的省委副书记接过来，祁同伟就功德圆满了。高育良内举不避亲，举荐自己门生不遗余力啊！春林同志，你们组织部的意见呢？

吴春林看了田国富一眼，我们和纪委的意见，最好再看一看！

田国富直截了当地谈了一个情况，高育良和祁同伟还不仅是门生关系，高育良当年是祁同伟的岳父提拔起来的。高育良这么热心地培养祁同伟做接班人，有没有私心呢？有没有权力私相授受的嫌疑呢？

沙瑞金立即表态：国富同志，你这个提醒很重要！人民授予我们的权力，绝不能在个人之间私相授受，这是原则问题，也是政治规矩！

组织部部长和纪委书记走了，沙瑞金仍在想自己名义上的副手高育良。汉东省这潭水真的很深，干部盘根错节，人脉、历史渊源都是不可忽视的问题。他初来乍到，表面上宽松随意，实际上小心翼翼，如履薄冰。政法系，秘书帮，说起来都不承认，像是一个个玩笑，究竟有没有呢？秘书帮还看不出端倪，高育良的政法系却呼之欲出了……

田国富、吴春林离去，沙瑞金刚坐下，检察长季昌明又到了，说有急事要汇报。一听竟是李达康送有问题的前妻去机场。这让沙瑞金吃了一惊，让他及时记起了高育良一早上的汇报。怎么会有这种事啊？季昌明苦笑不已，就有这种事啊！我们的反贪局局长侯亮平得知这一意外情况，被迫紧急处置，在机场路出口处，将他们的车拦了下来。

侯亮平？沙瑞金想了起来，又是政法系，高育良的学生嘛！便不动声色地问季昌明：就是前一阵子从北京调过来的那位同志吧？季昌明说：是的，沙书记，您亲自和他谈的话。沙瑞金道：我有印象，一位很精干的干部嘛！说着，站起来，走到季昌明面前，拉着季昌明在沙发上坐下，一边倒水，一边说：昌明同志啊，李达康和欧阳菁离婚的事我知道，达康同志专门找我汇报过，是我建议他尽早离掉的。

季昌明有些意外，哦？沙书记，这我以前还真不知道呢！

沙瑞金把水杯放在季昌明面前，他们离婚很正常，分居都八年多了，夫妻之间完全没感情了，早就该离婚了嘛！不过，李达康用自己的车把离了婚的老婆送往机场，还亲自去送，这真有点出乎我的意料。

季昌明喝了口水，咂着嘴，是啊，按说这不应该啊！

沙瑞金问：他离婚的老婆，就是那个欧阳菁，到底有多大的问题呢？季昌明想了想，现在能落实的就是受贿五十万元人民币，其他问题还在查……沙书记，我建议你尽快找李达康同志谈一谈。沙瑞金摇摇头，现在还谈什么？等他来找我吧，他应该给我和省委一个解释！

季昌明搓着手，满脸愁容，沙书记，李达康提出了个政法系的问题。沙瑞金笑笑，是不是传说中育良同志的那个政法系啊？季昌明点头，是的，比如祁同伟、侯亮平，还有我们陈海早年都是高育良的学生。沙瑞金沉思片刻，皱着眉头，很严肃地问：昌明同志啊，你是老同志了，那你认为咱们汉东省有这么个政法系吗？实话实说，有一说一！

季昌明慎重道：说不好，云里雾里，似有似无。比如，说侯亮平和原反贪局局长陈海是政法系的人，沙书记，你信吗？反正我不信！沙瑞金没表态，只道：昌明同志，陈海在医院先不说，你要提醒侯亮平注意这个问题。季昌明说：侯亮平一来上任，我就提醒他了。沙书记，可要说根本就没有这个政法干部小圈子，恐怕也不是事实。公安厅厅长祁同伟就是这个小圈子的核心人物，经常搞一些政法系同学聚会！

沙瑞金心中有数，好，情况我都知道了，老季，你别有顾虑，欧阳菁的案子该怎么办就怎么办！既不要看李达康的脸色，也不要考虑高育良会怎么想，就八个字，实事求是，依法办案！另外，给侯亮平同志带一句话，就说我沙瑞金和省委谢谢他这个反贪局局长了！

季昌明一怔，沙书记，你谢侯亮平啥呀？他做啥好人好事了？

沙瑞金看着落地窗外，语重心长说：他坚持原则，拦下了李达康的车，挽救了李达康的政治前途，为我们保护了一员能干事的改革大将啊！这是他的心里话，他真心感谢这位不畏权势的年轻反贪局局长。

窗外，高大的白杨树枝繁叶茂，一群喜鹊在绿叶间嬉戏。喜鹊黑羽白尾，翻飞跳跃，渲染出一派生气。沙瑞金的心情渐渐开朗起来。

二十三

赵东来是个刑侦高手，当年做刑警时就因侦破重大刑事案件受到过公安部的表彰，在专业圈内颇有名气。他办案有独特的思路，轻易不透露自己的想法。现在，他掌握着一段举报人录音，这个录音出自陈海车祸现场被轧坏的手机，应该与陈海的被害有关。按赵东来的推测，手机里这个声音应该是蔡成功的，蔡成功也承认给陈海打过举报电话。但声音技侦的结果却表明，蔡成功并不是那个举报人。语音对照分析显示，蔡成功和那个举报人留下的录音的相似度不到百分之三十。

如果举报人不是蔡成功，那还能是谁呢？考虑到蔡成功录音时的状态不是太配合，赵东来决定，再给蔡成功录一次音。刚把命令发布下去，办公室门轻敲一下后开了，市委书记李达康沉着脸走了进来。

赵东来不无愕然站起身，李书记，你怎么来了？李达康在赵东来办公桌对面的椅子上坐下，哦，向你了解一些情况！赵东来绕过办公桌，走到饮水机前为李达康泡茶，哪方面的情况？李达康神情忧郁地点上一支烟，伴着叹息吐出一口烟雾，我前妻欧阳菁的情况。赵东来把泡好的茶递到李达康面前，前妻？到底离下来了？哎呀谢天谢地！

李达康不无烦恼地摆了摆手，东来，我想知道，欧阳菁真有问题吗？赵东来并不隐讳，真有问题！蔡成功的举报不是空穴来风。

李达康思索着，可蔡成功为什么单单举报了欧阳菁？他和丁义珍是什么关系？和高小琴是什么关系？和北京来的那个侯亮平又是什么关系？

赵东来说：我也在想这些问题。他随手拉了把椅子，在李达康跟前坐下，开始向市委书记汇报，说是最近市局经侦大队查处一起非法集资案时，无意中又发现了蔡成功的影子。蔡成功用了社会上五千万非法集资的高利贷，和丁义珍合伙买矿一起做过煤炭生意。更蹊跷的是，境外抓捕丁义珍又出了意外，人在多伦多旅馆竟然被盯丢了。李达康说：怎么会呢？追逃组长是祁同伟，副组长是你啊！赵东来苦笑说：问题就在这里！祁同伟直接和多伦多领事馆联系，第一个得到信息的是他，这位祁厅长姓蒋还是姓汪啊？李达康狠狠将抽了半截的烟在烟灰缸捻灭，问得好，东来，这人姓了汪，丁义珍可就难抓了！

李达康起身在办公室里转了个圈，又走到他面前说：欧阳菁的问题归欧阳菁，但是无论欧阳菁有多大的问题，都不能掩盖丁义珍和另外一些人的问题。你给我盯住山水集团的那个山水度假村！据市纪委的同志告诉我，丁义珍过去常往那里跑，那个也许姓汪的厅长现在还往那里跑呢！请问，他们都是怎么回事？仅仅是吃吃喝喝吗？赵东来老实回答：目前还不清楚，不过，李书记，我已经注意他们了！

李达康眼睛眯缝着，凝视窗外，仍没有离去的意思，看来，市委领导同志今天很想和手下的公安局局长多聊聊。果然，李达康又转向另一个话题，东来啊，在坚持原则这一点上，你得学学北京过来的侯亮平！坦率地说，我并不喜欢这个人，但我佩服他那股气，那股劲，那种精神！他公然拦我的车，让我很生气。可气归气，我真得好好感谢侯亮平啊！你想想，如果没有侯亮平这么一路追赶，如果我上了欧阳菁的当，把她送到机场，直至送上飞机，让她也像丁义珍一样顺利出了境，那可怎么对省委和中央交代啊？我对瑞金同志还说得清吗？

赵东来由衷地说：是啊，这个反贪局局长真是少见啊！李达康回转身，侧脸瞄着他，仿佛探究他的赞扬有多少诚意。许久，他又问了一个出人意料的问题：东来，如果是你，你会这么死追硬拦吗？赵东来怔了一下，谨慎地选择字眼，这个我说不准，也许会，也许不会……

李达康摆摆手，别也许了，估计你不会。你即使追上来，也不会硬拦我的车。你会向省委汇报，而汇报有个过程，欧阳菁就趁机飞走了！赵东来承认李达康说得没错，我要想讨好你，也许会在欧阳飞走后汇报！李达康长叹一声，真要这么做，你就把我架到火上烤喽！

说罢，李达康转身步履沉重地离开了他的办公室。

这时，赵东来突然发现，李达康原本笔直的后背竟有些弯驼了，这位政治强人此前可从未有过这样的状态啊……

欧阳菁出事对李达康的刺激很大，他总想找人谈谈，以整理自己的思绪。公安局局长赵东来并不是最合适的人选，赵东来是他的部下，手头的案件也牵扯到欧阳菁，让李达康不能敞开心扉说话。正是那个混蛋蔡成功举报了欧阳菁啊，把他的工作、生活、思想全打乱了……

合适的交谈人选是王大路。王大路既是他昔日的同事，又是欧阳菁的大学同学。他约王大路到家里喝酒，让田杏枝炒了一大桌菜，拿出了珍藏多年的茅台。人在倒霉时，才懂得友谊的可贵。李达康心底没几个朋友，王大路是比较可靠的一个。这些年，他因为怕王大路经商拖累麻烦自己，又怕王大路和欧阳菁走得近不怀好意，始终提防有加。今天前妻出事了，他才忽然明白，满肚子话也只有对老朋友讲。

很晚，门铃才响起来。田杏枝开门，迎王大路进屋。李达康抱怨道：大路，怎么才来啊？王大路坐下说：公司有事，路上堵车，来晚了。说罢，端起酒杯，老规矩，我先自罚三杯！李达康阻拦他，别罚了，咱俩慢慢喝。我找你来，想说说心里话。杏枝，回房间休息吧！

田杏枝答应着离去。

餐厅里只有两个老朋友了。李达康呷着杯中酒，和王大路聊了起来，欧阳的事听说了吗？王大路点了一下头，听说了，好像被传讯了吧？李达康声音低沉，不是传讯，已经拘留了！昨天省检察院季昌明专门给我来了个电话，说欧阳菁受了五十万的贿赂，证据确凿。大路，这事你怎么看？王大路叹息，还能怎么看？李书记，这在意料之中啊！李达康摆了摆手，别"李书记"，老朋友了，直呼其名！

王大路便直呼其名，告诉他一个事实，欧阳菁所在的城市银行是地方小银行，贷款一直有潜规则——除了正常贷款利息之外，还有一至两个点的额外开支，属于贷款单位的行贿费用，业内说法叫"返点"。当然，这笔钱也并不是欧阳菁一人拿的，从放贷人员到层层审批的人员，甚至包括风控部门的人员都拿一点。李达康问：他们行长拿不拿呀？王大路回答：当然也拿。欧阳菁和我说过，她不缺钱，可她不拿别人也不好拿，包括他们行长。她正因为害怕了，才决定辞职出国的。

李达康气恼地放下筷子，你看看，这些事，她从来不和我说！王大路道：她给你说，你愿意听吗？李达康怔了一下，没回答。王大路似乎还想说什么，却终于没说，又喝起了酒。李达康又问：大路，那你大路集团到银行贷款也行贿吗？王大路摇头，信不信在你，我还真没行过贿，包括对欧阳！我贷款是通过一家长期合作的财务公司，我向他们支付财务费用。李达康感慨道：大路，你聪明啊，用财务公司预设了安全网！审视着自己当年的官场同事，今日的商场老板，李达康进一步探询：不过，大路，我还是要问一下，据欧阳菁说，这些年你经常资助我女儿佳佳，这又是个什么情况？今天能和我说说吗？

王大路不愿意多说，达康，喝酒吧，这么多年过去了，到底喝上一回你的酒了。李达康不喝，哎，回答我的问题。王大路说：这事你是不是就别管了？我和欧阳菁是大学同学，我帮助她，和你没什么关系。你也没给我办过任何事。李达康说：尽管如此，你总还是我和易学习曾经的同事啊！王大路饮着酒感叹：是啊，当年还是你和易书记拿出家里的钱，资助我下海创业的呢，想想就让我心热！

李达康用筷子敲了敲菜盘，大路，这也正是我想了解的：你把我和易学习资助你的创业资金还回来以后，这些年是否又给欧阳菁和易学习的老婆分红了？王大路放下酒杯，严肃地凝视李达康，没有，这绝对没有！片刻，又神情郁郁地说：达康，你叫我过来喝酒，就是为了问这些吗？我还以为老朋友谈心叙旧呢！李达康说：就是谈心叙旧嘛。大路，你得理解我的心情，不好受啊！特别是，想到佳佳……

他为王大路倒酒，两人干了一杯。放下酒杯，李达康摇头叹气道：说到佳佳，大路，你得帮个忙！欧阳被拘留，接下来肯定是逮捕，我怎么和佳佳说啊？本来她妈要去美国的，现在失联了。昨夜我给佳佳打了几个电话，她都不接，发短信也不回！她把账记在我头上了，我怎么向她解释？大路，你给佳佳打个电话吧，把她妈的情况说一说。

说这些时，那个政治强人消失了，李达康变成了一个心地柔软的父亲。女儿对他有看法，甚至有点恨。在女儿眼里，母亲的不幸全是他造成的。人啊，总要在挫折中吸取教训，总是在倒霉时闪现人性。

王大路这才一声叹息，说了实话，达康，今天我已经和佳佳通过两个电话了，她对你有些误会，以为是你让人抓了她妈。不过请你放心，我会尽量做工作的！实在不行，我就到美国去一趟。这个工作也只有我能做了。李达康端着酒杯站了起来，就是啊，那就谢谢了！

两个老朋友碰了杯，心也碰到一起……

这夜，难得出门送人的李达康，把王大路送出了好远好远。

一路上，清新的空气迎面扑来，让他和王大路头脑变得清醒。

在大路口的士站送王大路上车前，李达康又叮嘱：大路，你代我告诉佳佳，我仍然希望她回来，就算一时不回来，也希望她不要抱怨国家。国家没有啥对不起她妈的，是她妈自己不注意，失足落水了!

放心吧，达康，该说的我都会说！你别想得太多了，好好休息！

休息啥？思维难以理性停止。送走王大路，李达康心里仍着落没落，像是得了强迫症，翻来覆去老是想着欧阳菁，甚至丁义珍。怎么会这样？栽了这么大跟头？他不能原谅自己，只想用工作充实自己。

田杏枝在眼前晃动，忙忙碌碌擦桌子抹地。李达康忽然记起，田杏枝曾说过光明区信访办窗口太矮，第二天他就指示孙连城整改，也不知落实得怎么样？李达康便问田杏枝：区信访办的窗口改了没有？

田杏枝快人快语，改啥，外甥打灯笼——照舅！窗口还是那么矮，那么低，站不能站，蹲不能蹲，说话久了腿麻得站不起来……

未等田杏枝把话说完，李达康的火就呼地蹿上头顶。他快步走进书房，拨通了孙连城手机，只说了一句话——明天信访办大厅见！

二十四

孙连城爱好天文，接到市委书记电话时正在阳台上用高倍望远镜观察金星。他丈二金刚摸不着头脑，第二天一上班匆匆走进信访办大厅，茫然四顾，只见上访群众已挤满大厅，独不见领导的影子。转来转去，他才在五号接访窗口听到了熟悉的声音：连城同志，我在这里！

孙连城凑近一看，发现李达康坐在信访接待员的位置上。李达康从小窗户的洞口伸出一只手，招了招，过来过来，我有话和你说！

孙连城答应着，在小窗口前半蹲半站地倾听市委书记指示。

市委书记侃侃而谈，连城啊，我一直和你们说，涉及群众利益的事情都不是小事，能解决的一定要尽快解决，不要拖！拖来拖去，就拖出了矛盾。比如说，企业办社会，我市早就解决了，企业所办的学校、医院、幼儿园都交给了政府，都变成了事业单位，是不是啊？

孙连城努力勾着头，还得时不时地点上一点，以示虔诚。可肉体痛苦难受，蜷曲着像一根麻花。他恳请书记同志让他进去汇报。书记同志却谈笑风生：汇报啥？我不需要你汇报，就想和你聊聊天！孙连城暗暗叫苦，周围都是上访群众，他这父母官今天怕是要出洋相了。

李达康问他企业办社会的问题解决得怎么样？光明区有没有拖拉不作为呀？据市里掌握的情况，起码有三百多人的事业待遇没落实！连城同志啊，你不落实，人家就要上访，这不是自找麻烦吗？省里市里都有文件，为啥就不执行呢？要表现权力的任性，是不是啊？

孙连城蹲不住了，只得一只腿跪到了地上，头勾得更低，喘息着说：不是，主要是经费问题，这改制后有一部分经费得区财政出……我再想想办法吧！一些人认识孙连城，都向区长投来惊讶的目光。

孙连城单膝跪地，才能从小窗口看到了李达康的半边脸。他可怜巴巴地望着高高在上的市委书记，希望领导能注意到他的痛苦处境。

领导就是高高在上，就是不去注意，坚决不予注意。领导似乎根本不知道他的痛苦，抑或是故意要他痛苦，继续兴致勃勃地大谈特谈：不要以为几百人的事是小事，你一件小事办不好，负面影响就足以摧毁你做过的许多好事，就会影响政府的良好形象啊……

孙连城另一条腿也于痛苦中跪将下来，又一想，当众下跪实在不妥，简直是请罪了，有几个妇女捂住嘴笑哩，他又赶快改为蹲姿。

李达康又想到一个问题，还有啊，你们的区长书记接待日又是怎么回事？搞那么多警察来干啥？要是害怕群众，你们就别到信访局来装孙子摆样子，既然来了，就别把人民群众当敌人防着，这不好，严重损坏了人民政府的形象！孙连城磕磕巴巴解释：这是当初丁义珍规定的，怕部分群众闹事……李达康敲着窗台，我的同志啊，群众来找你们上访，是要解决问题的，谁存心闹事啊？！领导的口气突然严厉起来，就说这接访窗口，人民群众要遭多少罪才能和你们说几句话，表达心声啊？孙连城，你像话吗？你这个共产党的区长称职吗？我让你改窗口你当耳旁风，今天尝到滋味了吧？是不是也痛恨官僚了？

孙连城几乎瘫倒在地，李书记，我……我改，我……我马上改！

李达康哼了一声，改不改你看着办！我今天就说这么多，连城同志，你好自为之吧！说完，和秘书小金从接待室内出来，扬长而去。

孙连城待李达康走后，艰难地爬起来，揉了半天膝盖，发了好一会儿呆，才进了信访局局长办公室，指着秃头陈局长破口大骂：这个面对群众的窗口是哪个王八蛋设计的？那么小，那么矮，故意整人是不是？！陈局长赔着小心说：孙区长，你真不知道吗？这是丁义珍当年亲自设计的！孙连城问：为啥这样设计？这个腐败分子心眼咋这么坏呢？陈局长说：孙区长，你不知道，我们有些上访群众啊，守着信访窗口东拉西扯，问个没完，丁义珍就画了草图，设计了这种窗口。目的呢，就是要让上访者站也不好站，蹲也不好蹲，几句话说完了事。

孙连城想了想，这个，老丁动机还是好的。陈局长笑容暧昧地补充说：效果也不错，大大提高了接访效率啊！孙连城脸一拉，就是太缺德了，跪得我膝盖疼！陈局长见风使舵说：要不，咱积点儿德？你批了经费我马上改！孙连城好像牙疼，眉头皱了起来，又是经费！我印钱啊？凑合着吧，反正李书记那么多事，过几天也就忘了！停了停，又觉得不妥，老陈，你打个报告上来，要求市财政拨款七八十万做整改费，算了，凑个整数一百万吧！我上报李书记，财政给钱咱就改窗口，不给就想别的办法！陈局长点头，好的，那我今天就打报告！不给就不改呗！孙连城手指差点戳到陈局长的秃头上，你们真都是属猪的，不扯着腿，你们就不哼哼。不是我批评你，老陈，你就是不动脑子！还不给钱就不改了，哎，没钱就办不了事吗？你这是懒政！我还就不信了，比如说，你就六个接访窗口是不是？就不能买六只小板凳吗？就不能像银行那样摆几颗小糖果吗？花钱不多，事也办了嘛！

陈局长擦着秃头上的汗，一迭声说：行，行，孙区长……

孙连城又交代：当然了，小糖果也不能多摆，每个窗口每天摆上几颗，是个意思就行了。摆多了就可能诱发上访，也可能被哪个贼人一把捞走。咱中国的老百姓，尤其是京州老百姓，劣根性，没救！

陈局长深有同感，是，孙区长，咱中国老百姓就是没救啊……
……

其实，没几个人了解孙连城的内心世界。这位区长表面上随和顺服，心中却是一肚子怨气无处发泄。他早年仕途顺利，年轻轻就提了正处，以后二十几年原地踏步，渐渐就心灰意冷了。特别最近几年他狂热地喜欢上天文学之后，方知宇宙之浩渺，时空之无限。人类算什么？蚂蚁？尘埃？恐怕也是高抬自己了。有没有外星人？孙连城倾向于有的，宇宙存在着亿万颗类似地球的行星，你敢说某一颗不会产生比人类更高级的生命？哪天他们来了，地球没准归他们领导。李达康算什么？高育良算什么？沙瑞金算什么？蚂蚁尘埃罢了！孙连城开悟了，一颗心也放平了。从此得过且过，再无烦恼。"好好好"，"是是是"，就是不办事，谁奈我何？还私下放言：不想升了，就无所谓了。

所以，孙连城并不真的害怕李达康。都说无私者无畏，他孙连城没贪污没受贿，又不想再提拔了，何畏之有？况且，他还胸怀整个宇宙！这一点，强势书记李达康并没有看明白，恐怕永远也不会明白。

不料，回到区长办公室，他又让郑西坡堵上了。郑西坡扯着他手说：孙区长，找你多少次了，也不见答复。现在我们没别的要求，就是要块地建厂。老厂马上要拆，我们得有个新厂地生产啊，这事挺急的！

孙连城敷衍道：老郑，你的心情可以理解，只是不好解决呀！

郑西坡说：怎么不好解决呢？我们只要二十亩工业用地啊……

孙连城敷衍不下去了，我的郑师傅啊，你也不想想，光明区现在是市中区了，哪还有地啊？实话告诉你，区里一分土地都没有了，你们老厂是最后一块工业用地了，拆迁后也就变成房地产用地了！

郑西坡急了，既然这样，你咋早不说？我一次次找你，你一次次打哈哈！孙区长，若是没地建新厂，光明湖老厂恐怕又拆不了啦！

孙连城马上警告：哎，郑师傅，你可别学蔡成功的样搞什么护厂队啊！动乱分子蔡成功已经被拘留了，很可能要判个十年八年的……

郑西坡火了，你啊，当官不为民做主，不如回家卖红薯！

孙连城并不生气，笑嘻嘻道：卖红薯就卖红薯，卖红薯也是一种活法嘛！你看看，该下班了。走，我回家卖红薯，你回家喂肚子！

二十五

事情朝着预料的方向发展，欧阳菁是个突破口。侯亮平相信，大风厂股权之谜将由此解开，还会顺藤摸出山水集团等一连串瓜来。欧阳菁五十万的受贿事实既已查明，受贿已经不是关注重点了，现在要搞清楚的是——这位主管信贷的银行副行长一手造成的断贷，是如何导致了大风股权的转移和"九一六事件"的发生。今天他精心准备了一场"三堂会审"：在讯问欧阳菁的同时，提审蔡成功，接触高小琴。

侯亮平信心十足。季昌明进门询问情况时，侯亮平便说：今天搞场会战，三个组密切配合，将打个突破性的漂亮仗。季昌明有些狐疑地看着他，突破？就这么突破了？侯亮平很肯定，就这么突破了！

季昌明未置可否，在对面的指挥位置上坐下。对欧阳菁的审讯很敏感，领导必须参加监督指挥，侯亮平心里有数。领导坐下后，把带过来的保温杯放在桌上，先说了个情况，道是沙书记表扬他了，要谢谢他这反贪局局长。说他拦下了李达康的车，挽救了李达康的政治前途，保护了一员能干事的改革大将。侯亮平听罢，并不觉得意外，马上想到，省委书记肯定李达康的贡献，把李达康和欧阳菁切割开了。果不其然，听季昌明往下一说才知道，李达康离婚，竟是沙书记建议的。

这时，欧阳菁到位了，季昌明敲敲桌子，示意开始。侯亮平抓起桌上话筒发出指令。指挥中心的通信设施很现代，大屏幕及时显示出审问室的画面。工作人员随时切换画面，可以将几个审讯场所同时呈现在荧屏上。这样，领导们就像看电影一样，随时掌握审讯进程。

张华华和一女检察官对欧阳菁进行讯问。欧阳菁有些激动，不承认贷款有任何问题。她一口咬定，城市银行和大风的所有信贷业务来往，都是合法合规的正常业务来往。张华华指出，二〇一二年初，蔡成功的一笔正常贷款就被不正常地中断了，以至于大风厂的股权落入了山水集团囊中。欧阳菁并不回避，说她本来是准备按计划放贷的，但银行的风控部门例行贷前调查时，意外发现蔡成功卷入到一起非法集资案里去了，蔡成功涉及使用了社会高息资金一亿五千万元……

侯亮平和季昌明对视了一下。欧阳菁说的是个新情况，必须马上证实。侯亮平让工作人员切转到市公安局看守所。屏幕上即时出现了蔡成功的辩解——我用不用高利贷，用了多少，都与企业的流动资金贷款无关。我是自然人，大风是企业法人。而且大风厂也不是我一人的，还有员工们的持股。侯亮平听明白了，欧阳菁没说假话，蔡成功确实卷入非法集资案里去了。画面再切回审讯室，欧阳菁又做了进一步说明：对一位身陷高利贷旋涡的奸商，哪家银行还敢放贷给他？欧阳菁情绪激动地叫——我提醒你们，不要上这个奸商的当！在京州被蔡成功坑害的不仅是大风持股员工，还有那些借高利贷给他的群众，最近半年已经有两个跳楼的了！你们可以到市公安局经侦处了解一下！

这一事实让侯亮平感到很意外。蔡成功举报欧阳菁时，对自己涉及这么多高利贷只字未提！侯亮平低声骂了句：混账东西，找死啊！季昌明盯着大屏幕，缓缓道：这么看来，欧阳菁断贷也没什么错嘛！

剧情陡转，故事脱离了预想的轨道，朝未知方向发展。看来是错了。侯亮平喉咙发干，口腔苦涩，拿起茶杯咕咚咕咚灌了几大口水。

这时，陆亦可小组的信号传过来了，工作人员及时将画面切入。

山水度假村接待室，高小琴一身职业服装，和陆亦可款款而谈。高小琴又说了一个新情况，道是二〇一〇年，蔡成功见着煤炭行情好，想发一笔快财，借了八千万高利贷到林城购买锦绣煤矿的产权。丁义珍帮他牵线斡旋搞批文，占了百分之三十的干股，两人其实早就是合伙人了。

季昌明难得地激动了，指着屏幕说：哎，亮平，看看，又大跌眼镜了吧？你这个发小竟然早就是丁义珍的合伙人了！出乎意料吧？！

侯亮平一时窘迫之极，苦笑不已，是，是啊，太出乎意料了！

此刻，侯亮平真是哭的心情都有。回想起在北京家里，蔡成功竟然向他举报丁义珍，真不知发小当时是怎么想的！现在看来，高小琴说得没错，发小谎话连篇，输急了眼逮谁咬谁。童年那个抄他作业、跟在他后面跑的包子，那个在他记忆里总是与天真顽皮联系在一起的包子已经一去不复返了。岁月把这位发小变成了老奸巨猾的奸商……

监控屏幕上，高小琴大骂蔡成功——这个阴险小人，人前说人话，鬼前说鬼话，就没几句是实话。他是京州商圈里最不讲诚信的无赖商人之一，我们都不和他打交道。陆亦可问：那你怎么还是和他打上交道了？高小琴苦笑，不是因为丁义珍吗？他们俩买矿被套，想等着煤炭行情好起来扳本，就找到了我，借过桥款五千万，日息千四。丁义珍要我帮忙，我能不帮吗？再说有大风股权做质押有过桥利息赚，我就同意了。陆亦可旁敲侧击，还有更大的利益吧？大风厂的黄金宝地？高小琴反问：谁说那是黄金宝地？大风厂至今没拆下来，招拍挂还没开始，除了一堆麻烦，啥都没有！现在区政府不认丁义珍当年签字的合同了，让我们再交一次下岗安置费，我们正交涉呢！陆亦可注意地问：再交一次安置费？这么说，你们以前交过一次安置费了？

这又扯出蔡成功一段赖皮行径。蔡成功还不起五千万过桥款和衍生的高额利息，大风股权应该依法过户到山水集团。这时候，他的合伙人丁义珍又来找高小琴了，说蔡成功太困难了，负债累累，安置费得山水集团出。高小琴指着陆亦可的沙发说：丁义珍就坐这儿说的！他是光明湖项目总指挥，他的话，我敢不听吗？我就和蔡成功谈判，签了个补充合同，又出了三千五百万的安置费，这才把产权过了户。

陆亦可问：那这笔钱蔡成功用到哪去了？高小琴纤纤玉指在空中画了一圈儿，当天就被民生银行划走了。蔡成功让我们划款时，并不知道自己基本账户被法院查封了。陆亦可道：可蔡成功说，大银行都不贷款给他呀？高小琴道：这人嘴里哪有一句实话啊，京州哪家银行他也没少骗贷！据我所知，现在他欠民生、招商以及工农交建四大行的贷款不下五六个亿！他和丁义珍这是做局坑我们山水集团啊……

审问室内，欧阳菁益发理直气壮——幸亏我们当时果断终止了贷款，否则我们京州城市银行麻烦就大了。前几天，我特意从银行征信系统查了一下，蔡成功和他旗下企业逾期贷款本息已达五亿六千余万！加上社会上没法偿还的高利贷的本息，接近十个亿了！欧阳菁仰起脸，仿佛故意对着侯亮平说：希望你们查查蔡成功的举报动机。这个奸商干吗突然举报我？他是想通过你们新来的反贪局局长做局，把他自己保护起来。他现在在外面很不安全，放高利贷的一直追杀他，他已经被绑架过一次了，关在狗笼子里三天三夜，差点儿没疯掉……

侯亮平相信欧阳菁说的是实话。现在他已经能用全新的角度审视蔡成功了，这位发小竟是所有事件的祸根。欧阳菁满腹怨气，实话实说，高小琴的话也有根有据。尤其是高小琴，竟是如此清白，简直成了一朵出淤泥而不染的荷花。在这之前的办案思路全错了，让蔡成功带进死胡同去了。侯亮平也不知道该狠抽发小两嘴巴，还是该狠抽自己两嘴巴。但是，一个理性的声音在他心底响起：且慢，且慢……

看守所里，蔡成功开始耍赖，说支持不住了，头上的伤没好利索，市公安局就把他关到看守所。他要求见侯亮平，有事和侯亮平当面说。

侯亮平看着屏幕上耍赖的蔡成功，沉着脸，开始了和蔡成功的对话，蔡成功，现在是我在和你说话，你看不到我，但我能看到你！你听着，你满嘴谎言，胡言乱语，已经让我很被动了。我希望你就此打住，实事求是交代问题！你到底欠了民生银行和其他各大银行多少贷款？还有多少社会上的高利贷？大屏幕上，蔡成功可怜巴巴说：侯局长，你既然都知道了，那还问我干啥？我这几年欠的债太多了，这辈子也还不上了。讨债公司的黑社会饶不了我啊，所以我就想到你这儿来坐牢！猴子，我……我在外面有生命危险，你不能见死不救啊……

侦查方向被误导了。明明是蔡成功和丁义珍捅下的大窟窿，蔡成功却成功地把自己装扮成了受害者！现在回忆起来才知道，在北京家里，蔡成功举报丁义珍和现在举报欧阳菁，都是有目的的。丁义珍是副市长，欧阳菁是李达康老婆。他就是要引起注目，逼他和反贪局行动！发小负债累累，也是害怕了，想让自己给他在监狱安排度假呢！

侯亮平主动提出，既然事情是这样，蔡成功一案还是交给市公安局吧！季昌明赞同说：好，我今天就安排批捕，本来赵东来也在催。

"三堂会审"还有个让侯亮平狼狈的尾声——山水度假村那边，

陆亦可一行在门口已经准备告辞了，高小琴突然提出，我能和侯局长说几句话吗？陆亦可说：可以啊，你对着镜头说就行了，不过你看不到他。高小琴便从陆亦可手中接过耳机和话筒，对着镜头说：让参谋长失望了吧？参谋长，事情并不像你想象的那样啊。《智斗》那天尽琢磨这个女人不寻常了，是吧？指挥中心的大屏幕上，高小琴咯咯直笑。侯亮平压抑着失落感和挫败感，尽量平静地说：你阿庆嫂就是不寻常嘛，蔡成功让我失望了，可你没让我失望。高小琴正色说：侯局长，给你一个忠告，别轻信发小同学啥的。世事在变，人也在变嘛，这么多年过去了，谁知道发小同学会变成啥样？你好心帮他，他却挖坑埋你啊！

季昌明看看大屏幕，又看看侯亮平，赞赏地点了点头。

会审结束，侯亮平很难受，希望领导批评几句。但是没有，领导反倒提出晚上请他吃烧烤喝啤酒。侯亮平谢绝了，他需要好好反思。

分手时，侯亮平郁郁地说：季检察长，我这次是不是让你失望了？季昌明拍了拍他肩头，失望什么？要看光明嘛！"九一六事件"的背景真相基本上查清了，欧阳菁受贿五十万的证据也拿到了。还有一个意外收获——银行系统的非公职人员职务犯罪案！蔡成功难道只贿赂了欧阳菁吗？城市银行其他人贿赂了没有？还有那么多的贷款银行，这个奸商是怎么把五六个亿贷出来的？你们都要好好查，一查到底！

侯亮平有些冲动，握住这位兄长般的领导的手狠命摇了摇。

傍晚时分，侯亮平独自来到操场。检察大楼后面这块空地，是干警们活动的好地方。几个小伙子在打篮球，侯亮平悠双杠。这是他喜爱的运动方式，和祁同伟一样，他也很重视健美训练。脱了外衣，轻轻一跃，侯亮平就撑着双杠悠荡起来。心情烦闷的时候，他会加大运动量，像宣泄，像自虐，直至筋疲力尽。侯亮平深深陷入挫败感，没想到蔡成功让他在这一回合输得这样惨。所有的线索突然断了，这混账的包子成了对手的一堵挡风墙，让他的预想推演全部落空。强大而狡猾的对手忽然隐遁，不留任何踪迹。下一步怎么办？怎么办？

球场上打篮球的小伙子都停住手，目瞪口呆地望着侯亮平——这位新来的反贪局局长像钟摆一样，似乎要在双杠上永远摆动下去。

二十六

京州的夜晚比白天热闹，商店霓虹灯耀眼，行人摩肩接踵，街上车水马龙。要过中秋节了，人们格外忙碌，采购送礼，人情往来，平凡的生活忽然掀起一个小小的高潮。侯亮平去医院探望陈海，一路上观察周围的情景。抬头望月，虽没圆满，却也银辉四射，招人耳目了。

陈海已经转入普通单人病房。侯亮平在病床前看着陈海，像以往一样，在心里默默向昏迷中的兄弟和战友倾诉心声——

我这回让老季失望了。老季不错，没趁机拔我猴毛修理我，还要请我喝酒呢。可这酒我好意思去喝啊？不惭愧吗？会审之前，我还和老季说要突破了，结果闹了这么一出，我恨不得抽自己两嘴巴……

病房的门半开着，门外似有人影晃动。两只哄哄乱飞的苍蝇时不时地落到陈海头上脸上，搅乱了侯亮平的心绪。侯亮平起身四处看了看，想找苍蝇拍，没找到，便挥手去赶苍蝇。不料，门外两个大汉闪电似的冲进来。侯亮平还没反应过来，便猝不及防被扭出了病房。

直到拉拉扯扯来到警车前，侯亮平才恍然大悟，你们是警察？

其中一个大汉一把把侯亮平推上警车，少啰唆，上车！

警车急驰，路边的灯火向后飞掠。侯亮平被挟持着坐在中间，十分别扭。他知道这是误会了，遂打听两位便衣警察是哪里的？省厅的还是市局的？是省厅，他找祁厅长，是市局，他找赵局长。两个大汉不理不睬。侯亮平不得已亮明身份，知道我是谁吗？我是新来的反贪局局长！两个大汉似有醒悟，相互探询地看了看。一个说：你新局长想搞死老局长是吧？侯亮平惊诧地扬起眉毛，我搞死老局长干啥？你们干吗怀疑我？另一个说：你一进病房我们就注意你了！来了就不走，等待机会吧？鬼头鬼脑看看四处没人，终于下手了，伸出了魔爪！侯亮平哭笑不得，啥鬼头鬼脑？我是找苍蝇拍替陈海赶苍蝇！还魔爪呢！快给你们赵局长汇报！其中一个大汉汇报了，汇报完，没让侯亮平说话，就把电话挂断了。嗣后警车开到一座绿荫掩映的小洋楼前停下。

这地方侯亮平从没来过，是郊区的一座别墅。四下静谧，环保估计不错，秋虫鸣叫格外响亮，偶有萤火虫飘过，拖曳出一道绿光。好一个世外桃源。只是侯亮平搞不明白，便衣警察把他带到这里干啥？

赵东来呵呵笑着迎出来，给侯亮平解了惑，别紧张，这是

"九二一"办公室，我们市局的一个专案组在此工作。说罢，他使劲握着侯亮平的手，开起了玩笑，这叫啥？大快人心事，活捉侯局长啊！侯亮平恼火透顶，甩开赵东来的手，故意出我洋相是吧？赵东来说：是你做出了可疑之事嘛，我的人见你试图不轨才动手的！侯亮平这才问：你们也一直在保护陈海啊？赵东来说：是啊，本来四个人，你们加强警卫以后，我就撤下了两个。今天既然不期而遇了，正好碰碰情况。

"九二一"办公室是一座小楼，外表漂亮，内部装修简单。底楼有的房间还裸着水泥地，二楼好些，铺了地板，但货色一般，做工粗糙，有的地方踩上去吱吱响。赵东来说：这楼本是抵押给银行的，债主还不上钱，银行又卖不了，闲着也是闲着，就暂时借给市局办案了。

进了办公室，两位等在那里的警官及时站了起来。赵东来指着两位警官向侯亮平介绍说：这位是"九二一"案件负责人、刑侦处黄处长，这一位是经济侦查支队陈支队长，最近在抓几个非法集资的大案子，其中包括一起蔡成功涉及的非法集资案。侯亮平上前与两位警官握手。赵东来让刑侦处处长先介绍一下"九二一"案件的侦查情况。

刑侦处黄处长点了点头，打开卷宗，条理清晰地说起来——

陈海于九月二十一号早上被撞，所以案件就以日期命名了。他们从案件发生的那个早晨起，就不相信这是一场车祸，而怀疑是谋杀。现已查实，肇事司机有黑社会背景，四年前酒驾撞死过一个人，被判了两年刑。这次故伎重演，有受人雇用，蓄谋杀害陈海的嫌疑。此人肇事前喝了不少酒是事实，但此人血液中的酒精分解酶高于常人，有很强的酒精免疫能力。可被拘以后，不论怎么审问，他就咬死一句话：喝多了，其他一句不说。这家伙是二进宫，老戏码重演，有经验。显然知道，酒驾肇事也就是三年以下有期徒刑，蓄谋杀人那可是死刑。

侯亮平问：那么，究竟是谁雇用了这个酒驾杀手呢？赵东来道：这正是我们要追查的，于是我们就注意到了蔡成功。赵东来打开咖啡机，慢条斯理地煮起了咖啡，又以挖苦的口吻说：自从我们盯上蔡成功，你的影子就伴随着蔡成功，保护着蔡成功。就怕你发小落到我们手中，侯局长，这我没冤枉你吧？侯亮平说：这很正常啊，蔡成功是欧阳菁受贿的举报人嘛。赵东来指出：而欧阳菁又是李达康的夫人！直说了吧，你怀疑李达康会通过我们对蔡成功杀人灭口，对不对？

侯亮平呵呵直乐，掩饰着窘迫，好了好了，赵局长，你就别编故事了！话既然说到这里，我也要问了，你们逼着蔡成功反复念一个举报电话又是怎么回事？蔡成功认为你们是要诬陷他，这也让我和同志们很不理解。赵东来认真道：这个呀，正是我今天要和你说的！黄处长，把蔡成功的两次录音和陈海手机里恢复的那段举报录音，都放给侯局长听一听，让侯局长也来判断一下，这是不是一个人的声音？

刑侦处黄处长答应着，立即启动仪器，开始放录音。

——陈局长吗？我举报！我要举报一帮贪官！他们不让我好好活，那我也让他们不得好报！我有个账本要当面交给你……

录音就这几句话，重复放了三遍。侯亮平认真听了以后，做出判断：这不是蔡成功，肯定不是！两个录音明显不是一个人的声音。

赵东来点头，不同技术部门的多次测定也是这个结论。这就是说，陈海车祸前接到过两个举报电话——一个举报电话是蔡成功打的，但是没有留下录音；留下录音的，却是另外一位举报人！这个举报人才是关键所在，这人是谁呢？是不是也遭遇了暗算？我有一种直觉，这个举报人很可能已经不在人世了！侯亮平感慨说：东来啊，我真没想到，你会这么厉害，从陈海出事那天起，就保护陈海了！当时定性车祸，也是你布下的迷魂阵吧？赵东来有点得意，手机上举报电话录音我能忽视吗？迷惑对手，麻痹对手，才能赢得时间收集必要证据嘛。

　　侯亮平注意到，赵东来是个很有生活情趣的男人。分析案情并没影响他煮咖啡的情绪，局长同志还打开背景音乐，让屋里飘荡着轻盈的舒伯特小夜曲。不过，门后废纸篓堆满了饭盒，说明他平时用餐的紧迫简单。哥伦比亚咖啡豆，味道还不错！你也来点？赵东来把香喷喷的咖啡杯递到侯亮平鼻尖底下，解释说，经常通宵熬夜，使他养成了喝咖啡的习惯。侯亮平小啜一口，苦得直瘪嘴，我老土，喝不惯这个东西。赵东来就兑奶，兑了许多牛奶侯亮平才能喝。侯亮平说自己也熬夜，喝点茶就行了。赵东来摇头，道是警察的活儿重，靠茶顶不住，非得重口味浓咖啡才行！侯亮平不服，反贪局职务犯罪侦查的活儿就轻了？也没养出你这种洋毛病来。两人斗着嘴，感情更融洽了。

　　侯亮平建议查一查九月二十一日陈海车祸前后，京州的非正常死亡和失踪情况。车祸、跳楼是非正常死亡，突发性心脏病之类也可能是非正常死亡。赵东来心有灵犀，说已经开始查了，正重点追查那个给陈海打过电话的神秘举报者，活要见人，死要见尸。九月二十一日、二十二日、二十三日这几天，京州非正常死亡和失踪人员都是调查重点，尤其是企事业财务经理人员，因为举报电话提到神秘的账本！

侯亮平很欣慰，不是一家人不进一家门。蔡成功案刚交给市局并案处理，两支侦查队伍就意外会师了，以后可以侦查信息共享了。

侯亮平便也主动向赵东来介绍了欧阳菁的案情。蔡成功对欧阳菁的五十万贿赂和后来的举报均系个案，和"九一六事件"、陈海被撞，以及丁义珍的出逃没太大关系。他认为，谋杀反贪局局长陈海、在众多领导的眼皮底下安排丁义珍紧急出逃，都不是一般人干得出来的。这个案子很复杂，既有职务犯罪，又有刑事犯罪，还有经济犯罪。

赵东来表示赞同，分析说：案子的确很复杂，但有些迷雾已经被拨开了。比如说，你们省检察院曾经怀疑我们的一位领导同志，怀疑他包庇自己老婆，放走了丁义珍，甚至怀疑他和陈海被害有关。现在看来都是错误的！我们这位领导其实是清白的，起码目前是清白的。

侯亮平没回答，转而谈起高小琴，山水度假村是一个很有意思的地方，丁义珍逃亡前经常出现在那里，本省高官曾经也把那地方当食堂。而高小琴和丁义珍都和"九一六事件"有关系，大风厂的土地最终落在这位阿庆嫂手里！当然，现在看来高小琴挺清白，只是不清楚山水集团的内幕。赵东来似乎下了很大的决心，透露道：今天既是一起研究案情，就不藏着掖着了！我查出了一条相关线索，涉及山水集团一个名叫刘庆祝的财务总监。这个财务总监挺有意思，出国旅游，东南亚自由行，已经走了二十八天，而且是在陈海被撞的同一天走的。侯亮平一怔，那就是他了！东南亚还玩二十八天？恐怕已经被灭口了吧？

赵东来表示，没确凿证据不能下结论。但如果山水集团这个会计真被灭口，打给陈海的举报电话，以及电话里提到的账本，就极可能与山水集团有关。侯亮平灵机一动，哎，必要时，你们公安局可以考虑对山水度假村搞一次扫黄，探探虚实。赵东来赞成这个主意，说其实他一直盯着山水集团，甚至已经安排了一个卧底，正拟择机行动。

会面结束时，夜已深，小花园里静悄悄的。赵东来将侯亮平送出来，二人都有一种相交恨晚的感觉。尤其是侯亮平，及时记起了季昌明对赵东来的评价，庆幸自己结交了一位能干的新盟友。这真是柳暗花明又一村啊！会审失败，线索断了，不承想赵东来突出奇兵，来了个中路突破。陈海被害确凿无疑，凶手已被那段录音锁定，只要找到那个账本，真相就将大白于天下，一系列吊诡事件也将水落石出。

更没想到的是，三天后，陈岩石也突然跑到反贪局来举报了。

陈岩石老人也真逗，本身就是离休老检察长，从季昌明到他们反贪局的大小头儿，没有不认识的，可他偏要到举报大厅登记举报。负责登记的小伙子一见是老检察长，忙打电话向现任局长同志汇报。侯亮平一听，不敢不重视，放下手上的事，立即下了楼，亲自接待。

陈岩石被安排在六号接待室，这时正坐在沙发上看材料。侯亮平进门就抱怨：哎呀，陈叔叔，你有啥事不能直接去我办公室谈？还跑到这儿来登记！不信任我，也可以找老季嘛！陈岩石摘下老花镜，侯局长，你别叫，我这是登记在案，公事公办，免得你像陈海那样应付我！这还是赵东来给我支的招呢！侯亮平在接待席位上坐下，怎么赵东来给你支招？他让你来折腾我的？陈岩石摆摆手，你这态度就不对，很像你的前任陈局长，怎么是折腾？我举报，请你公事公办！不瞒你说，我刚从京州公安局来，涉及他们的材料全给赵东来了，涉及你们的，也请你们好好去查！侯亮平哭笑不得，陈叔叔，怪不得陈海过去夸你们第二检察院业务繁忙呢！陈岩石没好气，所以你们得把眼睛瞪起来，该查的线索都好好查！侯亮平苦笑，陈叔叔，我们查，一定查！陈岩石敲了敲沙发扶手，提醒说：侯局长，在这里就别"陈叔叔"了，有录音有录像的！说着，从一大沓材料里，抽出一份递上来。

侯亮平接过一看，材料是打印的，封面上赫然一行大字——关于汉东省前任省委书记赵立春违法违纪十二个问题的举报材料。侯亮平愕然一惊，忙关掉实时录像，举着材料晃着，冲着陈岩石苦笑，陈叔叔，你是不是找错举报地方了？我们汉东省反贪局可没有权限查处党和国家领导人啊！陈岩石这才发现材料拿错了，把材料要了回来，郑重告诫说：亮平，这件事可要给我保密啊！侯亮平点点头，劝道：不过，陈叔叔，您也悠着点，这么大岁数了，犯不上再为过去的事较真较劲！您老不是啥都想开了吗？连卖房款都捐了，去住了养老院……

陈岩石火了，哎，我说侯局长，你怎么和陈局长一个腔调啊？我和赵立春不是私怨，是公仇，我根本就不在乎什么副省级！但是赵立春这种人不垮台，我们党和国家就危险了！侯亮平不愿和老人在这里争辩，陈叔叔，要不到我办公室谈？陈岩石摇头，我哪有时间啊，陈海的姐姐陈阳来了，我正好有几天空，明天去趟北京，我就不信扳不倒赵立春！说罢，又换了份材料递上，侯局长，把实时录像打开吧。

这份材料有图有真相有线索，矛头直指高小琴和山水集团。

二十七

高小琴近来心情很好，走路轻盈袅娜，眼睛流光溢彩。一场智斗斗得有声有色，想必给侯亮平留下了深刻印象。反贪局的这位侯局长虽属不可接触的危险人物，却也蛮可爱，让人欢喜让人愁。想不愁就得把功课做足，进行必要的人格美容，这是她多年养成的好习惯。

夜色朦胧，星光黯淡，高小琴放飞心情，独自在草坪散步。这里是世外桃源，是她的独立王国。每当她看见一栋栋童话般的别墅，看见青翠广阔的高尔夫球场，看见度假中心高耸的大楼，都会让她产生一种梦幻般的感觉——她是一位女皇，正漫步在自己的国土上……

两个醉汉互相搀扶，在甬道上跟跄行走，粗声大气，醉话连篇。这是她会所的两位常客，也是贵客——市政法委的秦秘书长和法院的副院长陈清泉。高小琴迎上去，笑盈盈地打招呼。秦秘书长笑得像一只猫，打听那位俄罗斯姑娘喀秋莎在吗？高小琴说当然在，人家正在三号楼等秘书长去学俄语呢！秦秘书长做举手投降状，打着酒嗝抱怨，今天让陈院长害了，酒给灌多了，学不成了，得回家。

222

陈院长便色眯眯地打趣：秘书长走了，那我可就改学俄语了。秦秘书长也不吃醋，随便随便。高小琴安排车送秦秘书长，劝陈院长早点休息。陈院长没一丁点儿正经，油腔滑调说：休息啥？得学俄语！哈拉索……

却不料，就在京州中级人民法院副院长陈清泉走进三号小楼，和那个金发碧眼的俄罗斯姑娘喀秋莎在床上亲热时，一辆面包警车驰进了会所。几个警察从车里冲出来，准确地找到三号楼扫黄来了。高小琴当时正在行政楼办公室看书——她多年来养成了一个好习惯，睡前总要读点啥，开卷必有益，而且也是人格美容的需要——电话铃声忽然响起，陈清泉带着哭腔求救：不好了，高总，人家来扫黄了！高小琴吓一跳，这些天的好心情顿时灰飞烟灭。高小琴急忙按手机，找到了祁同伟，埋怨厅长扫黄也不提前打个招呼。祁同伟满是诧异，哪来的扫黄？说是不知道。祁同伟让高小琴别急，等他了解情况再说。

几分钟后，祁同伟找到了带队过来的光明公安分局治安大队钱队长。钱队长在电话里向厅长同志汇报，说不是扫黄，是接到了举报，有人嫖娼。还说盯这些洋妓女有些日子了，早就准备动手了。祁同伟一本正经打官腔，问钱队长有没有搞清楚？山水度假村的高总说了，有几个来中国学习交流的年轻学者，兼职做外教。市中级人民法院陈清泉副院长是跟她们学外语。钱队长不服，对着手机吵：祁厅长，有在床上光着腚学外语的吗？这事难办了！祁同伟说：不难办，放人好了！钱队长不知得了谁的圣旨，竟固执得很，公然抗命说：不行啊，祁厅长，现在市局查得严，私放嫌疑人是要处理的！除非赵局长下令……

事情就这么僵持住了。高小琴焦虑万分，满院子转圈。陈清泉对她来说非常重要，大风厂的股权就是这位法院副院长判给她和山水集团的，陈清泉真出了事，恐怕又要横生枝节。她有预感，今天的扫黄与省市高层的矛盾不无关系，隐隐约约，她看见了李达康的影子……

京州市纪委书记张树立敏感地发现，李达康要对高育良手下的一批政法系干部动手了，矛头直指山水度假村。书记同志义正词严，满嘴官腔，对他和纪委发布了具体指示：突查干部顶风违纪！中央八项规定、六项禁令公布后，我市极少数党员干部当面一套，背后一套。嘴还在乱吃，腿还在乱跑，床还在乱上，群众反映很大。据说农家乐现在变成干部乐了。有个地方叫山水度假村，现在也叫农家乐了——是有高尔夫球场和外国高级妓女的农家乐！我市的几个政法干部现在还偷偷往那里跑，在那里乐不思蜀，不知羞耻，影响极其恶劣……

这一来，陈清泉就撞到枪口上了，他想保也保不住。其实他还是想保的，这位法院副院长人不错，又是省委领导同志高育良以前的秘书，他没必要得罪。然而，李达康要得罪，他有啥办法？该查就得查了，他不查，李达康既可以换个人来查，也可以查一查他。政治斗争就是这么残酷无情，它不以你个人的感情和好恶为转移。于是，陈清泉等人的问题就上了今晚的常委会，他代表纪委宣布了违纪事实，最后做结论说：陈清泉等六位同志严重违反了党的纪律，有的被群众举报，有的在网上炒得沸反盈天，必须严肃处理。情况就是这样。

主持会议的李达康扫视着众常委：同志们，陈清泉等六人顶风违纪，绝不能袒护，这一次我们中共京州市委必须守住纪律的底线了！

常务副市长老应有些意外——他是陈清泉的连襟，这种时候不得不说话了，哎，李书记，同志们，陈清泉是我市中级人民法院的一位副院长，还有一位是市政法委的秘书长，我们是不是慎重一些啊？

李达康笑了笑，老应，我不明白你的意思，能说明白些吗？

老应摇摇头，苦苦一笑，李书记，你……你能不明白啊？

李达康脸上的笑容收敛了，警告道：老应，不要徇私情啊！

老应急了，谁敢呀，李书记，我……我这不是怕制造矛盾嘛！

市政法委孙书记带着明显的不满接了过来。就是！陈清泉是什么人啊？高育良书记最喜爱的秘书，不是高育良三番五次打招呼，他陈清泉能当上这个中院副院长吗！李书记，这个情况你不是不清楚……

李达康淡然道：但是，他们谁也没有肆意违法乱纪的特权。孙书记，你也不要有情绪，别一口一个"高育良书记"，就事论事，好不好啊？

孙书记激动了，哎，我不是有情绪！在去年研究政法工作的常委会上，我就对陈清泉提出了意见！李书记，你要我顾全大局，不让我展开说！今天先请问一下，李书记，能允许我畅所欲言说一说吗？

会场的气氛一下子紧张起来。张树立知道，孙书记马上办退休手续了，这次常委会可能是孙书记参加的最后一次常委会，潜在的矛盾有可能来一次爆发。孙书记仕途不顺，对高育良和李达康都不满。

李达康显然心里也有数，在一片沉寂中，看着孙书记，缓缓开了口，好吧，孙书记，你畅所欲言吧！但我还是要强调，实事求是，就事论事，别动不动就"高书记""王书记"，这个系那个帮的，这不好吧？

孙书记口气也缓和下来，好的，李书记！同志们，刚才纪委张树立书记就陈清泉的违纪问题做了通报，现在我想说的不是违纪，而是陈清泉涉嫌违法的问题！我不知道我们纪委知道不知道？知道多少？

张树立略一沉思，这个嘛，有几封举报信，网上也有些帖子，有关情况我们准备进一步核实以后，再向市委常委会做专题汇报……

孙书记像是有备而来，好的，树立同志，我也提供一些情况，请你们纪委调查，我市中院起码有两名审判员和陈清泉有利益输送关系，其中有一个叫金月梅，是陈清泉一手安插到中院的。网上说，金月梅是他情人。正是这个金月梅，在陈清泉的授意下，走简易程序让山水集团拿走了原属于大风厂工人的那部分股权，引发了"九一六事件"！孙书记面色严峻，用指节击打着桌子，陈清泉这不光违纪，是严重违法呀，涉嫌职务犯罪！有些案子根本不需要多少专业知识，稍微凭一点良心就能看出是非曲直，陈清泉和他手下利益相关的法官竟私下里勾兑，做出了不少荒唐的判决。这么枉判，背后都有什么文章啊？群众上访反映，说陈清泉通过他的利益法官判案收钱，有理无钱别想赢！我市某律师事务所的两个律师，专门和陈清泉的利益法官合作分利。

李达康阴沉着脸问张树立：树立同志，这些情况，有群众举报吗？

孙书记说的都是事实，身为纪委书记张树立不敢隐瞒，只得如实汇报：李书记，有举报，而且一直不断，但由于众所周知的原因……

李达康缓缓站了起来，众所周知的原因！他突然桌子一拍，发了大脾气，这样下去，公平正义何在？法律尊严何在？我们是不是都失职啊？啊？首先是我这个班长，我这个市委书记失了职啊，同志们！

会场上一片沉寂，张树立和众常委都看着震怒中的李达康。

李达康一脸沉痛，难得对发难的孙书记这么客气，孙书记，你上次在常委会上谈到陈清泉的时候，我并不清楚问题这么严重，而且也知道你过去和陈清泉有些工作上的矛盾，所以让你顾全大局，没让你说下去，粗暴地阻止了你。现在看来，是我疏忽了，要做检讨啊！

孙书记也客气起来，李书记，这也不怪你，你有顾虑也能理解！我毕竟岁数到了，马上就下了，你还要干下去，你是得顾全大局啊！

李达康恳切地说：但是，同志们啊，顾全大局不能成为某些坏人违法乱纪的挡箭牌和保护伞啊！我相信，就是高育良书记，面对陈清泉这种涉嫌犯罪的严重问题时，也不会祖护的！是我们要检讨，首先我这个班长有顾虑嘛，以小人之心度君子之腹了嘛。对陈清泉这位和高育良书记有密切关系的同志，放松了教育和监督，沉痛的教训啊！

谁也没想到，就在这时候，李达康的秘书进来了，悄悄和李达康耳语几句。李达康阴沉着脸对秘书说：你告诉祁厅长，就说我和市委正在研究陈清泉的问题，请他不要再插手了！不是我不给他面子，是党纪国法不允许！秘书走后，李达康继续开会，同志们，瞧瞧，啊？这就是我们今天必须面对的现实！我们现在开的什么会啊？研究处理违纪干部的会啊，落实中央八项规定、六大禁令的会啊！可就在这个时候，我们的那位法院副院长陈清泉同志竟然又偷偷跑到山水度假村嫖娼去了，竟然被群众举报了，让我们基层公安部门当场给抓获了！

张树立倒吸一口气，我的天哪，陈清泉真是胆大包天！这是什么时候？还敢这么玩？又觉得李达康做得太绝，看来不是纪检一家，公安局估计也掺和进来了。否则哪能这么一抓一个准。这么一来，陈清泉就不是个党纪处分问题了，得按规定开除党籍，开除公职！孙书记却讥问：开得了吗？人家祁同伟厅长这不是来说情了吗？李达康莫测高深说：是啊，祁厅长也许是出于善意的考虑吧，希望我们注意一下消极影响，法院副院长嫖娼被抓，让我们的人民群众怎么看啊？！

常务副市长老应已看清了陈清泉的结局，却还垂死挣扎，同志们，我们恐怕是要考虑一下消极影响，这是不是有损党和政府的形象啊？

孙书记手一挥，我党在延安时期，处决了曾立下赫赫战功的腐败分子肖玉璧、杀人犯黄克功；新中国成立初期，又杀掉了张子善、刘青山，请问同志们，这是维护了我党的形象，还是损害了我党的形象啊？

李达康顺势表态：对，我赞成孙书记的意见！陈清泉按规定开除党籍，开除公职！建议我市人大常委会免去其人民法院副院长职务！其他违纪干部由纪委根据不同情况，分别处理，结果向社会公布，主动接受人民群众的监督！大家还有要说的吗？没有了？好，散会！

常委会就这么散了。陈清泉就这么完了。霸道的李达康就是这么霸道！陈清泉嫖娼被抓虽然是事实，但也得有了公安机关的处理结果再进行组织处理吧？李达康就敢这么拍板，先双开了再说！陈清泉倒霉就倒在做过高育良的秘书上。估计是高育良的政法系抓了李达康的前妻，让李达康盯上了高育良和政法系的人。一场内斗在所难免……

侯亮平坐在湖景茶座等自己老师高育良。他一直想请老师客，可老师很谨慎，提醒他说：我不光是你老师，还是你领导，吃吃喝喝容易给人落话柄，又要让人说政法系。酒不喝，喝茶总可以吧？他挑了光明湖畔湖景茶楼，带了老师爱喝的碧螺春，老师总算答应来了。当然也有公事——他还想单独汇报京州市中院陈清泉副院长的严重违法乱纪问题。此人曾任高育良的秘书，动他还是要给老师打个招呼的。

老师高育良还没到，侯亮平独自坐在窗前，眺望湖光月色。这茶楼卖的就是湖景，近水楼台，窗悬湖面，品茗静坐最是惬意。但侯亮平的幽思很快被赵东来的电话打断了，这位新结盟友乐呵呵地向他通报了一个刚发生的情况：对山水度假村的试探性扫黄竟然一把扫出了陈清泉，可算初战告捷。侯亮平嘴上祝贺，心里却暗暗叫起苦来：盟友初战告捷是好事，可他又该怎么向老师兼领导汇报呢？

这种无巧不成书的事只怕老师兼领导不会相信，必以为他和赵东来里应外合。又想到陈岩石对陈清泉的举报也是赵东来支的招，便觉得其中蹊跷……

正想着，老师高育良在服务员引领下出现在门口。侯亮平见了，急忙起身让座，深深鞠了一个略带夸张的大躬，高老师好！高育良乐呵呵道：你这猴崽子，怎么突然想起请我喝茶了？侯亮平说：一是尽尽心意，二来呢，向你汇报点事。高育良笑了，我就知道，你这猴崽子有事！说吧，你们反贪局又瞄上谁了？侯亮平严肃起来，称呼也变了，高书记，是你的一位前任秘书！高育良也严肃了，我的前秘书好几个呢，哪个出事了？侯亮平迟疑了一下，还是说了，陈清泉。

高育良微微一惊，小陈有问题了？侯亮平点点头，是的，是实名举报，举报人是陈岩石。高育良狐疑地看着侯亮平，陈岩石？第二人民检察院？侯亮平知道老师想说什么，也没解释，又从笔记本里抽出其中的两张电脑截屏照片，递给高育良看。其中一张照片是陈清泉怀里搂着一个外国洋女人喝交杯酒。还有一张照片是陈清泉和高小琴一起在山水度假村打高尔夫球。高育良戴上花镜，仔细翻看着照片，这是从哪下载的啊？侯亮平说：陈岩石最近从网上下载的。两年前大风股权案一判下来就有了，可当时没人管，照片及时删除了，最近又有人挂到网上去了。我初步了解了一下，陈岩石的举报不是空穴来风。

高育良放下照片，心情变得沉重起来。他侧身望着光明湖，湖面黑魆魆浮着一层微光。远处有小船欸乃摇过，船影渐行渐远。高育良长叹一口气，陈清泉怎么会变成这样？亮平，你把陈岩石的举报内容细说说。侯亮平汇报起来：根据陈岩石举报，大风股权转让案涉嫌司法腐败，市中院所做的判决和省高院的终审判决都是错误的！负责此案的副院长陈清泉，经常进出高小琴的山水度假村。蔡成功质押大风股权违规，是假造员工持股会授权书办的质押登记，中院视若无睹。两名主审法官都和主管副院长陈清泉有利益输送关系，其中有一位和陈清泉关系暧昧，正是这个女法官在陈清泉的授意下，走简易形式让山水集团拿走了原本属于大风厂工人的那部分股权，激化了社会矛盾。

服务员进来倒茶，侯亮平请她离开，自己擎起紫砂茶壶往高育良杯子斟茶，一股清香扑鼻而来。侯亮平继续说：陈清泉明知质押造假不查证，和高小琴在山水度假村打着球、唱着歌就把案子给判了，贪赃枉法啊！高育良仍有疑惑，中央三令五申啊，陈清泉还敢到山水度假村去？侯亮平又乘机汇报：他是坚持不懈去啊，今天嫖娼被市局抓了现形。高育良一怔，什么？今天？嫖娼被抓？侯亮平实话实说：就在刚才，市公安局赵局长打了个电话来，谈工作时偶然说起的，应该不会错。

高育良看着湖水若有所思，环境改变人啊！当初在我面前，有我镇着，经常提醒，陈清泉有个怕头，也有所敬畏。到了市中院，当了庭长、院长，判人生死，判人钱财，感觉就不一样了，就以为自己了不起了！老师有些掩饰不住的沮丧，不愿谈下去了，陈清泉的事我知道了，陈岩石实名举报了，又让人扫黄捉奸在床，还有啥说的？你们查去吧，他做过谁的秘书不重要，重要的是犯法没有？犯了法，就绳之以法！侯亮平一个笔直的立正，是，高书记，那我就按您的指示办了！高育良手向下压了压，坐，不说陈清泉了，说你吧。本来啊，我也要找你谈一谈的。你办李达康老婆欧阳菁受贿案，办得惊天动地啊！

侯亮平谦虚地摆手，高老师，没这么夸张，就是正常执行法定程序，换谁都一样。高育良竖起食指摇了摇，不一定，要是换上你学长祁同伟，他就不会去拦李达康的车了，更不会当着李达康的面，把欧阳菁请下车！祁同伟还指望李达康在省委常委会上投他一票，支持他上一个台阶呢！侯亮平笑道：这倒是，人家厅长同志眼头比我活，情商比我高。高育良叹息说：但也不必讳言，他党性比你差，人格比你低。侯亮平得意了，哎，我也有这感觉呀，谢谢老师夸奖！

然而，高育良话题一转，流露出别样的意味。老师透露，祁同伟对他有看法，怪他横冲直撞打破了某种政治默契和政治平衡，可能会导致李达康的反击，形势将复杂化。侯亮平问：什么政治默契？怎么会复杂化呢？高育良审视着他，亮平，你是真不知道，还是装糊涂？

这时，侯亮平手机响了，竟是祁同伟来电！祁同伟竟找他捞陈清泉！

电话里，祁同伟火气挺大，猴子，你捅大娄子了知道吗？你不管不顾，抓了李达康的老婆，李达康就把账算到咱政法系头上了，就反击了！今晚突然发动扫黄，把老师最喜欢的秘书陈清泉扫进去了。侯亮平装糊涂，会有这种事啊？老学长，这真和李达康有关吗？祁同伟恼怒地说：李达康不发话，谁敢到山水度假村扫黄？山水度假村的高总打电话来求我捞人，我竟然捞不出来！赵东来也不知躲哪去了！

侯亮平道：你都捞不出来，还和我说啥？祁同伟说：你找找咱老师吧，让他和李达康讲和！现在老师最欣赏的人就是你，还要我向你学习呢！侯亮平看了面前的老师一眼，你向我学习啥？我正和老师说呢，你情商高，是我要向你学习！捞陈清泉的事你直接和老师说吧。

高育良接过手机，祁厅长，说吧，怎么个情况？听着电话，老师的脸色渐渐变得难看了，语气也严厉起来，这些话都不要再说了！别说陈清泉只是我曾经的一位秘书，就算他是我亲儿子，也不能这么违法乱纪！我不相信李达康或者赵东来敢在没有证据的情况下对陈清泉动手！那个山水度假村怎么了？是法外之地吗？祁厅长，这件事你就不要再管了，这个陈清泉，该拘留拘留，该双开双开，他自找的……

挂断电话，把手机交还侯亮平，高育良仍一脸怒气，愤愤难平。

这时，月亮已经升起，银光遍布，一片灿然。岸边脱叶的柳枝垂入湖面，一动不动宛如静物画。对岸几座大厦霓虹灯闪烁，在湖上投下五彩的光影。一艘观光游轮缓缓驶过，抛下一片欢声笑语……

高育良看着湖景感叹：好景，好茶，享学生的福了。侯亮平刚想说什么，高育良一摆手，该办什么尽管办去吧，遇到阻力，直接向我汇报！不要听祁同伟或者什么人胡说八道！亮平，你要给我记住，我们的检察院叫人民检察院，我们的法院叫人民法院，我们的公安叫人民公安，所以，我们要永远把人民的利益放在心上，永远，永远！

侯亮平充满对老师的敬意，冲动地再次起立，是，老师！

二十八

祁同伟知道，事情没完，陈清泉被开除党籍、开除公职以及行政拘留，只是一场噩梦的开始，而不是结束。他要尽最大的努力挽救败局，堵住漏洞。在祁同伟看来，陈清泉不过是政治斗争的牺牲品，如果老师肯偃旗息鼓，主动与李达康握手言和，未来的局面或可维持。

第二天一早，祁同伟破例没去健身房锻炼，早早来到高育良办公室门口等着。上班时间到了，老师还没来。这不太正常，老师是一个像钟摆一样有规律的人，不应该啊。祁同伟不时地看看手表，保养得光洁闪亮的额头蹙起两道深深的皱纹。陈清泉的分量很重，老省委书记赵立春的公子赵瑞龙也从北京飞过来斡旋了，现在正在李达康办公室谈着。他若是能说服老师也退让一步，就阿弥陀佛谢天谢地了。

高育良的秘书从走廊尽头过来，看见祁同伟颇感意外，厅长，高书记病了你不知道吗？他今天不来上班。祁同伟道过谢，匆匆离去。

进了老师家，只见高育良倚着沙发，用一块湿毛巾捂着右腮。吴慧芬说：你老师昨夜在阳台站了半宿，可能受了风寒，早晨起来牙疼得不行，吃了止疼药也没用。祁同伟知道，这是老师的老毛病了，急火攻心容易牙痛。牙痛不是病，疼得要人命，圣人一般的老师只要牙痛，就显出了凡人原形。这么看来陈清泉在老师心里也还有些分量。

祁同伟正犹豫怎么开口，高育良摆了摆手，口齿不清地道：想说啥就说吧，同伟，就知道你不会消停，我这儿正等着呢！祁同伟干咳两声，支吾着说，自己本来不愿麻烦老师，可想来想去，不麻烦还真不行，人家的反击来势凶猛啊！高育良捂着脸，看不出是啥表情，什么人家？嗯？哪来的反击？祁同伟还想捞人，说陈清泉在山水度假村以嫖娼的罪名被抓了。据高小琴报告，其实他们是一起学外语……高育良骂他狡辩！京州一个基层公安分局敢抓一个在宾馆学外语的法院副院长？这种鬼话谁会相信？弱智了？祁同伟当然也不信，他要强调的是，没有李达康的支持，京州基层公安局没这么大的胆子。陈清泉当晚嫖娼被抓，李达康在当晚的常委会就做出决定，宣布双开！我电话打到会上都没用。高育良看了祁同伟一眼，这说明什么？祁同伟毫不讳言，高老师，这说明人家有预谋有步骤，心狠手辣，不留余地！

高育良把湿毛巾甩到一边，愤然站起，拿出陈岩石的实名举报材料，在手上晃着，责问祁同伟：难道李达康也和陈岩石、侯亮平串通好了？这可能吗？祁同伟深感意外，可仍倔倔地坚持说：这场大祸说到底还是侯亮平闯的！他不追到机场抓李达康的老婆，人家也不会打这种防守反击。高育良把举报材料拍放到桌上，失态怒斥：苍蝇不叮无缝的蛋，陈清泉这蛋有缝，是坏蛋，难道不该处理吗？倒是你，一天到晚和他们厮混在一起，竟然没发现这些问题，怎么回事？心里到底想的啥？党性呢？原则呢？你这个公安厅厅长是不是该下台了？！

祁同伟脸上浮现出幽怨神情，现在人家就是想让我下台啊！高育良恨铁不成钢，你是不是该下台？你老婆梁璐前天又跑来哭诉，说你整天泡在山水度假村，和高小琴鬼混！祁同伟急眼了，她胡说八道，老女人简直变态！高育良嘲讽道：哦，梁璐现在是老女人了？当年呢？是谁在大学操场上公然下跪，向人家求婚的？一跪大半天，全校师生都知道！祁同伟涨红了脸，一句话也说不出来了。高育良进一步逼问：话既然说到了这份上，祁同伟，你也给我说句实话，你是不是在山水集团很发财呀？祁同伟否认，发啥财？我哪有这胆啊！他只承认和高小琴有暧昧关系。高育良不信，真这样，这位厅长怎么会这样起劲帮高小琴呢？女老总一个电话，他就如此拼命地去捞陈清泉？

祁同伟似有隐情，喝了一会儿茶，放下茶杯，好吧，在老师面前我实话实说！我和高小琴没有什么商业来往，但咱们老书记家的赵公子一直在和高小琴做生意，山水集团有赵公子的大股份。昨夜赵公子从北京过来了，他让我捎话给你，约你见个面，还代赵立春老书记问您好哩。高育良愕然一惊，赵公子又过来了？他怎么不知收敛啊！

这时，吴慧芬走了过来，换了一块凉手巾给丈夫。高育良捂着脸，哼唧道：我这牙疼，哪里是着了风寒啊？就是让你们这帮混账东西烦的，我说你们能不能给我省点心？！祁同伟态度恳切，他知道老师讲原则，不愿和绯闻丑闻不断的赵公子多啰唆，所以赵家的许多事，他都没敢来找老师。有些事替老师挡了，有些事替老师办了。昨晚为陈清泉的事，赵瑞龙从北京飞来，让他去找李达康，他不能不找啊！

高育良瞪大眼睛，找的结果呢？丢人现眼！祁同伟低下脑袋，我承认丢人现眼，所以得休战！双方都别这么剑拔弩张的。季昌明那边也做做工作，争取李达康前妻欧阳菁能有好一点的结果……高育良"哼"了一声，季昌明和检察院的家我当得了啊？你当真以为我这个政法委书记能一手遮天了？一点数都没有！祁同伟试探说：那侯亮平呢，你的学生，总当得了家吧？高育良不屑地道：你当他是你呀？！

……

祁同伟走了，把一阵阵钻心的疼痛也带走了，牙不那么痛了。高育良扔掉手巾，在沙发上挺直身子，发了一阵呆。这时，吴慧芬送罢祁同伟，走了过来。高育良问：吴老师，你都听到了？吴慧芬点了点头，听到了。赵瑞龙竟能这么指使一位公安厅厅长，奇闻嘛！我估计他们在山水集团都捞了不少好处！高书记，你可得多加小心了！高育良讥讽：是啊，赵瑞龙有个好爹，现在就讲究拼爹嘛！吴慧芬叹气，只怕不知哪一天，他爹被他害了……高育良说：可能已经被害了，据说中央巡视组就要过来了！吴慧芬道：巡视不是中央的正常工作吗？高育良摇了摇头，正常工作？哼！却也没再多说，独自到园子里去了。

在园子里走了几步，高育良在一丛菏泽牡丹跟前定定站住了。

省委书记沙瑞金，纪委书记田国富，全是中央先后派来的，啥意思？值得三思啊！赵瑞龙真在京州出了事，他也就脱不了干系喽。照说，前面总还有李达康挡着，赵公子是他老领导唯一的宝贝儿子，可李达康多滑头呀，这辈子替谁挡过事？欧阳菁还是老婆呢，在他面前被侯亮平抓走，他也不管。想当年，他和李达康在吕州搭班子，赵瑞龙跑到吕州发展，要建个美食城，李达康拖三阻四就是不批，后来还是把难题摊到他面前，弄得他躲都躲不了，现在留下了一堆麻烦……

他操起一把镐头，看着凋零枯萎的牡丹花，又想，赵瑞龙这时候来干啥？该不是为吕州美食城的拆迁吧？前阵子去吕州，听市委陈书记说，赵瑞龙的美食城这回真要拆了——那个升不上去也不想升的老处级易学习要对赵家动手了！美食城毕竟是他当年批给赵公子的，现在闹得沸反盈天，实在让他丢人现眼。而且就在今天，沙瑞金和纪委田书记又到吕州考察去了，赵家美食城该不会也是考察内容之一吧？

高育良抡起镐头，开始刨牡丹花。深秋季节，花早败完了，花叶皆落，只剩下干枯的枝条。春天朋友从菏泽带来送给他时，它们开了一季好花。吴慧芬窗户里看见，跑来询问丈夫：为啥刨了这些牡丹？高育良轻描淡写说：想对生活做一些改变，以后不想种花了。妻子问：那种点什么呢？高育良说还没想好，冬天就要来了，有时间慢慢想吧。

就说到这里，牙痛忽然又发作了，疼痛并没让祁同伟带走，反而发作得更加激烈了。高育良回屋躺倒在沙发上，捂住腮哼个不停。吴慧芬急忙换一块凉手巾，给他捂上。高育良愁容满面，又呜呜噜噜说：这么一大堆烂事，难啊！吴老师，你现在知道我昨夜为啥在阳台上站半宿了吧？吴慧芬说：知道了，你呀，这不是牙疼，是急火攻心……

二十九

深秋时节，一艘不起眼的小游艇悄然划开了月牙湖平静的水面。

游艇上，省委书记沙瑞金和省纪委书记田国富在易学习的陪同下，视察湖区治理。两位大领导轻车简从，没让吕州市委安排，一头扎到月牙湖，直接找到了区委书记易学习。这让市里很意外，也让易学习很忐忑：月牙湖治理涉及前任省委书记赵立春的儿子，赵立春现在又是党和国家领导人之一，沙瑞金和田国富这时候来了，啥意思？

月牙湖是吕州乃至汉东省的一张名片，风景优美，名气很大。这些年因为污染，成了舆论批评焦点和当地官员的心病。湖边大量的饭店、工厂、生活小区把污水源源不断地排入湖中，水质长期富营养化，月牙湖就成了个污水坑。这回新到任的区委书记易学习下大力气治理，西岸一百八十家餐馆饭店都拆迁了。这是艰难的历程，因为拆迁发生了不少矛盾，易学习还让群众包围过，踹了几下。但有的饭店就是拆不动，易学习指着沿岸景色，介绍情况：比如那个湖上美食城……

沙瑞金举起望远镜看，哎，这么一大片，为什么拆不掉啊？易学习一声叹息，点题说：赵公子的大买卖，哪那么好拆！沙瑞金不知是真不知道，还是装不知道，哪个赵公子啊？新来的省纪委书记田国富倒坦诚，拉高声调说：还有哪个赵公子？赵立春的儿子赵瑞龙嘛！

易学习这才把话说白了，沙书记，赵立春是我们老省委书记，他儿子谁惹得起？你看，赵家这座美食城有多大的规模？排污量不下几十家小饭店！我们三下五除二拆掉了老百姓的小饭店，却拆不掉赵瑞龙这种权贵人物的美食城，老百姓能没意见吗？我虽说挨了老百姓的踹，心里还真不敢怪老百姓呢，的确是我和政府的工作没做好嘛!

沙瑞金脸沉了下来,易学习同志,你不容易啊!田国富道:再不容易也得干了,老易已经在电视台公开向老百姓表态了,今年一定要依法拆掉美食城,拆不掉他这区委书记就辞职不干了!沙瑞金瞥了田国富一眼,国富同志,你咋啥都知道?田国富说:那是,心里没数,我敢带你省委书记来考察啊?!易学习这才明白,此行纪委书记起了作用。

易学习便抓住大好时机,向省委书记汇报起来,赵家一个权贵子弟把党和政府的威信,人民群众的期待,全搞没了!为这次碰硬,他专门赶赴京州,向省纪委和新任纪委书记田国富做了个汇报,准备把那些阻挠求情的权贵人物公开曝光……

这时,一片湖滨住宅楼渐行渐近。沙瑞金注意到了,这又是怎么回事?谁有这么大的本事,能在月牙湖畔盖上这么一大片商品房?易学习自嘲说:还能是谁?还是老赵家呗!这就是吕州有名的湖畔花园了,八十万平方米,让赵瑞龙赚了十一二个亿。所以吕州干部群众都说,他们赵家,哦,具体说就是赵瑞龙,发在吕州,发在月牙湖。

田国富感叹不已,赵家公子厉害啊,湖畔花园是第一桶金,美食城就是他的印钞机嘛。沙瑞金问:这都是什么时候的事啊?赵立春做省委书记了吗?田国富说:赵立春那时已经做了八年省长,刚当上省委书记!易学习道:是的,当时吕州是高育良的书记,李达康的市长!

沙瑞金注意地看着易学习,那么,湖畔花园和湖上美食城是李达康批给赵家公子的喽?易学习道:这倒不是,是高育良批的,李达康调离后才批的。沙瑞金很奇怪，李达康不是赵立春的秘书吗？怎么顶着不批啊？易学习说：这个事吕州一直传说纷纭，有啥内情不是太清楚。沙瑞金看着湖面，又和田国富说了起来，国富同志，你不觉得这个事实有点意思吗？李达康是市长，又做过赵立春的秘书，可他没批湖畔花园和湖上美食城，倒是高育良给赵家公子批了，岂不耐人寻味？

田国富意味深长说：瑞金同志，是很耐人寻味啊！据我这段时间的调研了解，就是从那时候起，吕州市委书记的入常成了惯例！高育良同志就是从吕州入常以后，做的省政法委书记和省委副书记。

沙瑞金半晌无语，继而转移了话题，领导似乎知道易学习当年和李达康搭过班子，易学习同志，你早年做李达康的班长吧？说说看，你怎么评价李达康这个人啊？易学习略一沉思，怎么说呢？李达康有开拓精神，能干事，但比较霸道，当年一起搭班子，虽说我是县委书记，但李达康是强势县长，我基本上听他的。沙瑞金话里有话，是不是因为李达康是赵立春的秘书？有所谓的政治资源啊？实话实说。

易学习想了想，承认说：是有这个因素。当年不叫"政治资源"，叫"后台"。但也不全是这样。其实我还是挺佩服李达康的。他是个想为百姓做事的人。一到任就提出要让金山主要乡镇和县城通上公路。我怕加重群众负担，也怕惹出麻烦，不赞同集资修，李达康就一次次缠着我谈——金山县自然条件差，我们可以混几年走人，但于心何安？哪怕有风险，我们也要负起历史责任，也要押上身家性命轰轰烈烈干一场！

沙瑞金笑了，最终，有后台又想干事的李达康说服了你？易学

241

习点点头，是，李达康平时话不多，是个无趣的人，只有说到干事，才这么滔滔不绝慷慨激昂！私下里，他甚至和我开玩笑说，老易，我就是用枪顶着，也得逼你竖起大旗，领着我们县委一班人去打冲锋，攻山头！沙瑞金感慨起来，李达康的确是员改革大将啊！后来的事李达康和我说起过，说是这路修得太难了，为筹集资金，闹出了人命。

易学习说：是，这是二期工程时发生的。我和主管副县长王大路都不主张这么赶，民力不可使用过度嘛，得一步步来嘛！李达康就是不听，开着县里唯一的一部破吉普，在山里乱钻，四处骂人督战！沙瑞金不解，哎，怎么你们全县就一辆破吉普啊？易学习说：穷嘛！这辆吉普一直绑在县长李达康腚上，我和班子其他同志下乡都是骑自行车。沙瑞金问：李达康知道不知道组织原则？谁是一把手啊？

田国富这时插话了，瑞金同志，据汉东省同志们反映呀，李达康强势啊，他做县长，县长就是一把手，他做书记，书记就是一把手。沙瑞金看了田国富一眼，半真半假说：那他哪天做了省长，我是不是还得听他的？田国富道：这个省长他做得上吗？再怎么说，老婆总是出事了！沙瑞金马上纠正：哎，前妻，欧阳菁是李达康的前妻……

小游艇穿过月牙湖五亭桥，在二号码头停下，三人一起上了岸。

在岸边水榭喝茶时，田国富又对易学习说：易学习同志，你也和沙书记、和我说说心里话，当年闹出人命事件以后，你为啥还要死保李达康？沙瑞金呷着茶，是啊，易书记，你这么高的境界是从哪来的？一般说来，这么一位霸道县长，又闯了祸，只要不保，你不就赢了嘛!

易学习笑道:这不是得考虑实际嘛!全县的路修到半截,谁也修不了,但是李达康行,他是赵立春的秘书,能到省里找到钱,能贷到款,当然,还有其他办法!所以我和李达康说了,路还得他来修!

沙瑞金明白了,所以你这个县委书记,就替李达康顶了雷?

易学习说:不是替李达康,是替金山的老百姓!保下李达康,让李达康继续干下去,把账算到我头上,我输了,老百姓就赢了嘛!

沙瑞金怔了一下,动容地道:好,说得好,太好了!有你这样的干部,金山老百姓有福了!易学习有些不好意思了,要说牺牲,当时牺牲的也不是我一个,我受了个记过处分,调到另一个县做县长去了,总还待在处级岗位上。常务副县长王大路却被迫引咎辞职。我和李达康凑了点钱,让他下海谋生去了!

沙瑞金看着湖面感慨:困难时期,你们还能这么以沫相助,不容易啊!哎,易学习,当时你和李达康给了王大路多少钱?算什么?田国富也问:是啊,算什么?是借给王大路的呢,还是投资呢?易学习说:谁也没想过算啥,就是为了帮王大路。那时大家都穷,王大路自己东挪西借凑了五万,我和李达康各自凑了五万。沙瑞金道:于是就有了今天的大路食品集团?易学习说:是的,王大路祸得福,还真就把生意做起来了。沙瑞金道:现在就有人说,你易学习和李达康也都跟着发了?易学习说:胡说八道!王大路讲感情,知道感恩,的确是找到我老婆和李达康的老婆欧阳菁,要补签投资合同,说给我们每家百分之二十五的集团股权,但是让我和李达康谢绝了!田国富说:老易,你谢绝了,但李达康或者他老婆真的也谢绝了吗?欧阳

243

菁不是收了王大路一套别墅吗？易学习说：别墅欧阳菁也只是使用，房产证是王大路的。王大路还让我一家住呢，我没答应。又说：李达康是李达康，欧阳菁是欧阳菁，他俩根本不是一回事，他们的婚姻本身就是场错误。

沙瑞金换了个话题，易学习，你咋没跟李达康去干啊？李达康后来顺风顺水，做了省委常委，跟他干，进步不就快些了吗？易学习手一摆，我跟他去干吗？让他不舒服，我也不舒服。沙瑞金不解，怎么会呢？你和王大路在关键时帮过他忙啊！易学习说：帮忙是公事！沙瑞金抱臂看着他，那你们之间就没有私人感情吗？易学习摇头，谈不上私人感情，李达康工作力度大，得罪人多，为人就谨慎，总怕人家挑毛病，对身边人和熟人就特别苛刻。所以他也是个很孤独的人！

沙瑞金一声叹息，我听明白了，难怪他老婆要和他离婚呢！说罢，起身就走，好了，下一个节目，参观一下咱们易书记的豪宅！

易学习一下子怔住了，哎，沙书记，田书记，我没准备啊！

田国富笑眯眯地说：老易，你要准备了，我们还不去了呢……

易学习住着一套简朴甚至是简陋的小三居。客厅一面墙上挂着一幅月牙湖全面治理规划图。沙瑞金、田国富进门看着几乎占满一面墙的规划图都怔住了。哎，你这是家呀，还是办公室呀？沙瑞金问。

易学习说：当然是家了，房改房，处级标准八十平方米！

沙瑞金道：我是说这图，工作用的规划图怎么挂在家里了？

易学习解释说：哦，沙书记，我有个习惯，到哪个地方工作，就挂上这个地方的地图。想到了啥，随时能在图上做标记。沙书记，你看，这是正在整治的月牙湖东岸，赵瑞龙的湖上美食城就在这里……

沙瑞金看着按满红绿图钉的规划图心中感慨：这位同志脑子里有事业，心中有天下啊！便道：以前那些用过的图呢？也都拿给我们看看！易学习迟疑片刻，把七八张汉东省区县地图从里间屋的大床底下找了出来。一张张图纸破旧不堪，落满灰尘。易学习用干布擦拭干净，铺展到沙瑞金面前，沙书记，这些旧图纸有啥好看的？沙瑞金一张张翻看着，咋不好看？易书记啊，从这些地图上，我看到了你二十多年的辛苦工作，看到了你在这场改革大潮中的矫健身影，你不容易啊！

易学习笑笑说：大家还不都一样？咱们总不能让老百姓白养活嘛！沙瑞金道：是啊，我们是人民公仆，不能让老百姓白养活。可是这个朴素的道理，有些干部就是不明白，甚至祸害老百姓！田国富说：就是嘛，像湖上美食城，就祸害老百姓嘛，当时怎么就批了呢？

沙瑞金对田国富说：国富同志，美食城这件事情一定要搞搞清楚，是认识问题，就去提高认识，是别的什么问题，就积极主动去解决！田国富请示说：沙书记，你是不是也出面和赵立春同志沟通一下？沙瑞金摆了摆手，不必，易学习沟通过了嘛，依法拆除就是，有问题找省委！易学习受了感动，沙书记，谢谢您和省委对我工作的支持！

沙瑞金握住易学习的手，说错了，是我和省委要感谢你啊！你二十五年的正处级，不管在哪个岗位上，都这么任劳任怨，让我和田书记很受感动啊！哎，易学习同志，我有个要求，不知你能不能满足我？

易学习怔了一下，沙书记，你说，只要我能办到的！

沙瑞金指着面前的工作地图，把这些图都送给我吧！

易学习笑了，这本来就是公家的嘛，沙书记，你拿走就是！

沙瑞金道：好，拿走，摆到我们的改革成就展览馆去，让干部群众都看看，我们这位处级干部是怎么工作的，日日夜夜想的是什么！

……

当晚，在赶回京州的路上，沙瑞金感慨良多，要求田国富配合组织部门做一个工作，查一查像易学习这种没有政治资源，也不屑于寻找政治资源，却一心想为老百姓做事，又能做事的干部，这些年汉东省埋没了多少？只要有，就一一挖掘出来，给他们一个干事的舞台。

田国富赞同说：就应该这样，汉东省的官场风气早就该改改了！

沙瑞金表态道：那就从这一批厅局级干部的任用改起。把易学习作为一个典型，用这个典型告诉大家，没有政治资源不要紧，只要有一颗火热的心，能清正廉洁为老百姓无私奉献，组织上就会重用你！

田国富补充说：反之，对那种政治资源丰厚，拉帮结派，心术不正的干部，我们一定要倍加小心！比如那个祁同伟，必须挡住……

三十

祁同伟很清楚，老师高育良是他的政治资源，而他过世的岳父梁群峰又是老师的政治资源。师生之情加上裙带关系，为他既往的进步构筑了扎实的基础。本以为有此丰厚的资源和基础，副省长唾手可得，没想到中央派来了个沙瑞金，让他本可预见的前途变得渺茫起来。

老师似乎也变了，对他的事不上心了，非但不愿按他的意思去和李达康讲和，还结结实实训了他一顿，提到了他的婚姻问题。和梁家豪门的婚姻其实是他心头的伤，碰一下就会流血。那日从老师家出来后，祁同伟驾车在街上漫无目的兜了几圈，不知不觉来到了射击场。

这是公检法系统设在警校的现代化射击场，供干警学生练习使用，厅长同志经常光顾。祁同伟有个特点，心情好时练健美，心情恶劣就练射击。说来也奇怪，只要举起枪，便心如止水，再无杂念。他本来就是神枪手，这种时候更是百发百中，鬼神难挡。打上一阵子枪，祁同伟就会冷静下来，又像平时一样精神焕发，阳光灿烂。

但是今天见鬼了，他换上射击服，戴上隔音耳机，心却一点也静不下来。往事历历，如烟如雾，一齐涌上心头，挂在眼前。梁璐，他们班的那个辅导员，看中了相貌英俊品学兼优的他，主动追求他直到他大学毕业。他呢，却始终躲避她，原因很简单，梁璐比他大十岁。

现实是残酷的。大学分配对他是个很大打击，别人大都留在城里了，省市政法机关都有，倒是他这个政法系有名的优等生，被分配到岩台山区一个无名小乡司法所当了一名司法助理员。有人说，这是梁璐故意整他。祁同伟却不这样认为，他本来就是草根出身，老爸一辈子打牛屁股，没资源没背景，好去向当然没他的份儿。反过来说，如果他答应了梁璐，那她父亲梁群峰书记只要勾勾手指头，他就腾云驾雾，直上九重霄了。那个乡镇司法所连他在内一共三人。所长是六十年代中国政法大学的学生，在山里一干三十多年，满头白发，满脸皱纹。他一下子从老所长身上看到了自己的未来：这也许就是三十年后的他啊，孤独，寂寞，艰难而又毫无盼头的生活，他必须逃亡！

　　于是，祁同伟返回头热烈地追求梁璐。女性是敏感的，梁璐看出他的用心，断然拒绝。但他此时把梁璐当作一生的进步事业来追求，软缠硬磨，不达到目的誓不罢休。一次次送玫瑰，都让梁璐扔进垃圾箱。他独出心裁，从乡里采来一车野花，拉到学校操场，摆成"心"字形状，站在"心"的中央，推金山倒玉柱，惊天一跪，迎来全校师生诧异的目光。他对着梁璐的办公室窗口，一遍遍喊：梁璐我爱你，你嫁给我吧——嫁给我吧——嗓子嘶哑了，发不出声了，他还在喊。所有的人深受感动，终于，梁璐在师生们的簇拥下，出现在他面前……

　　与梁璐结婚后，祁同伟调离乡司法所，一步一个台阶地上。他珍惜来之不易的机会，用一股拼命精神工作，当缉毒警察时，险些牺牲在一个叫"孤鹰岭"的小山村。作为当时的省政法委书记，老丈人梁群峰很满意，人前幕后全力提携，祁同伟便一路升迁，直至公安厅厅长。

回顾人生，祁同伟充满自豪，以他的草根出身混到今天的地位，实属成功者。但另一方面，爱情世界一片荒芜，从未得到过满足。他也努力爱妻子，生活中客气礼貌，基本上做到齐眉举案。岳父家大事小情，都是他一手包办，在外人看来他真是一个好女婿。然而，有些问题却不是靠努力就能解决，比如在床上，祁同伟怎么也打不起精神来，长期性冷淡，进入中年他就完全失去了与妻子做爱的能力。据说，这叫"体制性阳痿"。不知从哪天起，祁同伟就搬到另一个房间，与梁璐分床睡觉。祁同伟也在内心责骂过自己：没良心！白眼狼！可这种事情真又勉强不得，他就是无法在身体上爱这个比自己大十岁的妻子。

这就是代价。得到了事业的成功，却失去了作为一个男人的幸福。这样的人生算真正的成功吗？祁同伟内心长期苦闷。他也曾想到离婚，但他畏惧梁家的权势——说到底他所得到的一切，又是非常容易失去的。自从遇到高小琴，他渐渐枯萎的生命之花又重新绽放。从高小琴身上，他得到了一个男人所想得到的一切。不合法、不道德的爱情具有意想不到的诱惑力。他与高小琴在一起如干柴烈火，感情分外热烈。现在，他只想弥补人生缺憾，高育良批评也罢，别人在背后指指点点也罢，他都不管不顾。欲望总是与成功联系在一起，既然他历尽艰辛好不容易熬到今天的地位，为啥还要抑制自己的欲望呢？

正苦苦思索，忽然有人拍他肩膀，抬头一看，竟是侯亮平。

老同学，怎么在这儿发呆，哪里不舒服了？侯亮平笑嘻嘻地问。

祁同伟立刻摆脱萎靡，打起精神，我好着呢！哎，猴子，你怎么过来了？好久没和你比试枪法了，来，比试一下！

侯亮平与祁同伟有很多相似点，都是行动能力很强的人，都喜欢体育锻炼，特别酷爱打枪。读大学进行军事训练时，他俩总是沉迷于射击。为了练腕力，在腕上吊一块砖，在烈日下一站半天。两人都争强好胜，射击成绩经常不相上下，为争第一也经常吵得面红耳赤，但在心底都存着一份对对方的敬佩。侯亮平调到汉东省以后，很快找到了这个新建的射击场。今天二人在此巧遇，一场比试自然是免不了了。

比赛没有悬念。两人差不多都是枪枪十环，打掉几盒子弹也难分伯仲。到底人到中年了，心里虽说仍在争强，脸面上却放下了，射击完毕来个大拥抱，齐夸对方高明，一种惺惺相惜的豪情在心中荡漾。

坐在场边休息，喝着矿泉水，祁同伟说：亮平，可惜你干检察，用不着枪了。如果你毕业后跟我一样干公安，建功立业的机会肯定很多。侯亮平说：是啊，你干缉毒警察立了功，受到公安部表彰，英雄事迹一见报，我都羡慕死了！从那以后，我就把你当作了学习榜样。

祁同伟斜眼看着侯亮平，你真的假的？侯亮平很诚恳，真的！说实在话，同伟，你在我眼里是个英雄！祁同伟推了他一把，得了吧，少给我灌迷魂汤，我知道你从不服我！侯亮平笑了，好容易和你说点真心话，你又不信，还要我赌咒发誓啊？祁同伟也笑了，好，我信。

两人沉默一会儿，祁同伟又试探着问：猴子，你这次来反贪，是不是也会像我当年抓毒犯一样，一个不饶恕？侯亮平正视他的眼睛，怎么想起问这个？对我不满意是吧？祁同伟坦率地说：是，比如抓李达康的老婆，给我们带来多大的麻烦啊？你不承认是政法系的，可李达康一反击，咱们老师和我，还有多少人都陷入了被动！侯亮平叹息道：算了，不说了，再说又争论。只要想想，我以你为榜样，以你当年抓毒犯的劲头干工作，你就能谅解我了，是不是？祁同伟说：你这人，真是一根筋！说着，站了起来，我能理解你。走吧，喝一杯去。

这场酒喝得有意思，就在马路旁边的大排档吃烧烤，喝啤酒。喝到晕乎乎时，他们谈起了陈海，感情都有些激动："政法系三杰"，现在躺倒一杰，陈海是多么厚道多么好的人啊！实在太可惜了……

侯亮平眼睛瞄着祁同伟试探：你是公安厅厅长，是办刑事案件的高手，就没发现车祸后面有啥名堂？祁同伟微微一笑，不置可否，反问他：亮平，你身为反贪局局长，来京州也有一段时间了，对陈海案子肯定也掌握了不少新线索吧？说说看，老同学之间分享一下嘛！侯亮平马上打哈哈，祁同伟自然也是打哈哈。哈哈过后，都醒悟过来了——一个公安厅厅长，一个反贪局局长，又暗中激烈对抗，怎么可能从对方嘴里掏出啥话来？得，喝酒吧，啥也别惦记了。于是，就谈起了同学往事，沉浸在青年时代的回忆中。慢慢地两人都动了感情，都喝多了。

祁同伟忽然提出一个问题：哎，你说咱两个神枪手，如果有一天拔枪相对，估计谁会先倒下？侯亮平坐直了身子，这还用问吗？当然是我了。祁同伟看着侯亮平笑，为什么？侯亮平也笑，指点着祁同伟的脑门，因为你心狠手辣。祁同伟缓缓摇起了头，这你可说错了，倒下的也许是我。侯亮平不解，这怎么可能呢？祁同伟慢慢地喝酒，喝了许久才回答：我就算心狠手辣，也不忍对你下手，你太聪明了。

他们喝了许久，一直喝到半夜，侯亮平多年没醉酒，这回真醉了。祁同伟送他回检察院宿舍，分手时，侯亮平忽然问：同伟，以后咱们还能像今天这样亲密无间吗？祁同伟一怔，潸然泪下，握紧他的手摇了摇，一句话没说，转身离去。这让侯亮平不禁一阵怅然……

这日陆亦可正巧加班，离开办公室时遇见侯亮平。局长脚步踉跄，显然喝高了，陆亦可不放心，把他送到十一楼招待所，还为他泡好茶。

侯亮平问欧阳菁的审讯进展，陆亦可说还是老样子，欧阳菁拒不配合，大家都急眼了。侯亮平说：都不要急躁，要认真研究对手，慢慢地来！陆亦可似乎想说什么，侯亮平举起手挡住她的话头，我知道你们已经这么做了，但是研究得深入吗？能够进入她的内心世界吗？

陆亦可说：还要怎么研究啊？欧阳菁的卷宗我们差不多都能背下来了……侯亮平酒意浓，话就有点多，不要光盯着卷宗，我问你，欧阳菁用什么品牌的化妆品？穿什么品牌的服装？喜欢什么口味的饮食？经常到哪里吃饭？她的业余时间是怎么度过的？她和李达康的婚姻因为什么搞到了破裂这一步？还有，她为什么如此喜爱韩剧《来自星星的你》？陆亦可有些发愣，这么多问题我还真不太清楚。侯亮平认真地说：给你个建议，抓紧时间看几部流行的韩剧，特别是欧阳菁最喜欢的偶像剧《来自星星的你》，要重点看，相信会有收获的！

陆亦可似有触动，站起身理一下短发说：明白了，你早点休息。

陆亦可走后，侯亮平在床上辗转反侧。欧阳菁不肯交代，赵东来那边神秘账本还没有下落，案情似乎又僵住了。突破点在哪里呢？

这夜，侯亮平做了个怪梦，他围着一座古堡转圈想进去，就是找不到门。那座古堡是欧洲中世纪样式，塔尖高耸，城墙宽厚，光溜溜的巨石没有任何抓手。他转啊转啊，急得抓耳挠腮，可就是进不去……

三十一

欧阳菁被拘留后一直采取不合作态度，啥也不说，口口声声让审讯人员零口供办案。然而，陆亦可一场关于韩剧的讨论，意外地让欧阳菁开了口。那日审讯一开始，陆亦可没像往日一样和欧阳菁谈案情，而是和欧阳菁谈起了《来自星星的你》，谈起了女人的爱情与婚嫁。最初欧阳菁反应冷淡，充满了戒备之心。但陆亦可显然下足了案外功夫，见解独到，认识深刻，引得欧阳菁不知不觉地参加了讨论。

侯亮平在指挥中心和季昌明一起指挥审讯，通过大屏幕看得清清楚楚。欧阳菁由韩剧谈到自己，忍不住叹息，说是大学时代的一口袋海蛎子，误了她的一生：李达康知道她喜欢吃海蛎子，背着一大口袋海蛎子来她宿舍找她，骗走了她的心。大学毕业，二人结了婚，婚后李达康把家里的活全包了，工资全部上交，也不出去玩，虽然有点无趣，但只要对她好，她也就不计较了。可随着李达康地位的提高，自私的毛病就显现出来。欧阳菁的弟弟，他们的女儿，还有多年的朋友兄弟，他什么事情都不肯帮忙。说起来是廉洁，其实是爱惜羽毛。和李达康生活的时间越长，她对李达康就越绝望。在外人看来，她嫁了一个做高官的丈夫，是个很成功的女人，可谁又知道她心中的苦处啊？双方结婚至今，二十五年了，李达康都没为她过过一次生日。

陆亦可早就做了精心准备，适时接过话头说：欧阳，我知道今天是你五十四岁的生日，就让我们陪你过一次生日吧。说罢，她让人把订好的大蛋糕推了进来，陆亦可在蛋糕上插上五支大蜡烛和四支小蜡烛。九支蜡烛点燃了，火光映出欧阳菁满是泪水的脸庞。陆亦可把切好的蛋糕放在欧阳菁面前，真诚地说：今天不谈案情了，就好好过生日吧。欧阳菁却抹去泪水，对陆亦可说：陆处长，我让你立一功！你够意思，我也得对你够意思！你不是想知道卡上那五十万是怎么回事吗？那我告诉你，钱其实并不是蔡成功的，是汉东省油汽集团公司的！

欧阳菁突然冒出的这番话，让监审指挥的侯亮平和季昌明颇感意外。主审陆亦可也很惊异，怎么？这事还和省油汽集团有关啊？

欧阳菁说出一段关系复杂的内情：蔡成功的公司每年都要寻找资金过桥，还旧贷新。近几年用的过桥资金是省油汽集团公司的，蔡成功给欧阳菁的那四张银行卡，其实全都是他应该付给省油汽集团的过桥款的利息。她收卡拿走这部分钱，也没独吞，而是作为贷款部门的福利给大家分了，她累计分了七十多万。另一部分过桥利息，而且是大头，蔡成功每次都及时打给了高小琴的山水集团，因为省油汽的过桥款都是高小琴帮着找来的。言毕，欧阳菁就骂蔡成功卑鄙，说这些过桥利息本来就是他该支付的，他搞砸了锅，就跳出来举报别人。

陆亦可追问：你确定吗？蔡成功确实把利息打给了山水集团？

欧阳菁说：我确定，这才是事情的真相！蔡成功为啥只举报我，不举报油汽集团和刘新建呢？不论是油汽集团，还是刘新建本人，都和山水集团有经济来往，都从山水集团高小琴那里大量捞好处……

侯亮平听到这里，心里有数了，梦中的古堡突然门洞大开！油汽集团和刘新建的出现太及时太重要了。季昌明也在一旁意味深长地提醒他：这刘新建可不是一般人物，是原省委书记赵立春的秘书，赵立春亲自插手，安排他做了省属国企油汽集团的董事长兼总裁。侯亮平心知肚明，没错，我了解过，此人还是赵家公子赵瑞龙的把兄弟，而赵瑞龙呢，和高小琴、和山水集团在生意上又有千丝万缕的关系！

必须马上提审蔡成功，迅速核实欧阳菁供述的这一重要情况。

命令发出后，周正小组再次提审蔡成功。侯亮平在指挥中心大屏幕上看到，蔡成功坐在受审席上，头伸出老长，眼里透着渴望——是侯亮平让你们来的吧？我就知道侯亮平不会不管我！你们得赶快向侯局长报告啊，我在这里有生命危险，我那间号子里有两个黑社会！

主审检察官周正让蔡成功去向驻所检察室反映。蔡成功说反映过了，可他们不理睬他，还说他变态……周正有点不耐烦，好了，蔡成功，我们开始吧！蔡成功几乎要哭了，周检察官，我真有生命危险啊！

侯亮平还是比较谨慎的，不管怎么说，蔡成功总是自己的发小，还是一位重要证人，便抓起话筒，指示周正：让他说，什么危险？

蔡成功绘声绘色地说起来，他同屋的犯人总在窥视他。睡左边床上的家伙，身上刺着一条龙，看人的眼光阴沉沉，有一股杀气。睡右边的家伙是个杀人犯，常在背后坏笑，他只要正眼一看那人，他的眼光就躲闪……周正根本不信，行了行了，蔡成功，这里不是说书场！你直截了当说吧，他们两个怎么你了？威胁你了吗？蔡成功说：现在虽然没威胁我，可我已经感到有危险了，怕再被他们暗害……

完全是不着边际的臆想！侯亮平抓起话筒，命令周正言归正传。周正立即执行，蔡成功，咱们还是谈正事吧！你向欧阳菁行贿的四张卡，究竟是以什么名目送给欧阳菁的？能再说一说吗？

因为惦记着自身所谓的"危险"，希望得到检察院的保护，蔡成功这回没耍赖皮，爽快地承认说，过桥款都是山水集团的财务总监刘庆祝帮他拉来的，是省油汽集团的钱。省油汽是垄断型国企，常年趴在银行账上十几亿。过桥走个账，他们就有几百上千万可赚，何乐而不为？他用过桥资金还款再贷款，也省下了返点费。欧阳菁和银行分下了一小部分过桥利息，省油汽集团那边的人吃掉了一大部分过桥利息，大家都得了好处，谁也不亏……这情况与欧阳菁的交代一致。

审讯结束时，蔡成功还是担心自己的安全，要见侯亮平。周正告诉他，对他的人身安全，检察院会负责任的，劝他不要想得太多。

侯亮平注意到，屏幕上，蔡成功又紧张起来，鼻翼旁的痦子神经质地颤抖着，不像假装的。发小要求检察院赶快起诉，把他判了，别管判多少年。说是现在他就盼着到监狱服刑，他总觉得看守所这地方有鬼。

蔡成功被带下去了。侯亮平想想还是不放心，又抓起话筒对周正交代，让周正去驻所检察室，向驻所的同志了解一下，看是不是真有什么人威胁过蔡成功？谨防意外事故，毕竟蔡成功出过一次意外了。

这接连两场审讯给季昌明留下了深刻的印象。审讯结束后，检察长同志没急于离去，对侯亮平叹息说：果然不出所料，这案子又是窝案，塌方式腐败啊！城市银行不说了，省油汽集团也干净不了。侯亮平汇报说，他已安排一处的同志进驻城市银行了。季昌明思忖道：还有省油汽集团那边，也要准备立案侦查了。侯亮平咂嘴，这一来人手很紧张。季昌明表示说：要从下面各市检察院抽调一些人员来帮忙。

在食堂吃饭时，侯亮平回想起蔡成功的恐惧表现，心头掠过一丝不安。如果他这时能到看守所面对面询问蔡成功，那么就可能避免一场风波。可惜，一个重要电话使他把这事忽略了。电话是盟友赵东来打来的，说了一个惊人消息——陈海手机上的那个举报电话到底查清楚了，确是山水集团财务总监刘庆祝留下的，遗憾的是刘庆祝死了！

侯亮平与赵东来碰了头。赵东来向他介绍说：举报人刘庆祝，九月二十一日在岩台山旅游时死于心肌梗死。因为人死在外地，而且有误导说他出国旅游，市局费了一些周折才查清楚。这位财务总监死于陈海遭遇车祸的同一天，且一打举报电话就旅游死，实在太蹊跷了。

赵东来还说了一个情况：刘庆祝的老婆听了死者的举报电话录音，一开始不承认是丈夫的声音。刑侦人员把刘庆祝的家人都请来挨个听录音，所有的亲属一致认定举报电话就是刘庆祝的声音，刘妻这才不得不承认。据刘妻说，是山水集团封了她的口。高小琴来探望过她，给了她二百万元，条件是不许对外谈起丈夫的死。刘庆祝在电话里提到的账本，刘妻一口咬定没听说、更没见过。她只知道丈夫很害怕，都有些神经了！得知丁义珍跑掉，就像着了魔，经常发呆，讷讷说丁义珍没跑，是被人做掉了，高小琴和山水集团早晚得出事。刘庆祝还在妻子面前说了给高官打钱的事，道是都是他亲自打的，不经第二个人的手，包括逃走的丁义珍，数额都很大，让他想想就害怕。

侯亮平及时记起了油汽集团和刘新建，问赵东来：刘妻是否谈到刘新建？赵东来想了想，摇起了头，没有！不过，说是山水集团有老省委书记赵立春儿子女儿的股份，他们年年分钱，也是刘庆祝打款。刘庆祝在山水集团干了十三年，给这些官员打钱就打了八九年。这一切只要找到秘密账本就能证实，可惜现在还没掌握这关键证据……

虽然没掌握关键证据，但对于侯亮平来说，已经够幸运的了，一天之内竟然公安检察两路突破。长久的坚持，坚韧的努力，终于在今天得到了回报。迷雾在一点点散去，对手们的面目渐次清晰起来……

三十二

今天，沙瑞金召集一个会议，内容事先没通知。李达康和高育良分别赶往一号楼，在楼前不期而遇。李达康主动谈起了赵瑞龙，道是这小子胆子实在够大的，在这种敏感时刻跑到京州捞一个嫖客法院副院长，理由竟然是山水集团有他股份。还传了旨，说老书记赵立春让他们少打内战。李达康话里有话说：咱们大事讲原则，小事讲风格，哪来的什么内战啊？高育良连连点头，就是，就是，现在我省政治局面好得很，可以说是最好的历史时期了。这个赵公子，真拿他没办法！

这时，沙瑞金从背后过来了，乐呵呵问：你们说哪个赵公子？是不是赵立春同志的儿子赵瑞龙？我正想问你们呢，赵瑞龙怎么在我们省有这么多生意啊？群众反映很大，尤其是吕州的那个湖上美食城，可以说是天怒民怨啊，这么多年了，你们就听不见？高育良苦笑，听见了也没办法，投鼠忌器嘛！李达康也说：谁敢动赵家的印钞机啊。

沙瑞金手一挥，也不尽然！吕州有个区委书记叫易学习，这位同志就动了嘛！一个电话打到北京，打到赵立春同志家里，直接通气汇报，下面准备动真格的了。我和国富同志前几天专程去看了看他，他给我和国富同志上了生动的一课。这上课的一堆教材呢，我和国富同志从吕州带来了，回头请诸位欣赏，欣赏过后，送改革成就展览馆收藏……

沙瑞金这么一说，李达康和高育良才知道，今天这个会竟然是为老处级易学习开的。到会的除了他们俩，也请来了另外几个和易学习有过交集的老同志。当然，还有纪委书记田国富和组织部部长吴春林。

众人到齐，沙瑞金开门见山说，今天这个会是他提议召开的，内容比较集中，就做一件事，解剖一只麻雀。沙瑞金说话时，机要秘书将一幅金山县道路规划图挂到了墙上。李达康看着那幅熟悉的金山道路规划图，很意外，一下怔住了。沙瑞金敲了下桌子，扫视众人，哪位同志熟悉这张图啊？李达康站起来，说是他熟悉。他怎能不熟悉呢？这是当年的金山道路规划图啊，曾经挂在县委招待所101房间的正墙上。图的主人是时任金山县委书记的易学习，当时他是县长，就住在隔壁103室。沙瑞金不动声色，好，达康同志，那就请你给我和同志们讲讲这张图的故事，回顾一下改革开放初期那段艰辛的历史！

李达康镇定了一下情绪，开始讲述当年修路的往事。与会者大多知道易学习顶雷的故事，但李达康的讲述还是深深地感染了大家。面对陈旧的规划图，李达康难得动了真情，眼含泪水，声情并茂，结束讲话时感慨万端——我真庆幸当年遇到了易学习这样的好班长啊。

沙瑞金示意李达康坐下，对众人点评说：战争年代，老同志陈岩石为攻城背炸药包；改革年代，易学习也是背炸药包嘛，出了问题主动承担责任，让金山老百姓赢了，也为我们保住了一位省委常委！

这时，机要秘书把另一张破旧的地图又挂到了墙上。

沙瑞金看看众人，这张图谁熟悉啊？

省政协钱秘书长举手认领，道是二十二年前，他在林城做地委书记，时任道口县县长的易学习家里就挂着这张图。这是一张道口县扶贫示意图，当时道口是林城地区最穷的一个县，易学习任职期间，跑遍了图上每个自然村和扶贫点，组织道口建筑队伍走出去，靠劳动力转移，让道口进入了小康示范县。现在道口县成了著名的建筑之乡。

一张又一张图挂出来，引出易学习一段又一段感人故事。其中一张竟然与高育良有关。高育良做吕州市委书记时，易学习也做过他的部下，在市交通局抓过反腐倡廉。高育良也随着众人感慨起来，夸易学习是个好同志。这时，与会者都看清了动向：省委书记沙瑞金要做伯乐呢！李达康很及时地发出了叹息：八张规划图，一把辛酸泪啊！

沙瑞金见李达康有所触动，就让李达康说说感想。

李达康就势而起，侃侃而谈——这些年来，我们干部人事制度到底哪里出了问题？为什么像易学习这样的同志多年提不上来？我说点体会，供大家参考。大家都知道，作为一把手啥事最难办？就是提拔安排干部嘛。手心手背都是肉，安排了这个，怕亏待了那个。干部队伍又是宝塔型结构，越往上人越少。一把手眼面前的干部都安排照顾不过来了，谁还能想到易学习呢？何况他不跑不送，只会干活！

沙瑞金慢条斯理地接过话头：易学习只会干活，总觉得自己的努力组织上能看得到，实际情况呢？组织是由一个个具体人构成的，是由一个地区一个部门的一把手掌控的。中国的政治就是一把手政治嘛，你不向一把手靠拢，不经常出现在一把手的视线里，进而把一把手变成你的政治资源，你就不可能出现在一级组织的考察范围里了。

李达康响应附和，声音洪亮，瑞金书记这话没错！如果政治生态进一步恶化，比如一把手拉帮结派，不是他的人一概不用，你怎么办？再比如，一把手若是心术不正，要卖官发财，那你就更别指望他唯才是举了。这种政治生态说到底就是腐败的生态！它促使下面干部去跑去送嘛，所以能送啥送啥，有些女同志就把她自己往一把手床上送。党风政风社会风气就一点点搞坏了，以至不可收拾……

这时，高育良笑眯眯地开口了，达康同志说得不错，但也不要以偏概全。像易学习的情况毕竟还是少数，不能因此就否定组织工作。关于干部人事，党内有规章制度，有选拔标准和考察办法。田国富插话：问题是这些规章制度是否执行了？有些干部一直被群众举报，却一路提拔。为什么？有政治资源嘛！易学习不是个别现象，在我省是大量存在的，这次正是严格执行了组织人事规定，才发现了这位同志！

高育良又争辩：政治资源也是相对的。上面领导是下面干部的政治资源，下面干部又何尝不是上面领导的政治资源呢？我在吕州用易学习做市交通局局长，就是把他当成我的政治资源了嘛！所以，在干部人事安排上，主管领导使用一些身边比较熟悉的干部也情有可原。熟悉的，知根知底，啥性情，啥能耐，心里大体有数，用着就放心嘛。

钱秘书长历史上曾是高育良的对立面，到退休也没能上到副省级，便趁机向高育良发难——易学习是你育良同志熟悉的干部，你都把他当成自己的政治资源了，那为啥不把这位同志推荐上来啊？所以，钱秘书长认为这些年山头主义、团团伙伙是有的，不承认不行。

高育良笑着反驳：哪来这么多山头啊，我省大部分都是平原地区嘛！再说了，好同志就一定要提上来做大官吗？当年少奇同志和淘粪工人时传祥说，我做国家主席，你淘大粪，我们都是为人民服务！

钱秘书长皱起眉头，恼火地敲了一下桌子，老高，你少唱高调。

高育良却继续笑着争辩，调门益发高昂，再举个例，雷锋是什么官？什么级别啊？二十二岁的解放军战士，汽车班班长嘛，可雷锋同志却是全党全军全国人民的学习榜样，至今仍然是我们的道德楷模！

李达康实在听不下去了，指出高育良偷换了概念，现在讨论的是干部人事问题，是在总结经验教训，不是评学雷锋标兵。钱秘书长用大白话直指要害——大教授歪理多，一边要求易学习他们提着饭盒学雷锋，一边把自己的弟子拼命向省委推荐，安排副省级，能服人吗？

高育良这才发现，自己今天好像犯了错误，把好端端的辩证法搞成了诡辩论，激起了众怒。这是怎么了？怎么会出现这种不良效果呢？要检讨总结呢！再一想，又觉得这不是他的错误，而是权力效应！因为他不是一把手啊，权力不够大嘛！如果这些话是沙瑞金说的，那就是堂堂正正的辩证法了。

沙瑞金这时接了上来，态度鲜明，育良同志啊，你说的道理都不错，但用错了地方就难以服人了！干部任用我们一直有明确的规章制度、选拔标准和考察办法。但长期以来没得到很好执行，为什么？因为在某些时期，组织部不是党的组织部了，成了某位一把手的组织部了！这话的分量很重，指向也很明确，几乎就差点赵立春的名了。

高育良和李达康注意地看着沙瑞金，脸上都现出惊愕的神色。

沙瑞金环视众人，今天我们的组织部重新成了党的组织部，才发现了易学习等一批德才兼备的好同志！这次到吕州调研时，我就特意和易学习接触了一下，到他家亲眼看了看，这么一看一聊，我放心了，使用这样的干部就有了底气。

高育良这时已有预感，省委书记做起了伯乐，易学习必成骏马。

果然，沙瑞金接着说：我提议把易学习摆在这次省委表彰的十位优秀区县干部第一名。下一步建议安排吕州市委副书记，副市长，代市长。当然喽，这还要在常委会上认真讨论通过，然后进行公示！

说完，沙瑞金宣布散会，却把高育良和李达康留下了。

收拾着桌上的文件，沙瑞金对二人说，自己调来已经有一段日子了，还没开过民主生活会，提议召开一次班子的民主生活会。高育良和李达康都说手上事多，希望推迟一些日子。沙瑞金不依，话里有话说：不好再迟了吧？我还希望你们二位在会上为大家带个好头呢。

李达康心里一紧，当即表态要在民主生活会上第一个发言，准备从前妻欧阳菁落马谈起，在这件事上，他有不少话要说，得对组织有个交代。沙瑞金也不客气，批评说：本来就等着你来找我谈，可你没来。那就在生活会上谈吧。沙瑞金指出，离婚不是错，但离婚后用专车把涉嫌犯罪的前妻往国际机场送，那就错了，起码是没有警惕性。

李达康接受批评，道是自己心硬了一辈子，关键时刻却软了。高育良在一旁叹息：可以理解，几十年的夫妻嘛，平时关系又不好，最后时刻对方提出了也不好不送。再说当时也不知道欧阳菁涉嫌犯罪嘛。沙瑞金很严肃，话虽这样讲，可如果没有侯亮平，会是啥后果啊？李达康坦承道：后果就太严重了，我没法对省委、对中央交代啊！

沙瑞金又不动声色地和高育良谈了起来，还有你育良同志，吕州那个美食城又是怎么回事？据说是你批的，是当年的政绩工程吗？高育良苦笑不已，沙书记，还真让你说对了，就是政绩工程嘛！经济滑坡了，赵立春和当时的省委提出要大力发展第三产业，美食城就匆忙上马了。认识不足，没想到会严重污染环境，沉痛教训啊。沙瑞金同样不客气，这个教训是够沉痛的！你高育良书记大笔一挥，批下了一个权贵项目，吕州的名片月牙湖就成了污水坑，代价也太大了吧？

高育良也出汗了，是啊是啊，历史局限性啊，当时谁也没想到这个嘛！沙瑞金紧抓不放，育良书记，缺少说服力吧？达康同志怎么没有这种局限性呢？他在吕州做市长就没批这个项目嘛！到了林城，又改造采煤塌陷区做开发区，这一正一负结果我都亲眼看了，令我触目惊心啊！李达康不失时机地点出问题要害，关键在"权贵"二字上。如果这座美食城不是赵家公子要上马，相信育良书记的局限性会小一些。

高育良只得咽下苦果，主动检讨：达康同志说得对，这正是我要好好反省的。认识上的局限性，加上不唯实只唯上，就犯了一个历史性错误。沙瑞金呵呵笑了起来，指点着高育良打趣：哎，瞧瞧，我们育良同志都出汗了，这个民主生活会应该能开出一个好效果了……

三十三

收网的时机已成熟。侯亮平和陆亦可反复研究琢磨，精心制定了一个行动方案，代号——利剑行动。根据利剑行动方案，反贪局将以迅雷不及掩耳之势霹雳出击，把所有涉嫌犯罪的嫌疑人一网打尽。这次行动涉及的贪官之多，行业范围之广，都是汉东省历史上罕见的。

季昌明看过利剑行动方案没犹豫，马上签字，但签字时把高小琴划去了。侯亮平不解，怎么不拘她？季昌明说：再看看吧。侯亮平问：是不是我老师高书记有指示？季昌明说：我指示不行吗？侯亮平甩手一枪，季检察长，你是不是也常去山水度假村打球唱歌？说罢，后悔了，又改口：哦，我开个玩笑！季昌明脸一拉，想啥呢？这种玩笑不好笑！侯亮平认真了，不好笑就说真格的。我不信找错了目标，蔡成功再怎么搅，高小琴和山水集团也不可能超然局外。陈清泉事件证明了我的判断——这是一张硕大的蜘蛛网，稍一触动，大黑蜘蛛就爬出来了。季昌明道：你既然知道有大黑蜘蛛，就更得谨慎！动这位阿庆嫂，必须拿到确凿证据。这次先让陆亦可把山水集团的账本拿回来查吧……

利剑行动就这么开始了，早上八点十分，一辆辆型号不同的大小检察警车相继驶出检察院大门。侯亮平亲自出马对付刘新建，也坐在其中一辆警车里。一路上，侯亮平的心情很好，觉得车外流逝的街景人流似乎都在冲着他微笑。在他的眼中，今天一切事物都在欢笑。

是啊，他也真该好好笑一回了。调任汉东省反贪局局长已经两个多月了，他就没有真正开心地笑过。这段日子困难而憋闷，汉东省虽说是平原地区，但山头林立，蛛网缠人，一掉进去就动弹不得。现在利剑出鞘，这一场突如其来的总攻足以使对手的堡垒全面崩塌。

这日的行动几乎没有什么悬念，各路人马当天就在不同地点把相关犯罪嫌疑人一一捉拿归案。过后大家讲起来也有不少花絮——

最没故事的是张华华那组，她率队进入京州城市银行，在银行高管办公区引起一片惊慌：这是怎么回事？我们银行这阵子一直在积极配合你们查账啊！张华华亮出拘留证，徐行长，王行长，你们涉嫌受贿被拘留了！法警上前执法，给两位行长戴手铐，他们老老实实伸出双手，乖乖地跟着走了。张华华说：没劲，比跟踪追击欧阳菁相差太远了！我们还飙车呢，多刺激！同样是行长，差距咋那么大呢？

周正那组拘捕京州中级人民法院副院长陈清泉有点小意思。陈清泉嫖娼行政拘留十五天，到了法定时间，警察宣布对其释放。周正紧接着亮出拘留证，执行刑事拘留。陈清泉离开了公安看守所的门，直接上了检察警车。这让陈清泉感叹不已：你们衔接得可真好啊……

陆亦可到山水度假村的过程要复杂得多。两个女强人相遇，难免擦出火花。检察警车到了山水度假村后，高小琴和十余个身着职业装的男女摆出阵势，夹道迎接。陆亦可嘴角带着讥讽的笑意，潇洒地走在最前面。高小琴在陆亦可走到跟前时，才象征性趋前了两步，欢迎，欢迎！陆亦可冷冷说：别客气，高总，你欢迎不欢迎我们都得来！

十几个装满账本的邮袋摆放在陆亦可和法警面前。高小琴微笑着对陆亦可说：知道你们要来，该准备的给你们准备妥了！陆亦可从高小琴的话里听出话来，嫣然一笑，你是嘲讽我呢，还是嘲讽我们检察院？高小琴挑起眉梢，您这叫什么话？我既不敢嘲讽您，更不敢嘲讽检察院！我和你一样痛恨腐败。陆亦可说：好，那我们就来清除腐败！

山水集团财务人员将账本一本本交给检察干警。检察干警接过账本，核实后，在一张张接收单上签字。双方的三台摄像机同时对这一执法过程进行摄像。高小琴说：陆处长，交接要办一会儿呢，要不，咱们出去走走？陆亦可也不反对，好啊，据说你这个地方只有想不到的，没有办不到的，连外国洋妓女都有？对了，京州市有个法院副院长就是在这儿落马的吧？高小琴一本正经摇头，这事我不是太清楚。后来听领班说，那个副院长可能有些冤枉，他还真是在学俄语呢……

她们来到高尔夫球场，踏着草地边走边聊。秋高气爽，远处的马石山显露出雄伟的轮廓。草地上零星生长着一些野菊花，隔上三五步就是一朵。这些艳黄的野菊花在明媚的阳光下显得格外引人注目。两个女人一时间恢复了女人的天性，一路采花，扎成小扎握在手中。

这样的环境和气氛比较适合谈心，哪怕是对手之间也可一谈。

陆亦可说：高总，咱俩岁数差不多大，你怎么入世这么深，这么老练啊？高小琴道：那是因为我没你命好，啥事都得亲力亲为。陆亦可说：谁不是亲力亲为？高小琴说：你就不是！你母亲是法官，父亲是军队干部，你生在一个能为你安排一切的权贵家庭，没错吧？！陆亦可笑了，我还权贵？高总，你这是奉承我，还是讥讽我啊？我陆亦可若是权贵，你山水集团不得有我点股份了吗？赵公子赵瑞龙就有股份嘛！高小琴瞟她一眼，有股份就得担风险啊，你愿承担风险吗？

陆亦可一怔，看看，一不小心反被将了军，人家话里有话呢！

见她不接话题，高小琴又说起了自己的创业史。高小琴自称一介平民出身，能有今天，都是拼搏奋斗的结果，她为此感到自豪。陆亦可讥讽：十年间成就了一个几十亿的大集团？真是了不起的奇迹呢！

高小琴一脸庄严，所以说要感谢改革开放的伟大时代嘛！我经常教育员工，只要有能力，肯奋斗，大家都能创造奇迹！陆亦可问：这是权力创造的奇迹，还是能力创造的奇迹啊？高小琴一脸真诚说：当然是能力了，我一直认为，能力之外的一切都是零！这种真诚的厚颜无耻显示出对手稳定的心理素质，陆亦可真拿这位美女老总没办法。

话锋一转，陆亦又问：扫黄扫出了一个法院副院长，你就一点不担心不害怕吗？高小琴说：我做生意管不了别人的道德品质。再说这种情况哪个酒店没有？家家还不照样开门迎客？担什么心，害什么怕？瞧这绿水青山，这蓝天白云，生活多么美好啊！瞅着陆亦可，高小琴又补充了一句：说到担心，也有一点点，就担心生命苦短啊！

陆亦可看着高远的天空，高总心量真宽！如果我是你，就会反思一下发家过程中的问题，比如，有没有巧取豪夺啊，财富里有没有民众的血泪啊？高小琴不屑地说：血泪？瞧你这话说的！在一个爱拼才会赢的时代，血泪肯定有嘛！你不让别人流血泪，别人也许就会让你流血泪……陆亦可打断高小琴的话头，高总，你就没担心过那些失地的农民、下岗的工人吗？高小琴眼皮一翻，他们和我有关系吗？我山水集团的每一亩土地都是经合法手续受让的，给了农民应有的补偿。至于下岗工人，和我就更没关系了，我非但没让他们下岗，反而给他们提供了几百个岗位！陆亦可低头嗅着手上的野花，那么，请问，大风服装厂的一千多号工人呢？怎么失业了？高小琴轻飘飘地来了一句：哎，陆处长，这你得去问奸商蔡成功啊，是他把大风厂搞垮了嘛！

蔡成功是奸商不错，你山水集团呢，不是奸商吗？当真那么清白吗？陆亦可抬起头，目光锐利地盯着高小琴。真那么清白，你们的财务总监又是怎么回事？高小琴装糊涂，财务总监？哎，刚才你看见了呀，正和你的人办交接嘛！陆亦可敲打她，高总，你可真健忘，一个跟了你十几年的老财务总监啊，在岩台山滴水洞死了没多久，你竟然就把他忘记了！高小琴似乎恍然大悟，你说的是刘庆祝吧？好人啊！

陆亦可紧逼上来，能说说这位好人是怎么死的吗？不是被吓死的吧？高小琴淡然回答：谁吓唬他呀？刘总监死于心脏病，是意外！

陆亦可道：听说你到刘家慰问了？还代表了高育良书记？高小琴立马反驳：陆处长，你这是从哪听来的啊？我去刘家看望慰问是事实，代表高育良书记就是恶意编派了。我算老几呀？能代表高书记？陆亦可笑笑，就是，我也纳闷，你高总就是高总，怎么能代表高书记呢……

就在这时，一位检察官过来报告，说是交接办完了。

陆亦可点了点头，与高小琴告别。高小琴拉着陆亦可的手，满脸恋恋不舍的表情，陆处长，有空常来聊聊，和你聊天令人心旷神怡！

如果说陆亦可这一路是台含蓄的文戏，不显山不露水，那么侯亮平出马的这一路就惊险了，文武须生齐出场，差点出现重大事故。

一进入省油汽集团大楼二十八楼，侯亮平就感觉气氛不对。正对着电梯的秘书台无人值守，走廊上空无一人，董事长兼总裁办公室大门上竟然上了把外挂锁。恰巧，一个清洁女工提着拖把匆匆从面前经过，侯亮平叫住她，问她刘新建刘总在不在？清洁工很紧张，头摇得像拨浪鼓，我不知道，我不知道，说着，快步闪入电梯，下楼去了。

情况不妙，有可能清洁工把刘新建反锁屋内了！考虑到刘新建的特殊性、重要性，侯亮平当机立断，命令法警砸锁破门。众法警上前砸锁，砸开后，又猛踹大门，门被强力打开了。众法警夺门而入，侯亮平随即跟上。一进门，一幅惊人的图景呈现在侯亮平眼前——

侦察兵出身的汉东省油汽集团董事长兼总裁刘新建手持水果

刀，站在紧靠窗子的大办公桌上，刀锋压着自己脖子上的动脉血管，嘶声叫喊：别过来，你……你们都别过来！你……你们过来我就自杀……

侯亮平心中一沉，糟糕！刘新建可是本案的关键人物，他万一出问题，造成事故，那就前功尽弃了！一定要谨慎。这么想着，侯亮平慢慢地靠近办公桌，安抚道：哎，刘总，请你冷静些，把刀放下！

刘新建仍在嘶喊：你们先退出去，给我一个冷静时间！

侯亮平还试图往前靠，可以，但是，请你先把手上的刀放下！

刘新建挥刀乱舞，不，不，你们先退出去，都退出去……

侯亮平心悬得更紧，迟疑了一下，后退了几步，刘总，事情既已如此，请最好理智一些！你是军人出身，又曾经在我们老省委书记赵立春同志身边工作多年，起码的觉悟应该有吧？别把自己搞得这么难堪，也别给我们出难题，我们今天只是一次例行传讯。

刘新建冷笑不止，少来这一套，我知道你们想干啥，快退出去！

侯亮平又向门口退了两步，做了个手势，法警们也退了下来。

这时，侯亮平胸前的执法仪红灯闪烁，显示"摄像进行中"。侯亮平指着红灯说：刘总，我这台执法仪正在监督本次执法，你的举动全会摄入镜头。我想当你冷静下来，哪天再看，会后悔莫及的！刘新建叹息说：我现在已经后悔莫及了，早就有人暗示我出国避风，我没听啊！侯亮平及时跟进，还有这样的事啊？让你也像丁义珍一样溜之大吉？刘总，实话告诉你，丁义珍在国外的日子并不好过，现在在加拿大一家中餐厅洗盘子，还受到了当地华人黑社会的威胁！刘新建脱口而出：你扯吧你，人家丁义珍在非洲加纳办公司开金矿呢!

侯亮平本能地警觉起来,刘总,你是从哪知道的?说出来就是立功表现!刘新建冷笑,立什么功?我先给自己一刀,身子再往后面一倒,从这二十八层楼上栽下去,一切就结束了!比画着水果刀,刘新建又叫:侯亮平,我知道你,早就有人告诉我了,说你六亲不认,落到你手上就完了!侯亮平温和地笑着说:恰恰相反,落到我手上也许你就得救了!先放下刀好吗?刘新建挥着刀叫:你让法警先出去!

侯亮平注意到办公桌紧靠窗口,而玻璃窗敞开着。正如刘新建所说,这位董事长兼总裁只要一头栽下二十八楼,一切就都结束了。他要想稳住他,就得做出让步,于是他硬着头皮指令法警出去,说是要和刘总单独聊一聊。法警们遵命退到门外。屋里只剩下了侯亮平。

刘新建稍稍犹豫一下,把水果刀扔到了地下。

侯亮平松了一口气,暗自盘算伺机扑上前去,一把抱住这位前侦察兵。但前侦察兵仿佛看透他这位现侦查员的心思,及时且敏捷地把自己一条腿跨到了窗外,骑坐在窗台上,那好吧,谈吧。前侦察兵刘新建神情变得轻松起来,现侦查员侯亮平却又把一颗心提到嗓子眼。

更让侯亮平想不到的是,有人正盼望刘新建跳下去。假如侯亮平具有全方位透视的特异功能,那么他的目光越过熙熙攘攘的中山北路,就会发现对面海天国际大厦有个人,正拿着望远镜对着油汽大楼这边窗口看——当望远镜镜头里显现出骑坐在窗户上的刘新建和刘新建悬在窗外的一条腿时,那人兴奋地用手机汇报说:他把一条腿跨出来了！手机里的回应同样兴奋：好，他如果能跳下去就太好了……

侯亮平劝刘新建不要跳，刘总，我知道你不怕死，在部队当侦察兵时，还从大火中救过驻地百姓的孩子，立过一次二等功。但是今天你如果是拒捕自杀，那脸就丢大了，恐怕没脸见你地下的长辈吧？刘新建表情上出现了明显变化，侯亮平，你对我有些了解嘛！侯亮平说：办你的案子对你不了解就失职了。知道我为什么亲自过来吗？就是担心出意外，可还是出了这种意外……刘新建冷笑，侯局长，这说明你对我的了解还不够深入。侯亮平承认，有可能，所以咱们得好好谈谈，深入了解一下！刘总，你看咱们能不能像个战士，或者像个绅士那样谈话，把你那条腿从窗外收回来？刘新建有些不好意思了，嘴却还硬，可我这样舒服！侯亮平摇头，但是不雅观，真的。我知道你是要面子的人，讲尊严。现在这形象被执法仪录下来，你以后看了一定会后悔！刘新建迟疑了一下，终于将悬在窗外的一条腿收了回来。

侯亮平按捺着内心的喜悦，表面平静地在屋里踱步。危险尚未完全解除，刘新建还是紧张，高高站在办公桌上，做出随时朝窗外一跃的姿态。侯亮平装着不在意，刘总啊，我知道你是老革命的后代，你爷爷是打鬼子牺牲的，没错？刘新建眼睛瞪得老大，没错，我爷爷"三八式"干部，前年省电视台有个电视剧，说的就是我爷爷的事！侯亮平说：还有你姥姥呢？她当年是京州民族资本家的大小姐，她老人家生长于金窝银窝，可却视金银钱财如粪土，是吧？刘新建眉飞色舞，这你也知道？一点也不错，老人家经常把家里的金条元宝偷出来，把账上的钱转出来，交给京州地下党做经费。侯亮平说：最困难时，组织经费都是你姥姥提供的嘛！你今天跳下去，看九泉之下你姥姥怎么骂你！说着，侯亮平招了招手，下来谈好吗？你站得那么高，我晕。

刘新建跳下写字台，在大班椅上坐下。气氛已经得到很大的缓和。

侯亮平一声叹息，颇动感情地说：刘总，你家前两代人几乎个个都是共产党员，你刘新建也是共产党员，对比一下，你走到今天这一步，比前辈们究竟差了些什么？是不是差了信仰，丧失了信仰啊？

刘新建表示自己从没丧失过信仰，说是甚至能把《共产党宣言》背下来！说罢，张口就来——一个幽灵，共产主义的幽灵在欧洲大地上徘徊。为了对这个幽灵进行神圣的围剿，旧欧洲的一切势力，沙皇和教皇、梅特涅和基佐、法国的激进派和德国警察联合起来了……

侯亮平看着刘新建，默默听着慷慨激昂声情并茂的背诵，心想，这刘新建，又是奇葩一朵啊。《共产党宣言》背诵得竟那么流畅！办公室的书橱里也摆满了马列经典著作，抬眼望去，一排排精装本犹如闪光的长城。据说这位老总现在看红色经典电影还会流泪，尤其喜欢《列宁在十月》。刘新建对革命、对革命导师们的理论有着非同一般的爱好，这不像假的。想想也是，这位前侦察兵在部队得到过良好的训练，给赵立春当大秘又下过一番功夫。他的同事评价他记忆力非同寻常，惊人的好。别说《共产党宣言》了，《资本论》都能大段背诵。

刘新建却不背了，突然停顿下来，发出感慨——无产者失去的只是锁链，得到的将是整个世界！伟大导师说得多好啊。这时，早在等待机会的法警们出其不意地冲上去，扭住刘新建，给刘新建戴上了手铐。侯亮平一颗心这才落定，刘总啊，你现在还是无产者吗？你得到的是锁链，失去的将是整个人生啊！走吧，你今天也真是折腾够了！

出门前，侯亮平顺手关上那扇一直让他提心吊胆的窗子。

对面大楼一直窥视动静的监视者，自从刘新建收回跨在窗外的那条腿，便陷入了困惑：咦，腿哪去了？监视者移动望远镜镜头，上上下下、左左右右反复搜寻。整栋大楼有那么多窗户，太阳射在玻璃上的反光令他眼花缭乱。这里那里，忽而有腿，忽而没腿，搞得他很辛苦。直到刘新建办公室的窗户关闭了，监视者才明白那边发生了很大变故，好戏看不成了！监视者失望地放下望远镜，嘴里开始骂娘。

这时，遥控的手机里传来了那个权威的声音：嗯？怎么了？

监视者赶快汇报：腿不见了！这软蛋，他到底没跳下去啊……

三十四

刘新建被拘当天下午，祁同伟的电话就过来了，要请侯亮平到山水度假村吃晚饭。这很不寻常。更不寻常的是，当侯亮平说正审案子去不了时，祁同伟挑明了说：不就是提审油汽集团的刘新建吗？老书记赵立春的公子赵瑞龙为这事来了，想见见你，估计是老书记的意思。

侯亮平脑子里闪过一串念头：反应真快，而且这么直截了当，有戏了！但却做出一副吃惊的样子，来捞人啊？这饭我还能去吃吗？祁同伟说：有啥不能吃？有我陪你，你怕啥？侯亮平故意明言：刘新建的事很麻烦，人拘了，案子也立了！祁同伟轻描淡写说：人拘了可以放，案子立了可以撤嘛！侯亮平直叹气：老学长，哪这么简单？我可不是你，我调来才几个月，敢乱来啊？这饭还是别吃了吧。祁同伟不依不饶，那就过来一起唱唱歌吧，人家阿庆嫂想问你姓蒋还是姓汪呢！

挂上手机，侯亮平心中一阵窃喜。这正是他期待的效果：利剑行动引得大鬼伸出头来了——这回不但是网上的黑蜘蛛了，一向神龙见首不见尾的赵公子带着他前省委书记父亲的旨意过来捞人了！而身为公安厅厅长的祁同伟竟然不顾死活地亲自安排，这是啥分量？岂能不去探个究竟吗？看来，拘捕刘新建十有八九是击中了对手的死穴。

侯亮平来到检察长办公室，郑重地向季昌明做了汇报。

季昌明也很吃惊，竟然这么快就惊动了北京那位党和国家领导人！身为公安厅厅长的祁同伟竟敢公开捞人，这是要摊牌的节奏啊！因此，季昌明判断说：亮平，这是鸿门宴，最好别去！侯亮平说：若是鸿门宴，就有机会看看项庄舞剑，就更应该去。季昌明踱步思索，眼睛根本不看侯亮平，但风险很大呀！现在的情况是，我们已经一步步逼近了真相，陈海的车祸不再扑朔迷离，刘庆祝的旅游死也有了合理的解释。可以说是基本上看清了对手，也知道了对手有多么危险！他们黑白通吃，心狠手辣！侯亮平便也说出心里话：其中最危险的一个人物，就是我那位老学长祁同伟。季昌明凝视侯亮平，你能想到这一点就好。祁同伟是公安厅厅长，他若在鸿门宴上做了那个项庄，这场现代舞剑就会要了你的命！陈海已经吃了大亏了，我可不愿你再冒这个险。

侯亮平努力说服检察长，情况不一样，我可不是陈海，我是孙猴子！其实，陈海一出事，他脑子里冒出的第一个嫌疑人就是祁同伟。祁同伟是于连式的人物，为了出人头地不顾一切，为了保住得之不易的名誉、地位、权力、财富，同样也会不顾一切。所以他早就防着这位学长了。季昌明也适时交了底，道是他对祁同伟的怀疑也有些日子了，始于丁义珍的意外逃跑。他从没怀疑过李达康，李达康没有公安和政法工作的经历，不可能安排这么一场紧迫而又周密的逃亡，祁同伟能！

侯亮平笑了，既然我们想法一致，鸿门宴更得去了，这么好的侦查机会，绝不能轻易放弃，就算冒点险也值得。最终，季昌明同意了，让侯亮平带上录音设备，全程录音，坐实证据，谨防以后受诬陷。

当晚来接侯亮平的还是高小琴。高小琴开着轿车出了城区，在郊外路上一路急驰。风高月黑，路边的银水河和起伏的马石山都被阴影笼罩着。侯亮平有些遗憾，他喜欢山水度假村一带的风景，特别喜欢听银水河潺潺流淌声，但那晚没听见，潺潺水声或许被一路上的汽车噪音掩盖住了。他们上路时恰逢下班高峰，进城出城的车很多……

路上，侯亮平故意问高小琴：老书记赵立春的公子当真是为油汽集团的那个刘新建来的吗？和祁同伟一样，高小琴也不避讳，说是刘新建做了老书记八年秘书，出了事人家能不关心吗？刘新建既然抓了，也不能勉强反贪局撤案放人，只希望就事论事，牵扯面别太广。

侯亮平意味深长说：刘新建的事可不小啊！好像还有人劝他出国躲避，和丁义珍一起到非洲办公司开金矿？我很想知道，是谁这么劝刘新建的？他什么目的啊？高小琴瞅了侯亮平一眼，侯局长，既然你很想知道，那我就告诉你，是赵公子！说罢，高小琴又以开玩笑的口吻反问：侯局长，你是不是嗅到猎物的气息啦？侯亮平点头，是，反贪局局长嘛，职责所在，本能反应。高小琴头一歪，凑近侯亮平，送过来一股香气，你觉得接近我们的核心秘密了？侯亮平很坦率，没错，山水集团山高水深嘛！高小琴笑道：是吗？你这次不会判断失误吧？

侯亮平笑而不语。这时，他们的车进了度假村的度假别墅区。

车在一号楼前停了下来。侯亮平下车后立即产生了一种异样的感觉。从来都是在综合楼搞宴会，那里吃喝玩乐一条龙服务，今天怎么改到这里了？一号楼是一幢法式别墅，树木掩映，四下幽静，背后山坡缓缓上升，右边是开阔的高尔夫球场。周围零星有几幢别墅。侯亮平注意到，对面的英式别墅比一号楼高出一层，屋顶尖尖的，是典型的哥特式建筑风格。侯亮平暗中把这些环境细节记在了心里。

果然有些不对劲。下了车，踏上大理石台阶，和高小琴一起进入一号楼前厅时，祁同伟的跟班程度迎了上来，高总，侯局，对不起，厅长交代，今天是私人聚会，他和北京赵总不希望被人打搅，请你们把手机和电子设备都交出来，由我临时保管，不知二位能否理解？

高小琴从小包里掏出两部手机，交给程度，厅长指示我照办！侯亮平笑笑，高总照办了，我不理解也得照办啊！说罢，将手机交出，继续向前走。不料，走了没几步，电子报警器叫了起来。程度赔着笑脸追上来，对不起，侯局，您是不是还有一部手机啊？侯亮平想想说：没有啊！程度一副公事公办的模样，电子报警器不会说谎！侯亮平注视他的眼睛，你是说我撒谎了？程度不依不饶，除了手机，还有没有其他装备呢？比如微型录音录像设备？侯亮平一拍脑袋，还真有支录音笔呢！他取出录音笔交给程度，给，收好，公家的东西，别搞掉了！

离开前厅，侯亮平有一种被缴械的感觉。手机没了，他与季昌明失去了联系，处境也许就危险了。又录不成音，他们今天无论说什么都不能形成证据。这帮人实在是高。幸亏没带枪赴宴，否则交不交都是问题，而且过早暴露了自己的警觉。当时，季昌明提出让他领把手枪带着，他想来想去没同意。哎，这帮家伙究竟想干什么啊？侯亮平脑子飞快转动，设想着种种可能性，模拟形形色色的惊险场景……

别墅一层是客厅兼宴会厅，宽敞豪华，金碧辉煌。沙发上坐着一个人，戴金丝眼镜，身材单薄，文质彬彬。祁同伟陪伴在他身边，像一匹健壮的骆驼陪着一只山羊。一望可知，这位白面书生就是赵公子了。侯亮平有点意外，从外表看，公子不像传说中身家百亿手眼通天的大亨，倒像个文弱的教书匠。是的，就是教书匠，都不是什么学者。

沙发前，祁同伟拉着侯亮平的手，乐呵呵地对赵公子介绍：侯亮平，我学弟，检察院反贪局局长，京州的一把反腐利剑，十分锋利啊！

有所耳闻，有所耳闻！赵公子说罢，双手递过了一张名片。侯亮平接过名片扫了一眼，赵瑞龙赵总，大名鼎鼎啊！赵瑞龙谦和地微笑着，侯局长是说我家老爷子吧？他老人家做了八年省长，十年省委书记，不客气地说是大名鼎鼎，我就是个普通商人，哪来啥大名？

谦虚，生意做得这么大，还这么谦虚，难得！侯亮平转身点祁同伟穴眼，老同学啊，你得学着点！赵总那么低调，你呢，牛皮越来越大了，私人聚会也带警察？就不怕我向上打个小报告，撤了你的职？

祁同伟话里有话，暗含威胁，亮平，你就是打了小报告，只怕也撤不了我的职吧？我这是为了你的安全着想啊，你看你，调到京州不到三个月，得罪了多少人啊？实话告诉你，想弄死你的人，恐怕不下一打……侯亮平哈哈大笑起来，哟，那我还得多谢老同学的保护喽？

宴会即将开始，宾主入座。赵瑞龙也许是急性子人，也许是对任何人都满不在乎，刚坐下就直奔主题，谈起刘新建的案子。他表面温文尔雅，但话语充满霸气，道是刘新建是老爷子的大秘，而且一干就是八年，二人情同父子。所以，得知刘新建出了事，老爷子很担心，特意派他来了解一下。情况不是很严重吧？侯亮平谨慎应付：目前不好说，讯问还没开始呢！祁同伟插话：哎，不是已经在审了吗？你电话里说的！侯亮平解释：接到老学长的电话，审讯就停止了。高小琴在一旁乐了，这么说，侯局长还是很给同学面子的呀！祁同伟把脸凑近侯亮平，追问：老弟，这么说，我还有点面子喽？侯亮平往椅背上一靠，故意说，自己也担心刘新建乱喷，刘新建要是喷了，还怎么就事论事啊？侯亮平加重语气，特别强调，据其观察，刘新建可不是一个硬骨头，心理素质较差，差点儿跳楼，他判断此人分分钟可能喷……

祁同伟与赵瑞龙交流一个眼神，转而对侯亮平说：我和咱高老师有个担心，一旦刘新建乱咬乱喷，比如说，万一咬到赵立春老书记头上，我们可怎么交代啊？所以高老师希望我们今天能和你谈谈透。赵瑞龙也说，其父专门交代了高育良，此事只能就事论事，到此为止。

终于扯上了老师。虽说在意料之中，侯亮平仍是震惊不已。毕竟是自己的老师，毕竟昨日的教诲历历在目。就在几天前，当反腐利剑刺到老师曾经的大秘身上，老师仍让他该怎么办就怎么办，还让他不要听祁同伟或者什么人胡说八道，要他记住，检察院叫人民检察院，法院叫人民法院，要永远把人民的利益放在心上！这都是咋回事呢？他真想立即打个电话给老师，证实一下祁同伟和赵瑞龙的说法，可想想又放弃了。其实，他何尝不知道老师的秘密？在这盘棋局中，老师已经呼之欲出了，现在他不知道的只是老师陷入多深，所以只能沉默。

高小琴为大家斟酒，好了，边吃边谈吧，今天我请大家喝三十年的茅台！侯亮平马上声明：我就喝点啤酒吧，老学长知道，我只有在大排档喝啤酒尽兴，穷命！祁同伟端起茅台一饮而尽，我们就当这里是大排档了，就像那天一样。哎，我说亮平，我得和你老弟说点掏心窝子的话了，不说不行了！侯亮平吃着喝着，故作轻松，这就对了嘛，老学长啊，你费了这么大心思，我冒了这么大风险，咱哥俩再不说几句掏心窝子话，对得起谁呀？祁同伟呵呵直笑，亮平，你冒了什么风险啊？我这儿鸿门宴啊？侯亮平也笑，看看，不打自招了，承认了吧？好，让项庄上场吧！赵瑞龙和高小琴相互看看，不无窘迫。

这时，鲍鱼上来了，侯亮平吃起了鲍鱼，半开玩笑说：这样的南非大鲍鱼多年不见面了！我可不是赵总啊，来吃这个饭真有风险，哪天哪位一翻脸，就可能被谁赖上。把三十年的茅台、南非大鲍鱼往网上一挂，我这反贪局局长就别干了！高小琴嗔怪：侯局长，你把我和祁厅长当什么人了？我们都没提防你，今天畅所欲言，将来你办我们就有证据了嘛！侯亮平擎起双手，呵呵大笑，怎么可能呢？我不明白和谁打交道吗！我的录音笔和手机都被你们缴获了，哪会有证据？倒是你们，可以剪辑我的录音，能整死我！赵瑞龙一直沉默着，在旁边冷眼观察侯亮平，这时，忍不住开腔道：这倒是聪明话！侯局长，和你这种聪明人打交道是一种享受啊！侯亮平为此敬了赵瑞龙一杯酒。

大家敬酒吃菜，十分热闹。侯亮平暗暗观察环境，这大厅有个特点：朝南一面皆是落地窗，视野开阔，豪华气派。但也带来问题，从外边看整间客厅暴露无遗，仿佛一座大舞台。如果拉上窗帘，这问题就解决了。蹊跷的是落地窗顶部有窗帘盒，却没安窗帘，或者说出于某种原因窗帘被临时取走了。侯亮平心头一阵发紧：从惯常的射击角度看，这客厅就不是舞台了，而是理想的打靶场！必须寻找掩体，可这里除了餐桌沙发，根本没有可能的藏身之处。当然，再动动脑筋也就有了——这一桌子的达官贵人，不就是最好的活掩体吗？！

祁同伟有些酒意，满脸庄严地吹捧赵家老爷子，道是侯亮平虽毕业于汉东大学，可毕业后就去了北京，对汉东的情况并不太了解。汉东省的发展离不开一个人，就是敬爱的老书记赵立春！老书记功不可没，当了八年省长十年书记，经营汉东省政坛十八年！咱高老师、李达康，都是老书记手下大将！赵瑞龙喝酒越喝脸越白，但情绪渐渐高昂，话也多起来，老爷子提拔了高书记、李书记这一批批改革大将，也会看错一些人，看错个别干部。这些干部腐败了，慢慢地变质了……

祁同伟应和：就是嘛，比如油汽集团的刘新建。赵瑞龙说：为了刘新建这坏蛋，老爷子都犯了心脏病，现在还在医院住着呢！侯亮平一脸惊疑，怎么会这样呢？咱老书记难道也收刘新建好处了？这不可能呀！既然话都挑明了，咱们都摊开直说，反正也没有录音录像。

祁同伟又干了一杯茅台，脸色泛起酡红，亮平啊，你知道赵总多少身家吗？一百多个亿呀，你说咱老书记会惦记刘新建的好处吗？老书记是担心有人利用刘新建做文章，破坏我省干部队伍的团结啊！

侯亮平转向赵瑞龙，脸上满是诚恳，赵总，您经商头脑是怎么炼成的，这肯定是一个时代的传奇！请原谅我的冲动和好奇。赵瑞龙有些不悦，面上仍保持微笑，我理解侯局长想啥，反贪局局长嘛，总不免带着怀疑的目光审视世界。这不要紧，我心底坦荡，我和我的上市公司、非上市公司所赚到的每一分钱，都是阳光下的清白利润！

侯亮平听罢，舒了口气，举起酒杯，好，那我们就为清白的利润干一杯！既然清白，还怕谁来查呀？我也不怕刘新建乱喷了！说罢，让高小琴换杯，道是也要喝白酒，毕竟三十年的茅台，不喝罪过！

侯亮平喝着白酒咂起了嘴，要求唱戏，《智斗》，说是专门为这个来的。赵瑞龙觉出情况不对，脸色阴沉地站起了身，但不失礼貌地和大家打了个招呼。他让大家该咋唱咋唱，说是自己不会，就不奉陪了。

赵瑞龙一走，祁同伟神色郁郁地坐到侯亮平面前。他有话要说，憋在心里很久了！人生走到今天真的不容易，尤其是他，为了这个位置，不惜娶个老娘回家供着，一直供到如今……侯亮平打断他，梁璐老师也有过青春，也曾经是美女一枚。你老学长向她求婚时，她可不是老娘啊！祁同伟既恼火又真诚，亮平老弟，你怎么就不能给我一点理解呢？我不愿伤害你！咱俩在大排档喝酒，心贴着心，你知道的！

侯亮平也动了感情，同伟，我又何尝想伤害你呢？我真不希望你出事啊！我喝醉时说了真心话，你在我心中曾经是一个英雄啊！

祁同伟一把握住侯亮平的手，兄弟，这话我信。咱俩在大学同学时虽然老吵老斗，其实内心都是惺惺相惜。是吧？既然这样，你我今天像亲兄弟一样敞开心扉——祁同伟凑近侯亮平，耳语道：现在赵总不在，高总也不是外人，老弟，你就开个价吧！要多少你只管说！

侯亮平浑身触电似的一震，停了一歇，缓缓问：什么意思？

高小琴在一旁直白地说：我在车上就和你说了，放我们一马！

侯亮平定定地凝视着祁同伟，这你们里包括祁厅长吗？

高小琴毫不隐晦，是，明说了吧，祁厅长在山水集团有股份！

侯亮平惊讶地站起来，天哪，老学长！你还真做起生意了？

祁同伟冷冷看着侯亮平，没办法，屌丝一枚，前三辈子穷怕了！

侯亮平弯腰凑近祁同伟，那么，高老师也有股份吗？

祁同伟摇了摇头，这倒没有，高老师要的是一片江山，是接近于无穷大的权力。你就是给咱老师一座金山，他也会把它转换为权力！

侯亮平不再问了，伸伸懒腰，打了个哈欠，明白了！老同学，咱们是不是唱起来啊？高小琴急了，哎，侯局长，你还没回答我们的问题呢！祁同伟心中有数，别问了，他回答过了。叫琴师，唱起来吧！

琴师进来，坐在椅子上拉起了胡琴，一副自我陶醉的样子。

祁同伟拿着麦克风开唱——想当初，老子的队伍才开张……

直到此时，高小琴还没放弃最后的努力。她在一旁拉了拉侯亮平的手，娇声颤语问：侯局长，既然你不说，那我来出个价可以吗？

侯亮平似乎已经深深入戏，轻轻摆脱高小琴的绵软小手，指着祁同伟说：哎，我老学长的歌喉不错嘛，有味道，比当年还有味道哩！

高小琴心里一个激灵，黯然失色，是，是有味道……

赵瑞龙站在花园里抽雪茄。看得出来，这个反贪局局长毫无诚意，油盐不进，难以收买。赵公子很生气，后果很严重！赵瑞龙看似文弱，实则霸道，而且极其任性。这是从小优裕的生活环境所惯出来的毛病。这位公子哥有一句名言：谁要是敢盯着我，我就把他眼珠子抠出来。

空气中湿气很重，可能起雾了。雪茄烟味似乎粘在身上，久久不散。就像烦恼的心情，日夜纠缠着他。这次来汉东事事不顺，嫖客副院长没能捞出来，转眼间，刘新建竟然又进去了。刘新建是大型石油国企的老总，是他老爸的大秘啊，这些年通过各种渠道向他们赵家输送利益。此人一出事，纸就包不住火了。祁同伟也提醒，刘新建一旦喷了，上自你家老爷子、高育良，下到我们这帮朋友，全要出事。二人反复商量，最终决定铤而走险：今天在此和侯亮平摊牌，最好能拉过来，如果拉不过来，那就掐死他，明年的今日，就是他的周年！

程度鬼魅一般从黑暗中闪现，他向赵瑞龙报告，山水度假村的卧底已经找到并控制住了。如果有必要，故事将是这样的：那位卧底向反贪局局长侯亮平开了枪，其后被警察击毙，狙击步枪会有卧底清晰的指纹！赵瑞龙在月牙湖畔建美食城时，程度是小片警，一直跟他混到今天。赵瑞龙挥挥手让他退下，眼睛凝视着三号楼，就是宴会厅对面那座尖顶英式别墅。雾越来越浓，花园里的树木花草变得模糊。赵瑞龙扔掉半截雪茄，长长叹一口气。成败在此一举，让他不能不紧张……

没想到，这时手机响了起来。赵瑞龙看看来电显示，没接。手机固执地响着，没完没了。赵瑞龙终于打开了手机，哦，三姐……

赵瑞龙从小谁都不怕，就怕三姐。三姐理性、智慧，最懂他的心思，简直是他肚子里的蛔虫。三姐说：你尾巴一翘，我就知道你要往哪里飞！现在，三姐来电话了，语气权威，不容辩驳——瑞龙，你听着，不要再让疯狂的想法继续盘踞你的头脑了！你要理智，要知进退！父亲命令你，停止一切愚蠢行动！赶快从这场大搏杀中退出来，不要去送死。父亲就你一个儿子，我们三姐妹就你这么一个弟弟啊……

赵瑞龙眼中涌出泪水，周围的一切变得模糊起来。也在此时，警车的警笛声隐隐响起，由远及近，渐渐清晰。赵瑞龙恍然大悟，三姐显然是得到了谁的内部报警，才能在这时候及时打出这个电话！想想也在情理之中，父亲毕竟在汉东省做了多年省委书记，树大根深啊！

赵瑞龙走进英式别墅，步履沉重地爬上狭窄的楼梯。他来到顶层阁楼，站在一扇半圆形的小窗前。对面，正是一号楼宴会厅，宴会厅灯火通明，如戏台，如靶场，所有人都清晰地映入他眼帘。

赵瑞龙又点燃了雪茄，深深地吸一口，缓缓吐出青烟。

英式别墅的一角，枪手和狙击步枪已经就位，等着他下令。

赵瑞龙终于没下这个刺杀令，挥挥手，让枪手撤走了，他自己却不想走。叼着雪茄，赵瑞龙双手一前一后端起，比画成一支狙击步枪形状，瞄准对面宴会厅不时跳动的侯亮平，嘴里发出"砰砰砰"三响……

虚拟的枪声响过之后，赵瑞龙心中一酸，竟是满脸泪水。

在这个非常之夜，公安警车、检察警车一辆接一辆开了过来。

为这场危险的鸿门宴，季昌明一颗心几乎提到喉咙口。侯亮平手机被收，和一线失去联系后，季昌明马上联系赵东来，赵东来及时赶了过来。在一号楼宴会厅见到侯亮平，赵东来松了一口气，哎呀，我的侯大局长啊，你可真潇洒，还唱着呢？你们季检察长正四处找你呢，说是要开院党组会，你还不赶快回去开会啊？侯亮平会意，拍了拍脑袋说：瞧我这记性，一见我们阿庆嫂，把啥都忘了！走喽，走喽……

季昌明和陆亦可这时其实已经到了现场。侯亮平一上季昌明的检察警车，马上向季昌明做了汇报：季检察长，这回他们的底让我摸清楚了，这里就是狼穴——一个官商勾结、黑幕重重的犯罪团伙！

季昌明第一句话就问：包括你那位老同学祁同伟吗？

对，基本可以认定了，祁同伟自己承认在山水集团有股份！

季昌明盯住侯亮平，那么，证据呢？拿到了吗？

侯亮平摇头，没有，手机、录音笔都被他们收了，他们很警惕！

季昌明叹了一口气，没证据，那你现在就啥也别说了……

侯亮平当然明白。他分析，刘新建就是个突破口！这个人不仅自己有问题，还是北京赵家和山水集团的连接点。他们现在就怕刘新建开口，一喷全完！侯亮平建议，连夜突击审讯刘新建，让他尽快开口，不给对手喘息的机会。季昌明看看手表说：让大家辛苦一下，乘胜追击！另外，赵瑞龙和高小琴都要控制起来，不能让他们轻易逃出境外。

这时，赵东来打来电话，报告了一个情况。他的手下仔细搜查山水度假村，发现一个疑似狙击点——三号楼英式别墅的阁楼正对一号楼宴会厅，在窗前发现了一只雪茄烟头。赵东来判断：今晚有人企图狙击侯亮平，不知何故刺客犹豫不决，最终没有开枪！侯亮平很惊奇，还真有人拿枪瞄准我了？赵东来说：你以为呢？亮平，你就万幸吧！

这也让季昌明陷入了深思，他们只要干掉了你，就赢得了撤退和防守反击的时间，在目前这个节点上，时间很重要！那么，今夜的主谋又是谁？你的老同学祁同伟，还是赵瑞龙？侯亮平肯定地说：应该是合谋！我一走进宴会厅就注意到一个细节，落地窗没窗帘，窗帘盒却还在。这说明有人故意撤去了窗帘，有意让宴会厅像灯光舞台一样暴露在杀手眼前！祁同伟高小琴都脱不了干系！这是一场精心策划的谋杀。好在我早就警惕了，唱《智斗》时一直在运动中寻找掩护。

陆亦可叹息，如果陈海像你一样警惕，就不会遭遇车祸了……

回到检察院，侯亮平也不禁为自己捏一把冷汗。仰望阴暗的天空，他好像看见那个黑洞洞的枪口，仍在瞄准自己。人是如此脆弱，生命随时可能瞬间即逝。但今晚冒险赴鸿门宴，值得，祁同伟和他打了明牌，虽然没留下证据，但暴露了许多线索。赵瑞龙、高小琴，他们哪一个还跑得了？山水集团堡垒的崩塌，已只在朝夕。

然而，对手反应之快，出乎侯亮平的意料。审了一夜刘新建，没取得多少进展，回到招待所房间，正打算眯一会儿，赵东来的电话来了。赵瑞龙神秘失踪，市局警察搜查英式别墅的同时，他已迅速出境。赵东来以调查刘庆祝死因为由传唤高小琴，却得知这位阿庆嫂有急事去了香港，显然也跑路了——收网之际，竟然漏掉两条大鱼。

侯亮平放下手机，站在窗前不禁一阵阵发愣。太专业了，太麻利了，事前就做好了预案啊！侯亮平暗自感叹，对手不是省油灯，跟他们斗，不仅要斗智斗勇，有时还要比速度，赢他们一局并不容易……

老同学祁同伟仿佛就站在窗外，英俊的脸庞挂着得意的笑容。

三十五

省委书记沙瑞金很重视网络，对网友提出的社会热点问题，总是不定期地给予回复。秘书小白也经常汇报网友的反映。网络上出现的新鲜事，小白经过梳理，往往会在第一时间及时送到沙瑞金面前——

沙书记，今天有两条消息估计您会关注：一条是，京州市大风厂工人做工像做贼，黑夜走窗户上下班，有一位五十岁的女工被摔伤。

沙瑞金这时正在跑步机上锻炼，气喘吁吁问：大风厂是不是那个……那个发生过"九一六事件"的拆迁厂？为什么会出现这种情况？

秘书说不出原因，这我哪知道？还有一桩也是京州的事：光明区信访局不作为，信访窗口的设计很奇葩，整得上访群众叫苦连天……

沙瑞金下了跑步机，一边擦汗，一边交代：今天是周末，咱们搞个突然袭击看看去！你通知李达康，在光明区信访接待站见！第二站去大风厂，你让司机接陈岩石一起去，老同志对这个厂很熟悉！

李达康接到秘书小白电话时，心中不禁一阵阵发毛。哪方面的工作出纰漏了？沙瑞金书记为什么突然要来光明区信访局？由于工作太忙，他好久没过问光明区信访局的事。保姆田杏枝在一旁宽慰他，说会不会是因为那些窗口改造好了，沙书记注意到了，要抓个先进典型？李达康面无表情道：但愿吧，但愿孙连城这回能干点人事！

赶到信访局，匆匆走进门，李达康本能地搜寻信访窗口。这才发现孙连城阳奉阴违，根本没做任何整改，窗户仍是那么低矮！只在六个信访窗口前，放了六个小竹凳，小竹凳都快被信访群众坐散了。更可笑的是，每个信访窗口上吊着一只空荡荡的脏布袋，窗台散落着几块小糖果……李达康脑袋轰地炸了，没想到孙连城竟这样糊弄他！

大厅里空空荡荡，不见省委书记的踪影。李达康正准备给白秘书打电话，耳边却响起了沙瑞金平和的声音：达康同志，来，我在这里呢！李达康这才发现，沙瑞金也像他上次对付孙连城那样，坐到了信访接待员的位置上。李达康快步走到信访窗前，沙瑞金从窗洞里伸出一只白胖的大手，过来过来，达康同志，咱们今天得好好聊聊了！

李达康在小窗口前半蹲半站，与沙书记握了手，洗耳恭听。

沙瑞金用嘲讽的口吻说：光明区信访窗口设计得很有特色，被人家晒到网上了！今天特意过来看看，的确名不虚传，果真奇葩！估计不但在京州，就算整个汉东省也是独一份！又问李达康为何不坐？坐下聊嘛，身后不是有小竹凳吗？省委书记还指着肮脏的小布袋，口干舌苦时可以吃块糖，别光喂苍蝇啊！李达康苦着脸，扶着快要滑下鼻梁的眼镜，努力勾起头发花白的脑袋，和小窗洞内居高临下的沙瑞金对话，沙书记，你别说了，我检讨！这么作践人民群众，我有责任！

沙瑞金动了恻隐之心，让他进来谈，这么蹲着看了都难受！李达康苦着脸拒绝，不，沙书记，你别同情我，对懒政监督不到位，我活该！上访群众遭过的罪，也让我体验一下吧，长长记性！沙瑞金就让他拿身后的小竹凳，坐着谈总好受一些。李达康便拿了只竹凳在窗口前坐下，说到这窗口，我气就不打一处来！我亲自来过，耳提面命让他们改，一个多月了，竟纹丝不动！沙瑞金讥讽：也不能说一点没改，添了小竹凳，还加了小糖果。李达康摇头，这不是唬鬼吗？我明确对主持工作的区长孙连城提了要求，要按银行柜台的样式改，可该同志就这么糊弄我！有的人向我反映，说是这位孙区长说了，无私才能无畏，不想升了也就无所畏了！沙瑞金深有感触，懒政触目惊心啊，这也不是一个京州的问题。不能听之任之，我们要警醒，要处理……

在一起去大风厂的路上，沙瑞金表示，要加强对不作为的追究。对孙连城这种人怎么办？当真没办法了？未必吧？昨天我对组织部的同志提出了一个问题：工厂生产的产品不合格要召回，我们组织部门任用的干部不合格怎么办呢？是不是也召回啊？我有个设想，厅局级干部懒政不作为，由省委召回；处科级干部不作为，各市市委召回。召回干什么？重新学习，学党章，学习共产党为人民服务的宗旨！

李达康极表赞同，建议学习结束对懒政干部降级使用。沙瑞金似乎早有腹案，深思熟虑地说：可以考虑一次降一至三级，如果再被召回，就地免职！你们的孙连城区长不是不想升了就无所谓了吗？

连降三级他还无所谓吗？李达康积极请战，沙书记，那试点就从我们京州开始吧！沙瑞金当即批准，好，你们试吧，总结经验后全省推广！

陪同沙瑞金赶到大风厂时，老同志陈岩石和郑西坡、老马等人已经等在那里。李达康注意到，厂区面貌发生了很大变化，"九一六事件"的痕迹抹去了。战壕填平了，沙包清除了，瞭望楼也拆除了。只有那面国旗还高高飘扬，在初冬的西北风中猎猎作响。楼前新栽了一大排冬青树，油亮的绿叶十分精神。陈岩石解释说：自从工人们集资救活了大风厂，这座老厂就像垂危的病人输入新鲜血液，又焕发出了生机。这里郑西坡的儿子郑胜利起了大作用，和新大风签了合同，在网上帮新大风销售服装。年轻人玩这一套溜熟，又懂时尚潮流，很快就打开了局面，居然还拉到韩国的一家代工订单。只是扯皮区长孙连城太操蛋，不仅不给解决生产厂地，还让区法院在生产车间大门上贴了封条。

进不了车间，无法生产怎么办？郑胜利急着要货，就想出一个巧主意——让工人打开车间的窗户，架上木板，就把窗户当大门。李达康和沙瑞金等人走到窗前，果然看见一些工人们踩着木板跳上跳下地忙碌，活像一群猴子！那位摔伤的女工，就是失足跌下了木板……

沙瑞金绷着脸，近乎愤怒地对李达康说：看看，啊？这个孙连城还有点责任心吗？他不是不想升就无所谓吗？我看要请他走路了！我们的党委政府不是养猪场，不能养这种只会糟蹋老百姓粮食的懒猪！

李达康点头应道：好，沙书记，您这个指示我尽快召开常委会落实，抓住孙连城这个坏典型，严肃处理一批懒政和不作为的干部！

沙瑞金一挥手，把封条撕了，把门打开，劳动者有劳动的权利！在光明区政府没切实解决工人工作场地之前，厂房不能拆，必须保证工人们光明正大从事生产劳动！在社会主义中国，劳动不是做贼！

郑西坡、老马和工人们乐了，七手八脚撕掉了门上的封条。

大门被省委书记的权力强行打开了，工人们欢呼着拥进车间。

李达康站在沙瑞金身边看着，为省委书记的大义凛然鼓掌，心里却想，其实沙瑞金应让光明区法院来撕封条，而不应该用手上的权力强撕，要依法行政嘛。可嘴上却说：沙书记，您眼里容不得沙子啊！

沙瑞金说：共产党人就是要有一双明亮的眼睛嘛！又动情地对李达康和随行人员说：同志们，大家一定要记住，我们中国正在经历着一个大发展时代，发展需要必要的速度，但当发展速度与人民的生存权发生矛盾的时候，人民的生存权是第一位的，永远是第一位的。

李达康很感慨，沙书记，您今天是响鼓用了重锤啊……

省委书记用了重锤，市委书记李达康再度加码，京州懒政干部的好日子过到头了。几天后，李达康亲自主持，在市委党校举办懒政学习班，将孙连城等一百三十四名科处级懒政领导干部撤职集中学习。

李达康脱稿讲话，毫不客气——把在座的同志从各区县各部门集中到这里，是有原因的。什么原因？懒政嘛，不作为，不干事，白吃干饭嘛！台下干部们窘态百出，瞠目结舌。孙连城坐在大教室最后一排，脸上挂着不满的神情。李达康口气极其严厉，你们不想升了就无所谓了，但党和人民有所谓啊，不能容忍你们浪掷国家崛起、民族复兴的宝贵时间和机遇！你们也别认为自己多了不起，地球离了谁都照样转动，照样坐地日行八万里！你们现在离开了各自的领导岗位，坐到这里来学习了，知道当地老百姓是啥反应吗？老百姓那是大放鞭炮，高呼苍天有眼啊！老百姓说，你们这些人下岗了，我们有福了……

李达康今天特意把组织部部长请来了，公开申明说：有不服气的同志可以辞职，中共京州市委当场给你办离职手续！当然，愿意接受组织的再教育，以后还愿意为人民群众做些有益的事情，他也代表市委表示欢迎。但话也说清楚，既然是召回的不合格产品，将来使用上就得重新定位了，学习结束后一律降一至三级。看到在场的孙连城，李达康点名强调——对于个别干部，我们还要人尽其才呢，比如说咱们孙连城区长。他不是特别喜欢仰望天空看星星吗？那我们就请孙连城到市少儿宫做个少儿辅导员嘛，专门带着我们的孩子看星星去！少儿辅导员啥级别啊？没级别，一般干部，但孙连城那是专业对口了。

孙连城"呼"地站了起来，大声说：李达康，我……我辞职！

李达康笑了，孙连城，你可想好了？这世上没有后悔药啊！

我绝不后悔！士……士可杀不可辱！孙连城涨红了脸。

李达康立即向孙连城鞠躬，谢谢你了，孙连城，我代表中共京州市委，代表八十三万光明区老百姓谢谢你了，如果你能退党就更好了!

孙连城起身往门外走,李达康,党籍我就等你们来开除了……

三十六

师母吴慧芬一早上打电话来,请侯亮平来家吃大闸蟹,下下棋。

侯亮平知道,这应该是高书记的意思。刘新建被拘,山水度假村出了这么大的事,自己门下的两个学生真格儿动了刀枪,老师肯定坐不住了。祁同伟都向老师说了些啥?老师是什么态度?侯亮平当然想知道。这时陪老师下棋吃蟹很有意思。不仅因为一位老师与两个学生的关系,而且作为分管政法的省委副书记,对于眼下这场日趋白热化的斗争,他也应该显示立场了。老师,老帅,老帅出帐,意义重大啊!

侯亮平揉着困涩的眼睛,久久凝视镜子里的自己,想着心事。

今天肯定会有一场长谈,他们师生俩也许能推心置腹地说一说真心话了。侯亮平十分敬重这位老师加领导,平时相处也挺亲切。但侯亮平总有一种感觉,觉得高老师像某部文学作品中的人物——雨果的《笑面人》?还是契诃夫的《套中人》?反正老师戴着一种似有似无的假面具,有时还裹着层层盔甲,常让你很难号准他真实的心脉。

街上照例人来车往,空气尽管尘埃飞扬,却还保持着一份屋内所没有的清新。对于指挥审讯加了一夜班的侯亮平来说,这也是奢侈的享受。他一面思索一面前行,敏锐的感觉丝毫不减,看得见天上的云，看得见偶尔掠过楼顶的鸽群，甚至注意到一条穿过马路的流浪狗……

走过花鸟市场，侯亮平站住脚。总是拿着花看老师，他都不好意思了。这次要送老师一件礼物，最好是盆景。但他转了一圈，并没看见像样的东西，比老师家里的摆设差远了。倒是走出市场的后门，见一老汉卖泰山石，吸引了他的注意。那块石头瘦长嶙峋，像一位饱经沧桑的老人，自有一种说不清的气度。石上书着几个大字：泰山石敢当。笔触遒劲有力，正气凛然。好！就是它，买了！侯亮平麻利付了钱，叫了出租车载上石头就走。他希望老师也能这样，做泰山石敢当。

进了老师家门，师母心疼地拿毛巾给他擦汗，嗔怪道：傻小子，大老远扛这么重的石头来干啥？高育良却蹲在地下，拿放大镜认真地检验石质。许久，他才站起来，拍拍手上的灰，下结论道：假的，这不是泰山石。又问：你花多少钱买的？侯亮平笑道：也没几个钱……

在沙发坐定，高育良拉着他的手，笑呵呵说话。得知他加班审讯，一夜没睡觉，便让他先到楼上补个觉。侯亮平打起精神，睡啥呀，得陪老师下棋！高育良轰他，去，先去眯一会儿！侯亮平这才说了真心话：算了，高老师，我今天过来既不是为了吃螃蟹，也不是当真要陪你下棋，我是有些话要跟你说，不说怕对不起老师你啊！高育良脸上的笑容消失了，出什么事了吗？侯亮平面色严峻，也许出大事了！

侯亮平把发生在山水度假村的事如实说了一遍，并对祁同伟做出了自己的判断。高育良看着侯亮平，一脸惊异，亮平，你是说，你那位老同学祁同伟腐败掉了？有可能故意制造车祸，暗算了陈海？侯亮平说：是的，山水集团财务总监刘庆祝的死估计也和他有关！高育良眉头紧锁，估计？亮平，这些事能估计吗？你都有证据了吗？侯亮平摇了摇头，暂时没有，但老师，这都是我基于事实的判断！高育良严肃地说：没有证据，你啥也别说了！谋杀，暗算，这不是天方夜谭吗？

侯亮平喝了口茶，尽量使气氛缓和下来，祁同伟在山水集团有股份，如果不是高小琴当面说，祁同伟本人也承认，我都不敢相信是事实。说罢，他注意地看着老师，是否会像自己一样吃惊。但老师脸上很平静，只淡然道：其实入股这件事我早就知道了。知道的时候，祁同伟已经投资五六年了。他一大家子八个人投了七十万。怎么办？祁同伟的出身你知道的，苦孩子呀，上大学之前就没吃过几顿饱饭……

侯亮平明白了，老师在袒护祁同伟。老师感觉上有些老了，悲天悯人，絮絮叨叨，眼睛竟有些湿润，公安厅厅长也是人啊，也要养家糊口啊，更何况祁同伟是那么个大家族，靠祁同伟那点工资能行吗？亮平，你作为他同学，就理解吧！侯亮平忍不住反驳：我无法理解！公安厅厅长能经商吗？严重违纪啊！据我所知，祁同伟这些年，尤其是做了公安厅厅长之后，早把他的家族，包括七大姑八大姨都安排到位了！高育良的脸耷拉下来，你这都是从哪来的信息啊？专搞祁同伟的调查了？侯亮平说：这还要我调查呀？政法口的干部群众谁不知道！高育良十分不悦，把手中茶杯往茶几上重重一放，阴沉着脸再不言语了。

这时，身系围裙的吴慧芬走了过来，和风细雨地说：亮平啊，你、同伟、陈海，是高老师最得意的三大门生啊！你们就像高老师的三个儿子，都是他的心头肉，他对你们真是没话说，有时候简直就像老母鸡护小鸡！侯亮平应付道：是吴老师，这我知道，在学校时高老师就护着我们！可这并不等于说……高育良没容他说下去，小鸡该护就得护，不护就可能夭折，不是被大动物踩死，就是被食肉动物吃了！

老师又说起祁同伟，当年他给赵立春做政保科科长时，就差点被人掐死，一个所谓的哭坟事件流传到今天！李达康至今还在做文章，给新来的省委书记沙瑞金造成了不良印象，硬是把祁同伟的副省级搞掉了！祁同伟这么多年容易吗？当年从山里司法所调过来，就在缉毒一线以命相搏，曾获得过"英雄缉毒队长"的称号！身中三枪负了重伤，才转做的政保工作的。后来做公安局局长，法院院长，公安厅副厅长、厅长，无论在哪个岗位都兢兢业业，这次副省长没上去，实在可惜啊……

侯亮平沉默着。高育良看着他，亮平，你怎么不说话了？侯亮平深深叹息，老师，你让我怎么说啊？人是会变的，今天的祁同伟早就不是当年那个以命相搏的英雄缉毒队长了。高育良侃侃而谈：这也正常，共产党人讲唯物论，讲辩证法，变是常态嘛！祁同伟随着能力的增强，地位的提高，也就有了变化。有好的变化，也有坏的变化。对坏的变化，我从来不客气，及时指出，严厉批评！前阵子我还和他说呢，要他好好向你学习，学什么？就学你的骨气、锐气嘛，还要学一学你的原则性！亮平，在这一点上，祁同伟不如你，有时会丧失原则！

侯亮平苦笑起来，既然知道祁同伟会丧失原则，老师为什么还推荐他上副省长呢？高育良说：我推荐他，是因为他的政绩和能力。祁同伟有缺点弱点，但本质还是好的，是值得信赖的！侯亮平提起另一个话题——祁同伟的岳父、政法委梁书记对老师有知遇之恩，老师现在是不是知恩报恩啊？高育良坦承：没错，若不是梁书记当年亲自点将，我现在也许还在汉东大学教书呢！但我绝不是出于报恩之心就提拔梁书记的女婿！这二十多年来，在祁同伟成长的每一个环节上，我都没有徇私舞弊，祁同伟无才无德根本上不来嘛！侯亮平话里带刺，老师说得对，祁同伟肯定是有才的，但德就无从谈起了吧？高育良又火了，侯亮平，你能不能别死咬着你这位老同学啊？侯亮平也激动起来，老师，你能不能考虑一下现实，别再死保这位门生呢？

屋里的气氛一时间十分紧张。吴慧芬端着棋盘进来，极力缓和道：行了行了，别争论了，你们师生俩还是下棋吧，来，亮平，摆上！又对高育良说：哎，高老师，你也别把脸吊着了，和亮平杀一盘啊！侯亮平顺从地拿起一枚黑子，摆在右上角。高育良也在棋盘前坐下了。

高育良叹了口气，说：亮平，我知道你是为我好，替我担心！

这是侯亮平今天过来的主要原因。如果不是老师，他啥都不会说，何必呢？侯亮平还提起，道是祁同伟说过老师一个特点，心胸宽阔，从不贪财，要的是一片江山。高育良纠正道：不是江山，是党和人民交给我的工作和责任。侯亮平诚恳而动情，正因为如此，我才希望老师负起责任，别在祁同伟问题上犯错误……高育良似乎受到触动，双手捧住脑门连连叹息：亮平，老师有老师的难处，祁同伟不能不保！

侯亮平惊问为什么？难道老师拿过祁同伟啥好处吗？高育良正色道：我拿他什么好处？是因为赵家，赵立春同志啊！亮平，咱们老书记赵立春同志现在有个担心，怕你这个不知轻重的反贪局局长被谁利用，成为某些人否定我省改革开放成就的一把刀啊！侯亮平郑重向老师表态，自己不会被谁利用，但也不会为哪个权贵人物背书！赵立春是副国级干部，不在省检察院和反贪局的侦查权限之内，但赵立春的儿子赵瑞龙没特权，还有他的前秘书刘新建，反贪局目前正在侦查！

高育良走了一步棋，指出问题实质：亮平，你没觉得这事有些怪吗？欧阳菁受贿怎么扯到刘新建、赵瑞龙身上了？李达康在这里面起没起作用啊？侯亮平应了一招棋，老师，请相信我，除了法律，谁都起不了作用！李达康还真不错，迄今为止没干扰过我们！高育良下着棋，似乎很随意地提醒：也要注意兼听，不要一只耳朵听，形成偏见。比如赵瑞龙，当真这么坏？大搞巧取豪夺吗？未必！吕州的美食城马上要拆迁，政府赔了一亿八，赵瑞龙主动把它捐了出来，成立了月牙湖环境保护基金！侯亮平说：这也应该，他赵家赚了这么多钱，污染月牙湖这么多年，怎么也应该弥补一下嘛！高育良"啪"地拍下一颗棋子，语调严厉地说：赵瑞龙是赵瑞龙，不要说赵家！侯亮平说：好吧，但是刘新建归我们查，这个人问题也很严重，我刚才就说了！

高育良把棋盘一推，毫不隐讳地对侯亮平施加压力，那好，我也明确一下，刘新建的问题不管多严重，都到此为止了！不要牵扯到赵瑞龙和祁同伟！祁同伟告诉你了，他在山水集团有股份，你还不明白吗？当真要对自己的同学兄长追杀到底吗？亮平，你给我醒醒吧！

侯亮平"呼"地站了起来，面色肃然地看着高育良，高老师，你不但是我的老师，还是在职的省委副书记、政法委书记啊！

高育良也火了，把棋盘一掀，侯亮平，你还知道我是你的领导啊！

师生两个面红耳赤，隔着桌子头顶头，活像一对打架的斗鸡。师母吴慧芬又满脸笑容跑了过来，做起了和事佬，哎呀，你看你们这师生俩，怎么又杠上了？来，来，螃蟹上来了，都过来吃螃蟹吧！

侯亮平心头一阵阵发紧，算了，吴老师，不吃了，我回去了！

高育良瞪起眼，你说不吃就不吃了？坐下，为你买的吃完再走！

吴慧芬笑眯眯地说：亮平，和高老师赌气，别和吴老师赌气啊！

侯亮平迟疑了一下，在餐桌前坐下来，那就吃，不吃白不吃！

吴慧芬拿出茅台酒，这就对了！老规矩啊，老师一杯，学生三杯！

侯亮平喝着酒，闷声抱怨高老师：这也太不公道了，偏心偏得都让人吃惊！祁同伟是你学生，我和陈海也是你学生啊，你不能光想着祁同伟！高育良拿过一只大螃蟹，重重地放到侯亮平面前——要说偏心，在你们三个学生中，我也最偏你！吴老师差点没把你招为上门女婿！说罢，自己呷起了酒。侯亮平心头一热，气氛顿时缓和下来。

侯亮平转移话题，打听老师女儿秀秀的近况。吴慧芬很自豪，说是秀秀太棒了，一路奖学金读完博士，没让家里替她掏一分钱学费，还兼职打工，给家里挣回十万美金！师母叹了口气，提起秀秀少女时期的恋情，当年她梦想当歌唱家，暗恋着你这大哥哥。你知道吗？是你拒绝了秀秀，她才放弃了唱歌的梦想，高中毕业去了美国。你害了她，也成就了她！侯亮平苦笑说：秀秀那会儿是高二的学生，我怎么能答应她呢？吴慧芬要拿秀秀的日记给侯亮平看，侯亮平感觉不合适。师母嗔怪道：我知道你想什么，秀秀的日记没什么隐私……

离开老师家，路经一个街心花园，侯亮平找了张长椅坐下来。他内心很不平静，种种思绪如潮水滚滚而来。闭上眼睛，他就看见少女秀秀蹦蹦跳跳来到面前。她是那样的纯真，那样的活泼可爱。秀秀曾天真而火辣地向他表示过爱情，出于年龄以及其他考虑，他委婉地拒绝了。秀秀非常伤心。本以为过一阵子就好了，今天听师母一说才知道，秀秀因此改变了人生道路。侯亮平想着昔日的秀秀，眼睛渐渐湿润了。

不可否认，师母，还有高老师，对自己的感情是真诚的。但是又想，为什么在这样的时刻，这样的背景下，老师和师母翻出了这样一段情感插曲？感化自己做出让步？让什么步？放过祁同伟，放过刘新建，放过赵瑞龙？瞬时，侯亮平眼前闪现出刚才的镜头——老师一拍棋子，断然喝道：刘新建的问题不管多严重，都到此为止！这是关键词！老师兼领导发话了，命令他这学生兼部下放过这个侦查已久即将落入法网的利益集团！这让他猛地一惊，老师的诉求不是和祁同伟一样吗？在温情脉脉的面纱后面，今天不也是一场鸿门宴吗？

侯亮平绕着花坛转圈。菊花开得正盛，虽不及老师家的名贵，却也争奇斗艳，清香袭人。一个锥心的结论摆在面前：老师很可疑，甚至和他们就是一伙的！是啊，祁同伟搞得这么大，聪明过人的高老师怎么可能不知道呢？如果不是祁同伟紧急汇报或是求救，老师怎么会让师母不管不顾地打这个电话，请他下棋吃蟹呢？这让他很伤心，他还傻乎乎地扛着一块石头去，希望老师做泰山石敢当呢！侯亮平想破头也想不明白，老师既不贪财，又不好色，即便酷爱权力，也已位高权重，为什么还要和这伙人搅和在一起？难道还有更大的秘密吗？还有，陈岩石对赵立春难道仅仅是私怨吗？恐怕还有公义和公愤……

太阳隐没在厚厚的云层中，初冬的西北风凉飕飕的。侯亮平打了一个寒噤。眼下的局势几近透明，必须提防意外。只是他不知道，也说不准，这场意外会在什么时间，什么地点，又将以什么方式降临……

三十七

高育良知道，巨大的危机来临了。对侯亮平的劝说失败，连吴慧芬打出的亲情牌也没用，情况很严重。祁同伟在电话里焦虑地说：如果再不果断出手，局面将无法收拾。赵立春老书记也来了电话，说儿子赵瑞龙回不了家，只能待在香港，口气悲切，请他想办法。老书记啥代价都肯付，美食城拆迁，政府的补偿款，他已责成赵瑞龙捐出来成立环保基金。老书记声音里充满做父亲的悲怆，育良，我只有这么一个儿子啊！高育良从没听过老领导用这种语气说话，不由一阵心酸。

然而，下最后决心之际，他还得和祁同伟谈一谈，把这混蛋学生兼部下手上的一副烂牌看个仔细，即便输也输个清楚明白。谈话地点在国际会议中心大厅，这种地方空旷辽阔，不会有录音录像。他和祁同伟一走进大厅，就产生了一种感觉，高大的殿堂将他们映衬得渺小。

高育良心情很糟糕，一开口就批评：祁厅长，你有些事情做得很不像话啊，一个大字不识的农民，也都被你安排做了协警，去看守停车场！祁同伟没当回事，哎呀，中国就是个人情社会嘛，咋说我也不能不管乡亲们！高育良说：所以你老婆说我被你蒙了！一人得道鸡犬升天在你身上应验了！下一步，你是不是准备把你们村上的野狗全弄到公安局当警犬，吃上一份皇粮啊？祁同伟笑道：高老师，您……您真会开玩笑。高育良脸一拉，开玩笑？祁同伟，你太让我失望了！

祁同伟讷讷说：其实，高老师，我这些年也在不断奋斗，您知道的！高育良冷笑，奋斗？你对得起这个词吗？直说往上爬得了！祁同伟说：是，往上爬！官场上谁不想往上爬？不想当将军的士兵不是好士兵，往上爬不就是奋斗吗？高育良说：但不管怎么奋斗，你都得讲规则，不能胡来。祁同伟貌似恳切，高老师，我也不想胡来，但有时候是没有办法！比如说九月十二号那天晚上——这位学生兼部下终于亮出了第一张烂牌——抓捕丁义珍之夜的报警电话是他打出去的。他用手机和高小琴通话后，由高小琴通知并安排了丁义珍出逃。祁同伟说：我如果不把这个紧急报警的电话打给高小琴，让她帮助丁义珍及时离境，高老师，你和高小琴就麻烦了！我是不得不铤而走险啊！

高育良"哼"了一声，我说你是小人，你还不承认！现在的事实证明，你就是小人！向丁义珍通风报信时，你不向我汇报，现在来向我汇报了，什么意思？套我？非把我拉上你的贼船不可？行，好，祁同伟，你有本事，我认你狠！祁同伟苦笑不已，老师，你误会了！高育良冷笑，误会？我这是演绎了一个当代版的"农夫和蛇"的故事啊！

这时，国际会议中心刘主任从偏门远远地跑了过来。高育良没再说下去，祁同伟也识趣地停止了争辩。刘主任请二位领导到贵宾室用茶。高育良挥挥手说：不必了，我和祁厅长看看会场，谈点工作。

刘主任走后，祁同伟才争辩说：高老师，你这么说就伤人了！你不是寓言里那个善良农夫，我也不是毒蛇！给丁义珍报警这事你让我怎么汇报？九月十二号，是你在主持会议，李达康、季昌明、陈海都盯着你！我总不能在他们目光注视下，跑去和你咬耳朵汇报吧？高育良责问：那散会以后呢？你给我透过一点气吗？我一次次问你，你一次次给我糊弄！祁同伟道：我不向你透气，不也正是为了保护你吗？

高育良怔住了。祁同伟一声叹息，如果侯亮平不过来，如果不是侯亮平这样步步紧逼，老师，这种违法乱纪的事，我永远都不会告诉你，出了麻烦我自己扛。高育良恼怒不已，你扛得了吗？你胆子也太大了！学生面色严峻，没办法，丁义珍知道的秘密太多了！一旦落马，大家都要倒霉！仅高小琴这些年给丁义珍这批官员的分红，就足以摧毁整个政法系了……高育良心中一紧，惊问道：高小琴胆子这么大？祁同伟，你说清楚，她是不是打着我的旗号乱来了？啊？

祁同伟语带讥讽：你的旗号还用打吗？你和高总的合影一直挂在山水集团！省委副书记兼政法委书记高育良亲切会见我省著名企业家高小琴……高育良手一挥说：让她马上把这幅照片取下来！祁同伟却道：老师，照片还是先挂着为好，高小琴现在人在香港，一时不会有事！别让人家以为高小琴真有问题，你也要和她划清界限了……高育良打断了学生，别把啥事都要往高小琴身上扯！学生道：好，好！

高育良心里一阵阵发紧：祁同伟总是自以为是，明知侯亮平也是高手，早就盯着他了，他仍不收敛！侯亮平和赵东来联手，正在彻查陈海车祸和刘庆祝死亡案，而且很有可能已经部分逼近了真相。尤其是陈海的车祸，现在看来恐怕和面前这位大弟子不无关系，甚至就是祁同伟策划的！但他不能问，这张牌他可没必要看，君子远庖厨嘛！

祁同伟太可恶了，却非要他看，不准他离庖厨太远。于是血腥味开始在空气中弥漫，高老师，事到如今，有些事我不得不说了，其实我们曾经的危险超出了你的想象。丁义珍是危险人物，还有个危险人物就是陈海。高小琴手下的财务总监刘庆祝向陈海举报了我们，在这种情况下，我只得采取断然措施了！高育良无法回避了，冷冷看着祁同伟，那个财务总监就旅游死？陈海就遭遇了车祸？祁同伟，你说你，怎么能对陈海下得了手呢？陈海是你和侯亮平的同学、朋友啊！祁同伟表情难堪，高老师，我……我真是没有办法！当时情况是这样的……

高育良没容祁同伟再说下去，挥手给了学生一个耳光，畜生！这么做时，你不愧疚吗？心不痛吗？在上大学期间，陈家在经济上给过你多少帮助啊？你用陈海的饭票，穿陈海的球衣，你的第一双回力球鞋是陈海的姐姐陈阳给你买的，这可都是你亲口给我说的呀！你还说他姐姐是你今生唯一真爱的女人啊，你就是这么回报人家的？祁同伟眼圈红了，陈海对我的这份情义，我……我只有来生去还他了……

高育良看着华丽而空荡的大厅天顶，祁同伟，现在你把这一切都告诉我，让我也成了知情人，哎，我是不是哪一天也会被你紧急处置啊？祁同伟苦笑不已，老师……你……你说这可能吗？你又不是陈海，我们一直在同一条船上，我……我这么做，正是为了咱们共有的这条船不翻船啊！高育良"哼"了一声，不翻船？你就没想过，你对陈海这么一紧急处置，侯亮平就会追过来吗？你既然了解陈海，难道就不了解侯亮平吗？侯亮平是干啥的？你这是引火烧身，自寻死路啊！他这才问起了正事：说是赵瑞龙和高小琴回不了国了？有风险吗？

祁同伟摇了摇头，他俩没什么风险，现在的问题是刘新建，刘新建风险太大了，一旦顶不住走坦白从宽的路，把啥都向外说，那可就……高育良面色忧郁地问：就没有办法阻止刘新建坦白，避免崩盘吗？祁同伟咂咂嘴，这个，关键就在侯亮平了！可侯亮平软硬不吃……

高育良知道祁同伟想说什么，定定地盯着祁同伟看。

祁同伟却又不说了，估计是他那个非打不可的耳光起了作用。

祁同伟迂回道：高老师，您是下政治棋的高手，这盘棋下到如今谁也悔不了棋了。我们只有搞掉了侯亮平，这盘棋才能重新活过来！

高育良知道自己大弟子说的是实话，他再不情愿也下不了这艘贼船了。现在这艘贼船的沉浮在于他的决心和意志，可这决心还真不好下！侯亮平也是他的学生啊，还那么优秀！何况此前已牺牲了一个陈海。他便讥讽祁同伟道：你们背着我搞掉了一个反贪局局长，这盘棋活过来了吗？还不是快下死了吗？你不是口口声声啥都自己扛吗？啊？！

祁同伟苦着脸解释：老师，侯亮平情况不一样。陈海是知道了我们的秘密，我们只好让他闭嘴。侯亮平目前还没突破刘新建，我们还是安全的，所以搞掉侯亮平也是必需的！但我说的搞掉不是杀死！

高育良想了想，终于打定了主意，你去找一下京州市检察院的肖钢玉吧，他也应该做点贡献了！你和肖检商量一下，在法治的轨道上解决侯亮平问题。记住，绝对不许乱来，要以事实为根据，以法律为准绳……

三十八

严格地讲，刘新建并不属于山水集团这个圈子，与高育良、祁同伟没有多少交集。他是当年赵立春从省军区调来的。赵立春做了省委书记，就兼任了省军区的第一政委，把刘新建调来做了警卫秘书。当时刘新建只是个默默无闻的小参谋，但这个小参谋《共产党宣言》倒背如流，文字功力也好，就被赵立春看中了。后来从警卫秘书变成政治秘书，最后就成了赵立春的大秘书——省委办公厅秘书一处处长。赵立春的几任大秘书都从政，官当得也都不小，比如李达康。刘新建却去了企业，应该是赵家的意思，甚至是赵公子的意思。这就是说，赵瑞龙也许早就盯上油汽集团这块肥肉了。据说刘新建和赵瑞龙还是把兄弟，但在这几天的审讯中，刘新建坚决否认，说这是外面瞎传。

要速战速决拿下刘新建并不容易。侯亮平为此耗尽心思，伤透脑筋。这有些出乎意料了，原以为刘新建根本顶不住。现在看来是错过了一个机会，拘捕时要能一鼓作气就好了。当刘新建把悬在窗外的一条腿收回来的时候，心理上最脆弱，最容易一举击破。既往的办案经验证明：一个人的心理防线往往会在一瞬间失守。在那一瞬间攻破也就攻破了，攻不破以后再攻就比较难了。可当时也是猝不及防，毕竟是二十八层楼啊！他首先要考虑的，是不能让这位重要犯罪嫌疑人跳下去，刘新建真跳下去了，既是重大安全事故，案子也没法办下去了。

刘新建一直在夸夸其谈，满嘴大话。他宣称改革是一场伟大的革命，夸赞老书记赵立春是汉东省的改革功臣。时而背一段《共产党宣言》，时而来一段《国家与革命》，以显示自己曾为省委书记大秘的才华。一谈到具体经济问题，他就打乒乓球，左推右挡。二〇一一年油汽集团打给山水集团七亿人民币，涉嫌利益输送，刘新建的回答是项目投资。二〇一二年批了六个亿给赵瑞龙的龙吟电子信息公司是股权投资款。投资上市公司 ST 电卡股份，那属于正常的资产重组。审讯人员指出：可你公司账上没一股电卡股份！刘新建解释得倒轻松，这是后来发生了变化，赵瑞龙的龙吟公司增发以后有钱了，不让他们参加投资了，最初冒险投资时，油汽集团甩手就是六个亿！重组成功，电卡股份从两块钱涨到三十二块钱，反倒不投了，白让赵瑞龙的龙吟公司赚了九亿多！审讯人员问刘新建：你咋这么笨呢？刘新建竟厚颜无耻地说：不是我笨，资本市场上的事，风云莫测，神仙也看不准……

侯亮平和陆亦可站在指挥中心电子屏幕前看着，不禁苦笑摇头。

刘新建振振有词：没错，有些投资是赔钱了，改革的失误嘛！当年赵立春老书记说过，可以失误，可以试错，但不能不改革！改革就是摸着石头过河，难免要摸不到石头呛一嗓子喝几口水……审讯人员说：所以你就大胆去失误，然后把账算到改革头上？如果把自己淹死了呢？刘新建慷慨激昂，淹死就淹死呗，改革嘛，一场伟大革命嘛，总要有一部分人做出牺牲！这不，我不就被你们给弄到这里来了嘛！

侯亮平分析，刘新建其实深知自己罪孽深重，否则那天就不会有拒捕跳楼自杀的动作。但被捕后不知什么原因，心理防线加强了。是不是有人向刘新建透露了消息？给刘新建吃了啥定心丸？赵瑞龙、高小琴逃到境外的事，刘新建是不是已经知道了？侯亮平现在最怕来自内部的暗箭！对手势力庞大，盘根错节，无孔不入，不能不防啊！

这日，侯亮平想着心事，拿喷壶给花浇水——可怜的花儿都枯萎了，花盆里到处是枯枝败叶，陈海醒来非打红他的猴屁股不可。没办法，他不是玩花养鱼的主儿，鱼缸里的金鱼早死完了，也不知是饿死的，还是撑死的。陆亦可认为是撑死的，他一想事就喜欢去喂金鱼。

正想着陆亦可，陆亦可敲门进来了，进门后神色黯然地向他通报了一个很意外的情况——他的发小蔡成功竟然把他举报了。

侯亮平一时有点蒙，惊愕地看着陆亦可，什么？蔡成功举报我？

陆亦可点点头，消息来自京州市公安局。昨夜在拘留所，蔡成功忽然惊恐不安地要举报，一问是举报你，京州市检察院就接手了案子。检察长肖钢玉亲自出马，突击审了蔡成功一夜。赵东来让你小心点！

这事既突兀又奇怪。侯亮平在屋里踱步，仔细思索着。

蔡成功怎么会突然举报起他了？京州市检察院怎么这么快就盯上了？而且马上突击审讯？他毕竟是在职的省检察院反贪局局长、党组成员，身为检察长和党组书记的季昌明知道不知道？是不是老师高育良下手了？他的这个无赖发小和大人物高育良应该扯不上关系吧？

侯亮平不认识京州市检察院检察长肖钢玉，对此人几乎一无所知，便问陆亦可：肖钢玉是怎样一个人？可否沟通一下？陆亦可说：肖钢玉是从省院调走的副检察长，口碑不好，架子大，难说话！要沟通得老季出面沟通。侯亮平又问：蔡成功是不是受到了黑社会恐吓胁迫，被我们的对手利用了？陆亦可认为有可能，蔡成功本来就反复无常！她和赵东来联系了，拟调看守所监控录像，查实是否有人威胁蔡成功。

陆亦可很着急，说罢要走。侯亮平却把她叫住了，郑重交代：亦可，不管发生什么事，哪怕我被隔离审查，拘留逮捕，你们也要尽快攻破油汽集团这个堡垒，一旦攻破，他们就会土崩瓦解。陆亦可忧心忡忡，对手也会想到这一点，肯定要在刘新建身上继续做文章。侯亮平点点头，判断正确！我马上要再审刘新建，连夜亲自审！

陆亦可感觉蔡成功举报兹事体大，建议先向季昌明做个汇报。侯亮平摆手，不必了，这是打仗，我们要珍惜每一分钟！陆亦可见他这么镇定，也宽了些心，探问道：侯局，你好像知道对手是谁？侯亮平坦然一笑，当然！肖钢玉是谁我不知道，但他后面的那个人我知道！

送走陆亦可，侯亮平开始收拾屋内的花卉绿植。这日他变得非常耐心，把枯败的叶子一片一片扯下来，放在废纸篓里，又将歪斜的枝干扶正，把土培实，细心地喷水。他像一个真正的花匠，有条不紊地打理着眼前这些不用动脑子的活计，心中却告诫自己，每逢大事有静气，这种时候绝不能慌乱。他要向老师高育良学习，老师爱好园艺，把个小园子打理得锦绣一般，恐怕也是复杂的政治斗争的艺术呈现。

侯亮平回忆起了蔡成功受审时的表现，当时他就在指挥中心。蔡成功说过有生命危险，号子里有两个黑社会。他为什么忽略了呢？因为蔡成功嘴里没实话，不可信。现在怕是有人引诱逼迫蔡成功乱咬乱喷了！侯亮平蓦地想起，陈岩石到反贪局举报陈清泉时，无意中向他说起过一件事。老人说，大风厂有个护厂队长叫王文革，"九一六"被严重烧伤，家穷孩子小，老婆闹离婚，只有股权还具备吸引力。王文革向老婆保证讨回股权，给家里买套新房，于是就疯了一样，找蔡成功讨股权。蔡成功关在拘留所，王文革竟想绑架蔡成功的儿子！幸亏被他师傅郑西坡发现了，臭骂一通把他带了回来。现在想来，蔡成功处境确实有危险！如果王文革被别有用心的人利用了，对蔡成功的威胁将是致命的。侯亮平知道蔡成功只有一个儿子，四十岁后才生的，把儿子当眼珠子当命。以儿子要挟蔡成功,那不是要他干啥就干啥吗?真不该疏忽这件事啊!侯亮平追悔莫及。

现在的问题是,蔡成功到底举报了他什么?侯亮平实在想不起来与蔡成功有啥交往。哦,他来北京送了酒和烟,不是当场让司机搬走了吗?司机可以证明。除此之外,侯亮平从没拿过蔡成功一星半点东西!为人不做亏心事,不怕鬼敲门。作为专业人士,侯亮平坚信单凭蔡成功胡说八道,不可能立案查办,换句话说,谁也不能把他怎么样。

侯亮平把花卉拾掇完,又给鱼缸换水。鱼死完了,一缸浑水得放掉,换上一缸清水,净几天,消掉氯气味再买几条鱼放进去。忙来忙去一刻不停,借此缓解压力,可心里仍是一阵阵紧张,好像他真犯了啥事似的。怎么了这是?他很少如此不安,他的直觉拉响了警报。

巨大的危险正在逼近,是真实的危险,活灵活现,带着死亡的气息……他问自己,我怕谁?怕祁同伟吗?已经交过手了嘛,就像武松打虎,老虎一扑、一剪、一掀,这些招数都使过了,不过尔尔!那么还有什么可害怕的?为啥他总是驱赶不开一种莫名的恐惧感呢?

侯亮平坐在椅子上,深呼吸,静心,入定。渐渐地,高育良的形象浮现在眼前。明白了,他怕的是自己老师。是的,老师永远那么道貌岸然,永远那么深不可测。老师得道久矣,在自家小花园剪枝,在屋内摆盆景,怡然自得,一派高人范儿。哪像他收拾枯枝败叶,恓恓惶惶,心慌意乱呢?老师啊老师,你想怎么整治我,怎么修理我呢?

这时，老师高育良坐在办公椅上，闭目宁神，修身养性，等待决战时刻的到来。老师就算是个如来佛，也被自己的孙猴子学生逼到了悬崖边上。昨天夜里，高育良站在阳台上抽烟，抽到黎明。吴慧芬上厕所发现他，惊讶地叫了起来：你不是戒烟二十年了吗？怎么又抽上了？女人不知道，男人的心思有多重，才会有如此反常的表现啊！

站在自家阳台上，看着星空皓月，高老师抑或是高书记一支支抽着烟，对自己优秀而又固执的学生进行了一夜心灵的倾诉——事情搞到这一步，非我所愿啊！侯亮平，你这个猴崽子，本来在北京待得好好的，为啥非要跑到京州来呢？而且以这种霹雳手段办案，一点不知道通融，你这不是找死吗？！汉东省本来很平静的一潭水，被你不依不饶搅得风波四起！更重要的是，你看到了老师的底牌，你逼得老师不得不出牌啊，所以你也别怪老师心狠手辣，大家都要活下去啊……

……

现在，高老师高书记高育良同志就在等那把杀手锏了。

快下班时，老部下肖钢玉带着杀手锏来了。他把蔡成功的举报材料拍放到他办公桌上，高书记，侯亮平要抓，反贪局局长涉嫌受贿，性质严重啊！恰在这时，秘书拿着文件夹敲门走了进来。肖钢玉还想说下去，被他阻止了。秘书将文件递给他签字，他签过字后，将文件递给秘书。秘书提醒说：高书记，您别忘了，今晚还有个活动安排……他说：哦，我正要说呢，取消吧，我和肖检要下去走一走！

这一走，就走到东郊高古幽静的佛光寺。他让司机把车停在寺庙大门口，自己和肖钢玉漫步走进了寺院，肖检，你现在可以说了！

肖钢玉急切地说了起来，侯亮平涉嫌职务犯罪，他和蔡成功、丁义珍合伙开过煤矿。蔡成功占百分之七十的股份，丁义珍和侯亮平各占百分之十五的股份。他俩没掏一分钱，属于以权谋私的干股性质。蔡成功给侯亮平分红四十万元，是打到侯亮平民生银行卡上的，已经查到。还有就是，"九一六事件"发生前几天，蔡成功曾去北京侯亮平家，送了侯亮平一箱中华烟，两箱茅台酒，还有一套价值两万三千元的名牌西装！

大院里有古松，地下掉着零星松球。高育良不时地捡起松球，扔进废物箱。松球扔出去之前，园艺爱好者高育良会把它拿在手上观测研究，好像要寻找其生长规律似的。园艺爱好者又扔出一只松球，冷静指出：肖检，你也不能光听蔡成功一人说，关键在于证据。肖钢玉说：市检察院工作做得很细，他亲自到工商局查过了，登记的三名股东中既有侯亮平，又有丁义珍，当然还有蔡成功。他甚至拿到了侯亮平的身份证复印件和他的签字。高育良转身凝视肖钢玉，拍拍手掌上的灰尘，肖检，主要是侯亮平这四十万干红能落实吗？肖钢玉很确定，已经落实了，我们从银行查到了转账凭证，就是去年三月的事，蔡成功记忆力真好！高育良朝大殿走去，蔡成功既然能给侯亮平分这四十万，那其他受贿呢？肖钢玉紧紧跟上，应该还有新的行贿受贿证据！

进入大雄宝殿，高育良手拿一炷香，在香炉前的火烛上点着。他的心思不在拜佛，还在自己优秀而固执的学生身上，肖检，听你这么一汇报，事情就比较清楚了，侯亮平既然早就受了蔡成功的贿赂，又和丁义珍合伙做上了煤炭生意，拿了干股，所以就死保蔡成功嘛！肖钢玉立即补充细节：是啊，高书记，据蔡成功昨夜揭发，侯亮平在北京就和他说了，让他不要怕，说是啥事都有他托底！后来，侯亮平还真的从北京调过来了，千方百计包庇啊，当着公安的面暗示他装病……

高育良上了香，在佛前作揖，面色平静安详。肖钢玉也跟着胡乱作揖。礼毕，高育良虔诚地往募捐箱塞了一张百元钞票。一旁的老住持见了，双手合十，念了一句"阿弥陀佛"，送给高育良一个鞋拔子。

出了大雄宝殿，二人转到佛寺后院。后院有一片竹林，空旷寂静，四下无人。一群乌鸦在竹林间吵闹，黄昏中它们的声音格外嘹亮。

高育良一声叹息，对肖钢玉说：现在我终于知道谁最担心丁义珍被抓了！肖钢玉试探着问：高书记，你是说侯亮平吧？高育良语气轻松，除了侯亮平还会有谁呢？想想也有意思，侯亮平在北京是侦查处处长啊，那夜的行动由他负责啊，他倒好，从北京不断打电话给他的好友陈海，指挥陈海明修栈道，暗度陈仓！肖钢玉大概没想到领导会这样定性，不由得倒抽了一口冷气。高育良不高兴了，你牙疼啊？停了一下，又神情凝重地说：肖检，我甚至觉得，可能侯亮平为了杀人灭口，才指使制造了陈海的车祸啊！肖钢玉面有难色，这……这，高书记，这恐怕难以成立吧？侯亮平当时在北京啊，怎么可能指使京州的司机制造一场车祸呢？高育良脸一拉，老肖，你怎么这么主观？没调查怎么就知道不可能呢？啊？组织人手好好查一下嘛，让事实说话！

肖钢玉抹着头上的冷汗，唯唯诺诺应着，说是按这思路去办。

高育良仍不放心，摆弄着手上的鞋拔子，提醒说：老肖，我再强调一下，这是一场生死搏斗，谁都没有退路！陈清泉进去了，刘新建进去了，丁义珍、赵瑞龙、高小琴全都逃到境外了，谁还敢抱侥幸心理？肖钢玉说：高书记，我知道，祁厅长已经和我交底了。高育良将鞋拔子递给肖钢玉，你知道就好！这个送你吧。肖钢玉推辞，哎，高书记，这是住持送您的，能提拔啊。高育良笑了，我多大岁数了？还往哪提拔呀？就等退休养老了！倒是你老肖，给我好好干吧，季昌明马上到点了。打赢这一仗，你就到省检察院做检察长吧，资历也够了！

肖钢玉很感激，只担心季昌明这一关通不过。高育良便让肖钢玉尽量和季昌明搞好关系，侯亮平的案子瞒不了省院，一旦成形，就要向季昌明汇报。肖钢玉却有些疑虑，高书记，您说这位检察长会不会包庇侯亮平啊？高育良推测说：老季谨慎，没这胆！再说马上也要退了，就更不会了。肖钢玉还是担心，大家都说侯亮平这主儿很疯狂！高育良说：那你们就陪他疯嘛，就像打仗抢山头，晚一步全盘皆输……

这时，乌鸦突然受惊，群起而飞，黑色翅膀遮住了半边天空。

三十九

这夜，侯亮平和陆亦可再次连夜加班，赶到看守所突击审讯刘新建。侯亮平很清楚，一张黑色的大网罩在自己头上，随时有可能落下来。他必须和这张黑网抢时间，这是一场关系着全局的百米赛跑。

刘新建在受审席上一坐下就抱怨：你们检察院就喜欢夜里审问！

没办法，上面催得紧啊！侯亮平以此暗示，这个案子受到了高层的关注。然而，话题一转，语调又变得轻松起来，刘总，咱们开始吧！你看，是接着陆处长上次提的问题谈呢？还是接着咱们上次的话题聊？

刘新建一时有点蒙，侯局长，咱们上次是什么话题？

侯亮平笑，一个幽灵，共产主义的幽灵在欧洲大地上徘徊……

刘新建有了些小兴奋，哦，你又想听我背《共产党宣言》了？

不，是想帮你找回失去的灵魂！想一想吧，刘总，你在哪里失去了灵魂？侯亮平在刘新建面前踱着步，你出生于军区大院，是在军号声和队列歌声中长大的。之后读军校，下部队，三十岁前几乎没离开过军营，得到的关爱远超同龄人。说到这里，侯亮平脸上浮现羡慕之情，我家曾经也在一个军事单位旁边，你听的军号声和队列歌声，我小时候也常听到，那些熟悉的旋律至今还在我耳边回响。区别在于你在大院内，我在大院外。刘新建面有得色，当时大院外的孩子最羡慕我们大院内的孩子了。尤其是男孩，哪个男孩没做过军人梦啊！说罢叹了口气，但是，军人梦后来就不行了，尤其是搞市场经济以后……

侯亮平道：可你机遇不错呀，这边一搞市场经济，那边就被省委书记兼省军区第一政委赵立春看上。赵书记点名把你调进了省委机关，让多少转业军人羡慕到如今！刘新建深有感触，赵书记改变了我的人生，对我有知遇之恩啊！跟赵书记只有六年，我就从副营职转业军人，连续破格升职为副厅级的省委办公厅副主任兼秘书一处处长。上副厅时，我才三十六岁，是全省最年轻的几个厅局级之一。

侯亮平面容严峻起来，赵书记对你有知遇之恩，所以你一直想报答赵书记，是不是？尤其你又是军人出身，报恩情结就更重了，这没错吧？刘新建点头，没错，中国传统不就讲究知恩图报嘛！我可不是李达康，不能六亲不认。李达康太爱惜羽毛，历任秘书中，赵书记最讨厌的就是他了……哦，算了，不说他了！侯亮平话锋直指刘新建要害，那就说你！刘总，你不爱惜羽毛，为了报恩，你甚至不怕掉进污水坑里——你做了油汽集团公司董事长兼总裁以后都干了些啥呀？！

刘新建显然受到了触动，怔怔地看着侯亮平，一时回不上话来。

侯亮平痛心疾首，刘总，刘新建啊，你出身于一个红色家庭，你的前辈中有的人为了国家独立民族解放流血牺牲；有的人视金钱如粪土，捐输巨额资金资产支持革命；正因为有了他们，才有了这个新中国！而你倒好，为了报答某个人的所谓恩情，就挖起国家的墙脚，就把油汽集团这么一个国有企业变成了赵家的提款机！你好意思吗？

这时，耳麦里响起了检察长季昌明的声音：亮平，停止审讯！请出来一下。侯亮平知道，季昌明和另一位副检察长正在检察院的指挥中心监看这场重要审讯，在这个节骨眼上突然叫停，肯定出了大事！他心里不禁一沉，也许黑网掉下了？而偏在这时候，情况起了变化。

刘新建眼里聚满泪水，哽咽道：侯局长，你今天的话说到我心坎里了，只可惜说得太晚了！你要是早点和我说，我哪会有今天啊？

我早几年和你说，你听得进去吗？有了今天，就得正确对待。你是军人出身，受党教育多年，我相信，你起码的觉悟还是有的！你不要再把党组织对你的培养，看成某个人的恩情了，更不能把中共汉东省委当成梁山忠义堂，把前省委书记赵立春当忠义堂堂主啊……

耳麦里再次传来季昌明的声音：亮平同志，请你出来一下！

指挥中心的命令必须执行。侯亮平示意陆亦可继续审讯，自己不动声色地离开审讯室，和季昌明通话，怎么回事啊，季检察长？你们都看到的，现在情况很好，也许马上就能突破了！为什么让我停下来？

季昌明告诉侯亮平一个非同寻常的情况——省委书记沙瑞金亲自打来电话，要求暂停他的工作，调查一个实名举报。但是谁举报了他，又是什么事实，季昌明没说，也不可能说，这老季嘴严得很。

侯亮平仿佛一下子掉在冰窖里，呆住了。他没想到省委书记沙瑞金会亲自出面在这种时候停他的职！难道声称反腐上不封顶下不保底的省委书记也有不能触碰的底牌吗？要不就是他那位高老师的政治手段太厉害，借力打力？高老师怎么能请动沙瑞金这尊大神的？这实在让学生瞠目结舌！怎么办？侯亮平蒙了，一时想不出应对之策。

关键时刻季昌明还是有数的，他声音平静而坚定，省委的指示必须执行，你现在已经接到指示，并且停止了对刘新建的审讯，是不是？

侯亮平一下子明白了，季检察长，我应该在一小时后接到指示啊！

季昌明说：三十分钟吧，我这就按沙瑞金书记的要求，去高书记那儿汇报研究，我从检察院赶到省委最多三十分钟，所以你只有三十分钟时间！季昌明的声音严肃甚至严厉，让他感觉到了沉甸甸的分量。

侯亮平没再多说，好，那就三十分钟！说罢，回到了审讯室。

高育良在办公室前的落地窗前站着，手里端着茶杯长时间一口不喝，仿佛一尊塑像。这是决战时刻，容不得半点懈怠，他必须打起十二分精神，一举拿下这个不听招呼不讲规矩的学生兼部下，毕其功于一役。侧面打过来的灯光映照着他紧绷的脸，他目光坚定而严峻。

同谋者肖钢玉在他身后站着，赔着小心问：高书记，侯亮平不会乱来吧？他要是不听沙瑞金和季昌明的指示，坚持审刘新建怎么办？

高育良看着窗外渐深的夜色，深思熟虑道：是啊，是应该这样想问题啊！这个霹雳学生我知道，不按规矩办事，不按牌理出牌嘛……

肖钢玉提醒：他要是坚持审讯，只怕刘新建今夜顶不住啊！

高育良打定了主意，回转身对自己的同谋者说：老肖，你不要等在这里了，立即赶到省检察院，落实省委和沙瑞金书记的重要指示！

肖钢玉迟疑了一下，高书记，不是要向季昌明汇报，研究案情吗？

高育良把手上的茶杯放在桌上，我一人对付吧！你赶快走，关键是，要确保侯亮平停止对刘新建的审讯！肖钢玉答应着，匆匆离去。

肖钢玉走了十几分钟，季昌明到了。高育良换了副面孔，对季昌明说：这么晚了，还请你检察长过来，也是迫不得已，出了紧急情况啊！季昌明表示：听沙瑞金书记说了，侯亮平被实名举报了？

高育良语调低沉，满脸愁容，太出乎意料了，搞了我一个措手不及啊！昌明同志，侯亮平是你的部下，是我的学生，是我迄今为止最引以为荣的学生啊！他做你部下只四个月，可做我学生是四年啊！

季昌明恳切地说：高书记，既然侯亮平做了你四年的学生，既然你也以这个学生为荣，那么，你就不能给这个学生一点起码的信任吗？你真的相信你这个学生，我领导下的这个反贪局局长会受贿吗？

老季呀，对侯亮平的举报不是空穴来风，有事实根据，是市检察院肖钢玉亲自核实的！高育良显出难过的模样，继续说：你说我们怎么办呢？啊？能手软吗？不能啊，我们就是挥泪斩马谡也要斩啊！想一想，侯亮平面对李达康的老婆欧阳菁是怎么做的？铁面无私嘛！

这时，桌上电话响了。高育良抓起一听，是肖钢玉打来的。肖钢玉说，他到了检察院，却进不去审讯指挥中心，估计侯亮平还在折腾刘新建。高育良放下电话，马上问季昌明：侯亮平现在在干啥？季昌明说：还能干啥？撤下来了，在哪发脾气吧？！高育良直言不讳：怎么肖检在电话里说，你们老林现在还在指挥一场审讯啊？季昌明说：哦，这我知道，是另一个案子，渎职侵权检察这一块归林检管……

没一会儿工夫，肖钢玉的电话又过来了，说是季昌明和省检察院的人在撒谎，林副检察长手下的人把他挡在指挥中心门外，就是不许他进去。他怀疑侯亮平对刘新建的审讯还没结束。还有，市检察院的同志在看守所门口等了快一小时了，也没见侯亮平结束提审走出来。

高育良狠狠放下话筒，一时间很生气，季昌明胆子也太大了！但没表露出来，绕着弯子对季昌明说：老季啊，你是政法战线的老同志了，思想敏锐，原则性强，尤其在关键时刻，你是很讲党性的……

季昌明摆手苦笑，高书记，你这不是给我致悼词吧？怎么了又？

高育良这才直说了：你怎么还没把侯亮平撤下来？啊？你明明知道侯亮平有严重问题，还敢让他带病在岗啊？出了事谁负责？沙书记没和你打招呼吗？我就怕指挥不了你，才向沙书记做了紧急汇报！

季昌明忙解释：哎呀，侯亮平的问题是突然出现的，我措手不及嘛！不过，接到沙书记的电话指示后，我立即停止了侯亮平的工作！

高育良逼视着季昌明，可侯亮平到现在也没有从看守所出来！

季昌明说：他两夜没好好睡了，可能在里面休息室打盹了吧？

高育良让季昌明当面打个电话，问问怎么回事！季昌明答应着拨起了手机，过了一会儿，摇摇头，一脸无可奈何，没有应答，手机关机了，侯亮平肯定在哪儿睡着了！高育良语重心长：老季，在大是大非面前，你可别糊涂啊！季昌明摊开双手，高书记，你这简直是步步紧逼啊，有你这么认真负责的监督，我就是想糊涂也糊涂不了啊！

高育良这才拿起了办公桌上的电话，拨通了肖钢玉手机，钢玉同志吧？不要瞎想，我负责任地告诉你，侯亮平已经被季昌明检察长撤下来了，现在可能在看守所休息，你们的人就在门外等着，不要着急！

季昌明一听这话，突然来火了，什么？肖钢玉追到看守所去了？我说高书记，那你干脆直接下令把侯亮平关到看守所里不就完了嘛！

高育良诧异地望着季昌明，仿佛不认识他似的。这个素来温驯老实的检察长突然火山爆发，公然顶撞他，实在出乎意料！但高育良就是高育良，仍坚持按自己的牌理出牌。他满脸悲情，近乎痛心疾首地对季昌明说：老季，你不要感情用事嘛！发火不能解决问题！侯亮平做过的孤臣，我们只怕也要做一回了，不管内心是如何痛苦，都得公事公办。实话和你说，我现在这个心啊，正一阵阵绞痛哩……

季昌明火气未消，可你照样下得了手！在我的印象中，你不是这种人！你对祁同伟，多么有情有义！一样的学生不能两样对待啊！高书记，举报人蔡成功我多少知道一些，这个人的举报疑点很大……

高育良拦住季昌明的话头，老季，我们现在不争论，就让肖钢玉和市检察院立案审查以后，还侯亮平一个清白好不好？季昌明立即反对：不好！我不同意对侯亮平轻易立案，尤其是现在！高书记，我建议把咱们的意见分歧报送省委，请沙瑞金书记做指示吧！

季昌明的强硬超出常规，高育良心里暗暗叫苦。当真把意见分歧送报沙瑞金？开什么玩笑！现在开局顺利，沙瑞金已经直接找到季昌明下令停止侯亮平的工作，他可不能在证据没坐实前横生枝节。于是他一声叹息，指着季昌明苦笑不已，你这个老季，就是个护窝子的老母鸡嘛！我何尝不想保护这猴崽子啊？他踱步想了半天，行，听你的，先不立案，让侯亮平停职吧，等组织上查清楚以后再做处理！

季昌明明显松了口气，好，高书记，对侯亮平的调查我要管的！高育良心里恼怒，嘴上却说：你当然要管，你不管我还不放心呢！季昌明又说：那就请你转告肖钢玉，请他摆正位置，有关侯亮平的情况要向我及时汇报，我还没退休呢！高育良摇头笑道：我说老季，你哪来这么大的火啊？你是肖钢玉的老领导了，还不了解他吗？耿直啊这人！季昌明冷冷道：他耿直？那得看对谁。好了，不说了……

审讯室里，侯亮平的攻坚战也不轻松。一说到具体问题，刘新建又沉默起来。侯亮平看着对面的电子钟，心急如焚。要知道这一分一秒都是季昌明冒着政治风险为他争取的，耽误不起啊！但他没露任何声色，表情平静，连陆亦可也看不出他心里正经历着的这一场风暴。

侯亮平和颜悦色地对刘新建说：刘总，你刚才还说呢，我有些话要是早和你说了，你就不至于有今天了。那我告诉你，现在我和你说的话你不听，恐怕哪天又要后悔了！今天咱们聊得挺好，我也和你交个底，我们对你和油汽集团的调查已全面铺开，时刻都会有进展，你就是一句话不说，我们最终也会零口供定你的罪！但是，刘总啊，如果让我们零口供定了罪，你就失去了一个量刑时从轻的机会啊！

刘新建抹了一把汗，终于开了口：侯局长，那我说，我说……

据刘新建供述：为了替员工搞福利，他从二〇〇九年开始，批准财务公司把账上暂时用不着的流动资金，陆续借给了省内一些民营和股份企业搞过桥贷款。五年来，经他批准，累计私分了过桥利息六千多万，他和班子成员每人分了几十万至上百万。对问题清单上的澳门赌博问题也有了解释，说是被一家民营公司的老总偶然拉去的，虽说一夜输了八百多万，但都是那家民营公司出的钱。侯亮平及时指出亮点：那家民营公司的老总是赵瑞龙吧？刘新建略一迟疑，承认了。

这才是核心问题，也是对手的底牌！他和季昌明今夜冒险拼命一搏，就是希望在此点上有所突破，刘总啊，请说说赵瑞龙的公司吧！

刘新建显然早有防范，这你们得去问赵瑞龙，我就说我自己！

侯亮平逼视着刘新建，目光如炬，刘总，还在讲哥们义气吗？哥们义气可是害死人啊！被捕前，他们还希望你出国到非洲加纳去，和丁义珍一起开采金矿，是不是？刘总，你就没想到这是个陷阱吗？

刘新建道：啥陷阱？他们让我出去，是想让你们找不到我嘛！

但是，刘总，你出去以后是死是活，赵瑞龙和你那帮哥们可就不管了！侯亮平说，现在我就请你看看丁义珍在非洲的真实情况吧！

话音刚落，陆亦可立即把几张照片摆放到刘新建面前——都是刊登在加纳当地报纸上的照片：丁义珍被几个黑人用枪抵着脑袋；在一个集装箱住所的窗前，丁义珍手提 AK 冲锋枪向外张望，集装箱门前的中英文牌子——义珍黄金公司；丁义珍在往一具尸体上盖白布单……

刘新建看着这一张张照片怔住了，讷讷地问侯亮平：侯局长，这么说，丁义珍在非洲的日子很难过啊？这……这吃住都在集装箱里？

侯亮平告诉刘新建，根据追逃小组掌握的情况，丁义珍入境加纳不到一个月，就三次被抢劫。买了照片上的这个铁皮集装箱和枪支弹药，还是被人家武装抢劫了！照片上的死者就是丁义珍的合伙人，一个比丁义珍早逃出去三年的国企老总。侯亮平最后说：所以刘总，丁义珍不死于非洲这种恶劣的治安环境，就算交好运了。他未来最好的幸福生活，就是能和你一起在国内监狱劳动改造，重新做人啊……

刘新建站起来，躬着腰，可怜巴巴地问：侯局长，你说我还有改造的机会吗？侯亮平说：肯定有，如果有立功表现，机会就更大了！你好好想一想吧，是救自己要紧，还是替所谓的恩人哥们卖命要紧？

刘新建崩溃了，眼里涌起泪花，我听你的，是该好好想想了……

就在这时，耳机里响起了林副检察长的声音：停止审讯！侯亮平抬头一看，电子屏幕上的时间正好跳到二十三时零零分零零秒，和季昌明约定的半小时过去了。侯亮平只得收场，好吧，今天先到这里……

功亏一篑的感觉十分锥心，此时此刻侯亮平深有感触。下令押走刘新建后，他和陆亦可收拾起桌上的文件材料，默默离开了审讯室。

在看守所的院子里，侯亮平站住脚，仰望无垠的夜空。细碎的雪花飘落下来，洇在脸上寒意入心。这是今冬的初雪，来得比较迟，却终于来了。侯亮平的心情如这雪片一般，阵阵悲凉。事情的演变如此荒唐，审案人竟变成犯罪嫌疑人，他的愤懑委屈难以用语言形容。他告诫自己，一定要挺住！这是生死决斗，无论遭受怎样的打击，都要从容应对。但他的视线还是模糊了，一汪热泪悄悄地涌出眼眶。他是性情中人，老师设置的侮辱人格的陷阱，实在使他无法忍受。热的泪与冷的雪融合在一起，涓涓流下一个中年男人刚毅的脸庞……

陆亦可在不远处守候着，估计心情也不会好。检察警车开了过来，侯亮平稳定情绪转过身，招呼陆亦可上车。转眼间，他又变得轻松自信了，甚至吹起了小口哨。虎死不能倒架，尤其在陆亦可面前。

现在还不错，刘新建对自己的问题能正视了，今天如果继续攻下去，也许就把赵瑞龙的事突破了！侯亮平对陆亦可说。陆亦可难得骂了人，就是！他妈的，就差这么一口气了！侯亮平说：对手不想让我们看到底牌啊！陆亦可心知肚明，啥底牌？赵家吗？侯亮平道：应该是。形势不容乐观，赵瑞龙、高小琴又跑到境外，下一步更难了……

警车在空旷的大街上行驶。陆亦可扭头看了看，意外地发现有一辆检察警车在后面跟着，便问司机：哎，后面那辆车是怎么回事？

司机没在意，哦，市检察院的，开过来一个多小时了，不知干啥的！侯亮平心里有数，自嘲道：可能是来抓我的吧？司机不知内情，笑了起来，侯局，您真会开玩笑！陆亦可看着后视镜里的跟踪警车，突然命令：停车！司机愣了一下，把车停下来。跟踪警车也在不远处停下。

陆亦可走到跟踪警车前，敲了敲车窗。车窗摇了下来，车里人问：陆处长有啥事？陆亦可虎着脸，半夜三更的，你们跟着我干吗？车里人解释：不是跟你，是跟着侯局长，我们肖检的指示！陆亦可立即拨通手机，怒火终于爆发，季检察长，肖钢玉怎么派了辆警车跟踪我们？侯亮平犯啥事了？你和省院是不是已经批准市院对侯亮平采取措施了？你说话呀？要没同意，没批准，就让他们滚蛋！还让不让人活了？

侯亮平透过车窗，望着张牙舞爪的陆亦可，苦笑着摇了摇头。

四十

季昌明接到陆亦可的电话，心里很不愉快。他冷冷看着一脸肃然的始作俑者肖钢玉，问他派车跟踪侯亮平是怎么回事？肖钢玉正喝水，放下水杯，一本正经表示，就是必要的防范措施嘛，还能怎么回事！季昌明阴沉着脸：我希望你能摆正位置！起码搞清楚，省院和市院之间的领导和被领导关系！侯亮平毕竟是省院党组成员、反贪局局长，你再不情愿，也要先向我汇报清楚！肖钢玉取出卷宗放在办公桌上，拍了拍，我这不是来汇报了吗？老季你看，侯亮平的材料我都带来了！

肖钢玉首先声明，对侯亮平这个人，不太了解，无亲无故，也无冤无仇，京州市检察院是本着实事求是的态度办案。继而，汇报了大风集团老板蔡成功实名举报侯亮平的事实经过，并把卷宗打开，拿出了物证材料，正气凛然说：相关证据也查实了，起码侯亮平受贿四十万元的证据确凿，老季，你请看，这是民生银行转账凭据复印件！

季昌明翻看着卷宗材料和相关证据材料，阴着脸，一言不发。

肖钢玉信心满满，有实名举报，有银行转账证据，可以立案了！

季昌明的语气略带嘲讽：老肖啊，你热情很高，干劲很大啊！不是已越过我和省院党组，向高育良副书记汇报了吗？那我告诉你，我呢，和高书记认真研究过了，侯亮平暂不立案，先停职反省吧！

肖钢玉深感意外，老季，这……这是停职审查，还是停职反省？

季昌明肯定地说：停职反省！由省院纪检组长和你牵头，成立一个调查组，查清事实，经院党组研究后，再做下一步的决定！

肖钢玉挠了挠头，站起来，在屋里踱了两步，在季昌明面前站住了，煞有介事道：老季同志啊，丁义珍的教训咱们可要汲取啊！

季昌明不屑地说：侯亮平和丁义珍有什么关系？还教训！肖钢玉忙道：哎，老季，你先看看材料！侯亮平和丁义珍一起开过公司！说着，翻出一份工商登记材料，递给了季昌明。季昌明看着材料，根本不信，不住地摇头，他们俩在一起开公司了？简直是笑话！肖钢玉义愤填膺，就是啊，这笑话闹得也太大了吧？堂堂省检察院一个反贪局局长，竟然和一个臭名昭著的腐败分子一起做起了煤炭投机生意……

季昌明冷着脸，盯着材料看，不再搭理肖钢玉。他和这个人无话可讲。他们曾共事多年，他对肖钢玉十分了解。这个人自私自利在省院是出了名的，事事处处都想占便宜。逢年过节单位分发福利，鸡蛋、大米、花生油什么的，肖钢玉总爱找各种理由多拿点，连司机都瞧不起他。这么个人偏偏还有野心，觊觎检察长的位子已久，到处钻营，四下跑官，惹得大家都反感，弄得在省检察院待不下去。肖钢玉是地道的政法系干部，毕业于汉东大学政法系，是高育良一手提起来的，高育良就把他调到京州市检察院当了检察长。从凤尾变鸡头，成了一把手，这人才消停了。今天他以办案的由头回到省院，一副钦差大臣嘴脸，实在叫季昌明恶心。恶心也没办法，季昌明只能不露声色地与之周旋。

这时，侯亮平与纪检组长一起进了门。侯亮平走在前面，纪检组长跟在后面。侯亮平也不敲门，猛然一下把门推开，带来一股冷风。犯罪嫌疑人仿佛是来审案，而不是来接受审查的。这让肖钢玉愕然。

季昌明坐在办公桌前公事公办，指着肖钢玉，面无表情地介绍说：亮平啊，这位是肖钢玉同志，京州市检察院检察长，三年前在我们省院做过副检察长。肖钢玉勉强笑了笑，侯局长啊，我这也算是回老家了。侯亮平也笑了笑，老肖，你这是回老家探亲呀，还是探险？肖钢玉怔了一下说：侯亮平，你这同志很风趣嘛，我既探亲，也探险！侯亮平在季昌明办公桌对面坐下，好！祝你探亲探险双成功！哦，对不起，老肖，请你先回避一下，我要向季检察长汇报对刘新建的审讯工作！

肖钢玉愣了一下，手一挥，回避什么啊？侯亮平，你知道我为啥来这里吗？请你摆正位置，配合组织审查。侯亮平严肃地说：能不能缓一步再审查？让我先汇报？案件保密规定你们都知道，如果你们坚持要听我对重要职务犯罪嫌疑人刘新建的审讯汇报，而且季检察长也违反规定，破例同意你们一起听的话，那也成，我可以服从季检察长的命令！

季昌明手一挥，规定就是规定，谁都不能违反！大家回避一下！

季昌明当然知道侯亮平想干啥，如果连这点默契都没有，他这检察长就别干了。这猴崽子就是聪明，能想到汇报刘新建的审讯，这可是某些人最关心的！季昌明注意到，肖钢玉显然想留下，他太想知道审讯内容了，侯亮平手中的卷宗吸引着此人的目光。然而，此人是老检察了，案件保密规定他知道，不该听的就是不能听。只能随大家悻悻往外走。走到门口，他又转回来，把桌上的侯亮平的卷宗拿走了。

肖钢玉走后，季昌明脸上的一层冰霜消融了，倒了杯水，重重地放到侯亮平面前，侯局长，你有个好发小啊！侯亮平苦笑摇头，世道人心咋变成这样了？蔡成功就算是个小人，反复无常也好，不讲廉耻也罢，总不能对儿时的朋友玩这一手吧?!季昌明问：你为啥不防着一手啊？怎么能收这种人的东西呢？侯亮平愣了，我收他啥了我？季昌明知道不能透露案情，可仍是破例透露了，两箱茅台，一箱子中华烟，还有一套价值两万三千元的西装。侯亮平喊冤，我没收，我人正不怕影子歪！季昌明轻轻点了下桌子，别叫唤！如果影子歪得邪乎了呢？你怎么和蔡成功、丁义珍一起办煤炭公司？还收了四十万元干红？工商登记、银行卡和转账凭据都摆在那儿呢！侯亮平倒吸了一口冷气，我明白了！人家是一心要弄死我了，给我精心布了个局啊……

季昌明进一步点明，可话说得很艺术，还有你老师咱高育良副书记，对你也是痛心疾首啊，明确向我表态说了，哪怕是挥泪斩马谡也要斩！侯亮平也亮了明牌，季检察长，这你还没数吗？斩我，我那位高老师能有泪吗？还挥泪！他要真能挤出几滴泪，也是鳄鱼的眼泪！季昌明心照不宣地笑了笑，知道人家做局，就尽快去破局，自证清白解脱自己，争取早日归队干活！你要是个吃素的草包，就赶紧滚蛋吧！

侯亮平笑了，这话我爱听！继而提出一个问题：沙书记为啥要下令停我职？咱这位新省委书记是不是有啥底牌是不能碰的？季昌明摇了摇头，我也不清楚，沙书记没对我多说什么。侯亮平思索着，四个月前，沙书记找我谈话时你也在场，这位领导信誓旦旦，本省的反腐败上不封顶，下不保底，这话是真的还是假的？季昌明没回答，只道：现在是你被盯上了，让沙书记说啥？纪委检察就没腐败分子了？对，对，没准肖钢玉就是一个，侯亮平一摆手，让老肖进来练吧！

片刻，肖钢玉进来，开始询问：侯亮平，大家都是检察系统的业内人士，没必要绕圈子。你应该清楚我们为什么来找你，下面，我们有七个问题要问你。侯亮平脸上浮现出不屑的笑容，老肖，我一个问题也不回答！你说得没错，都是业内人士，谁也别给谁绕！我零口供办了不少案，你们也来一次零口供办案吧！我现在等着你宣布决定，宣布完我回去睡觉！肖钢玉大为恼怒，侯亮平，你也太傲慢了吧？侯亮平冷笑，这叫有底气，不信邪！你们拿出证据来办我好了！肖钢玉站了起来，老季，你看……季昌明这才表态了：好吧，既然这样，我就宣布决定——自即日起，侯亮平同志停职反省，接受组织调查……

侯亮平回到宿舍，一头栽倒在床上，再也没爬起来。疲劳、愤懑、冤屈，几乎使他崩溃。内心遭受的打击无比沉重。他就像一头受了严重内伤的狮子，虽然仍挺立在对手面前，五脏六腑却在悄然流血……

他翻个身，展开双手双腿，把自己摆成一个"大"字，怔怔地看着天花板。这间套房侯亮平已经非常熟悉了，里面卧室带卫生间，外面小客厅兼书房，住在这里还是蛮舒服的。四个月过去了，他对自己的临时小窝有了一份感情。可如今这房间竟变成他的囚室，使他失去了自由，实在难以接受！他真想跳起来，把屋里的一切砸个稀巴烂。

从小到大，侯亮平总是优秀角色，受表扬，被信任，无论学业工作一贯出类拔萃。他的忠诚廉洁，为既往所有领导同事一致公认。他心里一直为自己的清白而自豪！今天却被玷污了，仿佛一匹白绢抹上一摊烂泥。半辈子调查审讯职务犯罪嫌疑人，现在他倒弄成了职务犯罪嫌疑人。痛苦难以言表，千万根芒刺在他体内乱扎，毒侵骨髓啊。

对于蔡成功的举报，还是低估了。本以为这是一条疯狗的胡咬乱攀，毫无根据，没想到人家竟然已经把证据坐实了。他面临的局面非常严峻。侯亮平不得不承认，省委书记沙瑞金下令停他的职是有道理的。反贪局局长居然和丁义珍、蔡成功合办煤矿，并且在工商登记有他的签字！更要命的是那四十万红利，有民生银行卡，有转账凭证，还有什么话可讲？但是这怎么可能呢？他们是怎么办到的？不得而知。

横竖睡不着，侯亮平翻身起床，打开窗户，眺望浓浓夜景。雪停了，屋顶、树梢留下薄薄的积雪，在灯光照耀下泛出银白色。路上积雪化得快，湿漉漉一片仿佛下了场雨。夜深人静，城市变得空旷，孤寂之感油然而生。一阵凛冽的寒风袭入屋内，使他头脑清醒起来。

得好好梳理一下纷乱的头绪了。身份证是整个事件的关键。办工商登记，办银行卡，哪样也少不了身份证。蔡成功怎么会有他的身份证呢？不可能啊！但是，如果蔡成功手里有了他的身份证复印件，再找一些关系，就有可能把许多事情办成。那么，蔡成功有没有机会拿到他的身份证复印件呢？他努力回忆，依稀想起四年前有一次同学聚会，他参加了。老同学相见格外高兴，他不知不觉喝高了。醉酒后，同学们在那家酒店开房，让他睡一觉。对了，对了，是蔡成功拿他的身份证办的手续付的房钱。想必蔡成功当时做了手脚，把他的身份证复印了。

难道蔡成功那时候就想陷害自己了？不可能，也没必要。侯亮平分析，蔡成功很可能是在京州公安看守所受到了威胁，被人逼迫教唆才跳出来乱咬人的。他当时偷印他的身份证复印件想必另有隐情。那么，除了蔡成功，谁还能知晓这个隐情呢？侯亮平想，蔡成功的经济活动离不开他的企业大风厂，他的会计应该知道内幕。蔡成功作为老板不会亲自办理银行卡这类琐事，很可能是他的会计经手办的。思路渐渐清晰了，大风厂会计是个关键人物，要赶快找到此人。另外就是那天上门的司机，茅台酒和中华烟是司机扛下去的。

还有老婆那里，也得打个招呼，让她找找那张寄西装的快递单，老婆心细应该留着吧？

四十一

　　陈岩石在医院遇见陆亦可，知道了侯亮平被停职的消息。职业的敏感让他相信，侯亮平的受贿案和儿子陈海的被撞是一个性质的问题，那就是他们也许看到了别人不想让他们看到的底牌。老检察长当即决定重新上岗。侯亮平带话，让他到大风厂找尤会计和奔驰车的司机小钱，让这二人证明自己的清白。陈岩石不敢怠慢，立刻骑车去了大风厂，常年骑自行车锻炼，老腿挺有劲儿，车轮一转便脚下生风。

　　太阳出来了，昨夜的初雪开始融化，干枯的树枝湿漉漉的，滴下水珠滋润着干冷的土地。陈岩石沿光明湖前行，湖边有些枯黄的芦苇顶着残雪，仿佛戴着小白帽。湖水涟漪动荡，跳跃着万点金光。想到侯亮平，陈岩石阵阵心疼。北京来的侯局长到底比儿子陈局长强，他的举报被受理了，贪赃枉法的陈清泉进去了，赵立春的大秘书刘新建也进去了，坏人们自然恨死了他。陈岩石清楚侯亮平遭人陷害，就像儿子遭人暗算一样。老人急切想找到证人，洗清侯亮平的冤屈。

　　走进大风厂大门，门房老魏和陈岩石打招呼，他答应着，把自行车架好。这段日子陈岩石老人没事就往厂里跑，像关心新生儿一样关注着新大风的发展。沙瑞金视察大风厂后，工人们不必再像猴子一样跳窗子上下班了，正大光明地进出车间大门。有李达康亲自过问，新厂房也在城外新开发区落实了。陈岩石不禁叹息，没有高层领导的关心关照，工人们要办成一件事简直比登天还难，这就是中国的国情。

陈岩石走进厂部小楼。二楼会议室门开着，郑西坡、老马、郑胜利等人开完了新大风搬迁工作落实会，正要散去，陈岩石上前挡住他们，哎，都别走，咱接着开个小会！大家望着陈岩石，不知老人有啥事。陈岩石把众人赶进屋，把侯亮平遭诬陷，需要证人的情况大致说了一遍，尤会计和奔驰车司机小钱呢？你们快通知他们俩来见我。

郑西坡一脸愁闷，见不上了！尤会计和司机小钱几天前跑到岩台市去卖蔡成功的那辆奔驰车，现在人和车都丢了，四下里找不着了！

陈岩石怔住了，这情况他可万万没料到，两个证人竟然失踪了！

郑西坡认为，尤会计和司机有可能卖了车卷款逃了，卖车的策划者郑胜利建议报案。陈岩石想了想没同意，要求大家马上发动群众去寻找，道是就算二人卖掉车逃了，也会留下蛛丝马迹，我们也会沿着蛛丝马迹找到他们！郑西坡得了他的令，当夜组织人手，开始找人。

从大风厂回来，老检察长陈岩石也担心起来：尤会计和司机怎么会这时候失踪？这两个关键证人会不会落到对手手里？如果落到对手手里，可能有两个结果——要么尤会计和司机在威逼利诱下同意做伪证，要么被人家杀人灭口，连尸体也找不到！形势之险恶不言而喻。

那么，他是不是应该出面找一找沙瑞金？哪怕不能改变什么，起码也给这位省委书记提一个醒？想想却又觉得不妥，两个证人毕竟没找到，他的担心仅仅是担心，没有任何根据。况且，沙瑞金是不是也有压力？侯亮平的那位老师高育良副书记不是要大义灭亲了吗？只怕沙瑞金也难啊！毕竟新来乍到，面对着盘根错节的帮帮派派……

高育良准备找沙瑞金汇报时，沙瑞金却先找了他，田国富也在场。几位主要领导商量即将召开的汉东省委扩大会议。是在沙瑞金办公室碰的头。沙瑞金说明会议主题：认识执政党面对的四个考验——执政考验、改革开放考验、市场经济考验、外部环境考验，他要在会上好好讲讲。高育良点赞，太好了，要让同志们知道，这些考验很严峻！

话锋一转，高育良举重若轻，把话题引到他的轨道上——像侯亮平，我的学生，反贪局局长啊，调到我省才四个月，竟然腐败掉了！田国富比较慎重，育良同志，对侯亮平现在还不能下结论吧？沙瑞金说：结论当然还不能下，但出现的问题要正视！政法系统，国富同志，包括你们纪委监察系统，也不是世外桃源，谁也不敢保证就不出腐败分子！

高育良说：就是嘛，所以我建议纪委对侯亮平正式立案审查！田国富还是持保留态度，省检察院的纪检组不是正在查着吗？我刚听过纪检组汇报！高育良难得这么坦率，国富同志啊，不是一般地查，装模作样地查，我是说正式立案调查，要请侯亮平在规定的时间规定的地点交代问题！田国富看了看高育良，又看了看沙瑞金，没作声。高育良觉得形势有利，便又紧逼了一步，瑞金同志，这事你定吧!

沙瑞金略一沉思,老谋深算地摇起了头,你们让我定,我也不好定! 为什么? 证据不过硬嘛! 万一搞错了,这个责任谁来负? 育良同志,你能负得起这个责任吗? 高育良苦笑,也是,两难啊! 尤其是我就更难了! 这不,前天开会见了李达康,李达康还问呢,我真不知该和李达康说啥了! 沙瑞金注意地看着他,李达康问了些啥? 高育良言辞有些含糊,那还用说吗? 他前妻欧阳菁收了蔡成功一张银行卡就进去了,侯亮平也收了一张银行卡,又该怎么办啊? 举报人都是那个蔡成功,还都是银行卡! 你瞧这事弄的? 田国富反驳说:这不一样! 据我所知,侯亮平和检察院搞定欧阳菁,不是凭蔡成功的单一举报,也不仅凭一张卡,他们是在欧阳菁使用了这张卡,获得了确凿证据之后,才采取的行动! 在此之前,他们可是慎之又慎,零口供办案啊。

高育良又换了个话题,社会上总有人编故事,说我省有个什么政法系,还把我说成了头头。侯亮平是我学生,也属于政法系啊,这种时候我没个鲜明态度,那还了得? 沙瑞金马上接话:育良同志,既然你今天主动说起了政法系,那我就得问一句了,我省是否真的有这种干部小团伙呢? 高育良坦然道:怎么说啊? 主观上没有,客观上或许存在。沙瑞金笑了,哦? 到底是教授,辩证法学得好啊! 在下愿听端详!

高育良感觉良好,满面笑容侃侃而谈,从主观上说,他从没想过把人民赋予的权力向任何一位学生私相授受,但客观上也许私相授受了。做了这么多年的法学教授,教了这么多年书,学生少不了,对自己学生呢,谁都不可能没感情,用人时就难免有偏爱。田国富半真半假地插话：比如你对祁同伟，就偏爱大了！高育良一个激灵，急忙申辩：哎，国富同志，对侯亮平我偏爱也不小啊，前阵子还请他到家吃过螃蟹呢！但是，个人感情归个人感情，原则立场归原则立场嘛！

沙瑞金的倾向性终于显露出来，表示完全理解他的难处，也体谅他的心情。但越是在这种时候，越是要有定力！不能因为怕别人说庇护自己的学生，就一定要在证据不充分的情况下把侯亮平"规"起来。田国富在旁边附和说：就是，对正式立案审查，我们一定要慎之又慎！

高育良只得退让，好，反正我该说的都说了，你们二位定吧！沙瑞金手一挥，当即拍板：我的意见，一动不如一静，还是维持现状吧！继续调查，落实证据，弄清举报事实再说！高育良仍不死心，又走了一步棋，现在的情况是，两个关键证人找不到了，侯亮平的问题一时也许查不清。田国富证实说：是这个情况，事情变得有点麻烦。高育良试探着提出建议：我们是不是考虑把侯亮平调离政法口呢？沙瑞金略一沉思，出人预料地说：我看不如干脆让他回北京算了，哪来哪去嘛！高育良眼睛一亮，哎，这是个好选项，对最高检也有个交代……

沙瑞金没就这个话题说下去，转而向两位副手通报了一件事：香港《镜鉴》年终特刊登了一组文章，把他痛骂了一顿，说他到了汉东省就大搞"沙家帮"。沙瑞金恼火地说：是不是搞了"沙家帮"不重要，重要的是，文章攻击我沙某否定汉东省的改革开放——这才是文章的要害！我准备让宣传部做文案，反驳回击。田国富劝解，香港政治刊物经常胡说八道，没必要搭理它。沙瑞金桌子一拍，这组文章挑拨离间，前任领导和老同志看了怎么想？尤其是赵立春同志！他们用心何其毒也！

尤其是赵立春同志？这才是重点！高育良默默关注着震怒中的省委书记，心道：这位新来的封疆大吏看来还是有所顾忌的！便接过话头，感慨起来，是啊，赵立春同志八年省长，十年书记，在我省的改革历史中写下了很重要一页，现在又是党和国家领导人之一啊……

从一号楼沙瑞金办公室出来，高育良心情轻松了许多，认定自己看到了这位省委书记的底牌。那就是，汉东省的这场烧荒野火无论怎么烧都要有所控制，沙瑞金不会允许烧到北京赵家头上，所以主动提出来让侯亮平回北京。这有些出乎他的意料。当然，沙瑞金很谨慎，并不希望哪个对手搞死侯亮平，这么说来，他也应该调整一下策略了？

四十二

早晨起来，侯亮平睡眼蒙眬往窗外一看，嘿，天又下雪了。

这场雪下得很大，雪花如成群的白蝴蝶，扑簌簌撞到玻璃窗上。天地混沌，远处的大楼也变得模模糊糊。侯亮平泡了一杯茶，倚着窗子边饮茶边看雪景。窗里窗外两个世界，屋内格外宁静。就像这两天的日子，平静得出奇，平静得让他心底发空。肖钢玉和专案组没再找他询问情况，他知道肖钢玉等人正铆足了劲查找证据。他们或许真想零口供办案呢！昨夜陆亦可打来电话，告诉他证人失踪的情况。这实在是坏消息！他第一反应就是：两个证人有可能已经落到祁同伟的手里。果真如此，肖钢玉的调查组很快就会向他发难，甚至他的那位高老师会拿着过硬证据直接找沙瑞金，一步将军，置他于死地。平静中蕴藏杀机啊，一根无形的绳索已经套在他的脖颈上了，暗中越勒越紧。

侯亮平忽然产生了一阵冲动，想到雪地里去奔跑呼号。小屋太憋闷了，平静使他濒于窒息。他要让生命张扬起来，亮出鲜明的旗帜。

穿戴整齐，走出房门，乘电梯下楼到大厅，侯亮平深深地吸了一口气，一头闯进大雪纷飞的操场。沿着围墙热身跑了两圈，他把目光投向心爱的双杠。双杠上积着厚厚的雪，他用手套把雪擦净，脱下羽绒服，轻轻一跃，在双杠上悠荡起来。他时而倒立，时而双手腾挪，让矫健的身体上下翻飞。一时间胸中燃烧着火一般的激情，似可融化这漫天飞雪。烦恼、沮丧、压力在运动中逐渐化解，灰飞烟灭……

夜晚，他格外思念妻子。妻子钟小艾与他心心相印，这苦闷时期，妻子是他精神与感情的支柱。这次妻子又做对了，及时把那套西装让快递寄还给蔡成功了。快递单虽没保留，可签收人查到了，价值两万三千元的一条受贿线索就不存在了。一套自家代工的西装，成本最多三五百元，竟也成了受贿线索，说起来是笑话，可当紧当忙，人家凭这个就能整死你！事实证明，还是为妻英明吧？英明英明，老婆大人不愧是干纪检的……每天夜里，侯亮平都守在电脑旁和妻子视频聊天。昨天妻子和他谈起，中纪委巡视组最近将来汉东省，根据回避规定，她不能参加巡视，但还是准备利用年假过去看望他，领导已经同意了。钟小艾快乐地说：亮平，你等着吧，我这就过来火力支援了！

就在大雪飘飞的日子里，钟小艾来到京州。夫妻分居已久，亲热之情不言而喻。侯亮平为妻子准备了辣味螺丝、京州麻鸭等菜肴，摆满一桌。又用牙齿咬开两瓶啤酒，一人一瓶，和妻子共饮。钟小艾对侯亮平用牙齿开瓶的绝技一直不欣赏，娇嗔道：哎，哎，你怎么还这样啊？永远长不大了？侯亮平倒酒笑言：天然开瓶器使着方便！

夫妻俩亲亲热热地吃着喝着谈着，谁也没想到，一桩近乎奇迹的事情悄然发生了！就在侯亮平用牙齿咬开第四瓶啤酒时，一只信封无声无息地从门底缝隙塞进来。侯亮平上厕所看见了，过去拾起来，信封里装着三张照片。第一张照片上，高育良身穿睡衣依在床头，一副病态，似乎酒后初醒，高小琴在给他喂汤水。第二张照片上，高老师和高小琴从一间客房前后脚出来，显得鬼鬼祟祟。第三张照片更有意思了，高老师高书记竟然轻搂着阿庆嫂高小琴，举着酒杯甜蜜微笑。

侯亮平乐了，一拍额头，大声喊道：老婆，我可能中大奖啦！

钟小艾凑过来看照片，嘿，咱老师还是花帅啊？大跌眼镜呀我！

侯亮平让妻子帮忙参谋。钟小艾很快做出判断，能在检察院塞进信封的，肯定是内部人！这说明检察院内部有支持者，这个支持者及时给他这个被停职的反贪局局长提供了情报，让他绝地反击。侯亮平担心其中有诈。钟小艾坚持自己的意见，有图有真相啊！瞧这三张照片衔接得多好：一张在一起喝酒，一张躺在床上喂东西，还有一张是二人干完好事后前后离去，人家希望你把高育良查个底朝天嘛!

侯亮平的思路却转向另一方面,会不会是他们内部发生了什么矛盾呢?根据目前掌握的情况,高小琴的这个利益集团错综复杂,从北京的赵家到京州的豪强,不可能铁板一块,起码不会永远铁板一块!

借你的手,打他们的牌?也有可能。钟小艾灵机一动,说道,侯局长,那我有个建议,拿着这三张照片,找高老师再吃一次螃蟹!侯亮平没那份自信,都图穷匕见了,高老师还能请我吃螃蟹?再说,这都冬天了,哪还有螃蟹。钟小艾信心满满,我保证他会请你吃,没有螃蟹吃别的嘛,咱高老师精着呢,你又不是没领教过!侯亮平想想也是,哪怕是最后的晚餐,他也会请我吃!何况我也有匕首了。可是会不会打草惊蛇?钟小艾说:蛇不是已经受惊了吗?该跑的不是都跑了吗?高小琴、赵瑞龙不是都在香港不回来了吗?祁同伟想跑早跑了!

吃完饭,夫妻俩进里屋午睡,亲热过后侯亮平美美睡了一觉。钟小艾悄悄起身,在外间客厅仔细研究照片。待侯亮平睡足了,伸着懒腰出来,钟小艾笑眯眯地宣布说,这三张照片她又研究出门道了。

侯亮平在钟小艾身边坐下,睁大眼睛请妻子指教。钟小艾拿起一张照片,瞧这张喂汤水的,高小琴的发型明显刚做过,对吧?高老师呢,头发偏长,起码二十多天没理发。钟小艾换了一张照片,再看这一张,高小琴的发型变了吧?尽管变化不大!高老师呢,刚理了发对吧?侯亮平由衷地赞叹:还是你们女同志心细啊!钟小艾又换了一张照片,和上面两张比,两人都显得年轻吧?侯亮平恍然大悟，这三张照片不是在同一个场合，也不是在同一个时间照的，对吧？钟小艾点着侯亮平额头，下了结论：人家是精心组合，给咱老师做局设套啊！

如果是有人做局就对了！侯亮平踱步思索着，此前，他一直在想一个问题，老师不应该和高小琴这么明目张胆地高调交往。高小琴是山水集团美女老总，京州有名的阿庆嫂，如果老师敢这么和她交往的话，绝对混不到今天。而且这也不是老师的风格！所以，他更倾向于认为，对手内部出问题了，老师甚至于并不知道已有人对他下了手！

想到这里，侯亮平笑了，问钟小艾：是不是得给老师报个信？毕竟是老师嘛，师生情义深啊！钟小艾说：对，把三张照片送去。让他也像咱们一样烦恼起来。又笑问：这份烦恼是由你来奉送，还是我来奉送？侯亮平说：最好你来奉送！你老公被诬陷了，你不该打上门去讨个说法吗？钟小艾噘嘴，这时候会捧我了！不过亮平，你别忘了两个事实：一、我的身份；二、我们巡视组已经到了京州！还是你出面有利，反正你们师生已经撕破脸了，你就当这是最后的晚餐，大不了让他轰出门！侯亮平认为有道理，遂拿出手机给老师打电话……

华灯初上时，侯亮平夫妻来到了那座熟悉的英式花园洋房。钟小艾手捧一束鲜花，和侯亮平一起，坦荡地向高育良鞠躬致敬，高老师好！高育良像啥也没发生过，乐呵呵应着：好，好，亮平，小艾，你们好！他接过钟小艾手中的花，又打趣：侯局长啊，你从不做赔本生意呀，又是一束花，嗯？侯亮平笑笑，高老师，这回连花也不是我的，是小艾送的！高育良接过花嗅着，好一束茉莉花，就像我们小艾……

把花插到花瓶里，高育良坐下呷茶，不再理睬侯亮平，而是笑眯眯地对钟小艾说话。老师以开玩笑的方式主动打破尴尬，问钟小艾是不是来找老师兴师问罪了？钟小艾就势喊冤，侯亮平是什么人，老师和师母还不清楚吗？他可能有这样那样的缺点，但绝对不可能去贪赃枉法啊！高育良看了侯亮平一眼，谁也没说这位侯局长一定就贪赃枉法了，不就是停职反省嘛，只要把事情搞清楚了，该干啥干啥，毕竟现在有实名举报嘛！侯亮平诚恳地点头，是，有举报就得查。小艾你别责怪老师。高育良立即表扬学生，看看，亮平的心态好啊，钢铁就是这样炼成的！又凑近钟小艾，实话告诉你，我也不愿意相信对亮平的举报！但是没办法，亮平讲原则，我也得讲原则呀，不管内心是多么的痛苦！侯亮平一本正经道：是，我能体会到老师内心的痛苦……

吴慧芬缺乏高育良的幽默感，语气恳切在旁边插话：亮平啊，知道你被停职后，你高老师心里真难受哩，经常一夜夜的失眠，提起你就唉声叹气，痛心不已！最可怕的是，把戒了二十年的烟又抽上了。

高育良瞄了侯亮平一眼，表白似的点燃了一支香烟。老师吞云吐雾，与平日的斯文形象大相径庭。老师向学生述说苦衷，道是蔡成功举报了，市检察院把材料摆到他面前了，连季昌明也接受了现实，他又能怎么办？再说了，市检察院的肖钢玉又是很耿直的人，和侯亮平一样的臭脾气！钟小艾借机询问：高老师为啥强调亮平的臭脾气？是不是因为不喜欢亮平的臭脾气，要给亮平一个教训？是一种教育方法？侯亮平紧紧跟上，说自己也是这样想的，就像当年在学校高老师不得不给调皮学生来个下马威。怎么？一唱一和对付起老师了？高育良呵呵笑着问。侯亮平忙说：不是，我们在向老师请教呢！高育良话里有话，亮平啊，老师现在还教得了你吗？钟小艾继续扮演没心没肺的角色，怎么教不了？高老师，有话直说！你就把亮平当祁同伟嘛！

高育良又抽了几口烟，许久，叹了口气，亮平是祁同伟吗？亮平盯着祁同伟做文章啊！我不愿他们闹矛盾，告诫过亮平，对祁同伟违规入股的事不要追了，这事发生在哪个学生身上当老师的都要保，是不是？吴慧芬插言：小艾你不知道，我还说呢，亮平和同伟、陈海，这三大门生，就像高老师三个儿子，亮平就是听不进去。钟小艾半真半假批评丈夫，看看你，智商不低，情商不高啊。侯亮平一脸无奈，我这也是为咱老师好啊，如果不是怕高老师受牵连，我又何苦把祁同伟的烂事告诉咱老师呢？作为反贪局局长，我直接办他不就完了嘛？！

高育良"哼"了一声，将半截香烟在烟灰缸里掐灭了，还直接办他呢？瞧瞧，现在人家直接办你了吧？侯局长，你也长点记性吧！钟小艾满脸天真，惊讶地问：高老师，听你的意思，祁同伟也跟着京州肖钢玉那帮人办侯亮平了？他公安厅厅长有这义务吗？高育良一怔，自知失言，忙又找补：哎呀，你这个小艾，我就是这么随口一说嘛！

侯亮平对妻子说：小艾，我好像听明白了，咱老师的意思是说报应吧？高育良立即接上来：难道不是报应吗？打仗有个说法，毙敌一千，自伤八百。你要毙敌，就得准备接受自伤！侯亮平绵里藏针，高老师，其实我有这个思想准备，甚至准备被诬陷！高育良脸一拉，那你还来找我干什么？吴老师，菜都好了吗？厨房里传来吴慧芬的声音：快了，正弄凉菜呢！高育良不耐烦地催促：抓紧吧，别耽误了侯局长宝贵时间！侯亮平苦笑起来，高老师，你这是要赶我走了吧？钟小艾打圆场，你瞎说啥呀？高老师，你们谈，我去给吴老师帮忙！

钟小艾走后，侯亮平从包里拿出三张照片，摆放在茶几上，高老师，我真有事要汇报，你看看，你也被举报了呀，也是报应吗？高育良看着三张照片，怔住了，急问照片是从哪来的？举报人是谁？侯亮平不露声色，这个实在不能说，请老师理解。高育良想了想，表示理解。政法委书记当然明白保密规定。高育良很感慨：在这种情况下，你还能把这三张照片拿来，很让我感动。他拍拍侯亮平的膝头，又说：这说明你心里还有我这个老师啊！侯亮平说：往事并不如烟，昨天夜里我还梦见上老师的法学课呢，老师讲海瑞精神，讲海瑞抬棺上朝……

高育良又把主题拉了回来，亮平，你上任反贪局局长四个多月，一直盯着山水集团和高小琴，你觉得你老师和高小琴会是一种什么关系呢？侯亮平玩起了捉迷藏，老师和美女的关系，我们当学生的怎么说得上来？那得老师自己说嘛！高育良指着侯亮平笑了，你这个猴崽子啊，情商真的不高！说罢，声音一下子提高了许多，哎，我说吴老师啊，你快来看看，高老师还很有魅力呢，老了老了，还风流了一回！

说罢，竟是一阵爽朗而又阳光的大笑，笑得侯亮平倒吸冷气。

吴慧芬从厨房出来，不无惊愕地看着侯亮平送来的这三张照片，问侯亮平从哪来的？侯亮平对吴慧芬说了真话，有人悄悄塞到宿舍门底下的。奇怪的是，吴慧芬显得比高育良还焦虑着急，这是有人诬陷你高老师啊！侯亮平转向高育良，高老师，我还是希望听到你的解释！

我想想，让我想想吧……高育良看着照片思索着。许久，老师摘掉老花镜，放下照片，说全想起来了！这三张照片来自三个地方，也不是一次照的。年轻女同志喂水的照片最刺激，怎么回事呢？有一年在山水集团开民企研讨会，他应邀出席，突然低血糖，晕倒了，高小琴作为主人非常着急，给他喂了点糖水，就这么个事！侯亮平提起，山水集团还挂着一幅这位女同志与老师的合影大照片呢！高育良说：那也是活动期间照的。又问侯亮平：现在还没取下来吗？侯亮平说：人家把它当招牌挂着呢，都传说高小琴是你侄女。这些商人啊，真要命！老师吩咐师母，快打个电话给山水集团，让他们把这张合影取下来！

吴慧芬答应着，端上了凉菜，让大家边吃边谈。老师还是惦记着那些照片，怎么想怎么纳闷，这几张照片是从哪儿搞的？谁在拿照片做文章？他希望侯亮平提供一点线索，毕竟是反贪局局长啊！侯亮平略带嘲讽地说：反贪局局长不是让老师你给撤了吗？老师板起面孔，又胡说了，是停职！而且是省委的决定！侯亮平趁机反攻，这职还要停到啥时候啊？如果那两个关键证人永远找不到，问题总也搞不清楚呢？

高育良呷了一口酒，表示也不能就这么一直挂着，他会想法协调的。老师放下酒杯，注视着侯亮平，突然亮出了底牌，亮平，你想没想过回北京呢？侯亮平很意外，一时间难以表态。高育良说：哪来哪去，还是回最高检反贪局吧！侯亮平咂着嘴，这我还真没想过呢！高育良意味深长地说：那就好好想，想清楚了告诉我！侯亮平敬了老师一杯酒，试探问：季昌明沙瑞金能同意我走吗？高育良说：老季同不同意都不算数，沙瑞金同意就行！高育良凑近侯亮平，我也实话实说吧，让你回北京还真不是我的意思，是沙书记的意思！侯亮平半信半疑，我调过来时，可是沙书记亲自和我谈的话，这任职才四个月，他就想让我走了？怎么回事啊？高育良笑道：小艾已经说了嘛，你这猴崽子呀，情商太低！钟小艾给高育良敬过酒，请老师给老公解惑。

好吧！高育良侃侃而谈，真的像给侯亮平上课，过去在学校，老师给你们讲过海瑞，讲过商鞅，但没讲过岳飞。今天，老师就给你侯亮平同学专门讲一讲岳飞与莫须有。毋庸置疑，岳飞是中国历史上伟大而杰出的爱国者，是精忠报国的民族英雄，几乎可以说是一位古今完人了！可岳飞这位完人，却死于莫须。"莫须有"是啥意思？未必有，不一定有。一个未必有罪的大英雄、古今完人，冤死风波亭！怎么回事？情商太低，可悲可叹啊！

侯亮平举起一只手，像进行课堂提问：岳飞竟然是死于情商太低？高老师，这是你的新发现吗？高育良也似回到了当年的课堂，站起来，在餐桌前踱步，挥着手，早就发现了，但不好在课堂上说，怕对你们年轻学子产生消极影响。在南宋腐败的大环境里，岳飞是个异类。别的将军贪污军饷，他却把薪俸拿出来养军，所以岳家军总打胜仗。他的道德操守更没话说，一心要雪靖康耻，迎被俘二帝南归。岳飞他就不想想，雪了靖康耻，迎回二帝，在位的皇帝赵构往哪里摆啊？岳飞情商太低，没揣摩透赵构的心思啊！学生倔倔地说：不，我认为岳飞也许不愿去揣度上意！老师冷冷道：那岳飞就是自己找死了！老师停了一下，凝视学生，你知道沙瑞金书记为什么想让你回北京吗？

侯亮平不知道，他从没想过这种事。钟小艾推老公一把说：你呀，就是不揣摩上意！高老师，你把话给侯亮平同学说说透吧，省得他糊涂！高育良摇头晃脑说起来：亮平现在啊，就像当年的岳飞，只管埋头打仗向前冲，却不知上意是什么！他又将脸转向侯亮平，你用用脑子吧，沙瑞金书记现在想啥啊？想同我和李达康翻脸，还是想和老书记赵立春翻脸？都没有嘛！你倒好，见神杀神，见鬼斩鬼，这就让沙书记很为难啊！结果，从上到下把人全得罪了，你这反贪局局长在本省待不住了！现在走也许是好事，不走，你没准也会有个风波亭啊！

侯亮平比画着，用手抹了一下脖子，哦，让我也死于莫须有？

钟小艾插上来，亮平，你别没数，高老师这可不是吓唬你啊！

看看，我们小艾就是比你清醒！幸亏小艾过来了！高育良频频颔首，又扬起正义的旗帜，得心应手地玩诡辩，当然喽，也不能过于消极，不能把世事看得那么灰！今天的中国，是党领导下的人民共和国，不是腐朽的南宋王朝。你侯亮平呢，也不是岳飞，是党领导下的一位人民检察官！侯亮平苦笑，老师又讲辩证法了？高育良慷慨激昂，就是要讲辩证法嘛，辩证法和唯物论是我们共产党人的哲学基础嘛！

最后，老师按着学生的膝头，让学生别有情绪，认真想一想，看是不是回北京去？如果愿意回去，他就去找沙瑞金书记谈一谈，举报线索就不再查了！反正证人一时也找不到。侯亮平郁郁寡欢说：

高老师，就算走，我也希望把举报查查清楚，别留尾巴。高育良呵呵笑着保证：有老师在，不会留任何尾巴，还得高度评价呢……

出了三号院高家，侯亮平和钟小艾一路散步回家。这时，街上行人稀少，偶有一两辆汽车驶过，显得宁静安谧。虽是夜间，天气倒有些回暖，凛冽的北风已止息，冬天仿佛暂时离去。但人行道旁的法桐树下，堆着尚未融化的残雪，提醒着人们不久前刚下过的那场大雪。

侯亮平心情沉重。汉东大学政法系四年，他们认识了一位才华横溢又热情洋溢的著名法学教授，当了四个月的反贪局局长，却也让他看破了一个狡猾政客的虚伪无耻和恶毒，这让他悲哀，有锥心之痛。

对于老师的认识是有一个过程的。侯亮平告诉妻子，前段日子他还买了一块泰山石扛去，希望老师在这次反腐斗争中做泰山石敢当呢！可随着斗争的深入，触及核心利益，老师终于露出真面目，无情地给了他一闷棍！老师现在想和他做交易，逼他离开战场……

侯亮平越说越激动，不时地挥着手。

钟小艾捉住丈夫的手，温柔地握着，默默前行。

前方的路还很长，沉住气，慢慢地坚定地走吧！

四十三

高小琴住在香港三季酒店的套房里，日夜翘首北望，时刻惦记着家乡的人和事。这酒店住满大陆客，尽是手尾不干净跑出来避风头的人。他们为酒店起了个别名叫"望北楼"——内地在北方，这些回不了家的人们只能待在三季酒店混日子，因思乡心切，常常望北兴叹。

三季酒店很奇葩，大堂、走廊、酒吧、客房，四处活动着精灵古怪的人物，诸如，情报贩子、政治掮客、专业洗钱的钱庄老板、专做捞人业务的神秘公司……他们经常搞些活动，茶会、酒会、研讨会什么的，有的活动一个座席开价几万港币。高小琴逃出来后，就跟几个情报线人进行了接触，讨价还价后，打算买一个这样的座席，为的是识得一位贵人。这位贵人人脉深广，专做内地汉东省经济案件情报和落水者打捞业务。不料，事情谈妥，正要掏钱，祁同伟的电话打来了。

祁同伟告诉高小琴，汉东省的情况发生了积极变化，新书记沙瑞金的底牌到底让高老师摸到了，那只猴子没戏了，就算不被办进去，也得滚蛋走人了。这些年在肖某人身上的投资回报也不错，肖某办案积极主动，没敢要什么滑头。肖某很清楚，这盘棋若输了他也逃不掉。所以，祁同伟让她和赵瑞龙赶快回来，别让人家以为他们做贼心虚。

不料，高小琴把这话和赵瑞龙一说，赵瑞龙反倒疑惑起来。

三季酒店气氛不好，内地反腐高压，各处汇拢来的坏消息不断，赵瑞龙已成惊弓之鸟，想象力变得格外丰富。赵瑞龙怀疑祁同伟这个电话是否被谁控制了打出来的？如果不是祁同伟、高育良把侯亮平装了进去，而是侯亮平把祁同伟和高育良给装了进去，回去就是自投罗网了。赵瑞龙不敢回去，却不反对高小琴回去。高小琴当时就看出，赵瑞龙滑头，想让她在前面探路。不过她是信任祁同伟的，虽说心里也犯嘀咕，也发毛，但想着家里那么多事要办，只得回去了。

祁同伟亲自到机场接机，他兴致很高，开着车一上路，就和她谈起来。这一仗打得还真悬，如果不是高老师出手步步紧逼，死死掐住了侯亮平的脖子，那夜刘新建还真就被他们突破了！高书记让政法委执法监察室调看了审讯录像，刘新建除了自己的问题，涉及赵家和山水集团的事都还没来得及说。高小琴多少松了口气，起码暂时安全了。

轿车轻车熟路驶入她的山水度假村，在一幢俄式别墅跟前停下。

这幢漂亮的别墅位于山坡最高处，优雅僻静，从不对外开放。是她和祁同伟的香巢，专属二人世界。开门进屋，二人紧紧相拥着一阵热吻。终于回来了，不用担惊受怕了！这些日子躲在香港，她消瘦憔悴了许多，让情人看着心疼——这份疼惜是她从祁同伟眼神里看到的。不过，拥抱热吻过后，她仍有余悸，侯亮平不好对付，万一出现意外怎么办？祁同伟道：那就撤退，不出意外也得撤退了，利用几个月的时间向海外转移资产！说完，他摆了摆手，别提侯亮平了，败兴！

二人上楼，洗漱完毕，正要上床，手机"叮咚"一响，有东西传过来。祁同伟打开一看，天哪，是高老师的三张艳照，一时惊呆了！

高小琴在旁边轻轻地说一句：坏了，这肯定是赵瑞龙惹的祸……

祁同伟还没来得及说什么，电话响了。是高育良的电话，高老师抑或是高书记怒气冲冲地责问：祁同伟啊，吴老师给你发过去的三张照片看到了吗？怎么回事？是什么人从哪里搞到的？给我好好查！

祁同伟赤裸着身子，笔直站在床边，连连应着，头上冒汗了。

高书记让厅长同志说说自己的判断，难道心里一点数没有？祁同伟小心翼翼地提起一件事：早先与赵瑞龙合作的一个杜总，为美食城的股权跟赵瑞龙闹翻了。杜总会不会跑出来揭老底？高育良问：赵瑞龙从香港回来没有？祁同伟说：还没有，这公子哥多疑。高育良很恼火，想办法让他赶快回来！大风厂股权和美食城的事都得解决，这混账东西不把屁股擦干净，会影响整个大局的！最后又悻悻道：幸亏这三张照片落到了侯亮平手上，侯亮平又找上门了，否则还蒙在鼓里呢，死都不知怎么死的！祁同伟警觉地问：高老师，侯亮平和你谈了些啥？高育良说：趁机求和，他同意回北京了！祁同伟质疑道：侯亮平会这么轻易就同意走了？他能认栽，带着一根说不清的脏尾巴回北京吗？高育良说：没什么脏尾巴，我答应他了，会给他洗白的。

挂上手机，祁同伟还在疑神疑鬼，高小琴在一旁提醒，先别管侯亮平了，得赶快找一找赵瑞龙啊，问问他那三张照片的事！祁同伟立即按起了手机。不料，赵瑞龙两个手机全都关机，一时联系不上。

祁同伟火了，这混账东西！得让香港的朋友采取点措施了……

赵瑞龙不敢回京州是有原因的。早年他在吕州搞房地产和水上美食城，请同学杜伯仲做总经理，承诺给杜伯仲百分之十的红股，后来却没兑现，杜伯仲反目离去，二人结了仇，彼此拆台。四年前在北京，杜伯仲举报赵瑞龙的公司走私，吓得赵瑞龙在国内消失了半年。两年前赵瑞龙抓住了杜伯仲嫖娼，又把杜伯仲送进了京州局子。虽说只拘留了十五天，杜伯仲吃的苦头却不少，差点弄出一个"睡觉死"。出来后，杜伯仲放话要和解。赵瑞龙没当回事，和这烂人和解？狗屁！

现在情况不同了。反腐动了真格的，烂人杜伯仲和他一样，也逃到了香港。据可靠消息，杜伯仲偌大的集团公司垮了，负债累累，在香港也要东躲西藏，处境凄凉悲惨。同是天涯沦落人，真不能再内讧了。更重要的是，他们当年在吕州有过许多秘密合作，这些合作都有图有真相，一旦被内地官方掌握，汉东省将有一批人会落马。赵瑞龙最担心杜伯仲狗急跳墙，拿着他们当年亲密合作的资料去举报立功。杜伯仲还偏偏玩了这一手，通过情报线人刘生带了话过来，说有三个挺有意思的硬盘想友情转让给他。赵瑞龙一听就明白，要出麻烦，立即让刘生转告杜伯仲，他现在极端渴望和平，比以往任何时候都渴望！

和平就这么到来了。二人相见时都很有风度，彼此亲热地相互问候，又是握手，又是拥抱，还频频微笑点头。可中间人刘生一走，两人的脸都挂了下来。赵瑞龙想到那三个无耻硬盘就来火，这是啥？这是他妈的敲诈！便阴阴说：杜总，你这人很不够意思啊，这种时候翻老账？！杜总听得这话，脸色也十分难看起来，赵总，老账该翻也得翻啊，再老的账也是账，你总不能不认吧？赵瑞龙说：不就是龙惠公司那点股权吗？我还给你就是了！杜总便又笑了，这就对了嘛，我也把你想要的全交给你！说着，把三个电脑硬盘放到了赵瑞龙面前。

赵瑞龙拿起硬盘，一一瞧着，问：是咱当年全部的影像资料吗？

杜总点着头，不无夸张地说：没错，绝对是全部！高育良、刘新建、高小琴、祁同伟、丁义珍等等，一个不少，而且就这一份孤本！

面对共同的秘密，气氛缓和下来。二人饮酒畅谈，忆起了往事。

创业难啊，和高育良打交道不容易啊！高育良当年是吕州市委书记，他和杜总第一次去找高育良时，就碰了个不软不硬的钉子。他把湖岸花园暨水上美食城项目书放到高育良面前，高育良笑眯眯地推开了，让他去找李达康。李达康是吕州市长，正和高育良闹矛盾。他就承诺，让自家做省委书记的老爷子把李达康调走。高育良当然希望这位强势市长走人，只是不相信省委书记会听他这商人儿子的话。不料他还真的把李达康给弄到林城去了。高育良却又打起了太极拳，推来推去就是不办事。他又把一幅张大千的珍贵字画送给高育良，是杜总经手买的，人民币六十万元。高育良当时胆小不敢收，正色让他拿走。

实在没办法，他和杜伯仲使出了杀手锏——给老高送美人！英雄不一定爱钱，可一定会爱美人。杜总这时做出了一个重要贡献，硬是把土气的渔家姑娘小高，短时间突击塑造成了一个知书达礼、善解人意的小可人。杜总让小高咬筷子，学微笑；教小高穿高跟鞋、旗袍练礼仪；请吕州师范学院的明史专家为小高恶补老高所熟悉的明史……

老高很欣赏小高。这位漂亮的服务员满腹诗书令高书记吃惊，她竟能跟他讨论黄仁宇的《万历十五年》！房产公司开业那天，杜总安排了一场好戏，为一个浪漫故事拉开了序幕。迎宾的红地毯上，二人谈得意味正浓时，小高忽然一阵晕眩，软软地倒在了老高怀里……后来，他送给小高一栋别墅，让老高和小高继续自己的学术研究。秘密影像资料显示，在那座别墅里，老高和小高已经很少讨论《万历十五年》和明史了。经常是老高写字，小高红袖添香，在一旁伺候笔墨。最终，老高脱了小高的衣裙，把小高压倒在身下。影像记载真切生动。

回忆令杜伯仲感慨不已。现在看来，套老高是一个全方位立体工程啊！赵瑞龙说：是啊是啊，杜总，你干得实在漂亮啊。杜伯仲挺谦虚，哪里哪里，赵董，你是总设计师啊！说罢，两位合作者一阵大笑。

杜总，现在你没用这些资料给我设套吧？这你得说说清楚！杜伯仲有些不好意思，赵董，了解我的人也就是你了！我把老高和小高的照片解密了三张，一个善意提醒嘛。赵瑞龙恼火透顶，你这种时候把老高卖了，还善意？杜伯仲也把脸绷起来，哎，我当然善意！不是善意，我就把这三个硬盘全给解密了！硬盘里的秘密，咱俩最清楚，包括老高和小高上演的床戏是吧？不堪入目啊！赵瑞龙叹气，现在啥形势？反腐败人人自危，你还这么肇事！杜伯仲也苦起脸，没办法，我缺钱，没五千万过不去这个坎。赵董，你就帮忙买断这段秘密吧！

赵瑞龙歪着脑袋想，如果他偏不买呢？杜伯仲也许会搞零售，分头去贩卖这三个硬盘里的秘密——老高那里卖一次，小高那里再卖一次。祁同伟现在也是公安厅厅长了，黑钱捞了不少，杜伯仲肯定不会便宜了他。当然，杜伯仲这么干也很危险，基本上算活到头了，别的猛人不说，祁同伟就能灭了他。只是现在风声紧，他不敢继续冒险，只能成交。买卖谈定，赵瑞龙当场打了两千万定金，继而问杜伯仲：杜总，这些影像资料永远不会重现江湖了吧？杜伯仲笑了，不会，赵董，咱们这段伟大的秘密让你买断了，我没版权了，哪敢非法出版呢？赵瑞龙"哼"了一声，你明白就好，非法出版是啥代价你应该清楚！

搞定了杜伯仲这条毒蛇，赵瑞龙想放松一下，当天夜里找了个高级妓女过来陪床。正倒在太妃椅上让妓女按摩捏肩，祁同伟的电话打来了，问他怎么回事？两个手机为啥都关机了？赵瑞龙说起了和杜伯仲的谈判，祁同伟马上责问：高育良和小高的照片是怎么回事？赵瑞龙说：老杜的人寄的，都气死我了！厅长，你让高书记想个办法应对吧，反正不是床上的艳照，回旋余地很大！祁同伟阴森森问：关于我的照片啥时寄啊？赵瑞龙忙道：哪有你的照片？再说老杜也不敢。沉默片刻，祁同伟又问：你能保证老杜到此为止了吗？赵瑞龙说：我保证，绝对保证！如果再有一张照片出现，你把我一枪崩了，就地正法！

赵瑞龙知道身为公安厅厅长的祁同伟手段厉害，一个劲儿解释自己正是为了解决这个可恶的老杜，才留在香港直到今天没回去。现在杜伯仲的隐患彻底解决了，他明后天就回内地了，见面时再细说吧！祁同伟听了，一句话没说就挂断了电话。赵瑞龙捧着手机一阵发愣。

这时，门铃响了。妓女过去开了门。一位英俊男侍擎着托盘走了进来，托盘上放着一束鲜花和一个硬皮信封。赵瑞龙问：谁送的？男侍说：一位先生。赵瑞龙以为是杜伯仲送来的悔意——毕竟和平了，老杜也得表示一下了，便收了花和信封，给了男侍一张港币小费。

男侍退出门后，赵瑞龙完全袒露，全身放松半躺在太妃椅上，一边让妓女的香酥软手捏着摸着，一边漫不经心地打开了信封。三粒黄澄澄的子弹急不可待地从信封里溜了出来，相继跌落到地板上，弹起老高。妓女像中了一弹，吓得一声惊叫，软软地瘫坐在地上……

赵瑞龙也被吓着了，当下匆匆收拾行李，连夜逃回了内地。

祁同伟早晨一起床，就来到山水度假村的游泳馆。他喜欢运动，习惯在运动中思考。游泳馆空无一人，一池清水平静如镜，呈现微蓝的色彩。虽说是二十七度恒温，下水时他仍感到一阵寒意侵袭。祁同伟精神一振，挥臂击水，如一条大鱼向前急游，脑子也像马达一样转动起来。

目前形势还算好：赵瑞龙被三颗子弹吓回来了；老杜的秘密被赵瑞龙买回来了；沙瑞金在老师面前亮出了底牌，既不愿和老师、李达康翻脸，更不愿开罪前省委书记、现党和国家领导人赵立春。局面似乎已经大为好转。但他心中仍然隐隐不安，既怀疑沙瑞金，也怀疑侯亮平。主要还是侯亮平，他预感这位小学弟不会就此认输。侯亮平毕竟来自最高检反贪总局，即便沙瑞金把持底牌，不愿出击，也不敢保证这孙猴子就不出击。关键是那两个证人。两个证人没找到是个天大的问题。这里面是否有诈呢？两个证人怎么会同时失踪？该不是侯亮平伙同赵东来搞的名堂吧？为什么他动用了全省公安系统都没找到呢？

老师有些掉以轻心了，就不想想，侯亮平同意回北京是不是故意放烟雾？这样顽强的对手，岂肯轻易退出擂台？祁同伟不敢大意，这关系到他身家性命，关系到他一生奋斗所取得的成果。他必须警惕。现在的关键是找到那两个证人，这是决定胜负的王牌。只要两个证人落在他手里，一切都好说，他有的是办法让他们按他的意思举证。但若是证人被侯亮平找到了，那就会翻盘！祁同伟把头潜在水下，慢慢地吐着气泡，沉下心来琢磨：下一步应该怎么办？怎样找到那两个证人呢？

这些日子，他利用一切技术手段和关系线索找人。还搞了个监控小组，监听所有相关人员的电话，迄今为止未发现有用的线索。这也太奇怪了，大风厂的那个会计和司机会不会死掉了呢？真死掉倒也好了，但证据在哪里？又是怎么死的？死在啥地方了？真他妈天知道！

祁同伟摇着一头水珠上了岸。服务员及时送来毛巾、睡袍。祁同伟伫立在游泳池旁，擦拭着头上身上的水。泳池里的水中映出他的倒影，摇曳的波纹将他的身体和脸庞扭曲得变了形，让他显得有些狰狞。

他感觉侯亮平和检察院已经防着他和省公安厅了，昨夜监控小组专门汇报过，几个重点目标有事都不在电话里说了！尤其是陈岩石那老东西，检察出身，反侦查能力强，和侯亮平的感情也非同一般。得注意盯住这个狡猾的老家伙，还有陆亦可，赵东来，季昌明。还要进一步扩大监听范围，上人加班，不放过他们电话里露出的蛛丝马迹……

四十四

陆亦可的母亲姚心仪以前是位法官，退休后余热尚存，又无处发挥，就格外操心女儿的事。夜半，陆亦可趴在电脑前，加班搜寻两个证人的线索，前法官也来了兴致。法官嘛，判案子的嘛，这下余热可有地方发挥了。姚法官似又回到了法庭，让疲惫不堪的女儿去餐桌喝莲子汤，自己坐到电脑前看资料。姚法官多年担任经济庭庭长，办案经验丰富，尤其擅长对各种财产纠纷的处理判断。她锐利的眼睛注意到，蔡成功的大风服饰公司涉讼不少，资产常被各地法院轮候查封。法官便向女儿介绍法律常识：查封里面有区别，像卡车、油罐车、一般小车，法院虽然查封，但不影响车辆的使用，只是不能转让变更所有权了。但是对价值上百万几百万的豪车，就不准使用了，使用不但会造成车辆减值，如果出现严重车祸，甚至会造成查封标的物的价值灭失……

陆亦可说：这我知道，蔡成功这辆奔驰就属于不准使用的。

这时，法官母亲突然叫了起来，哎呀，奔驰车的第一查封人还是外省的啊？亦可，你来看，网上有嘛，是咱邻省桥头县法院查封的！陆亦可在餐桌旁伸头看了看，是啊，你发现啥了？母亲诡秘一笑，陆处长，车和人没准我都给你找到了！陆亦可半信半疑，真的？母亲轻松地说：不是蒸的还是煮的？陆亦可乐了，推摇着母亲，说：快说！

姚法官开始办案：根据目前查实的线索，人和车是在岩台市失踪的，时间是十二月十五号。岩台和邻省哪个县接壤？桥头县！这两个人应该是被桥头县法院司法拘留了。法官冷静分析：亦可你想啊，人家法院早就查封了这辆奔驰，连车牌都给没收了，不让上路行驶。他们倒好，把这台车东藏西藏的，还偷偷弄到岩台市去卖车，一个妨碍司法执行的罪名是逃不掉的！姚法官又掐指计算，十二月十五号失踪，今天是十二月二十九号，哟，已经是第十四天了！司法拘留应该是十五天，这俩人明天就得放出来了！姚法官瞪起眼，让女儿赶快去接他俩，万一再给弄丢了，或者让对手给接走了，你们局长就麻烦了！

两个关键证人就这么找到了。这真是踏破铁鞋无觅处，得来全不费功夫。次日，陆亦可带着张华华来到桥头县法院，以罚款一万元的代价，接出了尤会计和钱司机。往回走时，季昌明及时来电话指示，要他们在岩台市检察院就地安排询问。可到了省界，季昌明又突然命令他们绕道东乡。事后才知道，对手设了卡，正在省界收费站严阵以待拦截他们呢。待到了岩台市检察院门前，季昌明再来一电，要他们掉头杀个回马枪，前往青山区检察院反贪局，在此期间关掉所有手机。陆亦可遵命而行。她和张华华都清楚，这次对手不一般，可以动用整个公安系统，所以季昌明才坐镇亲自指挥，格外小心谨慎。

青山区检察院反贪局在一个不起眼的独立小院落里，十分僻静。尤会计刚离开看守所，惊魂未定，问啥都老实回答。他跟蔡成功十几年了，是公开招聘进的大风厂，很受蔡成功信任，对财务内情一清二楚。四年前蔡成功和丁义珍、侯亮平一起办煤炭公司的事，他知道，林城工商局就是他跑的，手续都是他办的。公司的真实股东就蔡成功一人，既没有丁义珍，也没有侯亮平。蔡成功让他写上这俩人的名字，是为了拉大旗作虎皮。陆亦可问：既然这样，侯亮平有没有拿过蔡成功的分红？尤会计真是一个好证人，回答得斩钉截铁：没有，绝对没有！

陆亦可按捺住兴奋心情，提出了最关键的问题：二〇一四年初，是否给侯亮平办过一张银行卡？是否往卡里打过四十万元现金？尤会计狐疑地看着对陆亦可，我给侯亮平办银行卡？不会吧？我没这个印象。四十万，这么大的数我怎么记不得？这不太可能啊！张华华在旁边提醒尤会计再好好想想，说这件事非常重要。尤会计努力回忆，侯亮平是北京人，当时在北京，自己从来没和他见过面，更没用过他的身份证，怎么给他办卡呢？陆亦可告诉他，现在的事实证明，确实有这么一张卡，是民生银行的！那会不会是蔡成功直接给侯亮平办的呢？尤会计否定说：不会，办银行卡都是我经手，办了我肯定有账！

想了好半天，尤会计还是想不起来，道是这几年他办的卡、打的钱多了去了，实在难以回忆。最好的办法是回京州，把所有的银行卡都找出来，看看是不是有侯亮平这张卡就清楚了。尤会计说，他经手办的银行卡有好几抽屉，三百五六十张呢！陆亦可大为惊奇，问尤会计：你为什么要办这么多银行卡？尤会计叹息说：这不是没办法的办法嘛！蔡成功负债累累，公司几十个账号全让法院查封了，我要给工人发工资，一千多号人的工资啊！还有维持生产，进材料买原布，都得从卡上走钱！我不办几百张卡行吗？银行卡提款有限制啊！说到这里，尤会计脸上现出了一丝得意与自豪——陆处长，三百六十行，行行出状元啊，别以为干会计容易！我硬是靠这几百张银行卡坚持了一年多，才没让一千多号工人下岗！敌军围困万千重，我自岿然不动！

陆亦可讥讽：看来，你们是打惯了法律的游击战啊！说说，这么多银行卡都是怎么办下来的？用厂里工人的身份证？尤会计说：厂里工人的身份证哪敢用？厂里经常欠薪，用他们的身份证不是作死吗？！我们主要用外地农民工的，还有就是熟人朋友的身份证。搞到身份证复印件也行。一般客户办卡，银行要求本人身份证的原件，对企业大客户，那些小银行不但不要原件，还派人上门办公呢！陆亦可问：这些银行卡在哪里？尤会计说：在建设路45号京西花园7栋1103室。

远在京州的指挥中心即时掌握问询的情况，尤会计话一落音，那边就行动了。几百张银行卡在尤会计交代的地点现身，其中一张是侯亮平的。行动组的检察官用手机拍照，及时将卡传到指挥中心。指挥中心立即通过手机微信传了过来。陆亦可向尤会计出示微信问：侯亮平这张卡到底是怎么回事？尤会计实在记不起来了。陆亦可又问：侯亮平是否取过卡里的钱？尤会计道：不可能取啊，我说了，这都是我们财务人员发工资买原料的钱。每张卡上的每一笔钱用在哪都有账的！侯亮平既不知道这张卡的存在，卡上有多少钱对他也毫无意义。

关键问题解决了。以后的事情更简单，司机证实，蔡老板是去北京找过侯亮平，是送了一箱中华烟、两箱茅台酒，可侯亮平都没收。从北京回来后，他就把烟酒交给一家烟酒店寄卖了。其实烟酒也是假的，高仿，摆在那家店寄卖，至今没卖出去。司机说出了具体寄卖店的地址，机动检察官随即去核实，证实了所谓名烟名酒的下落。

与此同时，另一路人马提审蔡成功。开始蔡成功还坚持说，他就是给侯亮平分了红——四十万元，打到了侯亮平的民生银行卡。及至尤会计说明真相，蔡成功才改口说：我知道你们早晚能查清楚，才撒了谎。我也没办法，我不这么做，儿子就有危险！原来，蔡成功的老婆受到威胁，有人逼她写了一张字条。看守把字条传给蔡成功，上面就两句话：儿子有危险！按人家说的办。看守唆使他诬陷了侯亮平。

最终，蔡成功以过失危害公共安全罪、行贿罪被判六年徒刑。在一个大雪纷飞的傍晚，侯亮平踏雪探监，看望这位发小。蔡成功泣不成声，呜咽着说：猴子，对不起，我并不想害你，是被他们逼的呀！我活得不容易！我不是赵瑞龙、刘新建、高小琴他们，我没有机会侵吞国有资产，享受特权利益。我经营的每一步都历尽艰辛，都要付出代价！别的不说，就说贷款，我几乎就没用到过正常利息的银行贷款……我拆了东墙补西墙，想对你负责，想对大风厂的工人负责，也想对贷款银行和高利贷公司负责，但是最后对谁都没负得了责！我骗完这个骗那个，弄得东墙西墙一起倒了，我自己也没落得好下场！

侯亮平隔着窗子，握着话筒说：包子，案子办到今天，许多事我也明白了，你是不容易，但谁又容易啊？大风厂那些工人容易吗？我容易吗？包子，得记着，再难再艰辛，也不能突破做人的底线啊……

四十五

中央巡视组到来后，接连找陈岩石谈话，共谈了三次。谈话内容无人得知，但有个事实让人印象深刻，且很快传遍汉东省政坛：陈岩石在第三次谈话时因为情绪激动，突发心脏病，被紧急送往人民医院抢救。好在抢救很及时，老人昏迷几小时后醒了过来。陈岩石为啥激动？这是一个问题！老同志终于等到机会了，应该是和一直压着他的前省委书记赵立春摊牌决战了吧？也有人说，陈岩石要反映的还不是一个赵立春，是赵立春提起来的一大批干部，包括高育良、李达康。

沙瑞金对陈岩石老人有着一种父亲般的感情，得知老人病倒，赶到医院探望。不料，探望结束，在病房走廊上意外见到了李达康。李达康是来探望一位即将离世的市级机关的老处长。老处长是李达康的第一个上级。于是，沙瑞金便和李达康在医院花园里交流起来——

中央巡视组过来了，既是例行巡视，也有一定的指向。沙瑞金语调缓慢地说，达康同志，我呀，今天得和你交个底了：前省委书记赵立春同志的儿子赵瑞龙，长期以来违法乱纪，全省干部群众反映十分强烈！赵瑞龙还是山水集团大股东，侵吞大风厂工人股权他也有份。

李达康点了支烟抽着，赵瑞龙犯事，赵立春责任不小！作为前秘书我早就有这种认识，也提醒过，他就是不听。在吕州，他还暗示我给赵瑞龙批美食城和湖畔花园项目，我坚持没批。赵书记就怪我烧不熟，渐渐地疏远了我。吕州之后，赵立春啥事都去找高育良……

星空下，沙瑞金抱臂看着李达康，赵立春是怎么暗示你的？

李达康回忆道：赵立春拉着我的手说，达康，我三个女儿，就瑞龙一个儿子,你得帮瑞龙啊!你帮瑞龙,就是帮我!我憋了半天,把手抽了回来,闷闷地回了他一句,赵书记,三百万吕州百姓可就这一个月牙湖啊,是老祖宗留给咱们的,污染了,我就是历史罪人啊!

沙瑞金赞叹说:达康同志,在这一点上,你比高育良同志强多了!接着又说:明天中央巡视组要请你去谈个话,了解一下赵立春同志在本省主政时期的有关情况,你实事求是谈吧!包括月牙湖项目情况。

我已接到通知了,瑞金书记,放心吧,我会对组织忠诚老实。李达康继而又深深叹息,赵立春也是可惜了。当年多能干啊,为了发展我省经济,把GDP搞上去,大刀阔斧,敢拼敢闯!他在公开场合不止一次说过,可以犯错误,但不能不改革!你不改革,我就改人!瑞金书记,我得实话实说,赵立春的工作作风深深地影响了我啊!

沙瑞金在花坛前驻足站住,是啊,达康同志,这话你不说,我也要说的。赵立春好的坏的,对你这位同志都有影响,甚至是很大的影响!大刀阔斧,敢拼敢闯,你学到了;刚愎自用作风霸道,你也学到了!前几天你在京州懒政学习班上的讲话我看了,那可是霸气十足啊!

李达康一怔,马上辩解:哎,哎,瑞金书记,解决懒政问题这可是你提议让我在京州试点的啊!我不把话说重些,能让这帮懒政干部长记性吗?这种时候,矫枉就得过正嘛!孙连城辞职,我就让他辞了。

沙瑞金笑了,你误会了,我并没说你讲错了,这个讲话我推荐给好多干部看了,包括国富同志!但是,我的达康书记啊,现在不是总结经验吗？我是班长，该提醒得提醒，该扯袖子就得扯袖子嘛！

李达康也笑了，好，好，瑞金书记，那你说，我洗耳恭听！

沙瑞金弯下腰，拔去花坛中几棵野草，达康同志啊，据说，丁义珍出了事，你这个一把手首先想到的不是自省自查，找找自己的不足和责任，而是训人骂人，把人家市纪委书记先狠批了一通，是不是啊？

李达康一怔，是有这么回事，当时不知怎么，就脱口而出了！

沙瑞金把野草扔进垃圾箱里，拍拍手，长期以来一把手当惯了，许多毛病不自觉啊，同志！权力习惯了不受监督，非常危险！我不说别人，就说我自己：我从县委书记到市委书记干了好多年，干什么事都是干一件成一件，我不想干的事，那就干不成。下面反对我的人有没有呢？有，但很少，除非他不要乌纱帽了。无论是同级纪委、检察院，还是报社、电视台都不敢真正监督我，事实上也监督不了我。

李达康深有同感，其实我也一样，在京州谁能监督得了我啊？

这就是问题呀，我的同志！怎么办呢？也要解决嘛，我呢，也想像解决懒政问题一样，在你京州搞个试点，今天慎重征求你的意见！

李达康有些意外，哦？好，好吧，瑞金书记，那你说！

我想给你老搭档易学习换个岗位，让他到京州做纪委书记。

李达康说：老易任吕州代市长才几天？马上又动，合适吗？

沙瑞金微笑着，达康同志，看来你是不太欢迎这位老搭档啊？

李达康连忙否认，哦，不是，我怎么会不欢迎老易呢？这次破格让老易上来，我是坚决支持的！只是……瑞金同志，我估计老易也不会同意过来！在整个汉东省，他最不愿意来的可能就是京州，早年老易做过我的班长，关系不好处啊！我不明白，为什么偏偏是易学习？

沙瑞金坚定地说：就得是易学习嘛！达康同志啊，你这个省会城市一把手是省委常委，又是这么一种强悍的工作作风，你会服谁啊？！李达康反问：瑞金同志，你觉得我会服易学习吗？沙瑞金道：服不服没关系，但易学习起码敢说话。他是你的老搭档，而且人家还做过你的班长，资格比你老，你也得买点账吧？！说罢，定定地看着李达康。

李达康闷了半天，突然道：哎，瑞金书记，那能让我问你一个问题吗？沙瑞金手一挥，问吧，今天咱们就是同志之间谈心嘛！李达康迟疑片刻，苦苦一笑，算了，算了，不说了！沙瑞金道：你看你，怎么又不说呢？说嘛，同志之间就是要坦诚相待嘛！批评指责都可以。

李达康苦苦一笑，这才说了，易学习来监督我，谁来监督你沙书记啊？沙瑞金一下子怔住了，看着李达康没作声，心想：李达康就是李达康，这个问题问得好，点在穴眼上了！估计在汉东省也只有他和少数几个干部敢提这个问题。李达康见他不作声，继续说：就说田国富吧，他能按党章规定和中央的要求，对你实行有效的同级监督吗？

沙瑞金轻轻拍了拍李达康的肩膀，你的话很尖锐，很有分量啊。

李达康态度诚恳，感叹说：大家都在一口锅里吃饭，实行有效的同级监督有难度，瑞金同志，这个情况我们不是不清楚！

沙瑞金感叹，是啊，是啊，这些年发生的一把手腐败问题，很少有同级纪委主动报告的。这种现象不正常，必须改变！达康同志，话说到这里，我表个态，省里从我改起，市里京州试点，从你改起！约法三章：全省廉政建设向我看齐。京州向你看齐。各县市向一把手看齐！

李达康这才吐了口气：好，瑞金书记，老易这纪委书记我接受了！

沙瑞金乐了，我就知道你能接受！达康同志，你这同志襟怀坦白啊！

四十六

侯亮平清晨起来跑步，心情兴奋而激动，脚下便刹不住了，一口气跑到光明湖边。事情澄清了，今天他又要上班了。这让他想起许多年前的日子，他参加工作的第一天，上班前也一大早起来跑步。那时年轻啊，一激动不知跑出多少里路！是啊，困厄这么多天，现在他像一只冲出笼子的猛虎，力量与速度惊人爆发，以宣泄憋在心中的块垒。

光明湖畔修了一座栈桥，深入湖心。侯亮平跑到栈桥尽头，站在小亭子里极目远眺。湖面流荡着淡淡的雾霭，环湖耸立的高楼在雾气中若隐若现。冬天了，岸边的老柳树脱光了叶子，但柳枝随风飘摇轻抚湖面，依然婀娜多姿。光明湖盛产鲤鱼，尺把长的大鱼时而跳出湖面，为宁静的湖面增添不少生气。太阳出来，雾散了，湖面泛起胭脂红色，波澜起伏跳动着万点金光。阳光照亮整个城市，也照亮侯亮平的内心世界，他深深吸了一口气，突然有了一种想流泪的感觉……

今天审讯刘新建。当他和陆亦可气宇轩昂走进审讯室时，刘新建坐在受审席上，正放松地闭目养神，一副悠然自得的样子。听见脚步声，刘新建睁开眼睛，看见侯亮平的一刹那，仿佛遭到雷击，顿时石化！侯亮平注意到，刘新建的脸色死人一样灰白，眼珠定定的一动不动。

侯亮平在审讯桌前坐下，明确告诉刘新建：中央巡视组已经过来了，赵瑞龙和赵家都已是泥菩萨过河，自身难保了。你可以讲江湖义气，继续为他们扛着，但我说过零口供定你的罪，就一定说到做到。

刘新建的崩溃是预料中的事。这回他再也挺不住了，忽然哭了起来，哭得大泪滂沱！哭够了，开始全面交代问题，倒是十分痛快——

据刘新建交代，自从他做了汉东省油汽集团董事长兼总裁后，油汽集团就成了赵家的提款机。赵立春明确对他说过，新建，让你去做这个老总，就是为了请你帮赵瑞龙！说穿了，组织靠不住，靠得住的是你，是瑞龙！我此生有两个儿子，一个瑞龙，一个就是你啊！赵立春真是把他当自己儿子待，政治上为他扫清一切障碍，想啥有啥，要啥给啥。许多知心话也悄悄和他说——新建，有些事得悟透。油汽集团是国家的，全民所有，全民所有就是全民没有！瑞龙的公司可是实实在在的，瑞龙的公司有了，咱就像歌里唱的，你有我有全都有了！

在老领导的怂恿下，刘新建干得很疯狂，这些年向赵瑞龙旗下公司输送的利益不下三十亿。他自己也肆意挥霍，仅赌博就赌输了五千二百余万现金，从澳门赌到拉斯维加斯，赌到葡萄牙的里斯本……

刘新建还揭发了那位"耿直"的肖钢玉——说起肖钢玉简直就是个笑话，这人像个土财主，既贪婪又小气。那年，他不知收了谁一箱中华烟，托我卖，我就让财务给他送了六万块钱，烟没拿，权当送给他抽了。没想到，半年后他又来找我卖烟，竟然还是那箱中华烟！这怎么办啊？我只好再批了六万元给他，然后让人把烟拿了回来——不拿回来不行，过一阵子他肯定再让我卖！拿回来一看，烟早霉了……

这一天，刘新建不停地讲啊讲啊，汉东省许多不为人知的秘密浮出了水面。侯亮平虽然早就锁定了这伙犯罪嫌疑人，但面对刘新建供出的具体的犯罪事实，仍深感震惊！眼前时常浮现出"九一六"之夜的熊熊大火。这是贪腐直接导致的恶果啊！在京州，在汉东省，在泱泱中华大地，还有多少这类悲剧是由贪腐引发的？还有多少人民群众的无奈和痛苦是这些蠹虫造成的？这些满嘴"人民"的家伙，把人民当鱼肉了……

突破刘新建是决胜之举。当晚审讯结束，侯亮平把厚厚的卷宗交给季昌明后，长长舒了一口气。这时，已是暮色苍茫，侯亮平想起妻子，急匆匆往回赶。他想为钟小艾做上一桌菜，好好庆祝一下……

不料，钟小艾已收拾行李准备走了。侯亮平问是怎么回事？连一顿晚饭都不吃了？妻子笑眯眯地望着他，我也要归队嘛。中纪委巡视组通知我今晚报到。侯亮平怔怔地望着她，热泪忽然涌出眼眶。在这段困难的日子里，妻子从没怀疑过他，专程从北京赶来陪伴他，给了他多少温馨，鼓起他多少勇气，夫妻之情只有在患难中才弥足珍贵。

……

嗣后的一切顺理成章，且一气呵成。

赵瑞龙最先被捕，是在吕州被捕的。二十三天之后，中共中央决定对其父，那位党和国家领导人——原汉东省委书记赵立春涉嫌违纪违法问题立案审查。嗣后，赵瑞龙数罪并罚被判处死缓，并处没收个人资产三十五亿，罚款三十八亿。赵立春被判处有期徒刑二十年……

肖钢玉是在自家门口被带走的。纪检组组长和几个省检察院干警前去敲门，肖钢玉还以为找他商量侯亮平的案子。及至纪检组组长代表省纪委向他宣布审查决定时，肖钢玉才愕然翻着眼皮问：怎么对我立案审查了？你们搞错了吧？纪检组组长说：没错，老肖，你做了啥自己有数，就别费口舌了吧？肖钢玉结结巴巴地问：那侯亮平呢？是不是也立案审查了？纪检组组长苦笑不已，老肖，你这梦咋还没醒啊？今天的行动就是侯亮平在领着执行啊，他顾不上你，亲自到山水度假村请高小琴去了！后来肖钢玉以受贿、渎职罪被判处有期徒刑十二年……

侯亮平带队拘捕高小琴。月色下，警车沿着银水河前行，冰封的河面锁住夏日喧闹，凝结一片幽深的宁静。马石山雄伟的轮廓渐行渐近，高尔夫球场的草坪缓缓展现在眼前。低矮山坡下，栋栋别墅屋顶上的积雪反射出皑皑白光。山水度假村仍保持着世外桃源的安谧风格。

凝视着熟悉的风景，侯亮平回想起此前两次来这里的情形。第一次是接风，他与祁同伟、高小琴一场《智斗》，唱得风生水起。双方试探摸底，巧妙周旋，算是打了一场没有输赢的前哨战。当时祁同伟尚未露出庐山真面目，高小琴以阿庆嫂的睿智、曼妙的身段给他留下深刻印象。第二次在这里唱《智斗》，就是一场贴身肉搏了。这个贪腐犯罪团伙图穷匕见，摆开鸿门宴，竟埋伏杀手想要他性命。如今大幕降下，尘埃落定，他倒想看看高小琴是否还能以阿庆嫂的睿智、曼妙唱一出《智斗》？能否保持阿庆嫂式的冰雪聪明？她将会以何种姿态谢幕退场呢？这位京州阿庆嫂该不会花容失色，自毁形象吧？

这时，检察警车驶入甬道。朦胧月光下，前方驶来一辆宝马，侯亮平太熟悉这辆车了，当即断定高小琴准备逃跑！遂命令身前身后两辆检察警车迎面挤上去。宝马车被警车逼迫，只得停下。侯亮平开门下了指挥警车，走到宝马轿车跟前，敲了敲车窗。宝马车玻璃窗缓缓摇下，高小琴露出姣好的脸庞，平静地看着侯亮平，眼中并无恐慌。

侯亮平不失绅士风度，微笑着问候：高总，别来无恙乎？

高小琴妖媚一笑，彬彬有礼地回答：还好，你呢，侯局长？

侯亮平自嘲道：不太好，你和祁厅长差点让我先哭起来！

高小琴一声轻叹，满脸真诚，这不是我的本意，真的！

侯亮平做了个请的姿势，高总真会说话，换个地方聊聊？

高小琴下了车，脸上掠过一丝悲凉，我早就知道会有这一天！

侯亮平惋惜地摇头，既然早知道，那又何必当初呢！哦，冒昧地问一句，今晚我那位老学长祁同伟祁厅长没到你这里来唱歌吧？

哦，没有没有，他好像去香港出差了吧？高小琴镇定地说。

侯亮平凝视对手，太遗憾了，真想和你们再来一回《智斗》啊！

高小琴手一摆，《智斗》啥，嗓子早倒了！说罢，上了检察警车。

进入省检察院反贪局的审讯室，高小琴竟然一点不紧张，面对坐在审讯桌前的陆亦可、张华华，她神情轻松，脸上仍然保持着招牌式的迷人微笑。侯亮平和季昌明站在指挥中心的大屏幕前，注视着屏幕上的这位美丽女老总，感慨不已。这个女人是不寻常啊，进了检察院还那么镇定自若，好像来这里做客呢！季昌明判断，高小琴的强大是内心强大，这种女人比较少见。可能与那位公安厅厅长的长期调教有关。

侯亮平对季昌明的判断开始并无异议，但审讯室的情况异样，引起了他的警觉。陆亦可招呼熟人一般对待高小琴，高小琴的反应却不是太正常。大屏幕上显示，高小琴像是不认识陆亦可，竟然问：你好像是那个陆处长吧？陆亦可说：高总，你可真逗，我这个陆处长怎么还好像啊？高小琴搪塞，最近太忙乱了，记性不是太好！包涵啊！陆亦可奇怪，你可真让我伤心啊，咱们打了好几次交道，谈得好像还不错，你却轻易把我忘了！怎么？这又是什么招数啊？说说！高小琴淡淡一笑，哎呀，我哪有什么招数啊？既到了这里，就看你出招了！

陆亦可直到这时仍没发现问题。她让高小琴接着上次的话题聊，现在坐到审讯室了，应该反思一下发家过程中的问题了吧？有没有巧取豪夺啊，财富里有没有民众的血泪啊？高小琴茫然看着陆亦可，陆处长，我们聊过这个话题吗？陆亦可一边注意地审视着面前的老对手，一边提示她：咦，怎么？这么快就忘了？你说，在一个爱拼才会赢的时代,血泪肯定会有嘛!你不让别人流血流泪,别人也许就会让你流血流泪啊……高小琴依然笑得风轻云淡,是,是,你瞧我这记性!

侯亮平看着大屏幕,脱口而出:季检察长,好像哪里不对劲呀!季昌明凝视侯亮平,哦,怎么了?侯亮平忽然叫道:天哪!我们可能抓错人了,她不是高小琴,肯定不是!季昌明十分诧异,什么?亮平,你为什么这样想啊?说根据!侯亮平指着荧屏上的高小琴分析:瞧这个女人的眼神多平静,没有高小琴的那股狠劲啊!刚进审讯室,她没认出陆亦可,她们一起讨论过的很尖锐的问题,她竟然忘了!季昌明疑惑地瞅着侯亮平,如果不是高小琴,那她是谁?侯亮平神情严峻,不知道。当然,也许是我敏感了,但我建议先停止审讯!季昌明同意了。

侯亮平不慌不忙地走进审讯室,微笑着让审讯者和被审讯者先休息一下,别搞得这么紧张。陆亦可疑惑地看了侯亮平一眼。高小琴脸上却现出如释重负的表情,侯局长,谢谢啊!侯亮平笑道:谢啥?老朋友了嘛!轻松一下,咱们唱唱歌吧!说罢,拿出节目单,放在高小琴面前。高小琴有了些快乐,既然侯局这么绅士,那就来一首《爱拼才会赢》吧!侯亮平拍了拍巴掌下令,让工作人员准备卡拉OK伴唱带。歌声在审讯室回荡,高小琴唱闽南语歌曲也很拿手,味道十足。

一曲歌罢,侯亮平似乎还不过瘾,拿起话筒,走到高小琴面前,高总,你这一唱,我喉咙也痒痒了,咱们来个传统节目,《智斗》吧!高小琴迟疑一下,笑了,都到你们这里来了,还《智斗》啊?我可不敢斗了。侯亮平把话筒塞到高小琴手上,这可不像阿庆嫂说的话，该斗还得斗嘛，新四军在不在沙家浜我还不知道呢！说罢，四下看看，似乎挺遗憾，可惜我老学长祁同伟不在，缺个胡司令！哎，陆处长，你给我凑合一个胡司令！陆亦可倒爽快，抓过话筒，清了清嗓子，唱了起来——想当初老子的队伍才开张，总共只有十几个人七八条枪……

一场《智斗》就这样在检察院反贪局审讯室开演了。审讯者和被审讯者三个人唱得都很投入。尤其是高小琴，可谓全神贯注，盯着卡拉OK带上那个身着蓝花布短装的阿庆嫂目不转睛。侯亮平注意地听着高小琴的唱腔，不时地投去疑惑的目光。这疑惑毫不掩饰，弄得高小琴明显地紧张起来，最后竟唱得额头上现出一层细密的汗珠子。

不对，肯定不对！高小琴原来唱得多地道啊，那有腔有调的一口道地的京剧味儿怎么一下子全没了呢？眼前这女人是唱歌的唱法呀！

侯亮平终于叫停，拉下脸道：不对呀，高总！

高小琴看着侯亮平，怯怯不安，哪里不对了，侯局长？

侯亮平说：来，高总，重来——有什么周详不周详……

高小琴学不来，不敢接话筒了，我……我一直就是这么唱的！

侯亮平把话筒重重地放在审讯桌上，那你就不是高小琴！

高小琴一下坐倒在身后的椅子上，长叹一声，唉，还真让你看破了？对，侯局长，我不是高小琴，我是她双胞胎的妹妹高小凤……

侯亮平啥都明白了，立即回到指挥中心，向季昌明汇报：真的高小琴现在应该在京州国际机场，或者是吕州机场，她在准备出境，甚至有可能就和祁同伟在一起。季昌明恍然大悟，这就对了！怪不得赵东来和京州市公安局一直没找到祁同伟的下落！季昌明和侯亮平让手下工作人员，把高小琴的照片发给京州、吕州以及周边各大机场：不管这个女人持有哪个国家的护照，叫什么名字，一律不准离境⋯⋯

四十七

祁同伟觉得自己掉在一口深深的枯井里，除了巴掌大的天空，周围漆黑一团，看不见任何东西。这种感觉是从失去两个关键证人开始的，省检察院在邻省桥头县看守所接走大风厂的会计与司机，祁同伟就明白这局棋已经输定了！他不禁惶恐起来，给北京的老书记赵立春打电话，小保姆支支吾吾说：领导两口子都开会去了，不知啥时才能回来⋯⋯不祥的预感如阴云一般，笼罩在祁同伟心头。直到与赵瑞龙通上话，得知赵立春出了事，祁同伟才如梦初醒，但一切都晚了。

现在回想起来，省委书记沙瑞金太厉害了，是位高明棋手。他先让侯亮平停职，嗣后又放风说让侯亮平回北京，全是妙棋啊！既洗清了他们对侯亮平的诬陷，又麻痹了像高育良这样的老狐狸。更不用说赵瑞龙、高小琴这些毫无政治斗争经验的白痴了——他们本来都逃出去了，又一个个回来自投罗网。往深处想，他又何尝不是白痴呢？赵瑞龙、高小琴还是他亲自催促回来的。为让赵瑞龙回来，他还动用香港黑社会，浪费了三颗子弹。棋局临近结束，他才看明白了布阵，自从五个月前中央派沙瑞金来汉东省任职，他们这些人就注定要出事了……

拼个鱼死网破的时刻到了。祁同伟头脑异常冷静，安排下金蝉脱壳之计，让家庭妇女高小凤顶替双胞胎姐姐高小琴，自己开车带着高小琴直奔吕州别墅。进了别墅，收拾好贵重细软、海外存单，自己从衣橱里掏出一把制式手枪和狙击步枪，以防不测。考虑到和赵瑞龙的通话可能被咬住了，他又把自己和高小琴的手机都开着，打成静音留在别墅，而后开车直奔京州国际机场，护送高小琴再次踏上逃亡之路。

情况比想象的还严重，我们到底上当了！祁同伟路上嘀咕。

高小琴焦虑不安，那我们要不要找一找高育良书记啊？

祁同伟叹息，找高育良还有什么用？估计老师也被控制了……

将高小琴送到京州国际机场已是凌晨四点了，祁同伟含泪吻别高小琴后，驱车来到一个三岔路口。这个路口距京州国际机场二十五公里，距孤鹰岭一百八十八公里。车在路牌前停下，祁同伟下车抽烟，不时地取出手机看。按他的计划，高小琴将用假护照坐早上第一班飞机飞香港。如果一切顺利就发出短信YES，他就以同样的方式出境，在香港三季酒店和高小琴会合。万一遭遇不测，高小琴就发出短信NO，他则另想脱身办法。祁同伟朝天空吐着一个个烟圈，等待命运的裁决。

黎明时分，祁同伟正靠着驾驶椅打盹，手机吹口哨似的啾啾一响，有短信进来。祁同伟忙把手机贴在前额，屏息凝神，暗暗祈祷得到好消息。然而，该来的总是要来，当他打开短信信箱，屏幕上显示着清晰的英文字母——NO！祁同伟立即发动汽车，前往孤鹰岭方向。

前往孤鹰岭的盘山公路上下起伏，曲曲折折，颠簸得他不住地想呕吐。就仿佛有一只五味罐子在胸中颠碎了，人生的酸甜苦辣一齐涌向心头。祁同伟眼睛渐渐模糊了，便把车停在了一处悬崖峭壁旁。

山峰挡住初升的太阳，但霞光如水，浸满了群山的褶皱。满山的马尾松在冬季仍保持着盎然的绿意，在枯草残雪衬托下格外醒目。劲风穿过峡谷，发出尖锐的呼啸，仿佛一群凶悍的怪兽从身边匆匆而过。对面的山岩石壁高高耸立，如盆景，如屏风，在阳光照耀下反射出强烈的白光。一只苍鹰在石壁上空盘旋，双翅平展，一动不动……

"砰"的一声枪响，打破山间的宁静，苍鹰笔直地跌落山涧。

好枪法！一声自我赞叹，狠劲上来了。祁同伟端着狙击步枪，脸部被悬崖投下的阴影笼罩。伫立片刻，他用丝绒布细细擦拭枪口，又将枪身擦得锃亮。然后把心爱的狙击步枪收起，重又放入了后备厢里。

祁同伟又开着车上路了。在群山深处，有一座被废弃的村落，破败的农舍中升起一缕难得的炊烟。路况越来越糟，汽车颠簸得愈发厉害。祁同伟阴沉着脸，盯着炊烟升起的地方，那里是他的福地……

高小琴和祁同伟分手后，款款走向国际出口边检柜台，向边检人员递上一本美国护照，护照上是她的照片，名字变了：是英文的，玛丽·高。边检人员对照着护照和电脑，看了看她，迟迟不盖章。高小琴握着手机，强作镇定问：怎么？有问题吗？边检人员向她身后指了指，对不起，女士，那边有人找你！高小琴一扭头，看到了侯亮平和陆亦可，他们正从边检站另一侧走过来。高小琴顿时僵住了。

侯亮平微笑着说：高总，就这么走了？太低调了吧？

高小琴把握着手机的手背到身后，怎么，还要给我送个行吗？

是啊，不但送行，我还想和你唱一出《智斗》呢！

哎，侯局长，我不是留人陪你唱了吗？

侯亮平不屑地摆了摆手，还说呢，你妹妹高小凤哪是个唱京剧的料啊，她是唱歌！哎，高总，怎么就你一人？胡司令咱祁厅长呢？

高小琴笑容灿然，哦，你还不知道啊？祁厅长出差去香港了。说罢，按约定悄悄按下了手机紧急键，向情人祁同伟发出报警信号。

从省委沙瑞金书记，到公安局局长赵东来，上上下下都密切关注着对高小琴的审讯。都希望通过对她的审讯，找到祁同伟。祁同伟手上有一支狙击步枪和一把手枪，而且领用了大批量的子弹，一旦铤而走险，会造成什么后果很难预料。高小琴没隐瞒枪支情况，在审讯室一坐下，就爽快回答说，这些情况她都知道，两支枪都是祁同伟从公安厅装备处领出来打猎的，其实也就是玩玩！高小琴夸夸其谈，道是祁厅长最爱玩枪。她在山水度假村里专给祁厅长设了一个射击室。祁厅长双手同时射击，能在十几秒内打掉十个移动标靶，乃神枪手一枚。

侯亮平苦笑摇头，高总，你可真行，逮着机会就吓唬我，是吧？

吓唬你？侯局长，我不相信你对自己这位学长没有深入了解！

那是，我对他的了解甚至超过了解我自己！所以高总啊，你就别给我绕了，还是赶快告诉我，他在哪里？可能在哪里？别演戏了。

高小琴脸上浮现奚落的笑容，哎，侯局长，我为啥要告诉你？我有这个义务吗？我现在就在一场戏中啊，人生如戏，这话没听说过？

侯亮平笑笑，哦，听说过。但是，人生也好，戏也好，总归要谢幕，你和祁同伟现在已经谢幕了！曲终人不见，对我来说比较遗憾！

遗憾吗？侯局长，你既然那么了解他，应该知道他在哪里啊！

侯亮平说：高总，那我就猜猜看？猜对你点头，猜错你摇头。

高小琴欣然答应，好啊，你就猜去吧，可别留下什么遗憾！

侯亮平从根子上分析，他这位老学长是苦孩子出身，能有今天的荣华富贵不容易，所以不会轻易放弃所得到的一切。陈海一出事，侯亮平就本能料定是他干的，谁挡他的道，他就会对谁下手。高总，有一件事你肯定也知道，当年为了改变命运往上爬，祁同伟在汉东大学操场公然下跪向一位比他大了十岁的女老师求婚，后来的婚姻很不幸福！

高小琴慨然道：这我当然知道。不过不是往上爬，是要上进。不想当将军的士兵不是好士兵，这都没听说过？祁同伟能屈能伸，是条汉子！汉东大学操场这决然一跪，跪死了一个祁同伟，也新生了一个祁同伟！实话说，没这一跪，也没有我和祁同伟这一生一世的姻缘！

这位美女老总在精神上和祁同伟浑然一体了。侯亮平默默瞥了高小琴一眼，又说：高总，我相信你对祁同伟的感情是真诚的，可他是不是也真诚对你呢？这我就不知道了，他信奉人不为己天诛地灭……

不，高小琴眼中含泪叫道，他相信普天下有情人都能成眷属……

但是，祁同伟内心的强大和坚硬超出常人啊，所以，我判断他现在会冷静地选择躲藏在一个隐蔽之处，应该是一个财富所在的地方！

高小琴语带讥讽，侯局长，你也太自以为是了吧？祁同伟不会去看财富，他是个孝子，八十岁的老娘在他心中比财富分量要重得多！

这话倒也不错，祁同伟的确是孝子，可他会回林城老家，看望自己的老娘吗？侯亮平觉得应该不会。祁同伟是业内高手，肯定知道那里有布控，去了就是一场死拼血战！他明知是陷阱，故意往里跳？绝不可能。祁同伟也许会以后风声过了再去看望老娘，但不会现在去。高小琴在误导他的思路，其实，侯亮平很清楚，这个女人直到被捕前一直保持着和祁同伟的密切联系。而且还及时向祁同伟报过警，她的手机显示了这一点。可高小琴并不承认，非说是无意中按错了键……

侯亮平盯住高小琴的眼睛，好吧，好吧，你可以保持沉默，但我要告诉你一个判断——这时，他加重了语气：祁同伟可能会自杀！

高小琴明显受到了震动，脸上现出一丝惊慌，不……不会吧？

侯亮平道：高总，你既然和祁同伟有这份姻缘，就不知道祁同伟内心的孤傲吗？他肯坐在这里接受我的审讯吗？请你仔细想一想！

高小琴额上沁出一层细汗，两眼定定地望着前方，良久，才轻轻地说道：侯局长，这你……你说得对，他是有孤傲决绝的一面……

高小琴终于开了口，和祁同伟分手时，他们约了几个地点：如能顺利出境，就在香港三季酒店见；出不了境，就在高小琴老家见。

她老家在岩台大北湖，那里有一座湖心岛，非常隐蔽，仿佛世外桃源……

侯亮平在审讯室踱步思索着，仍然觉得哪里不太对头——起码是不够全面。除了香港三季酒店和大北湖，应该还有一个地方，而且是更重要的地方。这么想着，侯亮平在高小琴面前站下了，高总，除了你说的这两个地点，祁同伟是不是还提到过一个叫孤鹰岭的地方？

高小琴茫然地望着他，孤鹰岭是啥地方？和祁同伟有啥关系？

侯亮平深感意外，哦，祁同伟竟然没和你说起过这个地方吗？

高小琴真诚地说：他从来没提起过，侯局长，我没必要骗你！你想啊，我不希望祁同伟自杀，我和祁同伟还有个六岁的孩子啊！

这倒是侯亮平没想到的！你们还有个孩子啊？孩子在哪里？

高小琴泪水直流，孩子在香港，一直让我妹妹高小凤带着……

侯亮平突然大悟——孩子早有安置，高小琴罪不至死，祁同伟应该在孤鹰岭！便把审讯工作交给陆亦可，自己匆匆进了指挥中心，激动地对守在那里的季昌明和赵东来说：我知道祁同伟在哪里了！

侯亮平对季昌明和赵东来讲了一段往事——二十多年前，孤鹰岭是个与世隔绝的小山村，自然条件险恶，几乎全村造毒。当时祁同伟是缉毒警察，职务为科级中队长，深夜冒险从山后悬崖潜入制毒村侦查。毒贩有岗哨，有巡逻，祁同伟被人发现追击，双方展开枪战。祁同伟在身中三枪的情况下，凭一首儿歌，在危难中找到了村上唯一一户没有参与毒品交易的秦老师家求救，这才拾了一条命！

季昌明好奇地问：亮平，这是一首什么儿歌？

侯亮平说：人人都知道的儿歌，《我在马路边捡到一分钱》！

赵东来亲昵地揎了侯亮平一拳，这细节你怎么知道的？

侯亮平说：祁同伟在二〇〇二年我省《公安通讯》上说过这事，说全世界无产者凭《国际歌》找同志，他凭这首儿歌在危难时找到了人民，能救他能依靠的人民。他文章中说，人民是天，人民是地！

季昌明大为感慨，凭一首儿歌在危难中找到了人民？人民是天人民是地？哎呀，真是警句啊！我可想不到祁同伟也能说出这种话！

侯亮平说：所以在相当长的一个时期，我都很敬重这位学长！

赵东来也挺感慨，亮平，看来你在祁同伟身上下了不少功夫啊！连内部刊物《公安通讯》都注意到了！实话说，孤鹰岭扫毒我多少知道一些，但这种内部刊物和祁同伟的这种小文章我可真没注意过！

侯亮平说：不注意不行，陈海倒下了，我是万万不敢轻敌了。继而深入分析，祁同伟躲进孤鹰岭一是隐蔽，二是有秦老师这么个救命恩人。在目前穷途末路的情况下是个不错的选择。最重要的是，孤鹰岭这地方他连高小琴都没告诉，可见它在祁同伟心中是多有分量。

季昌明、赵东来同意这一判断。研究行动计划时，侯亮平又提出一个出人意料的方案：我看这样，东来，你和季检察长坐镇指挥，我随刑警乘直升机去孤鹰岭现场劝降，不到万不得已不要击毙他！

季昌明问：劝降能成功吗？有多大的把握？侯亮平想了想说：百分之三十左右吧！赵东来皱起眉头，那我提醒你，他手上有狙击步枪，能一枪击毙你！这可是百分之百！你觉得以百分之三十搏击百分之百值得吗？

侯亮平沉吟道：祁同伟到了孤鹰岭，就不会轻易开这一枪了……

四十八

祁同伟进入秦老师家小院时，老人正在屋内做饭。烟囱倒风，锅灶冒出浓烟，熏得老人直流眼泪。听见响动，老人站起来，揉着眼睛跨出了磨得乌亮的木门槛。看清来客，秦老师高兴地伸出双手，激动地搂住了祁同伟肩膀，哎呀，祁队长啊，你怎么来了？见到祁同伟手中的狙击步枪，又多问了几句，怎么？执行任务啊？其他同志呢？

祁同伟把狙击步枪小心地靠着土墙根放好，掏出手帕为老人擦去眼中的泪水，没啥任务，特意过来看看你，顺便上山打几只野兔。这时，他才发现老人皱纹更深更细了，时光的刻刀真是无情，叫人看着心疼。祁同伟拉着老人的手，来，我烧火，你做饭，我也饿了。

不用了，就差一把火了。秦老师拦住他，祁队长，这里烟大熏人，你在院子里待一会儿，出去转转也行。我再给你炒一盘土鸡蛋！

祁同伟在山村小巷中穿行。映入眼帘的净是破旧老房子：有的院墙坍塌，有的屋顶倾斜，每扇门上几乎都挂着生锈的锁。偶尔可以看见一个没牙老太太，木木地坐在街口石磴上。道旁野草丛生，一派荒芜景象。村子里了无生气，年轻人都走了，新鲜血液也流走了……

往事涌上心头。在那个难忘的夜晚，他曾在这里的土巷奔突，一边开枪回击，一边寻找藏身救命之处。他被毒贩追着，身中三枪，胸前流血，伤势严重。更要命的是，子弹打光了。这时候四处都是毒犯的狂呼：别让这个雷子跑了，打死雷子奖金一万……也不知在土巷里跑了多久，耳边忽然传来一阵儿歌声：我在马路边，捡到一分钱……这亲切熟悉的歌声顿时燃起他求生的希望，他跟跟跄跄寻声而去，来到了秦老师家门前。他用最后的力气拍了拍院门，就晕倒在地上了。

追击的人声渐近。秦老师冒险把他拖到屋内，藏在粮囤里。秦老师的儿子大顺子正在油灯下做作业，秦老师应付走搜寻的毒犯，悄悄下山报警。次日黎明，一架直升机在孤鹰岭盘旋，武警公安团团包围了这座山村。经过一番激战，毒犯们缴械投降，他也脱离了危险。

祁同伟走着想着，恍然若梦，禁不住让热泪盈满了眼眶。

秦老师本是一位公办教师，看见家乡的孩子上不了学，向上级申请回孤鹰岭办一座小学校。他的无私奉献精神获得村民的敬重，因而尽管秦老师洁身自好，从不参与制毒贩毒，也没啥人计较他。但是那次扫毒大行动之后，许多人被捕入狱，邻居们都怀恨在心。再后来改革开放，年轻人都外出谋生，孩子越来越少，小学校终于也关闭了。

这些年但凡有不顺心的事，祁同伟总要回孤鹰岭看望秦老师，带上两瓶好酒，边喝边向老人诉说心中块垒。在这里，他能得到启迪和宽慰，秦老师是他珍藏在心中的一盏灯。这一切是绝对秘密的，任何人都不知道一位公安厅厅长和一座小山村的深刻情缘。他冥冥中有种预感，孤鹰岭迟早是他的归宿——这是他的光荣之地，也是他的得救之地。

天空中飘起了雪花，孤鹰岭的奇峰异石在风雪中变得模糊起来。

祁同伟步履蹒跚地在村里徘徊，艰难寻找着自己人生的珍贵足迹。从当年一位大名鼎鼎的缉毒英雄走到今天这一步，是他始料未及也不愿意看到的。究竟在哪里失了足，才一步步滑向深渊的呢？他眼前浮现出高小琴的身影，恍惚中，这个漂亮女人一步步向他走来……

当年，高小琴是那样的清纯，她和双胞胎妹妹高小凤坐船离开老家湖心岛时，连一双像样的鞋也没穿过。是赵瑞龙的搭档杜伯仲发现了这对百合花一般美丽的渔家女儿，带着她们进入繁华的吕州。在市中心的百货大楼，杜总为她们置办行头，高小琴脱掉破球鞋，第一次穿上了高跟皮鞋，一时间连路也不会走了。经过严格培训，两姐妹出落得楚楚动人。这时，赵瑞龙、杜伯仲的黑手也伸向了她们，高小琴一次次被强奸。为了保护妹妹高小凤，高小琴也一次次做出牺牲。可是，最终高小凤还是被作为礼物送给了时任吕州市委书记的高育良。

祁同伟第一次见到高小琴，是在赵家美食城的豪华包间里。当时他是京州公安局副局长，赵瑞龙有求于他，想通过他拿到一个大型停车场项目，就把高小琴带来了，祁局长，这位美眉不陌生吧？祁同伟看着高小琴笑，见过的，我老师的红颜知己啊！赵瑞龙戏谑道：祁局长，那你得喊"师娘"了，快喊！祁同伟便也开玩笑，我怕把她喊老了……

高小琴美目流盼，笑声如莺，祁局长，你别听赵总的，你老师的红颜知己是小高，我是大高，我们俩是双胞胎，我是姐，她是妹！

祁同伟怔怔地看着高小琴，失声赞叹：我的天，一对佳人啊！

应该说，他和高小琴算是一见钟情，两人很快就无话不谈了。

祁同伟告诉高小琴，当初为了改变命运，他不得不向权力低头服软，被迫跪在汉东大学操场上向一个大他十岁的女人求婚，只因为这个女人的父亲是省政法委书记，能把他从山里调出来。他说：这么一跪，我的心就变硬了，以后啥都不在乎了！高小琴也坦述了自己的遭遇，从一个渔家女到今天，许多经历不堪回首，整天周旋在赵瑞龙、杜伯仲这种人之间，就变成了他们手中的一件玩物……祁同伟一把搂住高小琴，都过去了，让我们一起重新开始，寻找属于自己的幸福。

雪花静静地飘落。没有风，那雪就像一朵朵棉花，温柔地落在屋顶上、树梢上、村口的大碾盘上。不知不觉中，大地就铺上一层洁白的绒毯。雪花衬托出小山村的安谧，令人心醉，也令人心碎。祁同伟不禁想到，昨夜闯关失败，高小琴此刻可能正在审讯室受审，这一辈子恐怕再也不能相见了。他们真心相爱，有一个儿子，是真正意义上的夫妻。一生得这样一个女人，祁同伟并不后悔。但当爱情与物质利益结合在一起时，性质就悄然发生了变化，最终导致了今天的悲剧。

祁同伟在村后一棵老槐树下站住，怔怔地回想往事。眼前浮现出丁义珍谄媚的笑脸——那是哪一年的春天？在京州市郊的乡村公路旁，丁义珍引着他和高小琴看地。他看着满目青山绿水，一眼就认定是块福地！当即和丁义珍合谋，以四万元一亩的工业用地价格拿下。嗣后，又把土地性质变更为商业用地，山水度假村就这样建立起来了。两年后，当他和高小琴走进刚落成的会所一号楼，高小琴几乎不相信自己的眼睛，搂着他的肩头，讷讷道：咱们就这样白……白手起家了？

他笑了，可不是吗？高总，你有眼力，有能力啊，抓住了改革开放的大好机遇，用两千万银行贷款，创造了这个十多亿的奇迹啊！

高小琴疯笑起来，厅长，这奇迹是我们共同创造的！没有你，丁义珍不会把价值六十万一亩的地四万就批给我，银行也不会贷款……

他用手掌堵住高小琴的小嘴，不要这么说，永远不许说！

高小琴含泪点头，跳起来，一把搂住他，疯狂地亲吻他，亲得他也躁动起来。那天他们大白日里在铺着新地毯的楼梯上疯狂地干了一回，干得大汗淋漓，如痴如梦，干出了人生中一场难得的高潮……

一阵乌鸦叫声打断了祁同伟的思绪。雪停了，一道阳光照射在老槐树苍劲的枝干上，乌鸦飞出鸟巢，欢快嬉戏，享受着太阳的温暖。一只野兔从眼前蹿过，钻进山坡上的柞树丛中。祁同伟调整身位，斜靠在树皮皱裂、合抱粗的老槐树主干上。是啊，高小琴和山水集团就这么空手套白狼创建起来了，从此以后，他和高小琴的爱情性质也改变了。他们成了生意合伙人，一个台前，一个幕后，共同打造秘密商业帝国。人的贪欲永无止境，他们使用各种手段巧取豪夺，抓住一切机会聚敛财富。他们的贫苦出身，使得他们格外珍惜来之不易的暴富机遇，因而也就变得百倍疯狂、千倍贪婪！侵吞大风厂股权就是一个例证，现在想想，确实是忘乎所以了，以至于埋下今天的祸根……

祁同伟不禁回忆起又一幕场景——他和陈清泉、高小琴在高尔夫球会所休息，谈起大风厂的官司。陈清泉提醒过，说这事麻烦，侵犯了工人利益，得小心他们拼命。他毫无顾忌地回道：山水集团吃了亏也会拼命。陈清泉知道他是啥意思，问他怎么判？他才不明说呢，怎么判是你们法院的事，但不管怎么判都得有法律依据。陈清泉心知肚明，法律依据我找吧，还有自由裁量权呢！说罢，马上谈条件，不过我女儿的那个副处级？他意味深长地拍了拍陈清泉的肩膀，不是副处级，是处长了！这是赤裸裸的交易啊，法纪的底线轻易被他突破了。

不知何时，秦老师走到了面前，祁同伟一怔，回过神来，扶住老人的胳膊，哎呀，你怎么出来了，这雪天路滑的？！秦老师说：饭做好了，左等右等你不回来，怕你走迷路，出来找找。祁同伟道：我怎么会迷路？命差点丢在这里……就说到这里，忽然打住了话头，心里叹道，其实他早就迷路了，否则此时此刻也不会迷茫地站在这里……

秦老师把他带回家，坐在堂屋小炕桌前，准备吃饭。他看着炕桌上简单的饭菜，抖下身上的积雪，感慨万端，粗茶淡饭分外香啊，秦老师，还是你这儿好，没有纷争，没有缠斗，更没有你死我活！

老人一声叹息，话是这么说，可一村人走完了，只有七个没用的老头老太了！说罢，递过一只热乎乎的玉米饼子，上炕吃吧，祁队长！

祁同伟上炕，接过玉米饼吃了起来。

这回又怎么了？是仕途不顺，还是碰到过不去的坎了？

祁同伟喝着粥含糊道：仕途不顺，原说的副省长吹了！

哦，我听顺子说了，说是新来的那个省委书记不太欣赏你？别生气，看开点。我家顺子就是个县城片警，不也很好吗！老人安慰他。

祁同伟说：其实顺子也能弄个职务，我让他去京州他不干嘛！

秦老师摆了摆手，这我知道，是我没让顺子去找你，既不愿拖累你，也不愿他离家！官当多大才叫大呀？你说你，啊？当年就是一个缉毒队长，现在都省公安厅厅长了，还不满足？这叫人心不足蛇吞象！

是啊，当年不是你秦老师救了我，我这条命就没了！祁同伟放下筷子，长长地叹了一口气，我当时要是牺牲了，也许是好事……

秦老师立即喝止，胡说啥？那天夜里，你都找到了我门上了，我能让你牺牲啊？现在村里出去的一些毒贩后代还恨我呢，怪我下山报信，引来了公安的直升机。但我做了应该做的事，问心无愧……

吃完饭，祁同伟到院子里找活干。秦老师拦不住，只好帮他搭把手。他们先把院子积雪扫净，墙角落的鸡窝塌了，他们又和了一堆稀泥垒鸡窝。祁同伟是苦孩子出身，干这些活熟门熟路，身子热了，筋络舒展，觉得无比畅快。不料，这桩小小的农家工程却没能最后完工——正给鸡窝铺草顶时，他忽然听见天空传来一阵嗡嗡的声响。祁同伟抬头一看，脸白了，扔下工具，快步穿过院子，回屋拿起了狙击步枪。

一架警务直升机越过孤鹰岭，在院子上空盘旋。秦老师手搭凉棚看着飞机，一脸惊讶神情，祁队长，这是怎么了？又发现毒品了？

祁同伟无奈地叹息，是他们发现我了，你快离开这里！

是不是你……你出了啥事？秦老师两眼疑惑地望着他。

祁同伟把秦老师拉进屋，别问了，你快进来，危险！

这时，空中响起了清晰的声音：老同学，我来接你回家了！

祁同伟紧张地站在窗前，将手中的狙击步枪瞄向直升机。秦老师拉住他，哎，祁队长，你这是干啥？人家这是接你回家呀！祁同伟摇头，早就回不去了！这个人是我的克星，只有他能猜到我在这儿！

是啊，飞机上的这个克星不但知道他在这里，还知道他灵魂深处的不安和恐惧。隐隐之中昔日那纯真的儿歌声适时地在他耳边响起——我在马路边，捡到一分钱，把它交到警察叔叔手里边……是幻听吗？不是，是警务直升机上的高音喇叭放出来的歌。飞机在低空盘旋，一遍遍地播放儿歌。那歌声如清泉流淌，撞击着他心中的岩石，迸溅起一片晶莹剔透的水珠。他闭上眼睛，两行泪水顺脸庞缓缓落下……

秦老师仍不知道发生了啥，祁队长，是不是发生了误会啊……

祁同伟点头，是，误会大了，这里马上会流弹横飞，你快走！

高老师焦虑地说：哎呀，再大的误会也能解释清楚嘛，可千万别动枪啊！你是公安厅厅长啊，怎么能对自己的手下开枪呢？

祁同伟说：我要干掉那个可恨的对手！他并不是警察！

那……那他是谁？他不是要接你回家吗？还是回去吧！

祁同伟心中不禁呜咽起来。他也想回去，真想回去，做梦都想回去啊！可是，他回不去了，永远回不去了，他已经走得太远太远了！佛家说，苦海无边，回头是岸，可他这条船已经离岸日久，他站在这条船上早就看不到岸了，眼前只有无边苦海和滔天大浪……

秦老师的声音颤抖起来，祁队长，你……你听我一句劝……

祁同伟一跺脚，别劝了，快走啊你，这个误会已经没法解释了！

秦老师无奈地摇着头，叹息着，几步一回头，出门离去。

这时，警务直升机在村中一片开阔地降落下来。十几个武装警察和刑警荷枪实弹，一一跳下飞机。祁同伟从土屋的窗前看到，他的冤家对头侯亮平身着便衣，最后一个从飞机上跳了下来，飞机螺旋桨旋起的风将侯亮平的风衣吹得像一面飘飞的旗……

雪又下了起来。这会儿起了风，雪花被撕成碎粒，打着旋儿在空中翻卷，叫人睁不开眼睛。太阳躲入云层，天空布满阴霾，孤鹰岭陡峭的山崖压抑人心。跳下警务直升机，走向秦老师家小院时，侯亮平每走一步都那么艰难，腿仿佛灌满了铅。不，是胸中灌满了铅。

与老同学祁同伟的对决终于要在这座小山头上展开了。你死我活、鱼死网破的场面将在嗣后的几分钟内发生。作为惺惺相惜的老朋友，侯亮平是多么不希望这一幕出现啊！但一切都无法避免了，他必须面对祁同伟的枪口。回想起那次在大排档喝啤酒，他们谈起有朝一日拔枪相向，谁会先倒下，如今笑言成真了。但他没打算拔枪，他要用真诚唤起对手的良知，劝他弃枪投降。这可能吗？如果不可能，那他也许就是在走生命中的最后一段路了。谁不珍惜自己的生命啊，所以他每迈一步都那样沉重！但他仍坚定不移地走着，他必须完成自己的使命。小土院的柴门越来越近了，离最终的结局也越来越近了……

屋内，祁同伟一手扶着架在窗台上的狙击步枪，一手握着六四式手枪，久久屏住呼吸。小院落里空空荡荡的，没有任何隐蔽物。侯亮平的身影出现了，一颗脑袋晃动着显现在狙击步枪的瞄准仪里……

侯亮平双手高举，老同学，请你看清楚了，我没带武器！

祁同伟叫道：侯亮平，你不知道我最想打死的人就是你吗？

侯亮平在小院柴门前站住，往门框上一靠，双臂环抱，像似和一位老朋友聊天，老同学，你想啥我当然知道，但该说的，我还得和你说！今天我历经艰难找到了你，真心是想带你回家，我不希望你死！可你清楚，有人希望你死！你死了，他们就安全了，他们就可以继续以人民的名义夸夸其谈！老同学，你说你在这里找到了人民，那就请你以人民的名义去想一想，以残存的良知想一想，是不是该收手了？

侯亮平，你一口一个"老同学"，可为啥就是盯着我这个老同学不放呢？土屋里传来祁同伟嘶哑而绝望的声音。

侯亮平开始一步步慢慢向前走，在漫天风雪中向土屋走，因为你犯法了嘛！我们都是学法律的，都曾经宣誓忠于法律！你既然以身试法，就应该勇敢去面对，而不是逃避！是你的事，自己去担当！不是你的事，也请你如实说出来，让那些应该承担的人去承担……

突然，"砰"的一声枪响！

侯亮平怔了一下，立即转身对身后警察高喊：不许开枪！

院门口的警察和秦老师紧张地看着侯亮平。这时，侯亮平才搞明白，身后的警察们并没开枪，是祁同伟开了一枪！这是对他的警告。

老同学，你要想杀我，我肯定现在就躺在地上了。我知道，你的枪口抬高了一寸！既然这样，那么我们接着谈，谈陈海！祁同伟，别怪我逼你，换位思考一下，如果你是我，能容忍一个制造车祸暗算自己兄弟的家伙逃脱法网吗？在汉东省，你是公安厅厅长，陈海是反贪局局长，陈海一次次和你协调行动，你怎么就下得了手呢？我正和陈海通电话啊，和他约好，要向反贪总局领导做汇报，可你却先动手了……

祁同伟的声音响了起来，我并不想杀他，可我不能坐以待毙！

没错，所以你才要杀人灭口！可你毕竟是个有过光荣与梦想的人啊，你对自己作的孽就一点都不恐惧吗？你在梦中还敢再见陈海吗？

祁同伟嘶叫道：侯亮平，别说了，我会把命还给陈海的！

这时，雪越下越大了，侯亮平身上落满了白雪，几乎成了一个移动的雪人。他又向土屋前走了几步，老同学，既然你不想打死我，那就请跟我回家吧！哪怕死，也死在家里，我会给你送行的……

不，猴子，你别再靠近了，别逼我开枪！我告诉你，我不会接受别人的审判，我……我会审判我自己，你快离开，否则我让你陪葬！

侯亮平仍不管不顾地走着，边走边说：老同学，别忘了这是啥地方——这可是孤鹰岭啊，是你的光荣之地，是你的得救之地……

让侯亮平没想到的是，就在他即将跨过土屋门槛的那一瞬间，土屋的里间猛然响起了枪声！不好！侯亮平冲过去一看，祁同伟手握六四式手枪，脑袋中弹，倒在血泊中，那张熟悉的面孔变得十分陌生……

四十九

高育良做出一个古怪决定：把家院里的所有花卉连根刨掉，再放把火烧干净。这可是他多年的心血，其中不乏名花异草。焚烧时，高育良严肃地凝视着火焰，眼看自己精心培植的花草化为一堆灰烬。都知道高育良爱好园艺，如今忽然放弃，也不知究竟为啥。接下来他开始翻整土地。为此，高育良特意买了新镐新锹耙子等工具，以相当专业的态度认真干了起来。寒冬腊月，刨地不是个轻快活。镐头砸在冻土上，只能啃下一小块泥巴，但高育良书记就那么执着地一小块一小块地啃，颇有些愚公移山的精神。胡慧芬见了很惊讶，问高老师这是折腾啥？高育良笑了笑，简单地回答道：不想当园艺师了，想当农民！他还真像个老农，干活时找出早已过时废弃的旧衣裳，脚上套了一双当年下乡扶贫时穿过的老棉鞋，形象带上了几分滑稽。

白天上班，西服革履，翻地工作通常在夜间进行。因为失眠，高育良常常干到下半夜，试图以劳动换来充实的睡眠。但效果并不是太好，一边刨地一边想心事，寂静的夜使他头脑变得更加清醒，更加敏锐。当前发生的一系列事件，核裂变似的在思维中进行连锁反应。是时候了，他高育良得为未来做准备了。未来会是怎么一个样子？这个问题在他心中似乎有了答案——瞧，花园变农田，书记变农夫嘛！

虽然是教授出身，多年爱好园艺使高育良对农活非常熟练。他在院中翻好的土地上打出一方一方畦子，规整，干净，美观。但他并不满足，完成后又重新翻了一遍，变着花样整出了椭圆形、三角形、心形等五花八门的园畦，乍看上去就像一幅抽象派的图画。高育良也确实是把它当作自己的作品，反复涂抹，改来改去，永无完工之日。

有两样东西不变，那就是安放在南墙根的两块石头，整座花园里只有它们是旧物了。其中一块石头比较小，高育良记得是侯亮平从花鸟市场扛回来的，上面刻着"泰山石敢当"，遒劲的笔锋仍那么扎眼。另一块石头是庞然大物，祁同伟不知从何处搜寻来，领人费了好大劲才搬进院子。记得祁同伟曾在他耳边神秘地说：这是靠山石，有高人为它开过光。当时赵瑞龙闹得正欢，他隐隐感到北京的赵立春很有可能要出事。现在果然出了事，这块靠山石到底风化掉了。高育良刨地刨累了，常拄着镐头呆呆地瞅这两块石头，其中况味只有他自己知道。

月朗星稀，夜深人静，高育良总会想起祁同伟，心里的难过无法用语言表达。除了师生情谊，更有兔死狐悲！在得知祁同伟出事的第一时间里，他做出了正确选择。那天，秘书向他报告说侯亮平已乘直升机出发。他镇定着情绪，用红色电话机与沙瑞金书记通了话，说是祁同伟可能藏在孤鹰岭，建议将其果断击毙！不承想，侯亮平和追捕的警察没果断击毙，倒是祁同伟举起六四式手枪饮弹自杀了。高育良得知这一情况痛苦极了。他的卑鄙出于无奈啊，大厦将倾，奈之若何！

天又亮了，吴慧芬站在门前台阶上，目光忧郁地看着高育良。高育良一抬头，也看到了老妻。吴慧芬问：高老师，今天不上班了？

高育良放下铁锹，哪能不上班？亮平还说要过来汇报呢！

吴慧芬说：那就收摊子吧，赶快洗洗吃饭去！

高育良应着，从园子里走出来，吴老师，地我挖了几遍了，好生晒上一个冬天，明春种点蔬菜吧！我不在了，你也不懂花草……

吴慧芬眼里突然噙上了泪，你不在了，这地方我还能住吗？

高育良怔了一下，苦笑起来，讷讷道：也是，也是啊……

一起吃早餐时，妻子情绪低落，早知今日，何必当初呢！

高育良偏又自信起来，当初也没啥，吴老师，你放心，我不会就这样倒下去的。我既不是赵立春，也不是祁同伟！田国富、沙瑞金和我谈话时我就说了，这些年我放松了学习，犯了错误，但没犯罪！

你还这么说啊？正视现实吧，祁同伟死了，大高也被抓了……

高育良一本正经，高小琴他们的犯罪行为和我没有直接关系！

没直接关系，有没有间接关系啊？祁同伟是不是你高育良的得意门生？是不是你一直要把他往副省级推？高老师，这些你赖不了啊！

是啊，是啊，我这是看错了人，用错了人啊，教训很深刻哩！

那么简单？这些年没有祁同伟和大高，你那个小高怎么办啊？

是，是，小高的事我赖不掉，算是早年犯的生活错误吧……

吃完早饭，高育良穿上外衣准备出门。吴慧芬却把他叫住了，迟疑地说：高老师，还得和你说个事！省纪委田书记要和我谈话了！

高育良在门口站着，有些发愣，哦，田国富亲自和你谈话？

吴慧芬点头说：是的，学校党办同志是这么说的！

高育良道：好，去谈呗！对组织实事求是，我的事和你无关！

吴慧芬一声叹息，难得叫他的名字，育良，难道你就不后悔？

高育良苦笑着摊开两只手，后悔有用吗？路就这么走过来了！停了一下，又郁郁说：说实话，慧芬，祁同伟自杀让我很难过，这几天我想了许多，也觉得对不起你！好在你有女儿秀秀，我也放心了！

吴慧芬哽咽着说：可咱们这些年，这些事我怎么对秀秀说啊？

高育良轻轻拍打着吴慧芬肩头，难得这么柔情，慢慢说吧，秀秀是大人了，再严酷的现实都能面对了！慧芬，和秀秀好好过吧，啊！

这天，侯亮平早早等在高育良办公室门外。这次见面，是他好不容易才争取来的，不但请示了省纪委田国富书记，还请示了省委沙瑞金书记。侯亮平希望通过与自己老师的最后谈话，取得一个积极的结果，同时本身也藏着强烈的好奇心，想看看老师到底是个什么人，了解一下老师的内心世界。老师是谜一样的人物啊，他从事职务犯罪侦查这么多年，还头一次碰到这样的人，所以值得和他好好谈一谈。

在心照不宣的特殊背景下，师生见面格外客气。老师拿出了上好的龙井，学生抢着去洗杯泡茶。一边泡茶，学生一边汇报孤鹰岭的对决。把茶水端到高育良面前，侯亮平说：我没想到祁同伟会自杀！

高育良仰天长叹，可惜了！不管怎么说，他都是个人才啊！

侯亮平点点头，不但是人才，许多年前还是一位缉毒英雄呢！

是啊，是啊，公安部表彰的一级英模啊！亮平，你和祁同伟都是我的学生，都那么出类拔萃，可今天竟然……唉，让我怎么说呢？既生瑜何生亮啊！老师声音低沉，一脸诚恳地对学生说着假话，我就怕出意外，专门打了个电话给瑞金同志，一再强调，绝不能让祁同伟死了，可没想到祁同伟还是死了，竟然会是自杀，有些出乎我意料！

老师，这应该在意料之中吧？祁同伟找不到回家的路了……

哦，对了，亮平，你刚才说他向你开枪时，枪口抬高了一寸？

是的，祁同伟没想杀我，他要真想杀我，今天我就见不到你了。

高育良注意地看着侯亮平，眼中有泪光闪动，亮平，知道为什么会这样吗？略一停顿，他又叹息般地说：祁同伟和你是惺惺相惜啊！

侯亮平承认了，这我知道，其实我们俩一直都有这种感觉！

高育良回忆往事，不胜感慨，亮平啊，你们这帮同学里，祁同伟最欣赏的就是你，他不止一次在我面前说过，他羡慕甚至嫉妒你的胆识和才华，说你脑子可能不是人脑子！面对着你，他是下不了手的！

也许吧！侯亮平停顿一下，又强调另一方面，不过，高老师，我觉得那首儿歌也起了很大的作用！孩子们天真无邪的歌声在祁同伟阴暗的心灵里投下了一线光明，唤醒了他的人性，让他的灵魂清零了。

高育良怔了一下，灵魂清零？这个说法有新鲜感，我赞同！

侯亮平本来想说，祁同伟这么一死，有些人自以为可以安心了吧？可话到嘴边又止住了——毕竟是自己老师，这么敲打老师不好。

办公室里的电视机一直开着，正在播放高育良在全省政法工作会议上的讲话。播音员字正腔圆地口播会议新闻：……高育良副书记指出，党员干部要始终牢记，我们是人民当家作主的国家，一切权力属于人民，我们要把人民赋予我们的权力真正用来为人民服务……

老师和他的同类们什么都知道！瞧瞧他们，在会议主席台上，在电视新闻上，滔滔不绝，说得多好啊！一口一个"人民"，可当他以人民的名义这么大谈特谈的时候，总让人们觉得很讽刺，人民在他们那里仅存名义而已！这么想着，侯亮平凝视着高育良，指着电视画面，开了口，高老师，我想问一下，主席台上这些话是不是发自你内心啊？

高育良从容地微笑着，你这个猴崽子，来反攻倒算了？啊？

不，高老师，我是来向你请教的！请你给我解惑，我很困惑！

高育良"哼"了一声，你就别这么客气了，咱们共同探讨吧！

侯亮平坐直身体，也好！高老师，能听我说点办案感受吗？

高育良道：可以啊，说说看，让我也接受些教训，让警钟长鸣！

我觉得，贪腐啊，等于在自己身上绑了个定时炸弹，危险啊！

这还用说？很危险嘛，非常危险！哪天炸弹一响，一切完蛋。

就是！你说这老百姓，贪小便宜被捉住了，不过是尴尬一时，挨几句骂，只要长些记性，小日子还可以接着过。当了官还贪便宜，尤其是当了高官大官还乱伸手，那就可能演变成惊天动地的罪孽啊！

高育良放下茶杯，竖起食指，一本正经说：所以说嘛，我常对同志们说，为官者就得心正啊，心正则心安，心安乃平安嘛！是不是？

侯亮平苦笑不已，和老师探讨问题真长见识，老师啥都知道啊！

亮平同学，这种浅显的道理我要不知道，还配做你老师吗，啊？

电视里播音员仍在播送新闻，那语言简直就是在为高育良的话做注解——……高育良副书记强调，公生明，廉生威。为政清廉才能取信于民，秉公用权才能赢得人心。我们的干部，当官别发财，发财别当官，对金钱绝不能起贪恋之心！面对亲友，要把握好分寸，不能因私情而违背原则！面对美色，要洁身自好，不能自甘堕落……

侯亮平鼓掌，高老师，你说得真好，可自己做得怎么样啊？

气氛有些僵硬。高育良显然不愿再谈下去了，走到自己的办公桌前坐下，开始批阅文件，侯局长啊，你想说啥就直说，别拐弯抹角！

侯亮平也走到高育良对面椅子上坐下，高小凤是怎么回事？

高育良放下手上的文件和红蓝铅笔，哦？这事你也知道了？老师轻松地笑着，继续说：你这猴崽子呀，按说我可以不理你，你这个反贪局局长无权调查我嘛！不过，为了满足你的好奇心，我回答你！高小凤这事啊，还真是个秘密，我不想让别人知道！怎么？你猴崽子就理所当然认为这里面有啥问题了？真幼稚！说罢，拉开抽屉，拿出一张结婚证，推到侯亮平面前，侯局长，自己看，认识一下你新师娘！

侯亮平看着结婚证上高育良和高小凤的照片，一下子呆住了。

高育良继续说：我和你前师娘吴慧芬是二〇〇八年三月离的婚，两个月后，和高小凤在香港结了婚。坦率地说，不结也不行了，我们好了这么多年，高小凤又快要生孩子了，不能闹得满城风雨嘛！

侯亮平从震惊中醒来，双手捏着结婚证，恭敬地奉还高育良，真没想到，我竟然这样认识了新师娘！高老师，可你和我吴老师……

哦，我知道你想问啥。我们这是离婚不离家。我和你吴老师毕竟不是一般群众，还是要考虑影响嘛！所以我和吴老师私下约定，我退休后，去香港和你新师娘团聚，内地的一切都留给她！所以，亮平同学，你说我会掺和你学长祁同伟和高小琴的那些烂事吗？

侯亮平心想，这真叫掩耳盗铃了！还不掺和？你不掺和，干系还是脱不了啊！你和祁同伟，一个娶了妹妹，一个睡了姐姐，是事实上的连襟，怎么能撇清关系啊？真不知老师是怎么想的，还这么自信！

高育良笑了笑，亮平同学，又困惑了？是不是？

侯亮平一脸天真，是啊，希望老师给我解惑，想不通啊我！

高育良正色道：这就要讲定力，讲原则，讲底线了……

侯亮平十分吃惊，我的天，现在老师还敢这样说话？还敢说这种话？这种厚颜无耻实在太让他震惊，完全超出了他最初的想象。

高育良离开办公桌，踱着步，时不时地挥起手，侃侃而谈，激情昂扬地给侯亮平上了人生最后一课：中国的改革开放浩浩荡荡，每个人都身处洪流之中，其间，有人因为自身的努力或者幸运站到潮头之上。潮头之上风光无限，诱惑无限，但也风险无限！就看如何把握！看未来远不如看过去那么清楚，激昂和困惑交织在许多人的心头……

侯亮平赞叹不已，高老师，你还是那么雄辩，那么慷慨激昂！我觉得，你真不该从汉东大学出来当这个官，你是多优秀的教授啊！

高育良走到侯亮平面前，轻轻拍打着侯亮平的肩头，语重心长地说：所以，要留一份敬畏在心中！看别的或许模糊，但看底线一定要清楚。不能与法律作对，无论做官为民，要活得踏实，过得安心！

侯亮平忍不住道：你活得踏实安心吗？老师，我深感怀疑！

高育良手一挥，侯亮平同学，你不必怀疑，迄今为止老师的作为全都合法！老师教授法学这么多年，这点基础知识还能没有吗？！

侯亮平忍无可忍，全都合法？离婚六年，和香港女性再婚六年，还生了个儿子，这么重大的个人事项都不向组织报告？吴老师是非党教授，出于面子的考虑，为了秀秀，她可以选择不报告，但你高老师作为省委副书记必须报告，这种政治规矩你难道真的就不明白吗？

怎么会不明白？高育良终于说了实话，所以中央要找我谈话。不过很幸运啊，我和你这位高手学生及时进行了一次逼真的预演……

侯亮平不无夸张地展开双臂，我的天哪，高老师，都到这种时候了，我竟然还被老师你利用了一次？我还为你和中央的谈话预演了？

老师就是老师！老师虎死不倒架，仍然对学生保持着居高临下的态势，是啊，要想击败老师，亮平同学，功课就得好好预习呀！

侯亮平故作委屈，我预习了，来时进行了充分准备！我怎么也忘不了，大三那年，陈海没预习，挨的那通臭骂，可以说狗血淋头啊！

高育良道：好，优秀学生有记性！既然预习了，我就考考你！

侯亮平欣然应战，好啊，高老师，那就来一次单元小测验？

高育良手一摆，不，期末大考！说说看，你新师娘是什么人？

侯亮平略一思索，一个进行过人格美容的美女！

高育良似乎有些意外，人格美容？有这种说法吗？

侯亮平笑问：高老师，这是一道选择题，还是一道必答题？

高育良毫不迟疑，必答题，请回答！

那我回答！人格美容是我发明的一个概念！

说一下这一概念的定义！人格美容的基本定义！

老师，那我还是先给你讲个故事吧……

——于是，侯亮平娓娓而谈，高小琴、高小凤双胞胎姐妹如何穿上人生的第一双皮鞋；如何在吕州惠龙公司做礼仪小姐，接受专门训练；如何学习微笑，学习走台步；特别是为了把高小凤送给老师，赵瑞龙如何聘请吕州师院老师专门为高小凤恶补《万历十五年》……

高育良不高兴了，什么恶补？高小凤是自学！她在那种环境下能自学明史，对《万历十五年》有那么深刻的认识，怎么说也不容易啊！

侯亮平摇头叹息，错了，高老师，你上人家的当了！谈别的我不知道，谈明史，还有谁能谈得过吴老师？你的前妻吴慧芬老师才是明史专家啊！你的明史知识和认知，据我所知也大都来自吴老师吧？

高育良手一挥，吴老师老了，江山代有才人出，各领风骚数百年！

高小凤能引领风骚吗？高老师，我想现在你和高小凤只怕是宁愿谈论酸菜，也不会再谈论明史了吧？！人格美容毕竟是美容，而美容总要卸妆！看在师生分上，我向你透露点信息吧：赵瑞龙已经开始交代问题了，为了套你，他可是煞费苦心啊！就连你们的爱情，也是赵瑞龙、杜伯仲精心安排的，还预先做了个策划案呢！比如，高小凤必须在和你讨论明朝皇帝与大臣们的对立时，忽然晕倒在你怀里……

高育良脸上挂不住了，摆了摆手，好了好了，别往下说了！侯亮平，请你记住一个事实，我们结婚六年了，高小凤现在是你师娘了！

侯亮平苦苦一笑，好，既然这是事实了，我尊重这个事实！

高育良阴沉着脸，看来你预习做得不错，下了一些功夫嘛！

那是！侯亮平看了看手表，哟，时间过得真快，得下课了吧？

高育良面无表情地收拾着办公桌上的杂物，好，那就下课吧！

侯亮平却不离开，下课前，我还有点话要说！高老师，其实你失算了！你以为和高小凤结了婚，就拿你没办法了？错了！你不和高小凤结婚，吕州的那套别墅和香港的两亿港币也许还可辩解，现在你怎么辩啊？十二年前，因为你的关系，你的现任妻子高小凤收受了赵瑞龙一套价值一千五百万元的别墅；六年前，香港一笔高达两亿港币的信托基金设立了，它是为你儿子和祁同伟的儿子设立的！是祁同伟的情妇你大姨子山水集团香港公司出的资，什么性质一目了然啊……

这时，那个事先预定的时间到了。高育良办公室的门准时被推开了，省纪委书记田国富引着北京中纪委的几个同志走了进来。

高育良啥都明白了，亮平，别说了，好吗？这回真下课了！

侯亮平和田国富交换了一个眼神，而后后退一步，恭敬地对着高育良鞠了一躬，高老师，今后不管在哪里，我都不会忘记昔日那个在法学上给我开过蒙的高老师，那个一身正气热情洋溢的高老师！

高育良有些意外，略一迟疑，也还了学生一个深深的大躬，亮平同学，谢谢你！老师也不会忘记曾经有过你这样一位优秀学生……

优秀学生看着自己的贪腐老师被带走了。被带走时的高育良苍老而沮丧。看着高育良蹒跚离去的背影，侯亮平的眼睛模糊了，眼前又浮现出当年那个风度翩翩的高老师。那个高老师慷慨激昂，腔调手势满是家国情怀……

五十

吴慧芬坐在机场餐饮区一角喝咖啡。从这个角度看去，候机大厅没有忙碌喧闹的景象，只有各色饮食男女在一溜排开的小吃店进进出出，空气中隐约飘散着食物的香气。吴慧芬一时间甚至忘记即将去国远行，恍惚自己坐在某饮食一条街上。高育良被"双规"，那栋冷冰冰的英式洋楼成了她的梦魇，难以摆脱。女儿秀秀要她过来探亲，为她订好了机票，她今天就要飞往美国了。吴慧芬没有告别故土的伤感，没有奔向新生活的激动，淡然而麻木地喝着咖啡，周围一切都与她无关。

达摩克利斯之剑终于落下，现在可以安心了。但吴慧芬心底深处总是不安，像一只躲在洞中的老鼠，老担心灾祸从天而降。这是多年来形成的心态，高育良的所作所为早已让吴慧芬预见到了结局。接下来的反应也在预想之中，省委领导变成了腐败分子大老虎，各种传说遍布校园。有些传说离奇而夸张，还扯上了她，道是他们夫妇虽说秘密离婚许多年，但一直在联手作案，涉案金额几十亿，都弄到国外去了。高育良被中纪委带走的第三天，他题字的汉东大学政法学院的牌子就被换了下来，一些早在等着看她笑话的老师们公然笑出了声。

几天前梁璐老师来看她，泪水涟涟骂祁同伟，也骂世态炎凉！那天我去处理祁同伟的私人物品，发现公安厅把祁同伟的痕迹都抹光了，仿佛祁同伟从来就没在公安厅待过似的！学校也把祁同伟从优秀校友名单上拿掉了，哦，对了，高育良的名字也没有了！吴慧芬木然叹气，意料中的事，你从权力中得到的光环与荣耀，终会因权力的消失而消失！梁老师，你就想开点吧。梁璐抹着泪眼，又骂起了死鬼丈夫——一辈子机关算尽，哪承想，到头来落得这等结果。吴老师，你说现在这世道人心，咋变成这样了？吴慧芬淡然说：有啥好奇怪的？这本来就是个极端功利的社会，历史上少见。你没有利用价值就别幻想得到人家尊重，所以梁老师，别把伤口到处给人看，你知道谁撒盐谁上药啊？

这话显然触动了梁璐，梁璐点点头，一声叹息，沉默下来，又呆坐了一会儿，吴慧芬以为梁璐要走了，不料，梁璐没走，反而要她泡茶喝。她只好泡了两杯龙井，一杯给梁璐，一杯给自己。龙井还是今年新茶上市时祁同伟送过来的呢！梁璐喝着龙井，终于说起了她——她就怕梁璐说，梁璐还是说了，她这人就是那么无趣而惹人嫌——吴老师，我可没想到，咱们俩会殊途同归，你和高书记不是相敬如宾吗？

吴慧芬只好苦笑，演戏呗！人生如戏嘛！梁老师，这结果会不会让你好受些？梁璐说：好受啥？吴老师，我更觉着无路可走了！我本来对自己失败的婚姻有许多托词。我以你为坐标，以为只要像你

412

一样嫁个大自己几岁的男人，有个优秀的孩子，就会幸福。以为只要像你那样宽容、温柔，婚姻就不会失败，可现在呢？眼前看不见亮！吴慧芬叹道：梁老师，婚姻从来不以女性的宽容与贤惠取胜。当高育良告诉我他爱上小高是因为《万历十五年》，我就对他死心了。还有比这更奇葩的理由吗？梁璐说：就是，这简直是对你这位明史专家的污辱嘛！吴慧芬嘴角露出一丝冷笑，他就是要污辱我，才能达到离婚的目的，高育良太了解我了！梁璐叹道：你们夫妻演的这场戏快赶上"无间道"了。吴慧芬态度淡然，仿佛在说别人的事，就这样外面还传，说我和高育良联手作案呢，真这样的话，我还不让省纪委留下来了！

梁璐想了起来，吴老师，省纪委和你谈了些啥？吴慧芬说：了解我和老高的婚姻情况，我实话实说了。我是非党教授，没义务向省委或者学校党组织报告婚姻变动情况。纪委同志说，但是老高有这个义务。人家这话也对，老高这是故意长期欺骗组织嘛。梁璐似乎不太相信，吴老师，你真没啥事吗？吴慧芬心头不禁掠过一丝寒意，怎么，梁老师，连你也希望我有事吗？梁璐忙摆手，哦，不，不是……

吴慧芬不想再听梁璐解释什么了，叹息似的说：梁老师，如你所言，我和老高都是"无间道"夫妻了，还不彼此提防着？老高的底牌能让我看到？他那些秘密能让我知道？我真要有事，学校还能批准我到美国探亲吗？梁璐又是一个意外，怎么，吴老师，你要出国了？哎，你不是最不想待在国外的吗？吴慧芬凄然一声叹，自我流放罢了！梁璐明白了，吴老师，你不想回来了？吴慧芬点点头，我一个搞明史的历史学教授，到国外有何意义？可不走，还有脸待下去吗？还能走上我心爱的讲台吗？我和老高这么演戏，有个原因就是不想离开讲台啊！讲台是我的最爱，每次上大课，看着阶梯教室座无虚席，看着那莘莘学子一双双亮眼睛，我的幸福和满足是无法形容的……唉，不说了！

不讨人喜欢的梁璐却偏要说：吴老师，这一去不回，你就不等着老高的事有个结果吗？吴慧芬强压着厌恶和厌烦，拿起茶杯喝了一口茶。茶叶放多了，茶太浓了，有点苦，梁老师，你这话问得奇怪，老高的结果关我什么事？他不是有老婆吗？我们之间的戏谢幕了……

一切恍如隔世，她就这样一步步走到今天，走到了虚假人生的末路，走到了京州国际机场。机场的咖啡实在糟糕，除了沁人肺腑的苦涩，再无别的韵味。她结完账，拖着随身小行李箱前行，准备去安检。一个白人老者莫名其妙朝她笑笑，惹得她一阵紧张——认识他吗？不认识。那他干吗笑？什么意思？不知道！毕竟尚未出境，毕竟是在一个敏感时期，她不能不保持警惕。吴慧芬加快脚步，走向安检口，排队时竟着急起来，快点，快点！仿佛进了安检口才能有安全保障。

偏偏这时看见了侯亮平！这位昔日的学生今日的反贪局局长，微笑着向她走来。她双腿一软就想往地下蹲，胃里翻腾恶心难忍。她费了很大劲儿控制住情绪，苍白的脸上挤出一丝微笑，你好，亮平，要我跟你走吗？侯亮平怔了一下，忙解释：吴老师你误会了，我是来送行的！去家里看你，门锁着，问了学校才知道你探亲的事。侯亮平说着，拉着她的小行李箱离开了队伍。她观察了一下，学生的身边没有其他人，不像要抓人的样子。学生的态度也是亲切温暖的，嘴角泛出往日调皮的笑意。吴慧芬心里不禁一热，随学生一起走出了人群。

在稍显空闲的休息区坐下，师生俩交谈起来。开始是学生说，托吴老师问秀秀好，这位在生物学领域做出优秀成绩的小妹妹，实在让当年的猴哥佩服！在侯亮平温暖亲切的絮叨中，不知怎的，吴慧芬心中的冰块渐渐融化，她有些恨自己，这些年来，那么多的丑恶都打不垮她，心越来越坚硬，却益发经不住一些真诚的小细节，或是只言片语的温暖，老了吗？咋不知不觉地也和学生说起了埋在心里很多年的话？她告诉侯亮平，不知道怎样对秀秀说她父亲的事，特别是高育良与她离婚，再娶高小凤这一节。侯亮平安慰说：秀秀那么优秀，肯定能理解世间的种种复杂缘由。吴慧芬眼睛湿润了，居然有些像怨妇似的向自己的学生发泄出了压抑在心中多年的愤懑：亮平，作为女人，我这辈子真的尽力了，我没有因为事业忽视家庭，还培养了一个优秀的女儿，可这一切没让我换来一个白头到老的婚姻，我究竟做错了啥？

学生没正面回答，只道：吴老师，高小凤的事，你本来可以早些找组织反映的！她摇摇头说：反映有用吗？没有高小凤，还有王小凤、张小凤。凭良心说，你高老师一开始也是拒腐蚀永不沾的，可社会上的诱惑太多了。学生认同说：何况还有量身定做的特殊馅饼和陷阱！吴慧芬说：后来，我也想通了，自然规律摆在那里嘛，我终究是拼不过那一茬茬年轻姑娘的，人生苦短，还是各自过好自己短暂的人生吧！

沉默片刻，学生小心翼翼地问：吴老师，我能请教你一个私人问题吗？她看了学生一眼，亮平，想说啥说。学生说了起来，吴老师，您当年是个心气高傲的美女教授啊，怎么会接受现在这种生活呢？仅仅是为了秀秀？这说得过去吗？她沉思良久，回了一句：这是一个无奈的也许是智慧的选择吧！学生质问：高老师都和高小凤结婚了，你们还长期在一个屋檐下生活，这好吗？她明白反贪局局长学生想些啥，意味深长地说：不在一个屋檐下生活就更不好了！实话说吧，老高需要我做幌子，我也需要老高的权力给我带来的荣耀和便利，而且我也不想让那些一直嫉妒我的人笑话我，现在的人心很可怕，有些人就怕你不倒霉！亮平，你……你可以把我看作一个精致的利己主义者！

侯亮平怔在那里，一时无语。吴慧芬想，也许学生在感慨，老师和师母，这对模范夫妻就这样卸了装。可他哪知道她的苦衷？她也是有苦难言啊！过了好半天，学生一声叹息，可惜，高老师当年要是不从汉东大学出来多好！吴慧芬摇摇头，大学就是净土了？就没腐败了？大学校长和党委书记不也照样出事吗？学生说：大学里的诱惑毕竟比做省委高官要少一些，权力也小得多……吴慧芬道：这倒也是。

谈兴正浓时，时间到了，话题却好像刚开头。学生在婉转地批评她，却让她觉得入耳入心。以往怎么就没有和学生这么推心置腹好好谈谈呢？想想真让她后悔莫及。再早不说了，起码五个月前侯亮平调过来后是可以谈的，可她却一次次站在精致的利己主义立场上，扮演着省委领导的贤内助，帮着高育良裱糊四处透风的政治残墙。人啊，总要在一定背景下敞开心扉。对这位学生，她一直是真心喜爱的，甚至要把女儿许配给他。没想到他却成了自己前夫的掘墓人。人情与职责的冲突很残酷，只有一个健康的社会才能避免和减少这种冲突。那么，学生今天所做的一切，不也正是为明天的温暖世界而努力吗？

学生拉着老师的随身小行李箱，恭敬地把老师送到了安检口。国际安检细致而繁琐，耽搁了一些时间。吴慧芬通过安检后，回头看了看，意外地发现来送自己的学生还没离去，正伫立于安检口外目送着她。她回头之际，学生又向她挥起了手，学生嘴角依然挂着调皮的笑意。吴慧芬心中热乎乎的，也向学生再次挥了挥手，然而，回过身去却不禁一阵心酸，一直隐忍着的眼泪如开闸水一般暴涌出来……

五十一

到京州就任市纪委书记后，易学习真切感受到了政治强人李达康的强大气场。易学习觉得，昔日那个县长和今日这个市委书记既是一个人，又不像一个人。县长时的李达康虽说强势，总还有所顾忌，有他这个县委书记在，起码不能乾纲独断。当然，那时的干部风气也比眼下好。现在的市委书记李达康却是说一不二。他要干的事，常委会就得通过，大家就得支持。他不愿干的事，谁说也没用。比如纪检工作，易学习到任后就提出来，要开个常委会，进行一次专题研究。李达康推三阻四，要他多搞一些调查研究，不要下车伊始，咿里哇啦。

李达康这话没什么错，但给他的感觉却不好。到京州上任前，沙瑞金和田国富分别和他谈过话，希望他到位后切实履行同级监督职责，主动碰硬，不要再像前任纪委书记张树立那样软弱。沙瑞金语重心长地对他说：要敢于监督问责，不能养痈遗患，放任自流，能人腐败的悲剧不能再重演了！田国富干脆把话挑明了：京州市一言堂的味道很浓，纪委一直就是个摆设，李达康让人担心。这位同志是一员改革闯将，历史上有很大贡献，谁都不想看到他中箭落马，但权力继续不受监督，谁敢保证李达康以后不栽跟斗呢？你易学习责任重大啊。

是啊，他责任重大，想想心里就发毛。李达康是他的同事和战友，为既往的改革开放呕心沥血。他不能看着他哪一天倒在腐败的泥潭里——这些年来多少类似李达康的干部倒下了，实在令人痛心。沙瑞金和田国富既是他的领导，也是他的伯乐。两位领导在一片近乎冷却的政治灰烬中发现了他，发掘了他，委以重任，他不能对不起他们。而身为京州市纪委书记，他对京州市未来的廉政建设更负有一份责任。

迫于这种责任，易学习对老同事新领导李达康紧追不舍。这天他追到了李达康家里——从老城区开过现场会回来，李达康在车上随口说了一句：老易，到我家坐坐吧！他便去坐了，一坐下来就不走了。反正李达康离了婚，单身一人，家里和办公室也差不多，不妨碍他谈工作。李达康倒也爽快，既来了，就喝一点吧！易学习说：好啊，有好酒你都拿出来！你本来就该给我接风的。李达康苦笑，你啥角色？纪委书记啊，我还敢接风？主动往你家伙枪口上撞呀？易学习却道：哎，纪委书记怎么了？不是人啊？没仨俩好朋友啊？达康，上好酒！

李达康拿出了一瓶五粮液，一瓶陈年老茅台，让易学习挑。易学习挑了茅台。保姆炒了几个菜，二人高高兴兴喝了起来。几杯下肚心肠热了，两个老朋友忆及往事，说起许多人物浮沉，不免一番唏嘘。

易学习坐的位置正对着在客厅，墙上的一幅京州建设规划图想躲都躲不掉。这让易学习感慨不已，李达康想干事，能干事，二十五年前从金山起步，把一篇篇上好的锦绣文章写在了汉东省大地上，让他真心佩服，达康，咱们京州有今天模样，你这个市委书记功不可没啊！

李达康一听这话，来劲了，放下酒杯，拉着他走到规划图旁，拿起教杆指点着，讲解起来：老易，你看，现在咱京州大都市的架子搭起来了，城市基础建设完成了，下一步的主要工作就是老城改造！这里，这里，都是突出的重点。还有就是光明湖项目，一个"九一六事件"耽误了五个多月，像大风厂，连拆迁都没完成，现在要赶一赶了！

易学习问：大风厂工人的股权和拆迁后的新厂地都解决了吗？

李达康说：解决了，我亲自过问的，不过也搞得我很狼狈！

易学习想了起来，对了，大家都传，说沙书记让你当了回上访户？

李达康手直摆，笑道：别提了，瑞金书记给我上党课呢！我呢，也叫活该，发现了问题，也处理了，只是没想到下面能这么糊弄我……

这时，气氛不错。毕竟是老同事老朋友，易学习以为可以交心谈谈他的工作了。他想搞廉政责任追究制度。和李达康碰了杯，正欲开口说事，不料，李达康抢先说了起来，言词挺恳切的，老易，说心里话，我不希望你到京州来，可组织上把你派来了，我还是欢迎的！

易学习只得接过话头，达康，恐怕你也知道，我并不想来，本来还想带吕州同志到你这儿学习建设经验呢，结果组织上非让我改行！李达康呷着酒，你这一改行，京州朝野震动啊！易学习心中不悦，脸上却挂着笑容，我有这么大威力？达康，你这是夸我，还是损我啊？李达康放下酒杯，很严肃地说：老易，我不和你开玩笑，据政府那边的信息，这阵子四个著名投资商滞留不归了，怕你请喝茶，两个在新加坡，一个在台湾，一个在香港，都在远程观望看风向呢！

易学习喝不下去了，那么达康，我估计这四个投资商心里多少都有些鬼！李达康吃起了菜，也让他吃，老易啊，它有鬼也好，有神也罢，咱京州经济都要发展，这就离不开投资啊！对了，开发区还反映说，有两个意向投资，一听说你来了，说好的协议也不敢签了……

易学习听不下去了，放下筷子，"呼"地站起来，达康，我这纪委书记上任才几天啊，不到十天吧？连四套班子里的人都没认全，办公室的椅子都还没坐热呢，就这么影响京州经济发展了吗？我现在啥事都还没来得及干啊，连专题研究纪检工作的常委会都没开起来。

李达康似乎觉得自己有些过分，苦笑道：老易，对不起，我可能把话说重了！主要是你在吕州拆了赵家美食城，影响太大，成了我省的钟馗啊！我真没别的意思，都是从大局考虑。坐，坐下说嘛！

易学习不坐，在餐桌前踱着步，达康，我就搞不懂了？反腐倡廉民心所向，怎么就影响了经济呢？你老兄希望"九一六事件"再来一次吗？这代价已经很沉重了！我们可要总结经验，接受教训啊。

李达康也站了起来，老易啊，"九一六事件"过去了，那些贪官污吏该进去的都进去了，你还要怎么样啊？易学习针锋相对，但教训接受了吗？经验总结了吗？达康，作为纪委书记，我要给你提个醒，你现在的思想状况可是比较危险啊！今天不是我要怎么样，是党和人民已经受够了，不能允许贪污腐败继续泛滥，天下人心浩浩荡荡啊！

李达康痛心疾首，老易啊老易！你怎么这么偏执呢？你说的都没错，但京州并不是只有一个反腐倡廉工作啊。方方面面千头万绪！八百八十三万人民要生存，要发展，要就业，要吃饭，要平安，我都是第一责任人！老易，你知道吗？今年我市GDP陡降近三个点，制造业举步维艰，那四个远程观望的投资商不仅涉及几百亿的投资，还涉及近十万人的就业啊！昨天，京州重机集团就出了问题，几千解聘员工在市政府门前集体静坐群访！老易，你说让我怎么办？你说吧！

这些情况易学习当然知道，京州重机集团的确出了问题，而且涉嫌腐败！员工到市政府门前，提出的诉求不但是要吃饭，要上岗，还要反腐败，于是便道：所以，从严治党也是你的应尽之责，你也是第一责任人！达康，既然已经说到这里，那我就汇报一下，为了从严治党，我准备在京州全市落实责任追究制度，严厉问责，传导压力……

李达康重又坐下，老易，你先停一下！别看人挑担不吃力，现在京州经济和全国一样处于转轨期，请你也抓件事吧——京州钢铁产业整合，三年内把钢产量压掉一半。这事林市长挂帅主抓，你协助。易学习也坐下了，违心地答应说：好的，达康，这个任务我接受了。当然，要在搞好纪委监察工作的前提下。李达康继续布置任务：第三期懒政学习班马上开学，第一期我去讲的话，第二期呢，是林市长去讲的话，这一期，你去讲一讲好不好？懒政也是腐败嘛！易学习又硬着头皮应承下来，好，我就按你的指示，讲讲懒政也是腐败！但是达康啊，咱们纪委工作你还是要高度重视啊！李达康说：我当然高度重视，老易，市纪委有你我放心，一切你看着办好了，你的决定我都支持！

嘴上说支持，专职研究纪检监察工作的常委会仍然开不起来。据这位市委书记说，现在懒政之风变着花样在干部队伍中弥漫，各部门没人愿意干事，大事小事都往市委报，都要他这个一把手拍板。甚至政府方面的项目工程，也都报到他面前了，手上积压的工作实在太多——我今晚还要查几个干部的岗！整天在那儿蒙事混饭吃，我还就不信治不了他们……易学习只得强行扭转话头——达康，请相信，我对你真没啥私心歪心！李达康说：老易，我也请你放心，我李达康绝不会成为任何一个腐败分子的保护伞。前任纪委书记张树立知道我的为人。我和树立同志在一个班子共事五年多，我们一直合作得很好……

易学习脱口而出：你们合作得很好？你知道吗？今天张树立已经被中纪委请到北京喝茶去了！这本来我不想说……李达康怔住了，半口馒头咬在嘴里，又吐了出来，什么什么？张树立也出事了？这个老实的纪委书记会出事吗？老易，你没搞错吧？真的是中纪委吗？

易学习仰天长叹，达康啊达康，让我怎么说你才好呢？张树立老实吗？这个人胆大包天，顶风作案！中纪委巡视发现，就在丁义珍逃跑、你让他和市纪委主持光明湖项目纪检摸底期间，他竟然收受光明湖项目问题干部和企业的贿赂，还把责任推到了你身上，说是你为了保护光明湖项目，不愿让任何一个腐败分子落网！说是那夜你从省委二号楼高育良那儿开会回来，把他和光明区区长孙连城叫到你办公室紧急碰过头。你让他们记住林城的教训，不能在一条坎上摔倒两次……

李达康争辩：可是，老易，我并不是要保护哪个腐败分子啊！

易学习绷起脸孔，义正词严道：但是客观上，达康，你就成了腐败分子的保护伞啊！你眼里只有经济，只有政绩，只有GDP嘛……

李达康被激怒了，浑身颤抖，现在以经济建设为中心，我眼里能没有经济吗？GDP不是冷冰冰的数据，是一个省一个市一个地区人民群众的冷暖温饱啊！老易啊，我日夜努力，我一片真心可对天！

易学习意味深长道：达康啊，请你记住，党纪国法就是天啊！

李达康怔怔盯着易学习，沉默片刻，突然爆发了，桌子一拍，怒不可遏地指着易学习吼：易学习易书记，我是不是该向你自首认罪了？我是不是也要跟你去中纪委喝茶了？

易学习怎么也没想到，谈话会出现这样的结果。情况比他想象的还要严重，同级监督实在是太不容易了，就算有他这样勤勉奉公的纪检干部，也难以监督李达康这种一把手。这种一把手不是孤立存在，他们位高权重，长期以来不知多少人包围他，影响他，以各

423

种物质和非物质的利益腐蚀他，拉拢他，最终让他跌入泥潭，为权力殉葬。

伴着一声沉重的叹息，易学习摇了摇头，毅然转身离去……

五十二

一切真相最终总要大白于天下。随着案件的进一步深入，和京州前纪委书记张树立的落网，光明湖畔的阴影完全显现出来。丁义珍出逃后的那场纪检摸底荒唐无稽，让所有人大跌眼镜：张树立两个亲属通过假招标，从丁义珍手上拿了光明湖两个大型配套工程，这还查得出啥违法违纪？所以只搞出个蔡成功，而且是受了赵瑞龙的请托。赵瑞龙故意要把李达康的视线引向大风厂，帮高小琴的忙。为此赵瑞龙送了张树立一个小玩意——价值百万的瑞士宝珀手表。在调查摸底期间，张树立共收受现金和各类礼品折合人民币六百七十余万元。

沙瑞金大为震怒，在纪委和检察的一个内部会议上拍了桌子。

——触目惊心啊，同志们！在反腐泰山压顶，雷霆万钧之际，腐败分子和腐败行径仍未绝迹。一个纪委书记竟然敢借查案机会收受违法违纪干部和经济犯罪分子的贿赂！初步查明涉及五个项目的三位干部和五位老板！看来前腐后继不是一句玩笑话，是严峻的现实啊……

侯亮平和季昌明以及汉东省各市的纪委书记、检察长、反贪局局长参加了会议。会议是在汉东省检察官培训中心召开的，这个中心离京州市区十几公里，在一个生态园里，挺僻静的，一般人很难找得到。

沙瑞金痛心疾首，不但是一个京州，一个光明湖，我省反腐倡廉形势也很严峻。近三年来，十二个地级市中的六个市，市委书记、市长出了问题，或者被"双规"，或者进入司法程序。同志们，半壁江山沦陷了！全省省管干部，目前岗位空缺一百五十三人。赵立春留下的那个名单里，三分之一的人被立案，五十八人涉及买官卖官……

侯亮平坐在会议室的第一排，清楚地看到一个身心交瘁的省委书记。仅仅半年，沙瑞金衰老了不少，头发白了，两鬓也斑白一片，眼角的鱼尾纹明显变深了。侯亮平记得，上任谈话时，沙瑞金不是这样子，头发鬓发都是乌黑的，眼角皱纹也没这么明显。当然，这也许有其他原因，沙瑞金刚来上任时染了发，或许现在太忙乱，没时间染发了。但这位省委书记的神态掩饰不住，侯亮平能感受到他的疲惫。反腐倡廉任重道远，远没到庆祝胜利的时候；汉东省经济遭遇二十八年来第一次增速下降，主要降速体现在沙瑞金任职后的第四季度，让海内外议论纷纷。这位省委书记难啊，领导着一个六千万人的大省，相当于欧洲一个大国，他要不疲惫而是活得轻松愉快，反倒让人奇怪了。

侯亮平又何尝不疲惫呢？他和汉东省的故事始于那个小官大贪的赵德汉。赵德汉案件还在发酵中，现在已涉及十八个省市自治区的一百三十多名行贿受贿者。他是汉东省检察院反贪局局长，汉东省这边一堆案子办不完，北京反贪总局和兄弟省市检察院还不时找他核实有关线索情况。那个赵德汉也滑稽，能把贪婪升华为田园诗意，还能把搜查变成机遇，非要侯亮平证实他立功表现：账本是他主动上交的……

这时，正讲话的沙瑞金意外地调转话头，脸上现出了深刻的悲凉与沉痛——同志们，说到这里，我想起了一位老同志，一位平凡而普通的共产党人。就在昨天，这位老同志去世了，在座的不少同志可能都认识他，他就是我省离休干部、省人民检察院原常务副检察长陈岩石同志！

侯亮平一下子呆了，什么什么？陈岩石去世了？这是啥时候的事？这么大的事，他怎么一点都不知道？老头儿不是一直在医院住着吗？他几天前还到医院看过老头，老头说他很好，赶他走，让他回去安心办案，怎么突然去了呢？啥时举行的告别仪式？还有季昌明，季昌明是检察长，他也不知道吗？遗体告别仪式得检察院操办，也许还没办吧？他把目光投向身边的老季，却发现老季也是一脸震惊和茫然。

还是沙瑞金为侯亮平和季昌明解开了疑惑——

老人家心脏一直不好，半个月前和中央巡视组谈话时，因为情绪激动发生了意外，那天就有生命危险。是医生抢救及时，才把老人家救下了。昨天下午心梗二次发作，医生们再无力回天。陈岩石生前和老同志们有个签名遗嘱：死后遗体捐献，不麻烦后人。所以陈岩石去世后，医学院就把他的遗体请走了。老人活着没贪一分不义之财，还把自己唯一的一套房改房卖了，把几百万房款捐给了慈善基金。他走了也没通知任何人，没麻烦任何人，没占人世间的一寸土地啊……

侯亮平眼里聚满了泪，视线变得模糊了。明白了，全明白了，从某种意义上说，老人也是倒在反腐阵地上的。中央巡视组来了，老人一次次去谈话。谈啊谈啊，热血在为真理而斗争的征途上冲破了那颗热烈而又饱受磨难的心，让他颓然倒下了。直到前几天，侯亮平才从钟小艾口中得知，对那位曾高居党和国家领导人要职的腐败分子赵立春，陈岩石以各种形式执着举报了十二年。在这场关系到党和国家生死存亡的斗争中，老人家以耄耋高龄，义无反顾地背起了炸药包……

会场一派肃然冷峻，冷湿的空气中震荡着沙瑞金低沉的声音——

……一周前，我最后一次去看陈岩石——当时并不知道这是最后一次，可老人好像预感到了什么。老人又激动了，握着我手说：这么多年过去，我们党终于醒过来了，现在收拾世道人心还来得及……

近在眼前的沙瑞金面孔变得陌生而恍惚，泪水顺着侯亮平的脸颊缓缓落了下来。但沙瑞金深情的声音益发清晰地传入他的耳底……

……

会议结束后，侯亮平和季昌明同车回城。会上的那份沉重被带到车上，二人一时无言。车出生态园区，人工呵护的一片片绿色植被渐渐隐去。车子前方，无垠的田野变得一派灰褐。强劲的西北风吹起路边落叶杂草，打着旋东奔西突，在车前构成一幅苍凉的冬季风景画。

侯亮平先开了口，不能让陈岩石就这么走了，开个追思会吧？

季昌明点点头，尽快开吧！也传达一下沙书记的高度评价。

前方天空阴晦，大块乌云缓缓移动，缝隙间洒下疲弱的白光。

沉默片刻，季昌明叹了口气，自责说：亮平啊，其实现在想想我也挺后悔，赵立春有些事我不是不知道，可我没陈岩石那么执着……

侯亮平也很感慨，是啊，我更后悔！我和陈海都知道他和赵立春的矛盾，一直以为是个人私怨！要是大家都做陈岩石，汉东省的局面和政治生态何至如此不堪啊！看着窗外的肃杀景象，又说：不过，陈岩石说得对，好在我们党醒了，现在收拾世道人心还来得及……

车窗外，严酷的冬季让广袤大地褪尽了五彩缤纷，裸露出素朴的本色，宛如卸妆后的母亲。北风凛冽，裹挟着原野上的残草败叶，不时地扑打着路面。然而，冷峻的荒芜中岂不也孕育着春天的希望吗？

二〇一五年五月初稿
二〇一六年七月定稿
二〇二二年三月修定

新版后记

转眼间五年过去了。五年前的二〇一七年一月，小说《人民的名义》在北京十月文艺出版社出版；同年三月，话剧《人民的名义》由中国国家话剧院在北京保利剧院公演；同年三月二十八日，五十五集电视剧《人民的名义》在湖南卫视播出，收视率一举冲八，据大数据统计，每晚播出影响观众高达三亿，最高时接近六亿。腾讯、爱奇艺等六家网站点击量逾四百亿之巨，中文电子书一个月点击量破五亿。在电视剧的拉动下，小说以每天十万册的速度狂销，十天里销了一百万册。主流媒体对电视剧的报道评论达到一百七十多万篇，微博、微信的报道评论量更达到了创纪录的一亿九千万篇，成了一个文化事件。

二〇一七年当年，《人民的名义》阿拉伯文版即由阿拉伯科学翻译出版社出版，韩文版由韩国文学手册出版社翻译出版，繁体字版由台湾远流出版公司出版。二〇一八年，日文版由日本科学文化出版社出版；二〇一九年，西班牙文版由西班牙大众出版社出版，法文版由法国友丰出版社出版；二〇二〇年，英文版由英国查思出版社出版……

《人民的名义》产生这么大的影响，我始料不及。当然，也引起了一些人的不适，有人认为它文学味道不纯，甚至是不是文学都值得怀疑。这真是没办法，我的文学历来不纯，这种人其实没有必要和我较劲。不是文学作品，你大可不读就是，读了让你生气，以致气急败坏，实在不值，见了面连朋友都做不成，何苦来哉？此乃闲话，一笑。

作家出版社这次再版，我又将小说认真看了一遍，在文字上做了一次修订，删除了两个枝蔓的章节和一些感觉多余的文字，其余保持原样。按我的要求，纪念版收入了五幕话剧剧本《人民的名义》。本来话剧由中国国家话剧院首演后是要在全国巡演的，嗣后因种种原因而终止了，如今收在这里，姑且算作买一送一吧。

是为记。

二〇二二年三月二十八日

图书在版编目（CIP）数据

人民的名义 / 周梅森著 . —修订本 . —北京：作家出版社，
2022.8

ISBN 978-7-5212-1600-4

Ⅰ.①人… Ⅱ.①周… Ⅲ.①长篇小说－中国－当代
Ⅳ.① I247.5

中国版本图书馆 CIP 数据核字（2021）第 226012 号

人民的名义：修订版

作　　者：周梅森
责任编辑：省登宇　周李立
装帧设计：金　山
出版发行：作家出版社有限公司
社　　址：北京农展馆南里 10 号　　　邮　　编：100125
电话传真：86-10-65067186（发行中心及邮购部）
　　　　　86-10-65004079（总编室）
E-mail:zuojia @ zuojia.net.cn
http://www.ZUOJIACHUBANSHE.COM
印　　刷：北京盛通印刷股份有限公司
成品尺寸：145×210
字　　数：370 千
印　　张：13.5
印　　数：001—20000
版　　次：2022 年 8 月第 1 版
印　　次：2022 年 8 月第 1 次印刷
ISBN 978-7-5212-1600-4
定　　价：52.00 元